庆祝厦门大学外文学院百年院庆
(1923—2023)

纪念林疑今先生诞辰一百一十周年
(1913—2023)

林疑今译著选集

上

《西部前线平静无事》
《永别了，武器》

林疑今 译

厦门大学出版社
XIAMEN UNIVERSITY PRESS
国家一级出版社
全国百佳图书出版单位

图书在版编目(CIP)数据

林疑今译著选集. 上 / 林疑今译. -- 厦门：厦门大学出版社，2024.4
ISBN 978-7-5615-9236-6

Ⅰ. ①林… Ⅱ. ①林… Ⅲ. ①世界文学-作品综合集 Ⅳ. ①I11

中国国家版本馆CIP数据核字(2023)第252128号

责任编辑	王扬帆
责任校对	姚曼琳
美术编辑	李夏凌
技术编辑	许克华

出版发行　**厦门大学出版社**
社　　址　厦门市软件园二期望海路39号
邮政编码　361008
总　　机　0592-2181111　0592-2181406(传真)
营销中心　0592-2184458　0592-2181365
网　　址　http://www.xmupress.com
邮　　箱　xmup@xmupress.com
印　　刷　厦门集大印刷有限公司

开本　720 mm×1 020 mm　1/16
印张　28.75
插页　1
字数　456 千字
版次　2024 年 4 月第 1 版
印次　2024 年 4 月第 1 次印刷
定价　88.00 元

本书如有印装质量问题请直接寄承印厂调换

厦门大学出版社
微信二维码

厦门大学出版社
微博二维码

林疑今（1935年）

出版说明

在本书的编辑过程中,对于一些并不符合当下汉语使用习惯和规范的用字等未作改动,旨在尽量保留作品的原貌,但对于某些明显的文字和逻辑悖误,作了必要的修改。另有个别文字删节,恳请谅解。

总　序

家父林疑今为我国 20 世纪著名英语翻译家，先后翻译了《西部前线平静无事》《永别了，武器》《奥德河上的春天》等 19 部世界名著，并创作了《旗声》等多部小说。家父先后在交通大学、沪江大学、复旦大学任教，1959 年起在厦门大学任教，直至去世，时间长达 30 多年。

在厦门大学外文学院百年院庆之时，在学校、外文学院各级领导的关怀下，在家父生前学生的大力支持下，我们选择了他的《永别了，武器》《西部前线平静无事》等四本译著和《旗声》《无轨列车》两本著作，以及他主持编撰并执笔的、由高等教育部颁布的《英国文学史教学大纲（草案）》，集成《林疑今译著选集》（上、中、下）三册奉献给全国读者。

本书在收集整理过程中，得到学校图书馆特藏部的热情帮助，他们向全国高校和上海图书馆借阅图书，完成了各种图书的扫描和转化工作；在文字编辑和出版过程中，又得到厦门大学出版社的大力支持。在此，我们谨向厦门大学、厦门大学外文学院各级领导，家父的各位学生和厦门大学图书馆、厦门大学出版社，表示诚挚的谢意，并祝愿外文学院百尺竿头再创辉煌！

林梦海　林以撒　林梦如
2023 年 4 月

目　录

西部前线平静无事

序（林语堂） …………………………………………… 005
一 ……………………………………………………… 009
二 ……………………………………………………… 019
三 ……………………………………………………… 027
四 ……………………………………………………… 035
五 ……………………………………………………… 048
六 ……………………………………………………… 060
七 ……………………………………………………… 079
八 ……………………………………………………… 104
九 ……………………………………………………… 110
十 ……………………………………………………… 126
十一 …………………………………………………… 146
十二 …………………………………………………… 156

永别了，武器

译本序 ………………………………………………… 163
主要人物表 …………………………………………… 168

第一部 ········ 169
第一章 ········ 170
第二章 ········ 172
第三章 ········ 176
第四章 ········ 180
第五章 ········ 186
第六章 ········ 191
第七章 ········ 195
第八章 ········ 203
第九章 ········ 206
第十章 ········ 220
第十一章 ········ 225

第二部 ········ 231
第十二章 ········ 232
第十三章 ········ 236
第十四章 ········ 243
第十五章 ········ 247
第十六章 ········ 252
第十七章 ········ 257
第十八章 ········ 261
第十九章 ········ 265
第二十章 ········ 274
第二十一章 ········ 279
第二十二章 ········ 287
第二十三章 ········ 290
第二十四章 ········ 299

目 录

第三部 …… 303
- 第二十五章 …… 304
- 第二十六章 …… 316
- 第二十七章 …… 320
- 第二十八章 …… 330
- 第二十九章 …… 337
- 第三十章 …… 342
- 第三十一章 …… 356
- 第三十二章 …… 359

第四部 …… 361
- 第三十三章 …… 362
- 第三十四章 …… 368
- 第三十五章 …… 376
- 第三十六章 …… 386
- 第三十七章 …… 392

第五部 …… 407
- 第三十八章 …… 408
- 第三十九章 …… 419
- 第四十章 …… 422
- 第四十一章 …… 427

西部前线平静无事

埃里希·玛利亚·雷马克

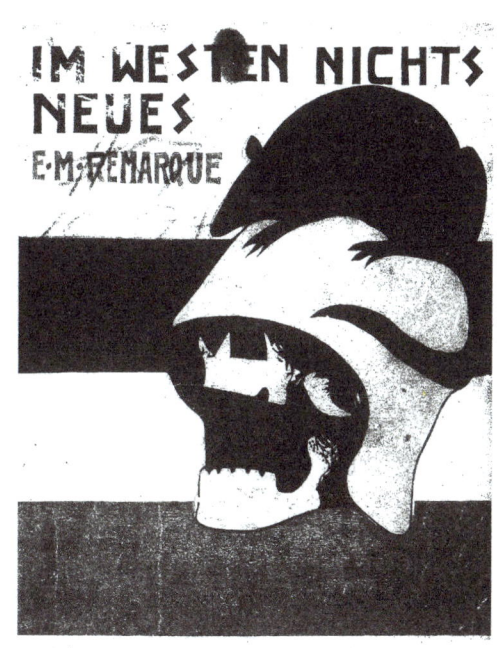

序

《西部前线平静无事》一书已经轰动全球，公认为大战以来最伟大的战争小说。这已成定识，毋庸我再来赘述了。幸而中国出版界，逐渐进步，在去德文原书出版 9 月以后，中国的读者，也可以读到这书的译本，总算是一件可喜的事。

原来战争在文学上可从几方面看法，一种是歌颂武功，追述英雄，替历代帝王及其走狗留下其黩武扬威、狰狞面目的印象（自从诗人尹吉甫以至喜作什么《东征赋》《武军赋》的汉魏诗人在此类），一种是描写小百姓，在兵戈战乱时期，受尽颠沛流离之苦（自从国风许多叙述士女旷怨的诗人以至作《新丰折臂翁》的白居易，及作《石壕吏》的杜甫在此类）。这两种文学作品，说也奇怪，都是一班专制政治下充满了崇拜英雄思想的好百姓所欢迎的。再一种的看法，就是战争的哲学家，如 Nietzsche 在那里喊着：

你须爱和平，当他做新的战争的预备而爱短期的和平胜于长期的。

只有弓箭在身，才能安心静坐，不然就得谈论短长，评人是非。让你的和平是一种的胜利。

或是如坐在交椅上的新闻主笔，一面啜香茗、吸雪茄，一面做起慷慨激昂满纸杀气的社论，纸上谈兵，大有灭此朝食之慨。但是以上种种，都未能获得战争二字意义之精要，等到那位社论家，着了草鞋，佩上枪刀，在血花飞溅、枪林弹雨中，拿起枪尾刀向另一素不相识，穿着与己不同的制服的人的背后或腰部戳进去，战争又是另外一件完全不同的事了。

所以在以上各种不同的看法以外，还有一种看法，就是丘八自身对于战争的看法，而 Remarque 这本书所以能轰动一时，就是他能把战争的真相，及丘八的感想活跃地赤裸裸地描写出来。比如用枪尾刀戳人，须戳在腹部，不在胸部，刀尖较不易夹在对方的排骨中，灵动不来，这才是谈战的社论家所应细心体会的一层。又如在初次受过炮击的战壕中的新兵，炮火停时，每每发觉满裤污湿，也是好谈英雄主义者赴前线时所应防备的一点。Remarque 叙述炮击有这一段说：

> 土地对于兵士的，比于任何人更为有用。当他自己蹬到地晓得是坚实的时候，当他因受弹火的恐怖而将他的面孔和他的四肢深葬在地中的时候，她就是他唯一的朋友，他的兄弟，他的母亲，在她的沉静和坚固中，他消失去他的恐惧和哀叫；她掩护他，延长他十秒钟的新生命，再接受他，永远常常接收他。

这才是战争的真相，是英雄的本色。

因为自从科学昌明，古今"英雄"所见，要略略不同了。在机关枪野炮未发明以前，我也相信有所谓一夫当关万夫莫敌的英雄，也相信有只手空拳履锋冒刃的勇将。所谓"勇"者，为的是臂力过人，可以从万夫锋刃中杀奔而来安稳无事地走过去，并不是说在机关枪扫射的范围内拍拍胸膛，与铁面无情的子弹碰高下。这便是古今战争，因受科学影响的一点不同了。Remarque 给我们看的不是英雄，只是与你我相同的丘八，恐怖，恐怖，永远在恐怖及神经错乱如醉如狂的状态中自卫与杀人，而且杀人就是所谓自卫，自卫不得不杀人。Remarque 在序上说：

> 这本书，不是一种控诉，也不是一种供认，尤其不是一种奇侠故事，因为死并不是一件奇侠故事，在于生命危在旦夕的人。这本书不过要简单地讲关于虽然或者尚未中弹，却已受战争戕贼毁伤的一代人的故事。

Remarque 好像是说，他不懂什么尚战与非战主义，他也没有什么浪漫与古典的色彩，不过他所写的却是人类史上真真实实的一页史实。Remarque 对他初次刺死的尸身说："朋友呵，今天轮到你，明天轮到我。但是如果我险里逃生出来，我要反抗这蹂躏我们俩的东西；从你，夺去生命——而从我呢——？也是夺去生命。朋友呵，我答允你。这种事不许再实现了。"

尚战非战的议论太长了，非我们所能讨论。不过有一层，有些东西，任凭如何,了结他们的几条狗命,也未尝不可,但是从前为了某姓刘的某姓宋的历代帝王万世子孙之业,现在为了某某汽油大王,某某资本大家,去杀你对面素不相识的,同有妻子的,只有制服不同的一个人,却是怎么一回事呢?中国人素来"酷爱和平",并不好战。此中是何道理,现且不去计较(听说因为中国人是写实主义者,恐怕也有几分是处),我想就乐得趁这酷爱和平的本性,博个美名,去做世界大同的宣传者吧?横竖战争上是不会有什么贡献的。那末,这本书的销路,在中国应该不至于十分坏吧?

林语堂,十八,九,廿七夜。

这本书,不是一种控诉,也不是一种供认,尤其不是一种奇侠故事,因为死并不是一件奇侠故事,在于生命危在旦夕的人。这本书不过要简单地讲关于虽然或者尚未中弹,却已受战争戕贼毁伤的一代人的故事。

一

  我们在离开前线五里的地方休息。昨天我们被调遣回来,现在我们满肚子都是牛肉和菜豆了。我们心意满足,平安。今天晚上每人又有满食罐的东西可吃;并且,还有哩,每人都有双份的腊肠和面包呢。这使谁都大大的起劲。我们已好久没过这样的幸运了。红头的厨子要求我们来吃;他用他的柄枸向每个经过他的兵士打手势,抄起一大堆的食物给人。他不晓得他当怎样弄空他的煎煮锅,可以及时来烧咖啡。第牙顿和摩勒尔找到两只浴盆去盛食物,盛满了盆的边沿而收起来。在第牙顿是贪吃,在摩勒尔是预防。第牙顿瘦得像根钯子似的,鬼晓得他能将所有这些食物放进那儿去。

  更为重要的是有两份烟。每人有十支雪茄,二十支香烟,和两份咀嚼烟草;现在这些都是正当的了。我将我的咀嚼烟草换了嘉德辛斯基的香烟,这就是说我一共有了四十支香烟。一天已够抽了。

  我们实是无权可得这意外的幸运。普鲁士人不是这样大量的呵,我们只是因为算错才有可感谢的。

  十四天前我们被调到前线去。我们所守的那一角很平静,所以那个留在后方的军需官照常预备好满队一百五十个兵士每日的伙食。但是昨天突然有一队可惊的英国兵极凶地向我们射击,在我们的守线内又没打鼓,所以我们受极沉重的袭击,回来的时候只有八十个兵士还是健全的。

  昨天夜里我们退兵,一到这里立刻躺下来大睡一场:嘉德辛斯基说得不错,他说设若①兵士可睡得久点,战争也不至于这样痛苦可怕。在战线上我们差不多不曾睡过,这样一共十四天,实在是度日如年。

  我们中间第一个人爬出我们所屯扎的地方的时候,已经是中午了。半点钟后我们都带食罐聚集在油烟美味的厨房。在这一行列的前头的是那些最饿的人——阿拉伯特·克路伯哪,他是我们中间最聪慧的思想家,所以他是第一个可当额外委的排长的人;摩勒尔哪,他还带着他学校里的教科书,做着考试

---

① 多处"假如"原文为"设若"。

的梦,在大炮的轰击中他还低声地念着物理学的定理;里亚哪,他满面都是胡须,他偏爱着政府娼妓部的女孩子。他发誓说过她们受军队命令强迫去穿着丝的衬衣,而且在一些少佐和上级军官娱乐的客人之前洗浴。第四个,是我自己,蒲尔波墨儿。我们四个都是十九岁,都是从学校的同一班里出来投入战争的志愿兵。

靠近我们后面的是我们的朋友:第牙顿,一个和我们同年纪的瘦弱的锁匠,是队里最会吃的人。他坐下来吃的时候瘦得像是一只螳螂,站起来的时候却大得像是一只有孕的臭虫。海·威斯撒斯,也是同样年纪,是一个掘煤夫,他能把军食面包很容易地握在手中而说:"猜猜看我的拳中是什么呵。"还有地达琳,一个农夫,他所想的只是他的田园和他的妻子;最后是期丹尼斯罗渥斯·嘉德辛斯基,他是我们这一群的领袖,足智多谋,曾受过苦痛,他四十岁,面孔的颜色像泥土似的,蓝眼,弯下的肩颈,和一颗嗅得出坏天气、好食物,和轻快的工作的出奇的鼻子。

在厨房前,我们这一伙子排这一排的前头。我们渐渐地忍耐不住了,因为厨子一点也没注意到我们。

终于嘉德辛斯基向他嚷道:"喂,亨利契,开起汤菜房来。谁都知道豆烧好了。"

他懒懒地摇着头道:"你们必须到齐再说呀。"第牙顿讥笑说:"我们都到齐了。"

这厨头还是一点都没注意。"这在你们也许行,"他说,"但是其余的人在哪里呢?"

"他们今天不吃你的了。他们不是在医院里便是在土里了。"

这个提醒使厨子十分措乱。他口吃着。"但是我弄好的菜食是给一百五十个人的哩——"

克路伯向他肋骨一推说:"那么我们可大吃一顿了。来呵,动手!"

第牙顿忽然有了一种感觉。他那尖滑的老鼠似的形状开始显著出来,他的眼睛欺诈地眯着,牙床扭动着,他哑声地低语道:"嘿!你也预备好一百五十人的面包吗?"

厨头毫不介意,昏乱地点着头。

第牙顿扯住他的外衣说："腊肠也是这样吗？"

日恩日尔再点着他的头。

第牙顿的牙床抖着。"烟也是这样吗？"

"不错，什么都是。"

第牙顿面孔发亮："一个多么好的豆筵啊！所有这些食物都是我们的！每人得到——等一会儿——不错，简直两份哩。"

这时日恩日尔就争辩说："那可不行。"

我们骚动起来，开始挤拢去。

"为什么不这样做？你这老红头。"嘉德辛斯基问。

"八十个人不能有一百五十个人的东西呵。"

"我们立，就要给你明白明白。"摩勒尔怒骂着。

"这些炖菜倒不要紧，但是我只能发给八十个人的粮食。"日恩日尔固执着。

嘉德辛斯基发起脾气来。"你还是大量一次罢。你所领来的食物不只是八十人的。你所领来的食物是第二队的。好。现在就让我们吃罢。我们是第二队的兵士啊。"

我们动手胁迫这人。没有一个对他客气的，因为在战线上的时候，他两次将食物送得很迟，并且冷了，这都是他的错处。在炮弹之下他不将厨房弄在离我们很近的地方，所以我们抬汤的人必须比别队的人走更多的路。现在第一队的波拉克比这人好得许多。他肥得像是一只冬天的袋鼠一样，但是在炮弹之下他还在前线上搬着他的锅罐。

我们都已忍不住性子，假如我们的队长不来一定会闹翻。这种争辩他不问亦知道，他只是说："不错，我们昨天吃了一次大败仗。"

他看到桶子里去。"这些豆像是很好吃的。"

日恩日尔点头。"跟肉和油一道烧煮的。"

副官看看我们。他晓得我们所想的。他亦晓得许多其他的事，因为他到这队来的时候是一个无委任状的官员，并且是从兵卒出身的。他再揭起桶盖以鼻吸气，然后他说："所有的食物都开罢。我们可以这样做的。也替我拿一满盘来。"

第牙顿在日恩日尔的周围手舞足蹈的时候,日恩日尔面孔红了。

"这也不是你的东西,不必费你钱的呵!谁都晓得军需官的粮食是军需官的!现在开饭罢,你这肥蠢汉,别算错啦。"

"你会受绞杀!"日恩日尔骂出口来。事情没法子的时候他什么都挂免战牌了;他简直气炸了。好像是要给人家知道他现在什么都是一样了,他竟然亦将半磅滤净的蜜糖分给我们。

今天真是异常地好。邮件到了,几乎每个人都有两封信或报纸。我们在屯扎的地方的后面的草场上散步。克路伯挟着一个假牛乳油桶的圆盖。

草场的右旁建起了一间大的公共便所,一间经营很完全、很牢固的建筑物。但是这间便所只是供给那些新兵,他们还不会利用他们所碰见的东西。我们找着些较为好点的东西。这里各处都散布着些一个一个分开的箱子,亦是要给人休息用的。箱子是四方的、清洁的,各面都是木做的边,并且有极满人意的座位。箱子的旁边有把手,可以移动它们。

我们移动三只箱子围成一圈,很安适地坐着。整两点钟我们都在这里,并没起来。

我还记得我们在营盘里当新兵要用那公共便所时是怎样地窘迫呵。那里没有门,二十个人一排一排地坐着像是在火车里一般,那么他们一看所有的人都可看见了,因为兵士常常是受监视的呵。

后来我们聪明些了,并不觉得这种不甚体面的事为可羞。还有比这更坏的事,我们亦都视之坦然了。

在这儿露天的地方,正是一种快事哩。我不明白为什么从前常常觉得这是一桩可羞的事。其实这事是像吃和喝一样合法。我们刚应募的时候不敢接近这些箱子;我们对它们很生疏,从来不敢这样地使用——但是现在这事早已是自然的了。

兵士比别种的人更为向他的胃和肠亲密。他的话的四分之三的源头是从胃和肠来的,在他表现出最大的快乐和最深切的愤怒时,都有它们所给予的一种相关的气味。别种的方法不能这样明晰地、简切地表现出来。我们回家的时候,我们的亲人和师长或许会大吃一惊,可是在这里这是最普遍的言语。在我们眼睛里,觉得完全无罪。并且它们成为一种自然的事,做起它们这种安适的事像是玩着顶面有保险箱的冲水。"便所流言"这种名称的发明不是毫无意义的;这处是联队的"闲话店"和"公共房"。

我们自己暂时觉得这间休息所比任何白屋顶的王宫似的"厕所"还好。那里只是卫生的;这里却是美丽的啊。

现在是极可惊异不受监视的时候。在我们上面的是蓝色的天空。晚霞泛滥着那光亮的黄色,映着夕阳光侦察的气球,和一些射击飞机的炮所发出的许多小白烟。它们常常是整堆地升高上去,跟在一个飞机手的后面。我们隐约地听见前线轰隆隆的声音,只是像很远的雷响一样,野蜂群嗡嗡的嘘声一来,炮声就听不见了。在我们的周围展开着多花儿的草原。草儿摇摆着它们的长茎;白色的蝴蝶在周围飞着,在晚夏轻暖的和风中飘荡着。我们看看信和报纸,抽抽烟。我们脱下帽子放在我们的身旁。风玩弄着我们的头发;它玩弄着我们的言语和心思。三只箱子是站立在鲜明的红色的罂粟花中。

我们将假牛乳油桶的盖放在膝上,这样我们就有了一只好玩纸牌戏的桌子。克路伯,带有纸牌。每次投骰失败的人就付些钱放进公注里去。谁都能这样永远坐下去。

从军营里浮出一些手风琴的乐音来。我们往往将牌子丢在一旁,而悄然四顾。我们其中的一个就会说道:"多么好呵,孩子们。……"或是"这时候有这琴音是桩切合的事……"然后大家沉静一刻儿。我们每个人都有种抑制之感,我们谁都觉得,不必用话将它说出来。也许今天我们不会在这里我们的箱子上坐着,这是很容易有的;它的临近真可咒诅呵。所以每事都是新的和勇敢的,红的罂粟花和好的食物,香烟和夏天的暖风。

克路伯问道:"近来谁见过堪墨尔契吗?"

"他是在圣约瑟医院里。"我告诉他。

摩勒尔解说他的大腿受了创伤;已很烂了。

我们决定下午去望望他。

克路伯扯出一封信来。"堪都拉克向大家请安。"

我们笑着。摩勒尔丢了他的香烟说道:"我很愿意他也能在这里。"

堪都拉克曾经做过我们的先生,他是一个很活泼的矮子,穿着一领灰色的燕尾服,有一副像地鼠似的面孔。他的身材大约和熊马拉斯托斯排长一样大,那个排长就是"高劳斯达堡的恐怖"。这是很可奇的,世上不快活的事常常是矮子带来的。他们比大汉子更为奋力和不肯退让。我往往极当心离开那些矮队长。他们大多都是极凶恶极峻严的矮军官。

操练的时候,堪都拉克向我们大演说一场,直到我们全班的人羊似的被他带去见那区的司令官而自愿从军。我现在还看得见他,他习惯地从他的眼镜里睁视我们说:"同志们,你们加入吧。"

先生们常常将情感放在他们背心的袋子里,每天无论何时他们都能发起脾气。这在当时我们并没想到。

实在的,我们中间有一个学生犹豫不决,不肯从军去。这人就是约斯夫·伯思,他是一个肥壮的、粗陋的人。但是他肯受人劝,不然谁都就要跟他绝交了。他所想的或者我们大多都有,可是没人敢说出来,因为这时候谁的父母都预备了"懦夫"这字眼;谁也不能确想出我们将要怎样。最聪明的是穷人和蠢汉。他们晓得战争是不幸的,那些较富较有智识的人却以为战争是快乐,虽则他们本该比穷人蠢汉们较为能判定那战争的结果。

嘉德辛斯基说这是因为他们生长所受的教养的不相同的结果。这使他们变呆了。嘉德所说的是他曾思索过的。

说来很奇怪,伯思是第一个死的。在某次进攻的时候他的眼睛中了一弹,我们丢了他让他死去。我们不能带他一道回来,因为我们回来的时候很忙乱。那天下午,我们忽然听得他的叫声,看见他在外面爬向我们来。本来他不过是被打昏了。因为他看不见,并且已痛得疯了,他没有躲好,于是再中弹倒地,因为谁也来不及扯他进来。

自然,这事我们不能归咎堪都拉克。假如有人使每个人都受责问,还有什么世界呢?像堪都拉克这种人有好几千个哩,他们都自信只有一条干得好的方法,而这就是他们的方法。

这就是他们使我们这样受苦的缘故。

他们应该做我们这些十八岁的孩子的指导者,向老成的世界,工作的、责任的、教养的、进步的世界走去,向将来的世界走去。我们常常跟他们打趣开玩笑,但是在我们的心内却是信托他们的。他们所表现的那种权威的气概,使我们的心里觉得那就是表示一种较高的见识和较大的聪明。但是我们一看见这第一次的死后,这种信心便推翻了。我们已觉得我们这一代人比他们那一代更可靠。他们所胜过我们的只是言辞和乖巧。第一次的炮攻就使我们明白我们的谬误,他们所教训我们的都轰碎了。

他们继续下去做文章和谈论的时候,我们目睹人们受伤和死亡。他们教训我们为国服务是最重要的事时候,我们已晓得死的痛苦还要厉害哩。可是虽则如此,我们都并不是蔑视上级军官的兵士,不是逃兵,不是懦夫——他们是很可以任意用这些罪名的。我们跟他们一样地爱护国家;什么事我们都是极勇敢地去做;但是我们还要辨别真理和谬误,我们忽然学会了观察。我们看出他们的世界已荡然无存了。我们马上就成为可怕的孤立;而且我们必须孤立着去看透。

在我们去看堪墨尔契以前,我们将他的东西收拾起来:他回家的时候会需要这些。

医院里极扰动;里面蒸发着石炭酸、酒精,和水汗。这些东西我们在兵房里大都已习惯过,但是在这里却几乎使我们昏透。我们询问堪墨尔契。他躺在一间大房子里,用一种快乐微弱的欢喜的神情和失望误的举动来欢迎我们。他昏迷着的时候有人偷了他的表。

摩勒尔摇着他的头说:"我常常告诉你,没有一个人会带着同那一样好的表。"

摩勒尔未免唐突,不懂世故,不然他就会禁住口,因为谁都看得出堪墨尔契永远不会离开这里了。无论他找得到或找不到他的表都没有什么关系。至多是能够把它寄给他的亲人而已。

"法兰兹,怎样啦?"克路伯问。

堪墨尔契的头欹下去。

"还好……但是我的脚部有一种极可咒诅的疼痛。"

我们看看他的被单。他的脚放在一只铁丝篮下。被单拱弯起来盖着这篮子。我踢一踢摩勒尔的胫骨,因为他刚要开始对堪墨尔契告诉勤务兵在外面所告诉我们的话:堪墨尔契断送了他的脚。他的小腿是割去了。他容貌阴惨、枯黄、苍白。在他面孔上有我们很常看见的拉紧的皱纹,现在我们已看过百多次了。这些皱纹并没像号牌一样多。在皮肤的下面生命将要不跳动了,生命已被挤到身体的边界。"死"已在身内工作起来。"死"已在他的眼睛里主宰着。这里躺着我们的同伴堪墨尔契,不久以前他还跟我们一道熏煮马肉和在炮洞里潜伏着。这还是他却又不是他了。他的形态已变模糊难认了,像是一张拍过两次照的照像片子。就是他的声音也响得像死灰一样了。

我想起我们出发的时候。他的母亲,一个很肥的寡妇,带他到火车站来。她一直哭着,她的面孔哭肿了。堪墨尔契不安得很,因为她是所有人们中最不能自持的一个;将她简单地分析起来只是些油和水。忽然她看见我,她抓住我的手臂,抓了又抓。求我离开这里后看顾法兰兹。实在的,他有的是一副像小孩子的面孔,和脆弱的骨头,一经四礼拜的负包袋,他的脚就肿了。但是,在战场上一个人怎么能够照顾别个呢?

"不久你就可以回家去,"克路伯说,"你必须再等三四个月就可离开。"

堪墨尔契点头。我忍不住去看他那双蜡也似的手。指甲下面是战壕里的污土,颜色像是毒质似的蓝黑。忽然有种念头袭击我,这些指甲在堪墨尔契不能呼吸以后还能像那地窖中很长的异草继续长起来么?我看见这张图画在我的目前。指甲自扭成螺旋状,生长复生长,头发在污烂的头颅上,真像是发在肥地的草儿,真像草儿。怎么竟至如此呢——

摩勒尔俯下身。"法兰兹,我们带了你的东西来。"

堪墨尔契以手作势。"放在床下罢。"

摩勒尔便这样做。堪墨尔契又再开始说起那表的事。谁能安慰他而不致使他猜疑呢?

摩勒尔拿出一双飞机手的长靴。这是一双很好的英国靴,是用很软的黄色皮做的,高到脚膝,各面都镶着花边——这双鞋子真是值得人家爱慕的。

摩勒尔拿出这靴子来的时候很快乐。将那靴底比一比自己的靴底说道:"法兰兹,现在你要穿这双靴子吗?"

我们三人都有这同样的念头;假如他的病能好点,也能穿一只——这双靴子在他是没有用了。现在事情既是这样,将东西留在这里是可惜的;他一死自然那些勤务兵就会抢去了。

"你肯将这靴子留给我们吗?"摩勒尔复说一遍。

堪墨尔契不肯。这双靴子是他所认为最宝贵的东西。

"得,我们对换,"摩勒尔再提议,"这双鞋子在医院外面是有用的。"但是堪墨尔契还不为所动。

我踏一踏摩勒尔的脚;他不情愿地将那双好靴子再放进床下去。

我们再谈一刻儿然后就走出来。

"法兰兹,放心呵。"

我答应他明天早晨再来看他。摩勒尔亦这样说,他是在想着那双镶花边的靴子,到那时候可立即拿到。

堪墨尔契呻吟着。他发着极高度的热。我们在外面找到一个勤务兵,要他给堪墨尔契一服吗啡。

他不肯。"假如我们将吗啡给每个病人,我们该有满大桶的吗啡才成——"

"你们是对上级军官们才肯好好地照顾。"克路伯愤愤地说。

我赶忙夹进去:将一枝香烟给他。他拿了香烟。

"现在,你是否可以常常给他……?"我问他。

他有点窘迫。"假如你不以为是可以,那你怎么会问呢?"

我再将两三枝香烟塞进他的手中去。"替我们帮一帮忙——"

"得,得。"他答应。

克路伯跟他去。他不相信这人,要去看看。我们在外面等着。

摩勒尔重新讲起靴的事。"那双靴子完全合我的式。穿着这双靴子,使我老是长疱。想他是否能耐到明天早操以后呢? 假如今夜他逝世,我们晓得那双靴子——"

克路伯回来。"你们觉得怎样?"他问着。

"完了。"摩勒尔加力地说。

我们回到草屋来,我想到明天我必须写给堪墨尔契的母亲的信,这使我寒心。喝些甜酒后我才可写得出。摩勒尔拔了些草儿咀嚼着。忽然小克路伯丢掉他的香烟,凶凶地践踏着,惊惶,昏迷地看着他的周围,口吃着说:"该咒诅的粪,该咒诅的粪呵!"

我们往前走着,走了好久。克路伯自己安静下来;我们晓得他是看见红光,这儿谁都有过。

"堪都拉克写信给你说了什么?"摩勒尔问他。

他笑。"我们是铁青年。"

我们三人都苦笑着。克路伯骂说:"欢喜着他,能够说话哩?"

不错,这就是他们整十万个堪都拉克的想法!铁青年。青年!我们都没过二十岁。但是年青吗?青年时代吗?那已成过去。我们是老人了。

二

　　想到家中我的写字桌的抽屉里有一篇剧本"Saul"的开始几段和一束诗，真是怪事啊。我曾许多夜写着它们——这种事我们每人都曾做过——但是这些事我已觉得不确实，我再也不能理会了。我们早年的生活，在我们一到这里的时候，手还未举，早已割断了。我们常常回头看看早年的生活，想要得到一解释，但是从来没十分成功过。因为我们二十岁的青年每事都是异常渺茫的，克鲁伯、摩勒尔、里亚、我自己，和所有堪都拉克所称为"铁青年"的都是一样。所有较为老年的人都和他们早年的生活连接着。他们有妻子、孩子、职业，和有利益的事，他们有这么强壮的一个背景，战争不能湮没它。我们二十岁的青年，所有的只是我们的父母，有的或许有一个恋人——恋人并没什么大力量，因为在我们这种年纪父母的势力的影响很大，少女们还没紧抓住我们。除此以外还有一点点——我们所热心的事，我们所欢喜做的事，和我们的学校。除了这些以外，我们的生活并没其他扩张的事。就只是我们这一点点的事现在都没剩留了。

　　堪都拉克往往说我们是站在生之门前。这或许是对的。我们还没有根基。战争将我们扫开了。在别一方面那些较为老年的人，战争只是他们一种生活的截断。他们还能想到战争以外的事。但是我们却被战争所紧捏着，一点也不晓得结局是怎样。我们只晓得在些奇异、忧愁的路上我们会成为荒漠的陆地。同样的，我们并不常常忧虑。

　　虽则摩勒尔极想得到堪墨尔契的靴子，其实他亦像其余的人一样地在这样可悲伤中想也不能想到靴子这桩事。他只是看清楚事情的真相。假如这双靴子对于堪墨尔契有些用处，那么摩勒尔就是赤着足在附有尖钩的铁网上走亦不肯去计划怎样得到靴子。但是堪墨尔契这种情形，靴子实是完全没有用，摩勒尔却有大大的用处。堪墨尔契必会死的；拿了这靴子并不算什么事。那么，为什么摩勒尔会不去想得到呢？他比一个医院的当差还有权利。堪墨尔契一死就太迟了。所以摩勒尔极当心着。

　　所有其他的理由我们都不管；因为那些都是做作的。事实的真相我们才觉得重要。并且好的靴子是难有的啊。

曾有一次是不相同的。我们走到那区司令官处去应募的时候,我们是一班二十岁的青年,有许多人在第一次要进兵房以前很骄傲着,我们的将来我们并没精密的计划。我们对于前程和行业所想到的太不重于实际,不能做我们生活任何的计划。我们对于生活,和对战争,还塞满着渺茫的思想,那种的理想几乎是浪漫的。我们在军队受十星期的训练比在学校十年所受的影响还要大。我们学到一颗明亮的纽子是比叔本华(Schopenhauer,大哲学家)的四本书还要贵重。起初我们惊奇,后来怨恨,终于觉得并没什么异样,我们确实地晓得没有心思只有擦亮的鞋子,没有智识只有纪律,没有自由只有操兵。我们来当兵的时候是异常地切心和热诚,但是他们将什么都弄掉了。三星期后,我们就明白一个挂皮带的邮差对我们的权力比从前我们的师长、父母,从柏拉图到歌德所有的教训的力量还要大哩。我们年轻惊醒的眼睛看清我们师长所教训我们的对于祖国的古典思想是一种人格的藐视,就是向最下贱的奴隶亦不能用这样的要求——行礼,立正,阅操,托枪,右转,左转,响脚跟,跑步,和千多种麻烦的琐事。我们幻想着我们的事情会不相同的,终于只是找出我们像一只马戏场的小马受英雄主义所磨折着。但是我们不久就习惯了。我们学的其实有些事情是必须的,但是其余的都是虚饰。兵士对于这些事情的区别有一颗很好的鼻子。

我们一班的人分做三四排散开,每排其余的人是法李西亚的渔夫、农人、工人,我们不久就都成为朋友了。克路伯、摩勒尔、嘉德和我被派到第九排去,受熊马拉斯托斯的管辖。

在军营里他有纪律最严的声名,并且引以自傲。他人极矮小,有黄褐色涂蜡的髭子,他做过十二年邮差,过的是平民生活。他最不欢喜克路伯,第牙顿,威斯撒斯和我,因为他觉得有种沉静的不服。

有一天早晨我打叠他的床十四次。每次他都有些不对的地方可找出来,而都弄乱了。我搓他一双有史以前硬得像铁似的靴子搓二十点钟——自然有中歇的——直到那鞋子像牛油一样柔软,熊马拉斯托斯再也不能从这鞋子找到可使我工作的地方。我遵奉着他的命令用一枝牙刷去刷擦排长吃饭的地方。克路伯和我受令用着一枝手扫和一个垃圾扇去打扫兵场的雪,假如不是偶然有一个副官来，我们一直工作下去必会冻死，副官责骂熊马拉斯托斯。但是结局只是使熊马拉斯托斯更恨我们。连连六星期每星期日我都去当站岗，六星期内我都是草屋内的勤务兵。我背着全军袋的重量和来福枪应当在一片软湿的新犁过的田地上练习"预备前冲，冲呵！"和"躺下去！"直到我是一团泥土而终于无力地倾崩下来。四点钟后我当去报告熊马拉期托斯说我的衣裳刷清洁了，我的双手擦伤和流血。克路伯、威斯撒斯、第牙顿和我被派去守着一极寒冻的森林，不可戴手套，整一刻钟久，熊马拉斯托斯注意着我们在来福枪铁管上赤露的指头极小的移动。因为我的抽屉抽开在离桌沿三寸，那个抽屉是每个兵士当将他所有的东西都塞进去的抽屉，所以我必当在早晨两点钟从兵房最上层跑到天井来，而只穿着我们的衬衣，一共来往八次。在我的旁边走着熊马拉斯托斯排长，践踏着我赤裸的足趾。枪刀刺练习的时候，我每次都是当和熊马拉斯托斯战着，我拿着一枝重铁的武器，他却拿着一枝木头的，他很容易地击着我们的手臂，使我的手臂变成黑色和青色。有一次，实在的，我异常地气，我茫然地向他胃部猛刺一下，击倒了他。当他向队长报告的时候，队长笑他，告诉他眼睛必须睁开一点；队长晓得熊马拉斯托斯的做人，所以他的受窘队长很显然地不是不快活。平行木的玩意儿我已是个老手，在健身房的疾跳我胜过我的教练——就是他的声音我们真怕得发抖，但是这只脱缰的邮马永远不待我们好点。

一个星期日，克路伯和我抬着一个休息所的粪桶，横过兵房的草场，熊马拉斯托斯走近来，打扮得整整齐齐，意气洋洋地刚要出去。他在我们的前面站住问我们怎样欢喜这种的工作。我们只是装做失足将桶内的水泼到他的脚上去。他很气，但是界限到了。

"这是当关监的呵。"

克路伯受得过了。"先是查问哩，"他说，"那么我们就可卸掉重负了。"

"你是向一个无委状的军官说话吧！"熊马拉斯托斯听着，"你疯了是不是？你必当等待人家问才可说话。你要怎样做？"

"随你便，排长。"克路伯说，他的拇指按着他的裤子的缝痕。

熊马拉斯托斯晓得我们的意思，响也不响地走开去。但是在还没看不见他以前，他怒骂着说："你们必当受罪！"——但是这是他的威赫的结局。他再一次试试看在犁过的田地上喊着他的"预备前冲,冲呵!"和"躺下来"。我们服从每条命令,一条又一条我们都遵从着。但是我们慢慢地动作,这使熊马拉斯托斯很失望。我们极小心地做着膝的动作,然后手的,还有许多;当时他很愤怒,他发出别个命令。但是在我们还未开始流汗以前,他的声音早已沙哑了。这次以后他让我们平安过日。他真是将我们当做猪似的差遣着,但是,不要紧,在他的声音中已有一定的限制。

还有许多顽固排长,大多都是较为合理的。但是他们每人都想尽他们所能地在后方保有他们的好地位,所以他们待新来的兵士只得严酷。

实际上全兵营所有的刷擦的工作每每派给我们,我们都极愤怒地叫着。有许多人因此生重病;威拉夫实是因肺的发炎死去的。但是我们每每觉得我们血色的消损是可轻视的。我们变成刚愎,多疑,无怜惜心,强暴,顽固——这些都是好的;因为这些品性是我们绝对需要的东西。假如我们没经过这一期间的训练,我们调到战壕里去的时候大多的人必会疯起来,只是为着那等待我们的预备好。我们并不生病,只是忍耐着;我们二十年中许多别的像这样痛苦的事,也都有帮助我们。但是重要的是使我们觉得有一种 esprit de corps 的牢固,有实用的感情,那是一种从战争中的战场上所可找出的最好的事——同伴的友爱。

我坐在堪墨尔契的床边。他很稳固地欹着身。我们的周围很骚乱。一辆病人火车刚到,在拣着那些可以离开的病人。医生走过堪墨尔契的床,看也没看到他。

"后次,法兰兹。"我说。

他以肘撑床抬起身来靠在枕头上。"他们刖了我的小腿。"

现在他也知道了。我点一点头回答:"你能经遍这险,是应当感谢的啊。"

他沉默着。

我再说:"法兰兹,有的两脚都刖去哩,威日拉失了他右手。这更坏了。并且,你可以回家去。"

他向我看看:"你这样想吗?"

"自然。"

"你这样想吗?"他再问一遍。

"确实的,法兰兹。你一经过手术后就好了。"

他打手势叫我俯近他。我俯近他,他低语说:"我不这样想呢。"

"别说废话,法兰兹,两三天后你自己就可晓得了。这算什么——一只刖足吗?在这里他们疗割更厉害的伤哩。"

他举起一只手。"你看看这些指头。"

"这是手术的缘故。好好地调养着,你不久就可复原了。他们照拂你好么?"

他指着一只还半满的碟子。我激动起来。"法兰兹你必须吃呀。吃是最重要的。这些东西看起来还不错。"

他转开身。歇一刻儿他才很慢地说道:"我很愿我再能做一个管树林的人。"

"所以你必须忍耐些。"我使他相信,"现在有极精巧的人造脚,你很难看出任何破绽来。它们是按在肉上的。你可用一只人造手使你的指头移动工作,就是写字亦可以的。并且常常新发明更进步的家伙。"

他悄悄地躺一刻儿。然后他说,"你可将我镶花边的靴子带给摩勒尔。"

我点头,想不出用什么话来鼓励他,他的嘴唇消松,他的嘴渐大,他的牙齿露显出来,像是白粉做的。他的肌肉变软,他的前额更为凸出来,颧骨耸出。全身的骨是在变动了。双眼早已陷入。在一两点钟内人就要去了。

这种的情形并不是我第一次看到;可是我们两人从小就聚做一堆,这却有点不相同了。我抄过他的作文,在学校里的时候他常常穿着一领有一条褐色带子的衣裳。他亦是我们中间特有的一个能在健身房的横木上翻"大汉翻"的人。他翻着的时候,他的头发像丝似的飘垂到他的面上来。堪都拉克常常以他能做这桩事为傲。但是他不能吃烟,他的皮肤极白;他有过些少女的事。

我看看我的靴子。靴子大而且笨,裤脚折进靴子里去,站起来像是建筑得很牢固的粗强的水管。但是当我们脱衣裳起来洗浴的时候,我们突然有了细小的脚和轻松的肩头。我们已不是兵士,只是比孩子大一点的青年;没人肯相信我们能抬军袋。我们裸体站着是最奇异的时候;我们成为平民,我们自己亦觉得这样。洗浴的时候法兰兹·堪墨尔契像一个小孩子一样地细小幼弱。现在他躺在这里——但是什么缘故呢?全世界都当经过这张床而说:"这是法兰兹·堪墨尔契,十九岁半,他不愿意死。别让他死去呵!"

我的思想很凌乱。石炭酸和死肉的蒸气窒住肺部,这是一种极浓厚的最会闷死人味。

天渐黑了。堪墨尔契的面孔变色了,它从枕头上跌下去,苍白得发起光来。他的嘴轻轻地动着。我俯近他,他低语说:"假如你找到我的表子,送回家去——"

我没回答,回答并没什么用处。谁也不能安慰他。我失望地哀痛着。这有凹下的太阳穴的前额,这嘴,现在只是一裂缝,这尖鼻子!并且我必须写信给那个在家里,哭着的肥妇人。假如信早已写清楚就好了。

医院的当差拿着些瓶子和桶子来来去去。有一个走上来看一看堪墨尔契而又走去了,你可明白他是在等着,很明显的他是等要这张病床。

我俯近法兰兹向他说话,好像我这些话能安慰他似的:"法兰兹,也许你回到高劳斯得堡可使你的病复原的家,在些田舍之中。那么你就可从窗子上望见些农田,直望到那两株在晚霞中的树儿。现在是一年最好的时候,五谷熟了;薄暮的时候,农田在残照里像是珍珠母。还有那靠着高劳斯得麦溪白杨树的小径,那儿我们常常捉着巢鱼的!你可再凿个养鱼池而在那儿养鱼,你可随随便便地出入,设若你要按披安娜也是可以的。"

我欹近那在阴影中的面孔。他还轻轻地喘着气。他的面孔淋湿,他是在哭着。我说了一套多么呆的话呵!

"但是法兰兹,"——我将我的手臂围着他的肩头,我的面孔对向他的面孔,"现在你要睡吗?"

他没回答。眼泪滚到他的面颊下来。设若我的手帕不是那样污秽,我想去拭它们。

过了一点钟。我每时每刻都极紧张地坐着望他,或者他要说些话。为什么他不开起口哭出声来。他只是泣着,他的头转在一旁。他没提起他的母亲、兄弟,和姊妹。他一句话亦没说;这些事物都已在他的后面;现在他只是孤独地伴着他十八岁的小生命,哭着,因为生命将要离开他了。这次的离别是我所看过最痛苦最痛心的一个,虽则第特恩的离别亦是这样可痛,他的母亲喊他为大熊,那时候他的眼睛凶得使人极怕,手里执着一把短短的刀,不肯让医生走近他的病床来,直到他突然脱力软躺下去。

忽然堪墨尔契呻吟着,而开始咕咕地哼起来。

我跳起身颠蹶地走到外面喊道:"医生在哪里?医生在哪里?"

我看见一个有白围巾的人,我跑去抓住他:"快点来呵,法兰兹·堪墨尔契将要死了。"

他挣开自己问一个站在身旁的当差:"那是谁呵?"

他说:"二十五号病床,刖足。"

他以鼻吸气说:"我怎能晓得呢,今天我削五只脚哩。"他推开我向医院的当差说:"你去看看",说完走向手术房去了。

我和那个当差走着的时候气得抖了。那人向我看看说:"从今天早晨以后一次又是一次手术。只是今天已有过十六个——你的朋友是第十七个。一共大概会有二十个。"

我昏迷了,忽然我什么也都不能做。我再也不气了,这是蠢的,我跌下去永远不能再起来了。

我们在堪墨尔契在床边。他死了。他的面孔还是被眼泪所淋湿。眼睛半开着,枯黄得像是旧钮子一样。

当差向我的肋骨推推。"他的东西你想拿吗?"我点一点头。

他继续说下去:"我们立刻就当将他抬开这里,这张床我们要用。外面的病人都躺在地板上呢。"

我收拢他的东西,解了堪墨尔契的证章。当差向我要支钱簿。我说那自然是在当差房里的,说后就走了。在我的后面他们已将法兰兹拉到一条油布上去。

门外,我被黑暗和风所惊醒,像是释放出来似的。我尽我所能的深深呼吸着,觉得微风拂面,我从没受过这样暖和的风。少女,多花的草埔和白色的云儿的念头,忽然都涌进我的脑里。我的脚在我的靴子里开始向前移动去,我愈走愈快终于跑起来了。兵士走过我的旁边,我听见他们的声音,却不懂那声音是什么。地球从我的靴底向我倾流着力量。夜的声音像是电机点嗒点嗒地响着,前线的轰炮像是许多战鼓的合音。我的四肢软倦,我觉得我的骨节强壮,我深深地呼吸着。夜是生存着,我生存着,我忽然觉得大饿起来,这种饥饿比单从肚里来的还要厉害。

摩勒尔站在草屋前等我。我将靴子给他。我们走了进来,他试穿靴子看看。很配。

他在他的食品中找到一块干腊肠给我,我将它配着热茶和醋酒一同吃了下去。

三

新添来的兵到了。所有草屋内的空位都已铺满着一捆捆的秆草的床。有的是老兵，但是还有二十五个从征发点派来较为慢到的兵士。他们大约是比我年轻两岁。克路伯以肘撞一撞我说："看见那些孩子吗？"

我点头。我们逗起胸，傲慢地走到露天的地方来，我们的手插在袋子里，去检阅那些新兵，我们自己像是石器时代的老兵一样。

嘉德辛斯基跟着我们。我们走过载马的车子去看看那些新添来的兵，他们都已分过防毒气的面具和咖啡。

"你好久没吃过好东西吗？"嘉德向一个孩子问。

他扮一扮面孔。"早饭，萝卜面包——中饭，炖萝卜——夜饭，萝卜和肉片，萝卜和生菜。"嘉德哼熟识的吹啸。

"萝卜做的面包？你们还算幸运，有的其实是石硝做的。豆子呢？有吗？"

那孩子面孔转红："你别欺我。"

嘉德辛斯基只说："拿你的食罐来。"

我们都好奇地跟着。他带我们到一只在他的秆草捆后的桶。桶内半盛着煮的牛肉和豆。嘉德辛斯基在桶前像一个将军似的站着说："尖利的眼睛和轻快的指头呵！"这是普鲁士人所说的。

我们都很惊奇。"大腹，嘉德，你从哪儿得来？"我问。

"日恩日尔肯给我拿这些东西。我将三片落伞丝给他。冷肉亦是好吃的。"

他有点不愿似的将一份食物拿给那孩子说：

"下次你拿你的食罐来的时候，在你的另一只手拿一枝雪茄或是一枝咀嚼烟来。给我呵？"然后他转向我们说，"自然你们是不必征税的。"

嘉德辛斯基从来没缺乏过；他有第六官。各处都有这种人，但是起初看不出来，我晓得嘉德辛斯基是最伶俐聪明的人。他的职业是补靴匠，这我相信，可是是或不是都没什么关系；他各种的行业都懂。跟他做朋友是有益的，像克路伯与我的跟他做朋友，海·威斯撒斯亦是这样，多少总可得到些利益。

但是海较为像是当事情当动武起来的时候,听嘉德的命令去实行的手臂。因此他亦有他的个性。

比方说,有一次夜里我们屯在一个完全不熟识的地方,一个愁惨的洞里,四壁都已极蚀败了。我们歇在一间黑暗的小工厂里。里面有床,不如说是茶柜罢——只是两条木板放在铺开的铁丝网上。

铁丝网很硬,又没有什么东西可铺在上面。我们的油布又太薄。我们只能将被单盖着自己。

嘉德看看这地方,然后向海·威斯撒斯说:"跟我来。"他俩出去搜寻。过半点钟后他俩捧着满手臂的草儿回来。嘉德找到一只里面有秆草载马车的格子。现在假如我们不是极饥饿,我们就可安稳地睡了。

嘉德问一个在这邻近已过些日子的炮手:"附近有兵士酒店吗?"

"有什么?"他笑着,"这里什么都没有,你找不出能比面包皮还好的食物。"

"现在附近有人住着吗?"

他吐痰。"不错,有一对。但是他俩整天围着煮煎房偷闲求乞着。"

"这可就糟了!——大家带子束得紧点,等待明早伙食的送来罢。"

但是我看见嘉德戴上他的帽子。

"嘉德,哪儿去?"我问。

"找找可吃的东西。"他走开了。那个炮手极轻藐地讥笑着说:"让他找罢!但是别太有希望心啊。"

我们忧苦地躺下来,谈论着我们是否可去拿些下锁的食品来吃。但是这事太危险;所以我们试想甜睡一下。

克路伯分开一枝香烟,拿一半给我。第牙顿计算起他那国的国家菜——阔豆和腌肉。这种菜若没熏番石榴的调味,他就藐视起来,并且说:"天呵,食物都一道烧罢,别将那些番薯、豆、腌肉各自分开烧。"有些人咒骂第牙顿,假如不停止叽哩咕咕就要将他研成湿番石榴粉去。那么这大房间里就完全悄静了——只有那些在一双瓶子背上的蜡烛闪着光,和那个炮手常常的吐痰。

门一开,嘉德出现的时候,我们吃了一吓。我以为必是在做梦;他挟着两块面包,他的手里拿着一只染着血的沙袋,里面充满着马肉。

炮手的烟管从他的嘴中跌下。他摸摸那面包。"天呵,真的面包。还熟着哩!"

嘉德并不怎样解释。他有了面包就是了,别的他都不管。我能确说就是将他弄到沙漠中去,半点钟后他亦能聚拢些熏肉、桑子和酒来做晚餐。

"砍些柴。"他简简地向海说。

然后他从他的大衣里拿出一只煎炒锅,从袋子里摸出一手把的盐和一块肥肉。他什么都想到。海在地上生起一个火来。这将工厂的这空房里统照亮了。我们爬出床来。

炮手吃着。他走近来称赞嘉德,亦想要得些东西吃。但是嘉德辛斯基看也没有看他,他只像些极薄的空气。他咒诅着走开去。

嘉德晓得使马肉熏起来柔烂的方法。不能将马肉一直放进煎炒锅去,这会使马肉粘韧的。马肉必须先放在水中滚一滚。我们围成为一圆圈,用着刀子割马肉,塞满我们的肚子里去。

这是嘉德。假如是在某地方,一年中难有的一点钟当去找些食物,他像是看得到那食物似的戴上他的帽子去找,像是跟着一枝指南针直直向那地方去,而找到食物的。

他什么都找得到——假如是寒冻,小炉子和柴,干草和秆草,桌子和椅子,他都拿得到——找食品他最厉害。这是奇异的;人们或许会以为他是从空气中变出来的。他的杰作是找到四箱子的龙虾。但是大家还想能吃得牛排哩。

我们坐在草屋内日光照得到的地方。有一种松脂,夏天发汗的脚的气味。嘉德坐在我旁边。他想谈话。今天我们练习见礼操的时候,第牙顿向一个军官行错礼。这事永远粘在嘉德的脑子里。

"你看,我们因行礼行得太好,将要战败了。"他说。

克路伯裤脚解开,赤着足轻步走近来。他将洗的袜摊在草上晒干。嘉德眼睛向天,放一大屁,然后解释说:"每粒小豆应当像看见一样地听见"。

两人开始争辩起来。同时他俩用一瓶酒来赌在我们上面飞机战的结局。嘉德辛斯基不肯让步,他像一个老兵似的唱着:

"给他们同样的食品和同样的钱

战争啊一天就完。"

在别一方面克路伯是个思想家。他提议说战争当成为一种有卖入场票和有奏乐的普通的娱乐,像是斗牛一样。戏场上。两国的内阁大臣和将军穿着游泳裤,执着棍子,让他们自己去斗个胜负。谁还活着的那国就胜了。这么一来摆布亦可简单点,叫我们这种人来战争是错的啊。

我的面前有一张图画。兵营的操场上烧滚着中午的太阳。四周都弥满着热气。兵营里已是荒漠了。什么都在打盹。所听得见的只是练习打鼓的声音;他们使各处都听见那练习着的衰颓、沉郁、单调的鼓声。多么相配的合音呵!中午的热,兵营场,和击鼓。

兵营的窗门已没有了,里面黑暗。有的窗子上挂起些兵士晒干的裤子。房里阴凉,看起来很使人恋慕。

喂,黑暗,腐旧,排兵的草屋,铁床架,方格子的被单,小橱子和板凳!这地亦会使你觉得快乐;这里仿佛亦像在家里一样;你的房间里充积着些腐坏的食物的气味,睡、烟,和衣裳!

嘉德辛斯基将这所有的都用很有生气的色彩画出来。为什么我们不能受允准回去呢!但是这种念头我们应当不再想下去。

这种早操——"九十八来福枪的部分是怎样?"——中午的体育训练——"慢步,前进!向右看齐,快步。自己到煮煎房报到去削番薯皮。"

我们沉入于回忆中。克路伯忽然笑起来说:"在罗恩换路呵!"

这是我们这排里好的玩意儿。罗恩是一铁路的交叉点。我们回去休息的时候,在这里走错路就糟了。熊马拉斯托斯常常命令我们在兵房里练习。我们学到在罗恩要走向支路去的时候,必须穿过一条地道。床子当做地道,每人在床的左边正立着。命令"在罗恩换路"一发,每人都像闪光一样爬到床的别一面去。我们整点钟这样练习着——

当时德国飞机被击下。在火烟中飞机的头向前像彗星似的跌下来。克路伯输了一瓶啤酒。他快快地算着他钱包的钱。

"熊马拉斯托斯当邮差的时候一定不是这样的,"阿拉伯特的郁闷较为消沉下去的时候我这样说,"为什么他一做起军事教练来就这样像公牛似的?"

这问题使克路伯振作起来,特别是他听见兵士酒馆里没酒了。"不只熊马拉斯托斯是这样,他们大多都是这样。他们一有了徽章或是带子就变一个人了,刚像吞吃了水门汀和泥土一样。"

"这是制服的缘故。"我说。

"粗忽地看起来是这样,"嘉德说,预备大说一场,"但是事情的根本并不在这里。比方说,你训练一只狗只吃番薯,后来你将一片肉放在它的面前,它立刻吞去,这是它的天性。假如你给一个人有权势,他亦是这样地吞去。人实是一只野兽,只是将些礼节掩饰着自己,像一块抹牛油的面包一样。军队的根基就在这里;一个人必须比其余的人有权。这种的制度的弱点是一个人拥有太大的权力。一个没委任状的军官苦楚兵士,一个副官苦楚一个没委任状的军官,一个队长苦楚一个副官,直到那受压迫的人疯起来。因为他们晓得他们可这样做,他们立刻多少有了种种的习惯。比方说:我们从操场里整步回来,已极疲倦。忽然下命令要唱歌。我们很想张张我们的手臂,但是我们只得无神无采地歌唱着。队长立刻再下令重新回去操一点钟来责罚我们。这有何用处呢?这只是队长的脑子以为他有这么大的权力。没人敢责备他。在反面,他因范律明励而受赞。自然这只是一极小的例子,但是所有其余的事都是这样。现在我问你们,在和平的时候一个人这样横行无所禁忌,不会被人家敲碎鼻子吗?他只能在军队里才这样做。你们晓得他们的脑里都有这种念头。最糟的是一个平常的人,一旦身登龙门,立刻身价百倍了。"

"自然的,他们说军营里必当有节律。"克路伯沉思地随便插一句。

"不错,"嘉德愤怒地叫着,"他们常常这样做。这也许是对的;但是不可成为暴虐。但是你别想去向一个铁匠,或是一个工人,或劳动者,这些下贱点的人说清楚,给他说这样是不对的——这就是他们能这样的缘故。他所懂的只是他曾受过正式的军事训练,当他临到前线的时候,他以为他所晓得无论在何种境地都可应用了。这是可奇的,我告诉你们。在前线上他们这种平庸的下级军官常常不会死的。真是可奇的呵!"

没人反驳。谁都晓得兵操一临前线才停,退后几里又当操起来了,又有那些各种怪无意义的行礼和阅操。兵士无论何时何地都当工作,这是一条铁般的法律。

到这里第牙顿面孔欣喜地跳起来。他受激动得几乎瓦解了。满意地喊出来说:"熊马拉斯托斯,走上他的路。他到前方来了!"

熊马拉斯托斯被第牙顿所最恨,因为从前熊氏在兵营里教训他的缘故。第牙顿夜里睡着的时候湿了他的床。熊马拉斯托斯说这是极懒惰的事,他发明了一种新的方法来矫正教训第牙顿。

他从邻近的草屋里亦找到另一个小便湿床的兵士,名瑾达范特尔,这人和第牙顿受命去睡在一处。在草屋里有普通的床柜,上一张下一张,铁丝网当做床铺。那个睡在下面的人当然是极憎恶的。第二夜他们对换,下面的人睡到上面去,那么他就可报复了。这是一种熊马拉斯托斯的自己教训的制则。

虽则这种思想是下贱的。但是方法不能不算是通。这种制则很使人难受,因为第一个假定就错了:他们两人一点都没懒惰。不论谁看见他们枯黄带病色的皮肤就可晓得了。这事的终末是他俩中间的一个往往宁愿躺在地上,而受了寒冷。

当时海坐在他们的后面。他向我挤一挤眉,而沉思地擦着他粗大的手掌。有一次我们聚拢来过了我们的军队生活最快活的一天——我们受召到前线去的前一天。我们被派到一个新编的兵团里去,但是却先调到兵营去等军火,自然不是新添兵的屯扎营,却是在别个兵房。明天很早我们就当开拔了。在那夜里我们预备跟熊马拉斯托斯清账。

好几个礼拜前我们都立誓过要做这桩事。克路伯想得很远,说和平的时候,熊马拉斯托斯再成为一个邮差,他必要进邮政局去做熊马拉斯托斯的上司官。他极快乐地想着他要怎样虐待熊马拉斯托斯。就是这个缘故,熊马拉斯托斯压我们不下——我们常常想到后面这事,在战争明白以后,我们定要报仇。

当时我们决定要给他吃一顿打。他若认不得我们,明天早晨我们很早开拔去他有什么方法呢?

我们晓得他每夜所去的酒馆。回到兵房来的时候,他必须独自走着黑暗而不熟识的路。我们在一堆石头后面等他。我带着一条被单。我们疑惑地打抖着,希望他会独自一个。终于我们听见他的脚步声,这脚步声我们一听就辨得出来,每天早晨他将门一拉开喊着:"起来"的脚步声,我们已听惯了。

"一个?"克路伯低声地问。

"一个。"

我和第牙顿潜行过那堆石头。

熊马拉斯托斯像是有点高兴；他唱歌着。他的带钮闪着光。他全无疑虑地走来。

我俩捏好那被单，很快地一跳上去，从后面将被单罩过他的头，而拉紧来，他被缠在一只白布袋中，手臂动也不能动。歌声停了。这时海·威斯撒斯来了，伸开他的手臂推开我们，他自己先要来一下。他自己极满意着，他的手臂好像船上打记号的樯柱一样伸高起来。他的手像是一把土炭铲子，猛力向白布袋捶了一拳，这力量够使一只阉牛跌下来。

熊马拉斯托斯滚转跌到五码多远的地方，开始呼救着。但是我们已预备好一块垫子。海蹲下来走路，将垫子放在他的膝上，摸到熊马拉斯托的头就将头压在垫子下。他的声音突然含糊了。海过一刻儿去让他吸些空气，当他大叫起来的时候又突然被压静了。

第牙顿将熊马拉斯托斯的裤带钮解开，拖下他的裤子，当时第牙顿将鞭子咬在嘴里。然后他站起来开始工作。

这是一张很奇异的图画；熊马拉斯托斯伏在地上；海俯下身将熊马拉斯托斯的颈挟在他的脚里。他含恨地冷笑着，他的嘴要咬人流血地开着；熊马拉斯托斯的抽搐，有纹线的裤，扭动的脚膝，每次的被捶打，他的小腿的下部都出现了一种新发明的动作。耸立在这小腿上面的是那个不知倦的像是樵夫的第牙顿。终于我们将第牙顿拉开而干起我们的。

最后海抓住熊马拉斯托斯站起来，干起他最后个人的凶打。他伸开他的右手预备给熊马拉斯托斯的耳朵很凶地一拳，像是要敲倒一颗星子似的。

熊马拉斯托斯颠蹶着。海抓住他再站好起来。预备好给他第二次，左手猛然一击，真是妙哉极矣，熊马拉斯托斯哀叫一声，四脚一齐伏下地去。他那邮差有条纹的内衣在月光中闪耀着。

我们开足速力逃走。

海再看看周围。愤愤地，满意地，有点不可思议地说：

"报仇是最好吃的腊肠啊。"

熊马拉斯托斯应当快活哩；他说我们每人必须教训别人，现在替他结果实了。我们已成为他的定则之成功的学生。

他永远找不出他应当向谁致谢。无论如何他得到了一条被单;因为我们过几点钟后再去找找看的时候,被单没有了。

这夜的工作多少总会给我们第二天早晨的开拔得些满意。一个温良的老人很欢喜将"年轻的英雄"来形容我们哩。

四

我们被派去做铁线网的苦工。天一黑后军需的货汽车就到了。我们爬上去。那时是温暖的薄暮,黄昏的朦胧像是一条幕盖,在这幕盖之下我们觉得是挤做一团。只是那悭吝的第牙顿给我一支香烟,然后有一点光亮。

我们拥挤地站着,肩头碰着肩头,车子里一个可坐的地都没有。但是我们也没希望到要坐。摩勒尔的性情现在已经很好了;他穿上他的新鞋子了。

车机嗡嗡地响着,车身碰来撞去刮辣刮辣地弄着声音。路已坏了,都是些窟窿。我们不敢有点光亮,所以大家都互相依扶着,常常几乎跌下车去。无论如何,这却不能扰烦我们。假使跌下去也随它便罢;折了一只手臂比腹上有了一个洞还好哩,一个人能因此得到再回家的机会,那真是谢天谢地啊。

在我们的后面有一辆载着一长列军需兵的车子。他们疾驶起来,赶过了我们。我们向他们说笑,他们也笑答回来。

一面墙壁露出,这面墙是属于临路的一间房子。我忽然耸起我的双耳。难道我昏迷吗?第二次我又很清楚地听见鹅儿们的叫声。我向嘉德辛斯基望一望,他也向我望一望;两人都明白。

"嘉德,我听得这里有些要求候补煮炒锅的优缺的声音呢。"

他点头。"我们回来的时候就当注意到。我已有了它们的数目。"

嘉德自然是会有了它们的数目。十五英里内所有每只鹅的脚他都晓得。

货车开到炮兵线。大炮的上面都用些树枝树叶遮盖着,像军队的泰勃拿格儿节的嘉宴(Taber-nackles 是犹太人纪念他们曾在旷野住过的节日。在秋季),为的是要避免给空中的飞机探出。那些树枝看起来很使人爱,只别躲在大炮下面就好了。

空气、枪烟和雾搅做一团,渐渐辛酸起来。火药的气味使人更为难过,弄在舌上更不可说了。炮的轰声使我们的货车摇摆着,轰声的波响回到后面去,什么东西都摇动着。我们的面孔在看不见中改变了。其实,我们还没到前线,只还在接应线内,可是从每人的面孔上都可看出:这是前线,现在我在前线里了。

这并不是怕。像我们这种已成为厚皮常来的兵士没有什么可怕。只有那些年轻的新兵都很惊惧着。嘉德向他们解释说:"这只是十二寸的大炮哩。你们先听见堕下来然后才听见炮声。"

但是那些模糊的激战着的声音并不逼近我们。这声音被前线各种别的响声所压下了。嘉德听着:"今夜必有一次炮击。"

我们都注意地听着。前线没有停战。"英国兵已经开火了。"克路伯说。

炮弹的爆发可以清楚地听见。这是我们守线右面的英国炮队所发的。他们早一点钟动手。照我们的表子,他们准是十点钟就动手的。

"他们给鬼抓了不是?"摩勒尔说,"他们的表一定跑得太快了。"

"这里定会有一炮击了,我告诉你们,我的骨头里已觉得到。"嘉德耸耸他的肩头。

三粒炮弹堕在我们的后面。火的溅开透过夜雾,那些碎屑隆隆嗡嗡地大响着。我们打颤,一想到明天早晨早早就可坐在草屋里就快乐了。

我们的面孔并不比平常更苍白或是更红涨;没较为紧张,亦没较为软弱——但是面孔是有变的。我们觉得我们的血触着什么而缩回来。话很难形容出来,这是事实。这是前线,我们自觉到是前线,因而有了这感触。第一粒炮弹在空中响亮爆烈的时候,忽然在我们动脉的里面,在我们的手中,在我们的眼睛中有一种紧张的期待,一种注意,一种高度的警备,一种奇异灵敏的感觉。全身都准备好一反跃。

我觉得这像是一种战栗,颤动的空气无声无息地跳上来抓住我们;或者像是前线上所射出的那一种电流吓醒我们还没预备想到的神经中枢。

每次都是这样。我们开拔出来做前线平庸的兵士,既不极快乐,也没怎样忧伤:直到一听到第一次的炮声,我们说话的每句都异样了。

当时嘉德站在草屋前说:"这儿定有一次炮击。"这只是他自己的意见;可是他若在这里说,这句话立刻比月光中的枪刺还要锋利,它扫清的思想,它更为刺近而向这不晓得的事说话,这使我们惊醒,这是一种昏黑模糊的意义——"这儿必会有一炮击。"或许这是我们内部最秘密的生命,使我们打颤和戒备起来。

在我看来前线是个不可思议的旋水池。虽我在静水里,离开中心点还远,但是我觉得旋水的旋转已慢慢地，难抵抗地，难逃脱地将我吸进去。

土地和空气的倾流，供给我们能支持的力量——大多是从土地来的。土地对于兵士对比任何人更为有用。当他自己蹬到地晓得是坚实的时候，当他因受弹火的死的恐怖而将他的面孔和他的四肢深埋在地之中的时候，她就是他唯一的朋友，他的兄弟，他的母亲；在她的沉静和坚固中，他消失去了他的恐惧和哀叫；她保护他，延长他十秒钟的新生命，再接收他，永远常常接收他。

地呵！——地呵！——地呵！

地的怀抱，窟窿和洞儿，一个人可跳下来蹲着躲避！恐惧的抽搐中，死灭的招呼中，在炮弹爆烈的时候，死的哀呼中，地呵，你赐给我们有新得胜的生命，有抵抗患难的大浪。我们的生存几乎完全被这汹涌的怒潮所刮走，从你和我们的生存才再漂回到我们的手中，你赎回我们，将我们自己也葬在你的身上，在希望的沉默的苦楚中我们的嘴唇还咬着你！

炮弹第一次轰隆隆起来的时候，在我们的身体的部分我们倒退冲回一千年了。一种动物的天性惊醒我们、引导我们，保护我们过危险，这并不是自觉；这种的天性比自觉快得许多，更为实在，更为不会受骗。谁也不能解释出来这是什么。一个人在走着路，想也没有想，注意也没注意；——突然地伏倒在地上，一阵的炮屑无害地飞过他；——虽则他记不起去听见炮声来了没有，或是想一想后才躺下去。但是假如他丢弃了这天性的激动，他现在已是一堆碎肉了。就是这我们的天性，这天性曾掷我们到地上去而保全我们，一点也不给我知道是什么缘故。假如不是这样，从佛兰达到窝日，别想会有一个活人存在。

我们整队走来，坏脾气和好性情的兵士都有——他们到前线界线的地方，一过这界线我们立刻就成为人类的牲畜了。

我们走进一个很穷陋的树林。一兜过那些汤厨房，在树木遮盖之下我们就爬出车来。货汽车开回去。车子明天早晨天未亮的时候就会再来载我们回去。

枪炮的雾和烟遍地弥漫得有人的胸膛一样高。苍白的月色照着。路旁有军队整步走过来。他们的首铠在月光中温和地闪耀。人头和来福枪从白雾中突出来，那些人头只是摇着摆着，做那些靠枪的工具。

渐渐来雾渐少了。人头才看得出形来；衣裳、裤子、鞋子渐渐地从雾中出现,像是从一个牛乳池出来一样。他们成为一纵队。这纵队整步走向前去,直直向前,渐渐地只可见一群兵了,看不清一个一个,黑暗的楔子挤进前去,在牛乳池上幻想他倾流出些人头和兵器来。一纵队——没半个人。

枪和军需的马车开向一条小径去。月光照在马背上,马儿的行动很是美丽,它们抬上抬下它们的头,它们的眼睛发亮。枪炮和马车在月光沉暗的背景前模糊地浮动着,那些戴着铁铠子的骑兵很像是已忘了的时代的武士;这种境像极奇丽,极迷人。

我们挤向工兵场去。我们有的肩头抬着尖形和捩曲的铁条;有的将光滑的铁条穿过整卷的铁线而抬着走。这是种可怕的极重的重负。

土地愈来愈坏。最前头的人警戒喊说:"注意,左边有深的炮洞"——"当心,战壕呵"——

我们的眼睛注意望着前面,我们的脚和棍子先点点前面的地,然后全身的重量才敢踏上去。突然这行人停滞起来;我的面孔猛撞到前面那个人所抬着的铁线上,我咒骂起来。

路上有些被炮弹所毁破的货车。又一个命令:"香烟和烟管留下。"我们渐渐走近战线。

当时已是极黑了。我们一兜过小树林,前线立刻在我们前面了。

一种不定常变的红光弥漫着天空的这一边到那一边。这种红光是永远动着的,点缀着些从炮队的大炮所发出来的火光。光亮的炮球轰上去比这红光还高,银色红色的球弹爆烈开像落雨似的堕下红色、白色、青色的星儿。法人的火焰冲上天去。像一把丝雨伞似的闭拢着,慢慢地堕下去。这种的火焰照亮所有的东西,像日里一样光亮,火焰照到我们,我们看得出地上我们的影子很鲜明的轮廓。火焰在未爆烈以前迟留在空中一分钟。突然,又有一颗新的火焰冲到天上来,又是青的、红的和蓝色的星儿。

"炮击呵。"嘉德说。

激烈的枪声被一种单纯沉重的轰声所压下,然后再分开为不统一的轰声。机关枪刮辣刮辣地响着。在我们上面的空气中生出看不见急速的变动,轰声,沸声,和呲声。这些都是小炮弹;——它们的中间挟着些大炮和重炮,整夜像风琴似的旁旁的轰声。这些大炮发出一种低哑、遥遥的轰声,像是一只发春情的牡牛,将较为小点的炮弹的轰声和响声压下去。我听到这声音的时候,使我忆起整群的野鹅。去年秋天野鹅们天天在炮弹中飞去。

电光开始扫射着黑暗的天空。它们像一条渐渐尖细、很大的尺刮过天空。有一条电光暂停起来,而抖战一刻儿。突然在它的后面又有一条,一只黑虫被它们所抓住,那黑虫想要逃脱——黑虫是飞机手。他逡巡着,因为盲目了而跌下来。

在那地方我们钉好了铁桩。两人抬着一卷铁线,别人来铺开它。铁丝极硬,硬得使人吃惊,并且有极密的大铁钉。我常常不去铺开它,因为那会破伤我的手。

过了几点钟后。但是距离货车的开来还要过些时候。我们大部分的兵士都躺下来睡。我亦想睡睡看,可是太冷。近海睡着的人每每会被寒冷所醒来。

有一次我睡去。忽然醒来,不晓得我是在哪里。我看看天空的星儿,我又看见天上的火焰,在一瞬之中我以为是在一园会中打盹的。我不晓得现在是早晨还是薄暮,我躺在淡光苍白的摇篮中,听着那些渐渐来的温柔的低语,很轻和很亲近——我哭了吗?我将手摸摸眼睛看,多么奇异的事呵,难道我是个孩子吗?柔滑的皮肤;——只是一秒钟前是的,后来我认得出黑暗里嘉德辛斯基的半面。这位老兵坐着很安静地吸着他的烟管——自然这是私留下的。当他看见我醒来的时候,他说:"使你吃一惊不是。那炮弹只是像鼻罩一样大,溜过这里堕到树林里去了。"

我坐起来,我觉得自己怪孤寂。有嘉德在这儿就好了。他沉思地望着前线说:

"假如不是这么危险,倒是极好玩的放烟火呵。"

一颗炮弹堕在我们的后面。两个新兵惊惶地跳起来。两三分钟后又来了一颗,这次更近。嘉德弄掉他的烟管说"将要大战了"。

大战真是来了。我们尽我们所能地快爬开。再一颗的堕下差我们只一点点。两个兵士喊出来。青色的火焰射到近天的地平线,炮队向前扫了。泥土溅得很高,碎块咝咝地飞过,炮弹的炸裂一过后,刮辣刮辣的枪声便就又听见了。

在我们的后面躺着一个极战栗着、纯黄的头发的新兵。他将他的面孔掩在手中。他的首铠跌下。我摸到那首铠试想再戴在他的头上。他抬起头来看：推开那顶首铠，像个孩子似的爬近来投在我的手臂上，将他的头靠近我的胸膛。那小肩头耸起着。刚像堪墨尔契的肩头一样。我任他这样做。所以那顶首铠也只好利用去罩在他的屁股上；——这不是弄玩，却是合理的，因为那时屁股是他全身最高的部分。虽则这儿有许多肉，吃到一颗子弹那却是鬼咬着一样痛苦呢。除此以外，那受伤的在医院里必须整月地以腹靠床伏睡着，后来一定会有一只脚是跛的。

炮弹定有使谁都大大的吃苦。在炮弹炸裂之中，可听见哀叫的声音。

后来较为安静一点。流火飞过我们溜向后方接应线去。我们冒险一看。红色的火焰射向天上来。大战显明地是要到了。

我们那个地方很平静。我坐起来摇摇这新兵的肩头。"都过去了，孩子！这时很平静了。"

他昏迷地看看四围。"你立刻就会有用到它。"我告诉他。

他看看他的首铠而戴上去。他渐渐地恢复知觉。突然他的面孔涨红，困恼似的。他小心地将手按着他的屁股，忧郁地看看我。

我立刻明白这是：枪具。可是这却不是我将首铠放在他的屁股上的理由。"这并不什么可羞的，"我再向他说，"你以前还有许多人在第一次炮攻的时候都是满裤子哩。到这树林后去，将你受了惊所弄出来的东西弄掉去。沿着——"

他去了，现在较为平静一点，可是哀叫的声音并没有歇。"阿拉伯特，有了什么事？"我问。

"有两纵队的兵士从这儿过，受炮弹炸得很凶。"

哀叫继续下去。这并不是人，他们不能叫得这么悲惨。

"伤马。"嘉德说。

这种的声音真是忍不过。这是全世界的哀叫，殉难者的悲号，弥着痛苦，充满恐惧和呻吟。

我们的面孔变成白色。地达琳站起来。"天！天呵！射死它们！"

他是一个农夫，异常地爱马。几乎是爱得入骨了。这时候那些枪炮像是故意地暂歇下来。马儿的哀叫更为响亮。这时候在这平静、银色的深夜谁也认不清声音是从哪儿来；鬼似的隐没着，各处都是这声音，在天与地之中这声音是无限的，是最伟大的。地达琳愤愤地嚷出来说："射它们，射它们，你们不肯吗？你们这些人真可咒诅。"

"人比它们还要紧哩。"嘉德安静地说。

我们站起来想看那声音是从哪一方面来的。假如我们可以看见那些动物，我们还可忍耐得过一点。摩勒尔有一个望远镜。我们看见一群黑暗里抬着抬床的人，旁边又有更大的一黑群在走动着。那些黑群就是伤马。但是并不都是。有的相离很远地疾跑着，跌下来，后来又跑得更远去。有一只马的腹子裂开了，里面的脏腑都荡出来。它起初被自己的脏腑所缠住跌下去。后来又站起来。

地达琳举起他的枪瞄准想要开去。嘉德将他的枪管弄歪去。"你疯了吗——？"

地达琳打着颤，将他的来福枪丢到地上去。

我们倾着耳朵注意听地坐着。可是那求救的声音，呻吟和哀叫穿透着我们，声音穿透了各处。

什么我们几乎都得忍住。但是现在汗儿涌上我们。我们必须起来跑开，不管什么地方，只要可听不见这声音的地方。但是这并不是人，只是马哩。

那些黑群的抬床一再移开后，射击的枪声响了。那黑群的马更为哀惨地叫着，渐渐少了。最后！但是还不是最末。人很难追得那些受苦飞似的疾跑着的伤马，它们阔开着的嘴充满着苦痛。有一个兵士蹲下来，一枪——一只马跌倒了——又一枪。最后一只马将前脚载着全身的力量，而以前脚拉着自己像快乐圈似的兜一圆圈；它蹲踞着，只是用僵直的前脚来拉自己兜圈子，很显明的，它的背椎骨是断了。那兵士跑起来射它。它渐渐地跌下躺在地上去。

我们将按在我们耳朵上的手放下来。哀叫的声音静了，只有一种拉长的、死的叹息还在空气中。

这时候再有的只是红色的火焰，炮弹的热气，和那些星儿——它们都极奇异地映照着。

地达琳走上走下地咒骂着："它们曾做过什么有害的事。"他即刻再说到马。他的声音抖动着几乎是有权威似的："我告诉你们，在战争中用马是最鄙劣的事。"

我们走回去。这是我们回到等货车的地方的时候。天较为亮些。现在是早晨三点钟了。新鲜的微风吹来,使人觉得寒冷、灰白的时候,我们的面孔也都灰白了。

我们一列人跋涉地穿过战壕和炸洞而重新回到雾的分界线来。嘉德辛斯基很不安似的,这是个恶兆。

"嘉德,什么呀?"克路伯问。

"我希望我能回家去。"他所说的家是指兵营的那些茅屋。

"没多少时候就可以了,嘉德。"

他的神经过敏。"我不晓得,我不晓得——"

我们走到交通战壕,一出这里又是露天的地方了。小树林再出现;这处每尺地方我们都很熟识。这儿是墓地,有土冢和黑十字架。

这时候我们的后面炮弹又响了起来,轰声、隆声都有。

我们立刻全身伏向地去——一堆火焰射到我们前面一码远的地方。

一分钟后,又一个炮弹炸裂,树林的一部分被溅得慢慢地升到空中去,三四株树在空中飞舞着;然后被压为碎片。炮弹开始像保安瓣似的咝咝响着——危险的炮火呀——

"找可以躲的地方呵!"有人嚷着——"躲呵!"

这儿的土是平的,树林太远,并且是极危险——唯一可躲的地方只是墓地和冢堆。我们蹒跚地冲过去,在黑暗中每个人都无精神似的黏贴在冢堆后面。

即刻,黑暗疯起来了。它高升着,和愤怒着。比夜更暗的黑暗用巨汉的阔步冲赶着我们,冲过了我们而离开去了。炮弹炸裂的火焰映亮了整个的墓场。

这儿没其他可逃的地方。从这炮弹的映光中,我试想看看那边地上怎样。它们是个波浪汹涌的大海,从那炮弹炸裂出来的许多火焰刀,像流水似的倾流疾跃着。无论谁要去破坏这个大海都是不可能的。

树林毁灭了,它被研压得粉碎,我们必须留在这墓场里。

土地在我们的前面炸开。天空下雨似的落着泥块。我觉得我受了一重击。我的衣袖被一颗炮弹的碎屑所撕裂了去。我合拢我的手掌。没有苦痛。可是这还不能使我十分相信哩:伤到过后才会痛的。我摸遍我的手臂,只是受擦过,但还是安全的。现在在我的头上又是一重击,我开始失去了知觉。有种念头像电光一样快地向我说:"别昏去,穿进泥泞的坟里去,立刻再穿出来。"一块炮弹的碎屑研一研我的首铠,可是那碎屑飞过太远,不能穿进首铠来。我拭开眼睛上的泥土。在我的前面炸开一个洞。炮弹很少会再堕到前次所炸的地方,我必当爬进去。我一跳躺在地上,像一条鱼一样地平直;轰声又来了,我立刻蹲做一团,摸搜着可遮盖的东西,摸到些东西在左边,我伸手推着看,却推开了,我呻吟着,地跳跃着,在我的耳中有极大的轰声,我爬到那退让的东西的下面去,将它来遮盖我,拉它来盖我,它是木的,布的,遮盖,遮盖,遮盖,抵当哐哐响着的碎屑的不幸的遮盖啊。

我睁开眼睛——我的手指抓住一个袖口,一只手臂。一个受伤的人吗?我向他嚷着——没回答——一个死人呵。我的手再摸索过去,摸到了些木屑——现在我又记起我们是躺在墓场里哩。

可是炮弹的响音比什么都凶猛。它扫掉人们的知觉,我只是更爬进棺木里去,它能保护我,特别就是死自己也躺在这里的。

在我的前面张开着一炸裂洞的口。我的眼睛像手一样地抓住这个洞。我一跳定可进去。一进去,我的面孔受了一下急打,一只手抓紧我的肩头——死人复活吗?——那只手向我摇摇,我回转头,第二次火光一亮的时候,我一看是嘉德辛斯基的面孔,他阔开着口向我嚷着。我一点也听不见,他摇着我将我拉近他,在炮弹声稍为平静的一刻儿间,他的声音我听见了"毒气——毒毒气——毒毒毒气——传过去呵"。

我急急找着我的毒气罩。离开我不远的地方,躺着一个兵。我想不到别的,只是,这人必当晓得:毒毒毒气——毒毒毒气——

我唤,我靠近他,我将我的布袋扫打他,他并不看——一次再一次——他只是更为紧缩着——他是一个新兵——我失望地望着嘉德,他已带好毒气罩——我也带上了,我的首铠滑过我的面孔垂到一旁去,我爬近那人,他的布袋放在靠近我的这一边,我抓牢那面罩罩在他面上,他明白,我任他去,一跳重新落进炸裂洞来。

毒气炮沉郁的声音混杂着很高的炸炮爆烈的响声。在这些炮弹的爆烈中有钟声、锣声,和各种金器都响着,警戒每个兵士——毒气——毒气——毒毒气。

一个人跳到我的后面来,又有一个。我拭去了我毒气罩的眼镜上的湿气。然后看清洞里有嘉德,克路伯和别一个兵士。我们四个人在极沉重,极注意的疑惑中躺着,尽我们所能的极轻地呼吸着。

起初这几分钟从这面罩决定生与死:面罩有极紧密地织过吗?我记起在医院里那种极可怕的形状:受毒气的病人整天闷气着而吐出他们烧焦的肺的凝结块。

我极小心地将嘴贴在一个瓣上呼吸着。毒气还是遍地蔓延着,而沉到所有的窟窿里去。它像一条柔软的大海蜇流进我们的炸裂洞,而在这里面淫恶地偃卧着,我拿肘撞一撞嘉德,爬出洞去躺在上面,比留在这毒气会愈聚愈多的洞里好得许多。可是在我们还没这样做以前,第二次的炮击又开始了。现在好像炮弹并不响了;只像土地它自己愤怒起来。

磅礴一声,有些黑的东西压在我们的身上。这一堕下刚在我们的后面;一个棺木弹了上去。

我看见嘉德爬着,我也就跟着爬过去。那是棺木击到我们洞里的第四个人伸张的手臂。他试想用他别一只手撕开他的毒气罩。克路伯刚刚来得及阻止,将他的手紧旋到他的背后去,很紧地捏住。

嘉德和我起手想使他受伤的手臂不受压着。棺盖早已松弛和爆开,我们能很容易地拉开它,我们抬尸首出来将它掷到这炸裂洞的底下去,然后我们开始弄松棺木底下的部分。

幸得那人昏去,克路伯可以来帮忙我们。我们并不当心什么了,只是工作下去直到棺木松开了,我们在一把我们用来掘凿棺木的铲子前喘一口长气。

天稍为亮点。嘉德拿了棺木的碎片放在那碎裂的手臂下,我们扯出我们所有的伤布来包。这时候我们不能再做什么了。

在毒气罩内我的头旁旁地响着和隆隆地轰着——这是迩近的爆烈。我的肺部紧张着,因为它们只是吸着这些同样热的空气,我的太阳穴的动脉涨起来,我觉得是要闷死了。

一线灰色的光漏进洞来。我爬出炸裂洞的口。在污秽模糊的光中躺着一只被砍裂的脚;靴子还全着,我一看将这些都看到了。现在在几码远的地方有人站着。我拭拭眼镜,在我激动的时候眼镜立刻又再暗昧了,我偷望出去,那人并没戴上他的面罩。

我等几秒——他并没软躺下去——他看看周围而有点快走起来——我的喉咙里叽咕地响着,我扯开我的面罩跌下去,空气像冷水似的倾流进我,我的眼睛爆烈着,水浪淹没我和扑灭我。

炮弹停止了。我勉强拖动我自己到炮洞口,告诉其余的人。他们拿掉他们的面罩。我们抬着那个受伤的人,一个去扶着他那受割裂了的手臂。那么我们就蹒跚着很快地走开。

墓场已是一堆破裂的泥土。棺木和死尸撒满在各处。他们都已再被杀死一次;可是每个死尸都跳起来保护我们中间的一个呢。

围墙已破坏了,轻便车的铁轨已成为大拱环僵僵地耸立着。有人躺在我们的前面。我们停下来;克路伯单和那受伤的人走向前去。

躺在地上的人是个新兵。他的后臀都是血;他异常地乏力,我摸摸我那盛着甜酒和茶的水瓶。嘉德阻止我的手而俯下去问道:

"同伴,你哪儿受伤?"

他的眼睛动一动。他已疲弱得不能回答了。

我们小心地割开他的裤子。他呻吟着:"轻一点,轻一点,最好是——"

假如他的胃部受伤,一定不可以喝任何东西。他没有呕吐,这是个好兆。我们将他的后臀裸露出来。那只是一堆碎肉和骨屑。骨节已受重击。这孩子再也不能走路了。

我将一只湿水的指头去湿湿他的太阳穴,然后给他痛饮一阵。他的眼睛能转动了。到这时候我们才看见他的右手也是一样地涌流着血。

嘉德尽他所能地展阔那两束的布,可是这些布才够去盖好那伤口。我找着有什么东西可以做松软的缠它的药布。我们一点也找不到,所以我只能再裂开那伤兵的裤,直到可用到他内裤的一片做药布。但是他并没有穿内裤。我向他仔细一看。他就是刚才那个黄头发的孩子呀。

在这时候嘉德已从一个死人的袋子里拿出一块伤药布,我们很小心地缠包着那伤口。

我向那个呆呆看定着我们的孩子说:"我们现在去找一张抬床来——"

他开起他的嘴低语说:"留在这儿——"

"我们立刻就转回来,"嘉德说,"我们只是要替你找一张抬床呵。"

我们不知道他懂不懂。他像一个孩子似的啜泣着和急扯着我们:"别离开去——"

嘉德看着周围低声说:"我们不拿起一支手枪给他完结吗?"

这个孩子一定很难活到到医院以前,最多也只能活几天。他以前所受过的比起现在他的死并没什么。现在他还麻木着,不觉得痛。在一点钟内他一定会成为受极重的痛苦哀叫着的一个。每天他所能活着的只是在呻吟着的痛苦中。他的受苦谁也不会睬他——

我点头。"不错,嘉德,我们必须将他从苦难中救出来。"

他站了一刻儿。已决心了。我们看看周围——可是现在并不只是我们两人了,一小群的人渐渐聚拢来,炸裂洞和战壕都露出些人头来。

我们找到了一个抬床。

嘉德摇着他的头。"这样一个小孩子——"他反复地说,"幼稚愚蠢——"

我们所受的损失比我们所料想的还少——五个兵士死,八个受伤。这实是一次短短的炮攻。我们其中的两个死躺在翻开的墓上。我们只是将土掩上去就是了。

我们走回来。我们挤成一纵列,一个跟着一个,沉默地急走着。伤兵送到医院里去。早晨很暗昧。抬病床的人嚷着号数和票子,伤兵啜泣着。将要下雨了。

一点钟后我们走到我们的货车旁,爬上去。现在比前一次来的时候较为有空位了。

雨渐渐大了。我们拿出我们的油布铺在我们的头上。雨的落的落地打下来,像流水似的涌下车边。货车颠来颠去地开过那些窟窿,我们撞前撞后地打盹着。

货车前有两个人拿着很长的竹叉。他俩注意着那些横在路上极密的电话铁线,这种铁线很容易抓掉了我们的头。那两个人在正好的时候叉开它们,其余的仍旧留着。我们在打盹中听见他俩的喊声:"当心——铁线——",缩缩脚膝而又再伸直去。

货车单调地摆动着,单调地警戒地喊着,雨单调地下着。雨打在我们的头上,也打在那些战线上死兵的头上,打在那伤口比他后臀还大的新兵的身上;打在堪墨尔契的墓上;打在我们的心上。

不晓得在哪里忽然有一个炮弹爆烈的响声。我们畏缩着,我们的眼睛紧张起来,我们的手都预备好想跳过车边而堕进路旁的沟中去。

可是响声不久就歇了——只是那单调的喊声:"当心——铁线"——我们的脚一曲——又打起盹来了。

五

一个人有数百只木虱的时候,一只一只来弄杀掉实在是桩极讨厌的事。这种小畜牲极坚硬,永远用着一个人的手指甲来挤死,不一刻儿就疲倦了。所以第牙顿在一根烛头的光下用一条铁丝来弄开一个靴油罐盖。木虱们只需放进这小罐盖里去。克喇地一声它们都被压死了!

我们围拢着坐,我们的内衣放在我们的膝上,在温暖的空气中我们的身体赤露着,而手儿工作起来。海有一种特别很好记号的木虱:它们的头上都有个红十字架,他说这是从 Thourhout 医院带出来的,它们在那儿服侍着一个外科军医长。他说他要将那些在罐盖里渐渐溶成的油来擦他的鞋子,他自以为是好笑而大笑了半点钟。

可是我们今天并没大成功;我们过于悬念到别种事情。

流言证实了。熊马拉斯托斯已经来了。他昨天就出现;我们已听到那很熟识的声音。他在后方的新犁的兵地场对待两个年轻的新兵太过于苛刻,他一点也不晓得有个本地的县长的儿子在看着。这样他的结局到了。

在这里他一定会碰到些奇异的事情。第牙顿整一点钟地想着要用什么话来对他说。海沉思地望望他那对大的拳头向我挤挤眼睛。那次的痛打是他一生最高兴的打人。他告诉我说他常常还做着梦哩。克路伯和摩勒尔亦自得意着。不晓得克路伯从哪里装满一食罐的豆,或者是从工兵的厨房里拿来的。摩勒尔饥饿地斜着眼睛看那些豆,但是他抑压自己说:"阿拉伯特,假如忽然再和平了,你要做什么呵?"

"不会有的哩。"阿拉伯特钝钝地说。

"好,假如会有——"摩勒尔固执地说,"你要怎样做呢?"

"离开这里呀!"克路伯咆哮起来。

"自然的。可是以后呢?"

"喝酒。"阿拉伯特说。

"胡说,我是严正——"

"我也是这样,"克路伯说,"还有什么可做呢?"

嘉德觉得有趣起来。他向克路伯的豆罐抽税,吞了些,然后想一刻儿才说出:"自然你必当先喝酒,但是后来你必会搭上了第二次的火车回家看母亲去。和平的时候,喂,阿拉伯特——"

他在他油腻的衣裳里摸索着一本杂记簿,要找到一张照片,突然他将这照片抽出给四围的人看到。"我亲爱的亲人呵!"他再拿回去放在杂记簿里,咒骂说:"邪恶的木虱战——"

"你说起来很好呵,"我向他说,"你有一个妻子和孩子们。"

"不错,"他点头,"我应当照顾她们看看是否有东西吃。"

我们笑着。"她们不会缺乏的,嘉德,你一定会寻找到食物的。"

摩勒尔不满意,还不安静。他推醒做梦着的海·威斯撒斯。"海,假如是和平的时候,你要怎样做呢?"

"你这样向人家说话,只好拿屁股给人踢,"我说,"怎样会有和平的时候呢?"

"牛粪怎么会跑到屋顶上去呢?"摩勒尔简晰地反驳着,立刻再转向海·威斯撒斯去。

这使海很讨厌。他摇着他那雀斑的面孔说:

"你是说战争完结以后吗?"

"正是不错。你说吧。"

"得,自然是有妇人的呀?"——他砥一砥他的嘴唇。

"自然会有的。"

"天也说是,"海说,他的面孔发亮起来,"那么我就去抢得一个肥壮的女人,是一个实在的厨房手,并且还有许多的钱,你们晓得的,我就一直跳上床去。孩子们啊,只想一想一张实是鸟毛的床,铺着弹性的卧褥;一星期内我再也不穿上裤子。"

谁都沉默着。这张图画太好了。我们的皮肤有种麻酸的感觉。最后摩勒尔振作他自己起来说。

"以后呢?"

歇一刻儿。海较为拙笨地说:"假如我是一个无委任状的军官,我留在军队中,跟普鲁士兵一样地服务到我职务的时间完结。"

"海,实实在在的,你疯了!"我说。

"你曾掘过泥炭吗?"他平气地反驳,"你试做看看罢。"

说完,他就从他的靴顶上扯出一把食匙伸向克路伯的食罐里去。

"那工作不会比掘战壕更苦。"我冒险说出来。

海咀嚼着食物讥笑说:"那工作比起来还较为久。并且常常有不能再出来的事发生。"

"但是,同伴,在家里实在是好得多呢。"

"有几方面是的。"他说,开起口来沉入于白日梦了。

你可看出他所想的。他所想的是些在泽地上的草屋,在炎阳中从早晨到夜里在野草丛生的地上辛苦工作着,那不幸的工钱,那污秽的工衣。

"平静的时候军队里什么也不会来喧扰你,"他继续下去,"每天你可以得到些食物,假如不然你就吵起来;你有一张床,完全像是个上流人一样地每星期换衬衣一次,你做着你无委状的军官的工作,你可以有一套很好的衣裳;夜里你是个自由的人,可以到酒馆里去。"

海奇异地说出他的意见,他已爱上了。

"当你服务过十二年后,你领了你的养老金而成个乡村的警察,整天可以在各处闲趟着。"

他说得正是起劲。"你想哪样你就会受哪样的接待。这儿多点,那儿少点。谁都会待一个警察很好。"

"可是你永远不能做无委任状的军官呵,海。"嘉德截断。

海忧愁地看着他,沉默着。他所想的依旧继续下去,在秋天清明的薄暮散步着,星期日在草埔上,乡村的钟声,在下午和薄暮的时候跟婢女调笑,煎炒的腌肉和大麦,夜里不必去服务的时候,在村中的酒店——

所有这些梦,他都能断接地做着;他只是咆哮地说:"你所问的是多么一个蠢问呵。"

他将他的内衣套过他的头,钮着他的宽衫的扣子。

"你呢,第牙顿。"克路伯问。

第牙顿所想只是一件事。"到那时候熊马拉斯托斯就别经过我的面前。"

很显明地,他像是要将熊马拉斯托斯关在一个山洞里,每天早晨受他的棍所重打。克路伯却很和缓地说:"假如我处在你的位置,我一定要成为一个副官。然后你可以百般磨折他,直到他屁股的水也滚沸起来。"

"地达琳,你呢?"摩勒尔像一个审查官似的问着。他生成是个教师,满腹子都是问题。

地达琳很少说话。但是这事他却谈了。他望着天空只说一句话:"我一直回去收获。"

他站起来走开去了。他的妻子必须来看顾那些田园。国家已拿了他的两只马。他每天看着送来的新闻纸,看着奥拉顿堡他的一小角是否有下雨。她们没将干草搬进去哩。

在这时候,熊马拉斯托斯出现了。他一直走近我们这群的人。第牙顿的面孔转红。在窘迫中他躺身于草上,闭了他的眼睛。

熊马拉斯托斯有点踌躇,他的脚步渐慢。忽又整步走近我们。大家并没站起来,动也不动。克路伯趣味地看着他。

他继续站在我们面前等着。谁也不响,他突出一声:"好?"

过了两三秒钟。很显明地,熊马拉斯托斯不知道当怎样做。他很想使我们都站起来跑。但是他好像已晓得这儿是前线,不是一个阅兵场。他再试试看,向我们中间的一个说话,希望可得些回答。克路伯离他最近,那么他就向克路伯下些恩惠。

"好,你也在这里吗?"

可是阿拉伯特并不是他的朋友。"我想我比你早来一点。"他弹过去。

红髭一耸:"你一点也认不得我吗?"

现在第牙顿睁开眼睛来。"我认得的。"

熊马拉斯托斯转向他:"第牙顿,是吗?"

第牙顿抬起他的头。"你晓得你自己是什么吗?"

熊马拉斯托斯不知所措。"我们几时这样亲热呀?我记不起我们曾睡在同一条沟里?"

这种的形势他实在没有法子。他想不到有这样坦然的仇视。但是他留心哩;有人曾悄悄地告诉他,一枪会向后面开来。

关于这沟的事使第牙顿疯得几乎聪明起来:"没有。只有你一人睡在那里。"

熊马拉斯托斯开始激怒起来。可是第牙顿抢向前。他必须洗掉些侮辱:"你要晓得你是什么吗?一只污秽的鄙汉,这就是你。我好久就等待着要告诉你。"

他唾出"污秽的鄙汉!"的时候,几月来的满意在他沉郁的猪眼中闪耀着了。

现在熊马拉斯托斯也气起来了。"这是什么,你这粪汉,你是偷污秽的泥土的强盗吗?站起来,你的上级军官向你说话的时候,两脚必须立正。"

第牙顿严重地以目示意。"熊马拉斯托斯你自己也当走走跳跳。"

熊马拉斯托斯是一本军队纪律的书。就是侮辱到德王恺撒也不至于如此。"第牙顿,我命令你,我以你上级军官的资格发令道:站起来!"

"随你意吗?"第牙顿问。

"你听不听命令?"

第牙顿用一句很著名的古典的辞句回答。说不晓得。

同时他连放几个屁。

"我必须按军法办理你。"熊马拉斯托斯大怒。

我们看见他走向中队本部去。海和第牙顿像个掘泥炭夫大笑起来。海笑得他的牙床歪了,突然站起来,他的嘴无法子地阔开着。阿拉伯特向嘴猛打一拳使嘴复原。

嘉德忧虑着:"假如他去报告,那可就糟了。"

"你以为一定这样做吗?"第牙顿问。

"必定的。"我说。

"最少你会被关五天。"嘉德说。

这并不会使第牙顿忧虑。"五天的受链扣就是五天的休息。"

"假如他们送你到福特拉斯去呢?"顾虑周到的摩勒尔这样说。

"得,我一被关,战争便与我无关了。"

第牙顿是个乐天的人。他一点也不忧虑。他和海、里亚走开去,这么一来在第一次激动中他们才可找不到他。

摩勒尔还不满意。他再抓住克路伯。

"阿拉伯特,假如现在你真的在家里了,你要怎样做呀?"

克路伯现在满意了,较为将就地说:

"我们这一班确实还有几人呢?"

我们计算起:二十个中七个死去,四个受伤,一个在疯人院。这十二个都是兵士。

"我们有三个是副官,"摩勒尔说,"你看他们还肯受堪都拉克的责骂约束吗?"

我们猜想一定不肯:就是我们也不肯哩。

"'威廉故事'的三问题你解释得出吗?"克路伯追忆地说,大笑起来。

"Göttingen 诗会的宗旨是什么?"摩勒尔突然严肃地问。

"秃头查理有几个孩子呢?"我温和地截进去。

"波墨儿,你一生一定无用。"摩勒尔几哩咕噜。

"沙拿战争几时呢?"克路伯想要知道。

"你没专心读书,克路伯,坐下来,扣三——"我挤一挤眉。

"Lycurgus 所论起的国家最重要的职务是什么?"摩勒尔问,装做拿开他的夹鼻眼镜。

"哪一个对:'我们德国人敬畏上帝,全世界里别的都不怕',或是:'我们,德国人,敬畏上帝——'"我附和着。

"玛拉旁恩有多少的住民?"摩勒尔问。

"这个你也不晓得,你一生会能成就什么事业?"我热切地问着阿拉伯特。

他抢上去:"'联合'怎样解说?"

这些垃圾我们大约还能记起些。无论如何,这些垃圾对于我们一点也无用。在学校里没人曾教我们在暴雨中怎样点烟,或是湿木怎样可用来烧火——更不要说到怎样最好当将一支枪刺刺进肚子里,因为这里不会不能再拔出来,像在胁下一样。

摩勒尔沉思地说:"我们再回去坐在课室里,有何用处!"

我说这离题了。"我们必须要有一种特别的试验。"

"这应当有预备的。假如你经过了,以后你怎样呢?学生生活是不是比别种生活好些。假如你没钱,你必须像恶魔似的工作起来。"

"学生生活是好些。可是在学校里他们所教你们的都是些腐烂的垃圾。"

克路伯袒护我:"一个人到过这里来了,所有这些事还能看为严重吗?"

"可是你还当找一种行业呵。"摩勒尔坚执着,好像他就是堪都拉克。

阿拉伯特用一把刀子削着指甲。这种的闲情逸致我们很奇异。其实他却很忧虑。他丢开刀子继续说下去道:"这不错。嘉德,地达琳,和海定会回去干他们的职业,因为他们早已有了。熊马拉斯托斯也是这样。但是我们都没有。我们战后仍旧是这样吗?"——他做一个跑向前线的姿势。

"我们私下赚了些钱,那么我们就可以住在树林中了。"我说,但是立刻觉得这种荒谬的意见异常可愧。

"我们回去的时候确实曾有什么事呢?"摩勒尔很想知道,他也忧虑起来了。

克路伯耸一耸肩。"我不晓得。我们能回家去,然后再找罢。"

我们完全无把握。"我们能做什么?"我问。

"什么我都不做,"克路伯讨厌地回答,"你有一天必会死去,还干什么鸟?我不想我们能回去哩。"

"阿拉伯特,当我想到的时候,"过一刻儿,我滚转着身说,"当我们听见和平的时候,这几字,它跃到我的脑子里去,假如和平真到了,我想我会做些想不到的事——你晓得那些事是值得我们躺在这里谈论的。但是我什么也不会想。我所知道的只是些关于职业,研究,和做奴隶这一类的事——这使我生病,常常是极惹人厌的。我什么都不晓得——我完全不晓得,阿拉伯特。"

立刻所有的每事我都觉得困恼和无望了。

克路伯也觉得。"这使我们都异常地穷困。在家的时候谁也想不到这事。两年中的炮火和炸弹——一个人不能像脱短袜似的摆脱这些呵。"

我们同意说每个人都是这样,并不只是我们这里,各处各个像我们这样年纪的人都是这样;有的忧虑些,有的较为不忧虑。这是我们这样年纪的人公共的运命。

阿拉伯特说:"战争将我们的每桩事都破坏了。"

他是对的。我们已不是青年了。我们不愿意冒风浪去走世界的路。我们逃避着。我们飞离开我们自己。离开我们的生活。我们十八岁刚开始要爱生命和世界；我们却必须将它射得粉碎。第一颗炸弹，第一次炮弹的炸裂，在我们的心里爆开。我们已被削劫了活泼、奋力和进前。这些事我们不相信了，我们只是信托战争。

中队本部显出活动的样子。熊马拉斯托斯好像已对它煽动起来。前面快走着肥胖的军曹长。这是桩怪事，所有付钱的军曹长都是肥胖的。

熊马拉斯托斯跟着他，渴想着报仇。他的靴子在日光中闪耀着。

我们站起来。

"第牙顿哪里去了？"军曹长喘出来。

自然我们都不晓得。熊马拉斯托斯愤愤地睁着眼睛向我们。"你们一定晓得的。你们必是不肯说。说出来呵！"

胖子四周巡察看看；但是却看不见第牙顿，他试用别种法子。

"十分钟内第牙顿应在中军本部自己报到。"

说完很快地走开，熊马拉斯托斯紧跟着。

"我想在下次我们抬着铁线的时候，我要将一捆铁线摔到熊马拉斯托斯的大腿上。"克路伯说出。

"我们会跟他大开玩笑哩。"摩勒尔大笑。

我们的野心只是：弄掉一个邮差的自傲。

我们走进草屋里去，通知第牙顿，他躲了起来。

那么我们就装做面容躺下来玩牌子。我们晓得怎样做：玩牌子，咒骂，和打架。二十年这样做太多了——二十年也不太多哩。

半点钟后熊马拉斯托斯再回转来。谁也不注意到他。他要找第牙顿。我们只是耸起我们的肩头。

"你们最好去找找他"，他固执着，"你们没去找他吗？"

克路伯躺到草上去而说："你曾到过这里吗？"

"这不是你的事，"熊马拉斯托斯反驳，"我只要一个回答。"

"很好，"克路伯站起来说，"看看天上有白烟那地方。那些是追击飞艇的飞机。我们昨天在那里。五个死八个受伤。那真有趣呵。下次，你跟我们一道去的时候，在他们死去以前他们会来找你，响响脚跟立正，向你恭恭敬敬地问：对不住，我可去吗；我可跳去吗？我们等像你这种人等好久了。"

他再坐下来,熊马拉斯托斯像一颗彗星似的疾走开去。

"三天监禁。"嘉德猜测。

"下次我一定任他去。"我向阿拉伯特说。

但是这却是结局。在那夜里这案审问起来。在中军本部房里坐着我们的副官波尔丁克。我们一个一个被叫去。

我极聪明地先将第牙顿犯上的理由说出。

那湿床的事很动人。熊马拉斯托斯追忆着,我重复地说着我的意见。

"这对吗?"波尔丁克问熊马拉斯托斯。

他试想避免这个问题,但是结局承认,因为克路伯也说起这事。

"为什么那时没有人来报告呢?"波尔丁克问。

我们沉默着;他必当晓得在军队里报告这种事是无用的。在军队里不能常常诉苦。可是他都已明白责备熊马拉斯托斯,使熊氏晓得这里是前线,并不是操兵场。然后转向第牙顿大教训一顿,判决小关三天。他向克路伯示一示意小关一天。"没有法子只得如此。"他向克路伯抱歉地说。他是一个很正当的人。

小关是十分快乐的。关的地方是家禽房里;我们可以到那里去探望囚犯,我们晓得怎样处理。大关是地窖底里。

他们从前是将我们缚在树上,但是现在已禁止了。在许多方面我们被待得十分像是人了。

第牙顿和克路伯被关的一点钟后,我们走向他们那铁丝网的地方去。第牙顿很愉快地欢迎我们。我们玩起牌子戏来,一直玩到夜里。自然是第牙顿大胜,这个幸运的可怜人哪。

我们散开的时候嘉德向我说:"熏熏鹅怎样?"

"不坏。"我同意。

我们爬进一辆货车。车资是两枝香烟,嘉德确会记出那地点。那小屋子是属军衣总局的。我同意去偷鹅,按着我的计划。外房是在墙后,门只用一个木栓塞着。

嘉德扶我起来。我的脚踏在他的手上爬过墙去。嘉德在下面望风。

我等了几分钟,直到我的眼睛在黑暗里看得出东西来。我认清那小房子,我轻轻地走过去，拨开木栓开了门。

我看得出有两个白补衣。两只鹅，这糟了：假如我抓住一只，别一只一定会叫起来。得，就两只——假如我敏捷一点，一定抓得来。

我一跳跳近去。我先抓一只再抓一只。像一个疯子似的将它们的头重撞到壁上去，要使它们昏迷。可是我并没很充分的力量。鹅儿叫起来，并且它们的脚和翼都挣扎着。我不顾死活地战斗着，但是天呵！一只鹅怎样有这一踢！它们极力挣扎着。而我摇摆着。在黑暗中这些白补衣是极可怕的。我的臂上添翼，我几乎怕我会飞上天去，好像我的双手握着两个抢来的氢气球。

骚斗的声音开始了：有一只挣扎开，像个在一定时间响起来的时钟跑开去。在我还不能做什么以前，有个东西从外面冲进来；我吃了一击，躺倒在地板上，听见些狗吠声。一只狗。我偷望过去，它想要咬我的喉咙。我静静地躺着，将我的下颌缩进衣领里去。

这是一只雌狗。它很久地缩回头坐在我的身旁。但是假如我动一动，它立刻吠起来。我想起来了。唯一的办法只是拿出我的小手枪，并且也当在人来以前。我一寸一寸地移动我的手去拿手枪。

到一点钟后我才摸到。极轻地动一动，接着一声极可怕的吠声。我还躺着，又试一次。最后我拿到手枪的时候，我的手发抖着。我将手枪压在地上而向自己说道：突举起手枪来，在它还未能咬到以前开去，然后人跳起来。

我慢慢地长呼吸一下，较为安静一点。那么我就禁住气，急抓手枪起来，啪一声，狗儿哀叫着跳到一旁去，我冲开小屋的门，急躁地追着一只可咒诅的鹅儿。

我极快地再抓一只，一掷过墙，我自己也爬上墙去。在我还未爬到墙顶以前，狗儿已又很活泼地跳近，无论何时都要向我扑来。我极快地跳下墙去。十步以外站着嘉德，他已挟好那只鹅。他一看见我，就跑起来了。

最后我们歇一歇。嘉德这时候看见那只鹅已死了。我们想要来熏这只鹅，不告诉别人。我从草屋里拿些木料和火炉出来，我们爬进一间颓坏的露舍里去，这破屋子我们专门用来煮东西的。窗面上已围着很厚的窗幔。屋内有个放火炉的地方，一个铁碟子放在些砖头上，我们生起火来了。

嘉德拔起这只鹅儿的毛，和清洗它。我们很小心地将鹅毛放在一旁。我们想要用来做两个枕头,应着人家的铭文说:"枪弹之下柔软地睡着。"前线的枪火声穿进我们这小房子来。火的红光光亮了我们的面孔,阴影子在墙上跳舞着。往往有沉重的一爆烈,使我们小屋子摇动起来。飞机掷着炸弹。有一次我们听见一种闷死的哀叫。定有一间草屋中了炸弹。

飞机嗡嗡地响;机关枪搭克搭克起来。但是一点光也没有,我们看不出什么。

我们对坐着,嘉德和我,两个穿着褴褛的外衣的兵士,半夜里在煮着一只鹅。我们不大谈话,但是我相信我们各人一种比爱人所有的还要完全的相爱。

我们两人,两点生命的火星了,外面是夜和死的地界。我们坐在死亡的边界上,在危险中蹲伏着,油腻从我们的手中滴下去,我们的心互相偎傍着,时间像这房子一样;我们感觉是在一堆平静的火旁照出斑白的光亮和阴影。他晓得我或我晓得他吗?从前我们所想的没有一次相同的——现在我们坐着,中间放着一只鹅,我们觉得是一致了,亲密得不必说话。

烧鹅烧了好久,这只鹅年轻又肥。所以我们轮流来看顾。一个躺下去睡的时候,别一个当看顾着加些油盐。一种强烈的香味渐渐地充满这小房子。

声音经过我的梦中和在我的记忆中彷徨并不增加。在半睡半醒中我看见嘉德将食匙浸进去而又勺出来。我爱他,他的肩头,他那肩角和姿势——同时,我看见他的身后的木料和星儿,一种清亮的声音说出话来给我安静,一个兵士穿着大靴子、束带,背着背囊,走着他的面前在高天的下面路,很快地忘记和很少忧虑过,在这广阔的夜的天空之下,他永远走向前去。

一个小兵士和一个清亮的声音,假如谁去拥抱他,他必会很难理解,这兵士有大靴子和塞闭的心,他的所以从军只是因为他穿着大靴子,除去从军以外什么都忘掉了。在天涯的后面有个花儿的国度,那儿异常地安静,他很想到那儿去哭。有些景致还没忘记,因为他从来未曾受过苦恼,这还没离开他。他的二十个夏季都在苦恼中吗?

我的面孔湿吗,我在哪里呀?嘉德站在我的面前,他那大的,伛曲的影子像家似的投在我的身上。他温和地说,他笑笑再回到火旁去。

然后他说:"好了。"

"得,嘉德。"

我移动身。在房间的中央映出一只棕色的鹅。我们拿出我们折的叉子和小刀,一人割了一脚。我们将军队面包浸鹅汤和着吃。我们慢慢咀嚼地吃着。

"滋味怎样,嘉德?"

"好呵!你呢?"

"真好,嘉德。"

我们是兄弟了,一块一块地拣着最好吃的块吃下去。吃后我抽一支香烟,嘉德吃一支雪茄。还剩留一些儿。

"这些怎么办呢,嘉德,我们拿些给克路伯和第牙顿好吗?"

"自然的。"他说。

我们切了一块用新闻纸很小心地包起来。其余的我们想拿回草屋里去。嘉德笑,只是说:"第牙顿。"

我同意,我们将所有的都拿去。

所以我们就到家禽房去摇醒他们。但是我们早已将鹅毛另外包好了。

克路伯和第牙顿称我们为魔术家,那么他们的牙齿就大忙起来,第牙顿双手捧着一只鹅翼塞进口去,像塞着一口的橘子,而大嚼起来。他喝着浅锅里的鹅汤振振他的嘴唇说:

"我一定不会忘记你们!"

我们走向我们的草屋去。又是个极高的天空,有星儿和来着的黎明,我走近去,一个穿着大靴子的兵士,吃得满腹大饱,一个小兵士在极早的早晨——但是我的旁边走着削肩伛背的嘉德,我的同志。

草屋的轮廓在黎明中像是昏昏地深睡着。

六

　　军队里有一种冲击的流言。我们比平常早两天调到前线去。在路上的时候，我们经过一间炮弹学校。学校较长的那一旁对立着两层黄色、没擦光的簇新的棺木。这些棺材还有松木，和柏木树林的气味，至少共有一百具。

　　"这是个替这次的冲击很好的预备呵。"摩勒尔奇异地说出。

　　"替我们的。"地达琳呶呶地说。

　　"别胡说。"嘉德愤愤地向着他。

　　"你若能得到像这样的棺材就当谢天谢地了，"第牙顿嘲笑着，"他们一定会将你的尸首像你的木头人似的包进油布里去哩。"

　　别人也开起玩笑来，极不愉快的玩笑，一个人除此以外还能做什么呢？这些棺材确是预备给我们的。军队的组织在这种事情却是特出的。

　　我们前面的每桩东西都在浮动着。第一夜我们试看看我们的位置。完全沉静的时候，我们听得见敌人战线的后面轰轰地运输着东西，直到黎明才停。嘉德说他们只是进兵，——进兵，军火，炮弹。

　　我们立刻找出英国的炮队已是较为强壮了。战场的右面至少有四炮队的英国兵，每队二十五人，在白杨树的后面他们安设着战壕的放炸弹机。除此以外，他们有些小法国野兽带着极容易烧起来的引火线的。

　　我们都很没有精神。我们住在战窟两点钟后，我们的大炮在战壕里开始放了。这是四个星期中的第三次。假如是炮瞄得不准，谁也不能说什么，但是其实是自己的炮管坏了。他们所瞄射的很不一定，常常堕在我们自己的线里。今天夜里我们两个兵士就是被他们所弄伤的。

　　战线是一个洞，在这洞里我们极恐惧地等着所要临到的。我们躺在拱弯着的炮弹的网的下面，异常疑惑惊惶着。在我们的上面飞机会飞来飞去，假如枪一打来，我们所能做的只是潜伏下去，我们从来不晓得，或推测得出来，哪颗子弹要堕在哪儿。

　　就是这个机会使我们没异样。一个多月之前，我坐在一个战窟里面玩牌子；玩一刻儿之后，我走去找找在别个战窟里的朋友。我回来的时候第一个战窟都毁没了,这个战窟受不停的射击所轰碎。我走回第二个战窟去,却刚好去帮他们再掘起来。因为第二战窟刚刚被覆没去。

我的能存在着和我的中枪都是一样地不定。在一个不怕炸弹的战窟里,我也许会被挤得粉碎,在露天十点钟炮击之下,或者我一点也不受伤。没有一个兵士能活过一千次的机会。但是每个兵士相信机会和信托他的运气。

我们必须当心着我们的面包。近来鼠儿更多,因为战壕不在好的境况中了。地达琳说这是将要来的炮击确实的预兆。

这里的老鼠特别讨厌,它们极肥——我们喊这种为尸鼠。它们有极可怕,极丑陋,光秃的面孔,看到它们长秃的尾巴确会使人呕吐。

它们好像是极饿。几乎每个兵士的面包都被咬过。克路伯将面包包在油布里,放在他的头下枕着睡,可是他不能睡去,因为它们在他的面上穿来窜去要咬到那面包。地达琳想用智识胜它们:他将一条细小的铁线缚住屋顶,将面包吊在铁线上。那夜他开手电灯照照看看,他看见那条铁线摇来摇去。面包上骑着一只肥老鼠。

最后我们给它们一个结局。我们不能将面包丢掉,因为我们早晨所有的食粮只是面包,所以我们只能极小心地将老鼠所咬过的部分削掉。

我们将所割削的碎片堆积在地板中央。每人都拿出他的铲子躺下身预备饱打它们一顿。地达琳、克路伯和嘉德都已拿好他们的手电灯。

几分钟后我们听见第一次的拈来拈去和牵拉的响声。渐渐地有许多小脚声。那么电灯一亮,大家都向面包堆搥下去,老鼠儿都冲散开了,结局很好。我们将那些老鼠掷出挡弹的壁垒外去,再躺下来等着。

好几次我们都这样做。最后这些畜牲已经晓得了,或者是它们闻到血的腥味。它们一只也不来。不要紧,还没到早晨以前,地板上所剩余的面包都光了。

隔壁兵营里它们攻击两只大猫和一只狗,老鼠咬死了这些猫狗和吞掉了它们。

第二天军队里有分一份伊但麦尔乳酪。每人都几乎得到一块乳酪的四分之一。在一方面是很好的,因为伊但麦尔很好吃——在另一方面是坏的,因为这种红肥的乳球很久就是一种恶兆。分出甜酒又是增加我们的恶兆。自然,甜酒我们是喝的；但是并不怎样适意。

我们好几天偷闲着跟老鼠开战。军火和手炸弹更多了。我们中间有那种在枪刺钝的一面有一把锯子的人都亦修整修整。假如有谁拿着这种枪刺抓住一个敌人，那敌人立刻就被杀死了。隔壁的兵营里我们的兵士有几个曾被敌人抓去，敌人用这些兵士自己的锯子枪刺割掉兵士的鼻子和掘出他们的眼睛。

新兵中有几个有这种枪刺；我们将它拿开，拿些平常的枪刺给他们。

但是枪刺实际上已失去了它的重要。现在普通冲锋的时候只是炮弹和铲子。尖利的铲子是一种较为好拿和有许多面是锋利的武器；不只是因为刺子可刺进一个人的下颔，却是因为粗重点，打架起来好用；假如谁将铲子打进头颈和肩头中间的部分，定会很容易地铲到胸膛下面来。枪刺一刺进去，那人定须大踢着那受刺的人的肚子才可再拔出来，在那期间他自己或许也中刺了。并且枪刺也较为容易损坏。

夜里他们放出毒气。我们期待着冲击会跟着来，我们带着毒气罩躺着，预备好第一个黑影出现，我们就将这罩撕开。

黎明到了，并没发生什么事——只有那永远，嚣扰脑筋的轰声在敌人的战线后面，火车，火车，货汽车，货汽车；但是他们集中干着什么呢？我们的炮队继续向他们开火，可是搬运的轰声还是不住。

我们有疲倦的面孔，尽力避免他人的眼睛。"这一定像睡着似的，"嘉德忧愁地说，"我们会将受七日七夜的炮火。"嘉德自从到这里后总是悒悒不欢，这可糟了，因为嘉德是一个前线的老兵，他能嗅得出将要来的。只有第牙顿一人好像快乐着这好的军粮和甜酒；他以为我们可以不发生什么事回去休息。

情形很像是这样。一天一天过去。夜里我蹲在听消息的地方。在我的上面射着火焰和雨伞光，又再倾流下来。我小心翼翼地，异常紧张，我的心急跳着。我的眼睛向我的夜光表面看了又看；那表针动也不肯走动。我的眼皮很想睡去，我移动靴子里的足趾，振作着自己。直到我换班的时候并没发生什么事——只是听见永远的轰声。我们渐渐地较为安心些，一直玩着纸牌和扑克，或者我们会有幸运的啊。

整日里天上都是些探察的氢气球。有种流言说敌人在冲击的时候将要用铁甲车和飞低的飞机。但是这个流言并不会比我们听见新式的喷火具而较为注意起来。

我们在半夜里醒来了。土地发着隆隆的响声。危重的炮火堕在我们上面。我们爬到屋角里去。我们认得清每颗炮弹的大小。

每人都躺着抓紧他的东西,每分钟当再四周看看使自己相信别人还在这里。战窟浮动着,夜轰着声音和发着闪光。在极短促的光亮一闪中我们互相看看,都是苍白的面孔,紧闭的嘴唇和摇摇我们的头。

每人都惊觉到沉重的炮弹冲倒挡弹的壁垒,炸散了堤防和毁破水门汀的外层。当一颗炸弹跌到战壕上的时候,我们才觉得那轰隆隆,凶猛的炸裂是怎样像一只愤怒的野兽的兽掌的一击。早晨已有几个新兵面孔发青呕吐着。他们太没经验了。

灰色的晨光缓缓地溜进兵营来,使那些炸弹的闪光较为白点。早晨来了。地雷的爆烈掺和着枪火。这是一种最疯狂的骚动,它们所爆发起来的地方都变成一个冢墓。

换班的人出去,下班的人摇摆地颠着进来,盖满着污秽的泥土,颤抖着。一个沉静地躺在角里吃着,另一个是新编兵,啜泣着,他曾两次因炮弹炸裂的缘故跌到挡弹的壁垒外去,只是因为怕炮弹,一点也并没受伤。

新编兵看看他。我们亦必须看看他们,这种事是会传染的,有几个人的嘴唇已开始抖战了。日光来得很好;也许在未午以前冲击就要到了。

炮击并没减少。炮也打到后方去。一个人所能看到的只是一流喷着的泥土和铁。一广带的地方欹斜着。

冲击并没有到,但是炮击只是继续着,我们慢慢地变成沉默。很少有人说话。我们不能使我们自己明白。

我们的战壕几乎都毁掉了。有许多地方只有十八寸高。它已有了破洞、裂窟和土堆。一颗炮弹刚刚堕在我们的兵营前。立刻什么都暗了。我们被泥土所覆没,必须自己钻出来。一点钟后入口的地方又清静了,我们较为安心些,因为我们有事可做。

我们的队长爬进来,报告说我们两个战窟被毁了。那些新编兵一看到他便安心了。他说今夜试想要运些食物来。

这个声音能壮人家的胆。除去第牙顿以外谁也没有想到。现在外面的世界好像是拉近一点：新编兵以为假如食物带得过来，战争就没那样凶了。

我们并不解释给他们听；我们晓得食物和军火是一样地重要，当运输过来。

但是并没有运来。第二群的人出去，也回转来了。最后嘉德去试试看，他再出现的时候也没带什么东西。没有一个人能穿过去，像这种的炮攻，就是一只苍蝇也飞不过去。

我们束紧点我们的腰带，每嘴的食物咀嚼三倍久。直到食物没剩了；我们都极凶地饿着。拿出一块切余的面包，吃掉那些白的，将面包皮再放进我的背囊里去；我屡屡细咬着它。

这夜很难忍受。我们不能睡去，只是注视着我们前面的而打瞌睡。第牙顿懊恼说我们将那些被老鼠所咬过的面包片浪弃给老鼠吃。现在我们很想再得到那些碎片来了。我们也缺少水，但是并没那样重要。

到早晨的时候，那时天还黑着，我们这里有些吵动。从入口的地方冲进一大阵逃难的老鼠，试想冲击着墙壁。这种的骚乱使火把光亮起来。每个兵士都嚷着，咒骂着，和屠杀着。几点钟来的疯狂和失望从这次的爆发出气。面孔扭曲着，手臂打出去，畜牲哀叫着；我们一直打着，直到避免去打到别人才歇下来。

这次的屠杀使我们乏力。我们躺下来再等着，我们这兵营里这么久没死过人确是桩怪事。我们这兵营是很小很深的战窟的一个。

一个排长爬进来；他带来一袋面包。有三个人这夜里很幸运地能穿过去，带些粮食来。他们说炮击跟炮线一样地扩张不减少着。这是桩奇异的事，敌人哪儿得来这么多的炮弹呢。

我们等了再等。中午的时候我所期待的到了。一个新兵猝然发病。我曾好久就注意着他，擦着他的牙齿和开着合着他的手。那对受追逐，吐出来的眼睛，我们太熟识它们了。最后的几点钟他只显出平静的样子。他像一株腐烂的树软躺下来了。

现在他站起来，偷偷地爬在地上，踌躇一刻儿然后向门一溜过去。我拦住他说："你要到哪儿去呵？"

"一分钟内我一定再回来。"他说，试想推开我走过去。

"等一刻儿,炮弹就要歇了。"

他听了一刻儿,他的眼睛变成清明。后来他又睁起一对疯狗的凶眼,他沉默着,推开我。

"一分钟,孩子。"我说。嘉德看见。这个新兵推开我,刚好嘉德跳到,我们一同扯住他。

他开始咒骂着:"放开我,放开我,我要出去呵!"

他一点也不肯听人家的劝告,很凶地乱打着,他的嘴湿,倾流出话来,半咽住,无意义的话。这是一种高鲁斯特拉亏美亚症,他的感觉以为住在这里必会闷死,无论怎样他都想跑出去。假如我们任他走去,他一定会在各处无隐躲地跑来跑去。他并不是第一个人。

他胡言乱语,眼睛旋转着,我们没有法子只得打他恢复知觉来。我们很快地无慈悲地干起来,最后他平静地坐了下来。其余的新兵面孔转白了;这个例子可以吓醒他们。炮击使这些可怜的小孩子太怕了,他们从募兵处一直送到会使老兵的头发灰色起来的守卫线。

这事以后,那些黏贴、闭塞的空气更在我们的脑筋上工作起来。我们坐着像是在我们的墓里等着墓门一关。

突然炮弹发出极可怕的轰隆隆的响声和闪光,我们这战窟受不停的射击,战窟所有的橡柱都发出响来,幸得这颗炸弹是小的,水门汀的砖头还耐得住抵当。轰声像是五金器的响声,墙壁浮动着,来福枪,首铠,地,泥,尘埃,各处都是。硫磺的气味涌进来。

假如我们是在那种近来所造的较浅的战窟里,现在我们中间别想一个还可活着。

但是事情愈糟了。那个新兵开始胡言乱语,又有两个跟着。一个跳起来冲出去,那其余的两个很使我们麻烦。我追着那个逃走出去的新兵,还未决定是否当开枪打他的大腿——忽然炮弹再尖利地轰起来,我伏下去,当我站起来的时候,战壕的墙壁涂着出烟的碎屑,肉块,和制服的破块。我爬回去。

那第一个新兵好像是真的疯了。他像一只羊儿似的将头撞向壁去,今夜我们必须想法子将他弄到后方去。当时我们缚着他,但是缚得很松;冲击一来,立刻就可摆开。

嘉德提议玩玩纸牌游戏:有事情做人就会安心些。但是却没有功效,我们注意地听着每次愈迫近我们的爆烈,没有算纸牌,将赌博都忘掉了。我们只能停起来。我们好像是坐在咝咝响着的沸水上,各方面都受着重击。

夜又到了。我们被紧张弄到昏迷了——一种死的紧张像一把缺口的刀似的削割着一个人的背骨。我们的脚不肯动,我们的手抖着,我们的身体只有一层薄皮,极受苦地包着压着疯狂下去,压止一种几乎难抵抗、爆发的狂叫。我们并没有肉和筋,我们不敢互相望望,因为怕着些算不尽的事。所以我们切着牙齿——它会完了——它会完了——或者我们还能活着。

突然附近炮弹的爆烈停了。炮还继续开着,但是却打到我们的后面去,我们的战壕已可自由了。我们拿好了炸弹,在战窟前拿它们出来,跟在它们的后面跳着。炮击停了,沉重的炮弹开向我们的后面去,冲击将要到了。

没有一个会相信在这轰叫着的荒原上还有的是人;现在只是首铠从战壕的各边涌出来,离我们五十码远的机关枪已开始拔克拔克地响起来。

铁丝网已弄得粉碎。但是还能有些阻碍。我们看见潮水似的军队涌着过来。我们的炮队开火。机关枪响着;来福枪的答的答。冲锋到了。海和克路伯开始掷着手炸弹。他们尽他们所能地快掷着,别人递给他们,手柄和绳子都已拉好。海能掷七十五码远,克路伯六十码,这是曾经量过的,距离是很重要的啊。敌人冲上来,因为在未冲入四十码内以前不能做什么。

我们认得出这些扭曲的面孔,光滑的首铠的兵士是法国人。当他们走到那剩有铁丝网的地方就已很受苦了。一全排的人死在我们的机关枪前;我们一停顿他们就迫近过来了。

我看见他们中间的一个,他的面孔向天跌进一个铁线的摇篮里。他的身体忽然脱力,他的双手高吊着像是祷告一样。一中炮他的身体跌落了,只有他的手和手臂的前部现在还剩在铁线上。

我们将要退兵的时候,在我们的面前有三个面孔升起来。在许多首铠下有一个面上有黑色尖须和两颗一直睁向着我的眼睛。我举起我的手,但是我不能向这对奇异的眼睛掷炸弹,在一个疯狂的时候,全屠杀圈像是一个围着我的马戏场,独有这一双眼睛动也不动;这头一抬,一只手,一刻之间我将我的手炸弹掷向他去。

我们退兵着,拉些铁线摇篮进战壕去,将炸弹放在我们的后面,这些炸弹的绳子都已拉好,这使我们成为一个极凶的退兵。机关枪已在第二个地点开起火了。

我们变成野兽。我们并不在开战,我们只是跟死亡争斗着。我们所掷的炸弹并不是要掷人,死亡带着首铠伸手要使我们死下来的时候,我们还管什么人——现在,三天中的第一次我们可看见死亡的面孔,三天中第一次我们能反抗他;我们觉得有种疯狂的愤怒,我们并不是失望地躺着,在绞头台下等着,我们可以毁坏和杀人来救我们自己,救我们自己而且来复仇。

在每个附钩的铁线的屏障后,我们蹲在每个角里,在我们跑开以前将整堆的炸裂火药掷在追过来的敌人的脚上。那些手炸弹在我们的手臂上和脚上很强烈地相撞着;我们像猫似的屈着身跑着,被大队的人潮所急迫着,这使我们凶暴起来,变成凶手,杀人犯,和天晓得的恶魔;这人潮增加我们的力量跟恐怖、疯狂,和生命的贪婪斗争着,只是我们的释放才搜求着战斗。就是你的父亲跟他们一同来,你也必毫无踌躇地将一颗炸弹掷向他。

前面的战壕都已毁坏。它们还算是战壕吗?它们已被炸得粉碎,毁破——这里只有战壕的破块,接连着轨道的洞,像巢儿的裂窟,所有的只是这样。但是敌人所死的人增加。他们料算不到会有这样的抵抗。

这时已将近中午了。太阳炎热地射着,汗水刺痛着我们的眼睛,我们将汗水拭在衣袖上,常常也拭掉了些血。最后我们到一个较为好点的战壕。战壕很牢固,已预备好反攻,我们挤下去。我们的枪大开起来,击退敌人的追击。

我们后面的人停起来。他们不能再向前追来点。他们的袭击被我们的炮队所轰碎。我们注意着。炮弹击开一百码远,我们冲向前去。我的旁边有一个额外的排长,他的面孔剥裂,他走几步后鲜血已从他的头颈像泉水似的涌流出来了。

冲击还没到手触手的冲锋;他们退回去了。我们再经过我们被毁的战壕追上去。

喂,再反攻过来了!我们已退到预备线的地方,渴慕着可爬进去躲起来——但是我们却当回转身再冲向恐怖去。假如这时候我们不是机器人,我们必会继续躺下去,疲倦乏力和无意欲。但是我们却回转身再扫向前去,难制止地,疯狂地凶暴着和愤怒着;我们必要杀人,因为他们还是我们生死的敌人,他们的来福枪和炸弹向我们射击着和掷来,假如我们不害死他们,他们就会害死我们了。

这棕色的土地,这已崩坏炸裂了的土地,受太阳油腻的光线所照着;这些地是这机器人无休息,阴郁的背境,我们的喘气像鸟毛擦过一样,我们的嘴唇枯燥,我们的头已茫无知觉——我们这样地颠蹶着冲向前去,棕色的土地,油腻的日光,骚乱的情形,和躺在那里的死兵,这些现象透入我们毁伤受感动的灵魂,使我们的灵魂异常地受苦,——这是不能救助的呀——我们疾跑过伤兵的时候,他们哀叫着抓着我们的大腿。

我们完全失去了感觉。我们一看见敌人就很难制住自己。我们是些无知觉的死人,我们受骗着和受些死似的魔力所煽动去追击着和杀人。

一个法国青年缓跑在后面,他被追上了,他举起他的手,一只手里他还握着手枪——谁晓得他是要打死人还是要投降呢?——他的面孔被一把铲子所劈裂。第二个法国兵看见试想跑得远点;一支枪刺刺进他的身背。他在空中跳着,他的手臂阔展着,他的嘴阔开着,哀叫着;他颠来倒去,在他的背上抖动着枪刺。第三个掷开他的来福枪蹲下来将手掩着他的面孔。他留下来跟着些别个俘虏去抬伤兵去。

在追赶中我们忽然已到了敌人的战线。

我们紧跟着我们逃退着的敌人,他们一到他们的战线我们几乎同时也到了。这样我们的人死很少。一个机关枪在响着,但是被一颗炸弹所弄静。可是在一两秒中这机关枪已使我们五人的胃部中枪。嘉德拿他枪杆头将一个没受伤的机关枪手的面孔捶成肉饼。那些其余的机关枪手还未拿出炸弹以前,我们早已用枪刺刺死他们了。我们异常地口渴,只得去喝他们用来凉湿枪的水。

每处都有些剪铁线的人拔辣拔辣工作着,木板横在这些绕缠的铁线上,我们跃进那狭窄的入口,冲进他们的战壕里去。海将他的铲子铲进一个法国大汉的头颈,并且掷了第一颗手炸弹;我们潜伏在低垣下一刻儿,那么我们前面的战壕就全空了。第二颗炸弹斜向一角儿去,炸开一条路来;我们走过的时候将满手的手炸弹掷进战窟里去,土地振动着,爆烈着,崩坏倾颓着,我们颠蹶地踏过浮动的肉块,和哀叫着的身体上;我踏在一个肚子裂开戴清洁的新的军官帽子的法国人的身上。

战争歇了。我们不再跟敌人冲击。我们不能留在这里,必须回到我们的战线受我们的炮队的保护。我们一听到这消息,赶忙即刻溜进最附近的战窟里去,在未退回以前以最快的速度抢着我们所看到的军粮,特别是一罐一罐的腌肉和牛油。

我们十分安全地退回来。这里不会再受敌人的袭击。我们都躺下来喘气休息一点钟,在这一点钟里谁也没说话。我们这样地好好玩过,异常地乏力,这疲倦代替了我们的大饿而使我们不会想到食物。一点钟后我们渐渐地再像是人了。

在全前线上那边的腌肉算是顶呱呱的。往往这是我们飞着去侵掠的缘故,我们的军粮又是那样糟;我们常常饥饿着。

我们聚拢五罐的腌肉。法国人吃得比我们好;从我们饥饿的痛苦中看来这些东西像是很奢侈,我们的萝卜,糖果酱,和肉都很少,我们必须抢的。海抢得一薄片法国的面包,像铲子似的塞在他的腰带上。面包上有一角染了血,但是那是可以割掉的。

结局我们能好好地吃东西却是桩很好的事。我们还可用用我们所有的力量。吃得饱像有好的战窟一样重要,这能保全我们的生命;就是这个缘故我们是这样贪婪着食物。

第牙顿抢来两水瓶的勃兰地酒。我们轮流喝着。

薄暮的祝祷开始了。夜来了,裂窟喷着烟。好像这些洞里是充满着妖怪的秘密。那些白烟在还不敢偷溜出来以前极辛苦地绕着洞口。一裂窟又一裂窟的烟延成一长条。

夜寒冷。我站着岗,看向黑暗去。我像平常冲击后一样地乏力,所以要我只伴着些念头是极苦的。它们其实不是念头。它们是些记忆,在我的极疲倦中这些记忆奇异地使我有了怀乡病。

雨伞光张在天上——我看见一张图画,在一个夏的夜里,我站在一间寺院的拱廊上,看着那庵院小花园中很高、开花着的玫瑰树,那花园里葬着和尚。围着墙的是那些雕刻着耶稣救主的圣像的石头。没有一个人在这里。一种极宏大的平静统治着这开花的方场里,日光温暖地照看那些沉重灰色的石头,我将手放在石上,觉得有点温暖。右面寺院青色的尖塔耸立在薄暮灰蓝色的空中。在那些照光寺院的圆柱中,有一种只是礼拜堂才有的森冷的黑暗,我站在那里,不晓得到我二十岁的时候我是否能有过恋爱迷乱的情感的经验。

这张图画极贴近我;在未被第二个光辉弹的光亮所溶解以前,我实触到这图画。

我看看我的来福枪是否有修整过。枪管湿着,我拿它在手中用我的指头拭掉湿气。

在我们的镇后的草埔中,有一带临溪的白杨树。这些树远远就可望见,虽则只是溪的一边有白杨树,我们还称那里做白杨巷。我们做小孩子的时候就极爱到那地方去,白杨树引诱我们无目的地到那儿去玩,我们整天逃着学来听白杨树萧萧的声音。我们坐在树下的溪岸上,将我们的脚浸在明亮、疾流的溪水中。溪水单纯的芳香,和在白杨树中风的美曲,使我们异常爱好。我们极爱这些白杨树,当日的情形还能使我的心疾跳起来。

这很奇异,所来的记忆都有两种的性质。它们常常是极平静的,这是它们的特性;假如它们不是平静的也成为平静。它们是些向我说话无声息的妖怪,有个沉静的外观和姿势,没有话——就是它们这个沉默地平静地强迫我们、抓住我的衣袖和来福枪,不然就会使我放纵和受诱,假如我一放纵受诱,我的身体就会膨胀而缓缓地受还留在这些事情里的强力所压迫。

它们是这样地平静,因为现在平静是我们所求不到的。在前线上不会有平静,前线的灾难是那样地广布,我们永远不能胜过。就是在远隔的兵营和休息所,炮弹嗡嗡和模糊的响声永远不会离开我们的耳朵。我们从来没离开到听不见的地方。但是最近这几天确实是忍不住呀。

就是因为它们的沉静,所以这些昔日的记忆的醒来,欢乐无悲苦那样多,——一种奇异的,不能理解的愁苦。有一次我们曾有这些欢乐,——但是不再回来了。它们已经过去,它们是属于离开我们的别一个世界。在兵营里它们为着要恢复它们唤起一种反溯,野心的渴望;因为当时它们还与我们有密切的关系,我们是属于它们,它们亦属于我们,虽则我们已离开了它们。我们在早晨或是黄昏的时候,整着步的唱歌中它们出现了,在湿地上操兵的时候,它们也在树林的黑暗的轮廓中出现了,它们是一种在我们心内而又是从我们内心出来的有力的记忆。

但是在战壕中我们完全失掉了它们。它们不能再升起来;我们已死,它们站在很远的天涯,它们是一种拉我们回去的回想,一种妖怪。我们无希望地惊着和怕着。它们很强,我们的欢乐也很强——可是我们晓得它们是得不到的。

就是这些年轻时代的感觉再回来,我们也不大晓得当怎样处置。它们所给我们的柔情,秘密的势力不能再有。我们爱在它们之中而向它们移动去;我们很想记起来爱它们和被它们的景致所感动。但是这只是好像看着一个死的同伴的相片。相片有他的姿势、面孔,我们聚拢近的日子成为一种记忆中悲苦的生活;可是人不在了。

我们永远不能从前一样地有份于这些感觉。这不是要认识那些引诱我们过的,它们的美丽和有意义,只是友爱,一种友爱的感觉和我们生存的大小的事,这使我们隔离父母的世界。父母的世界成为一种难解的事——因为当时我们投降于我们所遇的事,而迷失在它们之中,就是极小极小的一桩事也够使我们浸在不穷尽的水流中。或许这就是我们童年时代的特利;但是我们认出那是无限,而看出并没有结局。这将我们跟我们的时代的进行联合起来的血中,我们有这种期望的快乐。

现在我们像旅客似的经过我们童年时代的感觉。我们被苦难的事所锻炼;我们像商人似的晓得分别,像屠夫似的晓得必当屠杀。我们不能不忧虑了——我们并没有什么异样。我们渴想能到那里,但是我们能住在那里吗?

我们像孩子一样地绝望,经验却像老人,我们已很残忍,多忧虑,和浅薄——我相信我们已迷失了。

我的手渐觉寒冻,我的身上有种蠕蠕的感觉,可是夜是温暖的。只有雾很阴冷,这种奇异的雾在我们的前面追踪着死的足迹,从死亡中吸出他们最后、潜行着的生命。一到天亮,他们就会成为灰白和青色,他们的血凝结成为黑色。

落伞状的火焰是张到天上来,将它们残酷的光照亮这悲惨的景象,满地都是裂缝轰口和凝冻的光线,像月亮似的。我的皮肤上的血将恐怖不住地装进我的思想中去。它们变成细弱和颤抖,它们渴慕着温暖和生命。没有同情和友爱，它们就支持不住，在绝望赤裸的图画前它们散乱了。

我听见食罐的响声，立刻觉得有种要求温暖和食物的强烈的渴望；这种温暖的食物有益于我，并且能使我安静。我极辛苦地勉强着我自己，等待到我换班的时候。

那时我就跑进战窟里去，找到一杯的大麦，大麦和油一道煎煮，很好吃，我慢慢地吃着。我很平静，其余的人性情也较为好点，因为炮弹的响声停了。

日子过去，无穷尽的点钟一又一点紧跟着，像是桩自然的事。冲击过后又是反攻，那些死尸渐渐迭满战壕中的破洞。那些受伤的假如不是躺在太远的地方，我们都抬他回来。但是大多数的伤兵都是等着死，我们听见他们临死的呻吟。

有一个伤兵我们找了两天还找不到。他一定伏着肚子躺着，不能转身。不然，我们就很难晓得为什么找不到他。因为只是一个人伏卧着、嘴附着地的叫声才会辨别不来方向。

他一定是受了很凶的枪炮——那种极坏的伤，他的伤的沉重不至于使他的身体立刻无力，在半醒半昏中做梦，他的伤是轻的，却又不能耐得住那伤的痛苦而有再复原的希望。嘉德猜想他若不是臀部破裂，便是背椎骨中枪。他的胸部定没有受伤，不然他不能有这么大的力量哀叫着。假如是别种伤，他一定还能动身。

他的声音渐渐低哑。声音是多么哀惨地穿透过各处。第一夜我们中间有几个人三次出去找他。但是当他们以为已听得他是在那里而爬近去的时候，声音好像又从别处来了。

找到黎明的时候，我们还找不到。我们整天在战场上的草里找来找去，一点也找不到。第三天哀叫的声音更为低弱；大约是因为他的嘴唇和嘴枯燥的缘故。

我们的队长答应过说假如谁找得到他可有另加三天的休息。这是个很有力的诱惑，但是就是没这悬赏我们也肯去找找看。因为那哀叫太哀惨了。嘉德和克路伯下午也去，结局是阿拉伯特耳朵的耳垂被枪所击掉。去是没目的地的，他们并没有带他回来。

他所哀叫的很容易懂。起初他只是呼求——第二夜他癫狂着，他跟他的妻子和孩儿谈话，我们常常听出伊丽丝的名字，今天他只是哭着。一到傍晚，声音渐低小得成为喃喃的怨语。但是全夜都是这样。因为风吹过来，我们听得很清楚。早晨我们以为他已逝世了，不想在这时候才听见他最后的克儿克儿绝气的响声。

天气很热，死人还没葬。我们不能将死人都抬进来，因为若抬来，我们却没法子处置他们。炮弹会埋葬他们。有许多死人的肚子胀得像气球一样大。肚子丝丝地、噎噎地响着、搏动着。肚子里的气发出声音来。

蓝天无云。傍晚天气转热了，臭味都从地上蒸发出来。吹向我们的风带来了混浊腥臭的血气。从炮弹所炸裂的洞里蒸发出来的气像是混合着闷药和腐臭，使我们异常憎恶，呕吐着。

夜里渐渐平静，找寻法国光辉炮所堕下来的铜圈和丝落伞的事开始了。我们不晓得究竟是什么缘故，我们这样地爱想得到铜圈。找着的人是说这些东西是值钱的，有些兵找得许多，回来的时候因为这些东西的重量颠蹶着。

可是海至少能说出一个理由。他要将这些东西送给他的女相好添做吊袜带。法李西亚人听见这句话大笑起来。他们痛击他们的脚膝说："天呵，他是一个聪明人，海是的，他的脑子真好呵。"第牙顿特别地不能制住自己；他每每将愿伸进他手中最大的铜圈量量还有多少的空隙说：

"海，喂，她必当有像这样的脚儿，脚儿——"他的思想更为高超些，"她的屁股亦必像——像一只大象呀！"

他还是接上去。"我希望有一次会跟她斗拳，我的帽子——"

海的面孔发亮，她的相好得到这么多的重视和敬意很自以为做。

"她是个很好的孩子。"他满意地说。

落伞有更多实际的用处。照胸膛的大小计算起来，大约三四块落伞就可做一领轻便的外衣。克路伯和我用来做手帕。其余的人送回家去。假如妇人们能晓得在这些布块内装有多么大的危险，她们定会惊愕着。

嘉德奇怪第牙顿极安静地试想从铁圈里敲出一块未炸开的炮弹来。假如别人试做看看必会爆烈，但是第牙顿常常有他的运气呀。

有一天早晨两只蝴蝶在我们的战壕前翩飞着。它们是种硫磺蝶，它们黄色的翼上有红色的斑点。它们到这里找什么呢？整英里内都没有树木，没有花朵。它们歇在死人头颅的齿上。鸟儿也像是毫不介意,它们很久没和战争做伴了。每天早晨灵鹊从无人线上飞起来。一年前我们看见它们做着巢;雏鹊也生长起来了。

我们在战壕里和老鼠作对起来。它们是在无人线里——我们晓得它们在那里干什么。它们渐渐的肥;我们若看到一只立刻挤死它。夜里我们听见敌人的后方又有搬运东西的轰声。整天我们只听见平常炮弹的响声,所以我们能够来修补这些战壕。飞机手常常干着些极可娱乐的事。每天他们都有不能言算的战争可给我们看。

战斗机并不扰害我们,但是探察机我们却异常地憎恶,他们会叫炮队攻打我们。他们出现一两分钟后轻射炮和高炸弹立刻堕在我们的附近。有一天我们因此死了十一个人,五个是抬病床的。有两个被挤得粉碎,第牙顿说可以用一支勺匙将他们从战壕的壁上勺起来而葬他们在一食罐里。又有一个兵士身体的下部和脚部都被粉碎。死人,他的胸膛靠在战壕上,他的面孔像柠檬一样黄,在他胡须中还烧着一支香烟。这支烟一直燃烧到熄在他的唇上。

我们将死人放进一个炮弹所炸裂的大洞里。共有三层,一层一层叠起来。

突然那些炮弹再炸裂起来。我们再坐起来,心里立刻再有那空幻的料想的紧张。

冲击,反攻,冲锋,击退——这些只是字,但是它们所含的意义多么宏大呀!我们死了许多人,大多是新兵。我们的兵营又有新添的兵了。所派来的是些新编的兵士,都是些青年,去年才募召来的。他们很少受过训练,只有些理论上的智识便送到前线来了。实在的,他们连手炸弹是什么也不晓得,躲避他们也没有想到,最要紧的是什么他们都不晓得。十八寸内土地的高低他们才看得见。

虽则我们需要新添兵,但是这些新兵所给我们的困苦,比他们所值得的还要多。在这种凶恶战斗着的武场上,他们完全没用,像苍蝇似的死去。现在兵士的战法必须当有智识和经验;一个兵士必须晓得地势,一个听炸弹的声音和形状的耳朵,必须会预先决定它们所堕下的地方,它们将要怎样爆烈,怎样来躲避它们。

这些事自然那些新兵一些也不晓得。他们的死去,只是因为他们不懂从高炸弹听堕下来的炮弹,他们死去,因为他们只是不安地听着那堕向后方去的大炮的轰声,忘记眼前的一种低低展开的小球弹的沸水的响声。他们像羊儿似的聚拢着,没有散开去,每每像山兔似的被飞机手所击伤。

他们苍白,萝卜色的面孔,他们极可怜紧握着的手,这些可怜小鬼不幸的勇敢,他们这些可怜勇敢的小鬼干着死灭的冲锋和冲击,他们异常地恐惧,喊也不喊出来,但是他们中弹的胸膛,炸裂的肚子,手儿和脚的哀痛,只是向他们的母亲低泣着,假如有谁一看见他们,他们立刻就停下来。

他们惨凄的,恬静的,死的面孔有那种死孩子极可怕的冷淡。

看他们的受苦,跑着和跌下来死去,我的喉咙里总觉得有一团东西塞住。谁都想去打他们,他们是那样蠢,拉他们离开这里,这里他们没有什么可做。他们穿着灰色的外衣,裤子,和靴子。但是他们大多数的军服都是太大,只是悬在他们的四肢上,他们的肩头太窄,他们的身体太轻小;军服从来不会按孩子的尺寸做的。

五个或十个新兵死去,老兵只死一个。

那种毒气炮的袭击他们死得顶多。他们还没学到当怎样对付。我们找出有一个满战窟的他们中毒死去的人,蓝面黑唇。他们有的在一个炸裂洞里太早拿掉他们的毒气罩,他们不晓得毒气在洞窟会住得久些,他们一看见上面别人已拿掉毒气罩,他们也拿掉,那么所吸进的毒气就够以烧焦他们的肺了。他们的这种情形无法可救助,他们的血管迸裂,闷气到死。

在一个战壕里我忽然碰着熊马拉斯托斯。我们潜伏在同一个战窟里。我们一个一个禁气地躺着等着一次冲锋。

我们再跑出来的时候,虽则我异常地奋兴,我忽然想起:"熊马拉斯托斯哪里去呢?"我极迅速地再跳进战窟来,找见他躺在一个角里将一些极小的伤装做受大伤的样子。他的面孔阴冷。他是受虚惊着;他也是新来的。但是那些年轻的新兵也都跑出去,只他在这里,这却使我愤怒起来。

"出来!"我喷出去。

他动也不动,他的嘴唇抖着,他的上髭颤战着。

"出来!"我再说一遍。

他缩他的脚,蹲伏在壁上,像恶狗似的露出他的牙齿。

我抓住他的手臂试想拉他出来。他吠着。

这可使我觉得麻烦了。我抓紧他的头颈将他像一只包袋似的摇着,他的头急急地撞来扭去。

"你这鄙汉,你不肯出来吗:——你这怯弱鬼,鼬鼠,你想偷逃吗。"他的眼睛变成暗淡无光彩,我将他的头撞向壁去——"牝牛"——我打他的肋下——"蠢猪"——我推他向门去,极力地先将他的头推出去。

我们的冲击的又一线刚到。他们之中有一个副官。"兄弟,来呵,冲前去,冲前去。"这些命令的话的效力比我所有的虚打还大。熊马拉斯托斯一听这命令,像是醒来似的看着他的周围,跟上来了。

我跟在后面注意他。他又是阅兵场上伶俐的熊马拉斯托斯了,他有时候冲过副官的前面。

炮击,枪击,天幕火,地雷,毒气,铁甲车,机关枪,手炸弹——等,等,但是它们掌握着全世界的恐怖呀。

我们的面孔变硬,我们的思想被蹂躏,我们厌恶死;每次冲击到的时候,我们必须用我们的拳头敲击许多人,击醒他们跟我们冲出去——我们的眼睛爆烈,我们的手撕裂,我们的脚膝出血,我们的肘节脱皮受伤。

这是多少久呀?许多星期——许多月——许多年吗?只是几天。我们看见时间在死灭无色的面上逝走,我们饱吃着食物,我们跑,我们掷,我们射,我们杀人,我们躺下来,我们很疲弱和乏力,没有什么能支持我们,只是熟知还有比我们更疲弱的,更乏力的,更无望的,他们用着惊奇的眼睛看着我们这些像是天神一样好几次从死亡中逃出来的人。

在几点钟的休息中,我们教那些新兵们。"喂,看见那上面摇动着的东西吗?这是炮来了。伏下来,它就会无害地飞过去。但是假如它这样飞来,那么就当跑了。你可逃开一颗的炮。"

我们教他们耳朵灵利来听出这些灾祸的事,小炸弹很难听出的营营声最难辨别。他们必须从普通嘈杂的声中辨别出这些小炸弹像虫儿似的嘤嘤的声音——我们解释给他们听说,这比那种可先听见的大炮弹还要危险。

我们指示他们怎样躲避飞机,假如在冲击中跑得太过头了,当怎样地装做死人,怎样计算手炸弹,使它们刚能在离地的一秒钟前炸开;我们教他们在一个能极速的引火的炸弹前怎样像光一样快窜进洞里去;我们指示他们怎样用满手的炸弹去炸毁一个战壕;我们说明给他们听,敌人炸弹的引火线的长和我们的不同;我们教他们能听毒气炮;——教他们各种可逃死、安全他们的手段方法。

他们听着,他们受教——但是炮火一再来的时候,他们又怕得事事都错了。

海·威斯撒斯的背部受一个大伤,穿过每次呼吸震动的肺部。我只能握握他的手;"完了呀,波墨儿。"他呻吟着,因为痛苦的缘故他咬着他的手臂。

我们看见头颅炸裂还活着的人;我们看见两脚已断还跑着的兵士,他们拖着他们的残脚颠蹶地爬到隔壁炮弹所炸裂的洞中去,一个额外委的排长用手拉着他后面被人压碎的脚膝爬过一英里半的路;又有一个在他的双手上缠着他凸出来的肠儿跑向医院里去;我们看见没嘴、没牙床、没面孔的人;我们找出有一个兵士将他的牙齿咬住他的手臂上的动脉两点钟,在这两点钟内方不至于流血到死。日西沉,夜来了,炸弹悲惨地响着,生命到结局了。

我们躺着这一小块紊乱的地方还保存着。我们所让给敌人的不到一百码远的地方。但是每码都躺着一个死人。

我们换班了。车轮在我们的下面转动着,当"当心——铁线"唤声出来的时候,我们缩一缩脚膝。我们来的时候是夏天,树林还青翠着,现在是秋天了,夜是灰色和阴湿。货汽车一停,我们爬出来——一堆混杂的人,许多残剩的名字。两面黑暗中都站着人,喊着联队和队的号数。每次喊声一出,从一小群里分开些人出来,大多是些污秽、面孔苍白的兵士,只是极可怕的一小群,一小群极可怕剩留下来的人。

现在有人喊着我们的队的号数,不错,这是我们的队长,他也受了伤,他的一只手臂在吊腕布里。我们走过去,我认出嘉德和克路伯,我们互相倚靠地站着,互相注视着。

我们听见我们的队的号数喊了再喊。他定当喊得久些,他们在医院和炸裂的破洞里听不见他的喊声哩。

再一次:"第二队的兵士到这里来。"

然后较为轻和点:"第二队没其余的人吗?"

他沉默一刻儿然后嗄声说:"完了吗?"发命令:"报数!"

早晨灰色,我们来的时候还是夏天,我们那时是一百五十个健儿。现在我们觉得寒冷,已是秋天了,树叶萧萧地响着,我们的声音疲倦地抖着出来:"一——二——三——四——"停在三十二。"没有别个吗?"这声音未响以前是一个长久的沉默——等,等后才缓和地说:"上伍——"然后只能完结地说:"第二队——"呜咽地:"第二队——随便走吧!"

一排,一短排的人缓步走向早晨去。

三十二人。

七

　　他们将我们召回到比平常更远的地方，屯在一个兵营里，可以使我们再组织起来。我们这一队需要一百多个新兵。

　　我们卸任时候，在各处闲步着。两天后，熊马拉斯托斯来跟我们要好。从他在战壕以后，他将他的自傲态度弄掉了，很想跟我们要好。我很愿意，因为我见过他怎样地帮忙背部受重伤的海·威斯撒斯。并且当我们没钱的时候，他会请我们到兵营酒肆里去喝酒。只有第牙顿一人还警备着，疑惑着。

　　但是当熊马拉斯托斯告诉我们，他代替一个厨房军曹的职务的时候，第牙顿也跟他要好起来了。像是证据似的他立刻分两磅糖给我们，特别半磅牛油给第牙顿。过后两三天他也特别地分派我们到炒煮房去做削番薯和萝卜的工作。他所分给我们的实是军官的食物。

　　这时候我们已得到每个兵士所需要的两桩惬意的事：好的食物和休息。想起来这两桩事并不值得什么。两年前我们都极慊恶地看轻我们自己。但是现在我们已很快乐。这只是习惯——就是在前线上也是一样。

　　我们的所以会这样地快忘记过去的事，习惯就是个解释。昨天我们在炮火枪弹之下，今天我们装蠢在乡村附近抢着食物，明天我们再到战壕里去。我们真是会忘记事情。但是我们在战场上这么久，前线的日子一过去，战争立刻像一块石头从我们的身上堕下去；这些战争的事我们想起来是了不得的呀。假如我们这样做，我们早已受诛灭了。我不久就找到这条定例：——一个人若只是躲着，恐怖就可耐得住——他若一想起来，立刻就被杀了。

　　我们一开到前线即刻成为野兽，因为这是给我们安全唯一的方法，那么一到换班休息的时候，我们就成为诙谐的人和偷懒汉了。我们不能再做别的事，这是必须的。无论如何我们总要活着；所以我们不能再受那种和平时候用来做装饰的感觉的重压，在战场上不得有感觉。堪墨尔契死了，海·威斯撒斯死了，在审判日他们当将汉恩斯克拉姆尔受一次直射后粉碎的尸体忙碌地补接起来；马顿斯半只脚都没有了，玛悦尔死了，马斯死了，伯悦尔死了，哈姆尔琳死了，各处躺着一百二十个的伤人；这是一种可咒诅的事，但是现在我们能怎样做呢——我们活着。假如我们能安全他们,那么就可看到我们怎样地当心留意——我们就是会碰着大困难,我们也肯很快地去救他们;因为我们已有了极可咒诅的"蓄克德性"(quixotic)了;恐怖我们并不怎样怕——自然我们也怕死的;但是这是另外一桩事,这是天然的。

但是我们的同伴已死了,我们不能帮忙他们,他们已得到他们的休息——谁晓得我们的将来呢?我们只得使我们得到安逸和睡,尽我们所能塞进肚子的大吃,喝酒,抽烟,那么时间才不至于白浪费,生命是短促的啊。

我们一背身离开前线,前线的恐怖立刻都消灭了;我们用种种可怕、粗野的笑话来说这战争,一个人死了,那么我们就说他弄掉他的臭粪了,我们这样地取笑着每桩事情;这种的取笑会压止我们疯起来;我们取笑着就可活得住了。

但是我们并不忘掉。战报上荒谬地记载说军队有种很好的幽默,在他们未离开战线以前已准备好跳舞了。我们不这样做,因为我们有种很好的幽默:幸喜我们有种很好的幽默,不然早已粉碎了。假如不然,我们再也支持不住;每月我们的幽默渐渐地坏了。

我晓得这样:现在所有的这些事情,当我们在战争中的时候,像一块石头似的沉下去,一到战后它们都再醒来了,那么生和死的解放就开始了。

这里所过的日子、星期和年会再回来,我们死的同伴会再起来跟我们一道整步走着,我们的脑子清楚,我们将要有个目的,所以我们将要整步走着,我们死的同伴会在我们的身旁,在前线所过的日子已在我们的后面:——跟谁作对,跟谁作对呀?

不久以前在这附近有个军队的戏馆。广告牌上还贴着演戏有色的广告。克路伯和我大睁着眼睛站在广告前。我们很难相信有过这种事。一个少女穿着轻飘的夏衣,她的腰上围着一条红色的漆皮带!她站着,一手放在木栅上,一手拿着一顶草帽。她穿着白色的长袜和一双白色扣纽得很好的高跟鞋。她的后面有个微笑着的蓝湖和些白马,旁边有一个清明的海湾。她是个极可爱的少女,有颗端正的鼻子,红的嘴唇,纤弱的脚儿,全身都极整洁,她每天必有洗过二次浴,她的指甲下一点污秽也没有。有的也只是海滨的沙儿。

在她的旁边站着一个白裤子的男人,穿着蓝色的短衫,戴着一顶水手帽;

但是他并不能引起我们的兴趣。

广告上的少女使我们很惊奇。我们已完全忘记这种的事,就是现在我也很难相信我们的眼睛所看的。我们好几年没有见过这种东西了,欢喜,美丽,快乐这些事都没有过。这是和平的时候,好像是的似的;我们奋兴起来了。

"只看看这一副的小鞋子,她穿着走不过几里呀,"我说,一壁自觉得有些呆子气,站在像这种的图画前所想到只是走路。

"大约她几岁?"克路伯问。

"大约是二十二岁!"我冒险地说出来。

"那么她的年纪比我们大了;我告诉你,她不过十七岁哩!"

这使我们吃了一吓。

"这可就好了,阿拉伯特你以为怎样?"

他点头。"家里我也有些白裤子。"

"白裤子,"我说,"但是像这种的少女——"

我们互相侧目着。大家都不必自傲——两副褴褛、变色、污秽的军服。竞争是无望了。

所以我俩就开始将那个穿白裤子的青年撕开这广告牌,极小心地不去损伤到那少女。已经有些关系了。

"无论如何我们可将虱子弄掉。"克路伯提议说。

我因为无论衣裳怎样弄好、穿上去两点钟后,又会布满虱子的缘故不大激动。但是当我俩再谈及那张图画的时候,我说我肯。就是远一点我也肯去。

"我们若得到一件清洁的短衫,以后怎样呢——"

"袜子也必当有的。"阿拉伯特不是无理由地说。

"不错,或者当有袜子。找找看罢。"

这时里亚和第牙顿走近来;他俩看一看那张广告,所谈的话立刻成为淫猥。我们这一班里,里亚是第一个曾跟女人接触过的青年,他说出些生动的琐事来。说到某种的程度以后,他自己玩赏着这张图画,第牙顿很起劲地扶着他。

这种的谈话并不会使我们觉得憎恶。不淫猥就不算是兵士了;不过在这种时候,却有点不合,所以我们就渐渐地走到除虱子馆去,我们有种感觉,以为是跑进一间富丽的上流人的装饰店。

我们所被派来住的房子靠近一条运河。运河的那一旁有些池塘和白杨树；运河的那一旁，也有女人哩。我们这一边的房子都未破坏。别的那一边有时候也看到有住民。

傍晚的时候，我们泅水去。有三个女人在岸边散步着。她们慢慢地走着并不看到别处去，虽则我们不穿泅水的衣裳。

里亚喊她们。她们笑着停起来看。我们用不完全、零碎的法语招呼她们，什么都极快地挤进我们的脑子里，用各种的话来留住她们，她们并不是怎样地奇美，但是在这种的地方也会有这种的少女呀？

有一个纤弱微黑的少女。她笑的时候，她的牙齿发光，她很活泼，她的衣裳松松地在她脚上飘荡着。虽则水很阴冷，我们还很快乐地尽我们所能的使她们有趣，她们才肯逗留着。我们试说着笑，她们用些我们所听不懂的话来回答；我们笑着用手招呼着。第牙顿较为机巧。他跑进屋子里去拿出一块军队的面包来，高高地擎着。

这很有效力。她们点着头，用手招我们过去。可是我们不敢这样做。军令禁止跨到对面的岸上去。各个桥上都有兵士站岗着。没出入照不能过去。所以我们请她们过来；但是她们摇着她们的头，用手指着桥。她们也不准过来。她们转身慢慢地沿着运河走着，只是沿着拖船的路。我们泅着水跟她们。走了一百码远的路后，她们转开身用手指着一间不远在大树和小树中的房子。

里亚问她们是否住在那里。

她们笑着——必定的，这是她们的房子。

我们向她们嚷着说：守兵不看见的时候就会来找她们。在夜里。今夜。

她们抬起她们的手，两手合拢来放在面孔上，闭着她们的眼睛。她们明白。那纤弱微黑的少女跳一个 Two-step 舞。那美丽的少女啐说："面包——好的——"

我们极热诚地保证她们说会带些来。并且还带些别种好吃的东西，我们转动我们的眼睛和试用我们的手来向她们说明。假如是必须的，我们也会答应她们军需官所有的食物。她们走开去，每每回转身来望望。我们爬上我们这一边的岸上，注视着她们是否走进那间房子，因为她们很会说谎的。然后我们就泅回去。

没有休息照的人，没有一个可走过桥去，我们只能在夜里泅水过去。我们都异常激动着。我们不能不喝酒，所以我们就跑进一间兵士的酒店里去，在那里有啤酒和一种淡甜酒。

我们喝着淡甜酒，一个一个将自己说谎的经验说出来。谁都快乐地相信着别人所说的，只是不能忍耐地等着轮流到他可说出一桩更夸大的事。我们的手很不安静，我们抽着无数的香烟，直到克路伯说："我们最好也带几支给她们呀。"所以我们就将几支收在我们的帽子里。

天空渐渐地成为苹果青色。我们四个人，但是只有三个可去；我们必须弃掉第牙顿，所以我们勉强他喝了许多甜酒，直到他颠倒着。我们回到我们所屯扎的地方的时候天已黑了，第牙顿在我们的中央。我们都充满着冒险的热情。

那纤弱微黑的少女是我的，我拈纸拈到了她。

第牙顿跌在他们的草袋上打起鼾声来。有一次他醒来，奸猾地冷笑着，我们很怕，以为被他所骗去了，那么我们所勉强他喝的甜酒都白浪费了。但是他却再跌下身睡去。

我们每人都拿着全份的军队面包用新闻纸包起来。我们也将香烟放进去，刚好又有三份今天晚上刚分来的好吃的肝腊肠。这成为一种很好的礼物。

我们很小心地将这些东西都收在我们的靴子里，我们必须举着靴子来保护我们的足，踏到过岸的铁线和碎玻璃。因为我们当泅过去，我们只得不穿衣裳。但是路并不远，夜亦全黑。

我们将靴子拿在手中。很快地溜进水里去，背着身泅水，将靴子和里面所收的东西顶在头顶上。

我们很小心地爬上对岸，拿出包袋穿上我们的靴子。我们将东西挟在臂下。同时，我们全湿全裸，只穿着靴子，很快地跑起来。我们立刻找到那房子。房子是在群树之中。里亚碰着树根缠了一跌，他的肘部脱皮。

"不要紧。"他快乐地说。

窗门关着。我们轻轻绕着这房子试想从裂缝偷望进去。我们耐不住起来。忽然克路伯狐疑地说：

"设若有一个少佐在她们这里呢?"

"我们只好逃开,"里亚冷冷地笑,"看他是否能在这里看出我们联队的号数。"他打打他的屁股。

庭心的门开着。我们的靴子做了一个很大噼啪的响声。房子的门一开,一缕狭缝的灯光照出来,一个女人惊惧地哀叫起来。

"嘘,嘘!同伴——好朋友——"我们一壁说着;一壁诉求地拿出我们的包着的东西。

别的两个现在也出现了,门广开着,灯光映照着我们。她们认得我们,看我们这样子三个都大笑起来。她们在门路上颠来摇去,她们笑得太多了。她们的举动是多么柔软迷人呀!

"一刻儿——"她们转进去,掷给我们衣裳,我们很快活地把我们自己包起来。那么就冒险地走进去。房间里点着一盏小灯,里面的温暖有一种的香味。我们将我们的礼物解开呈给那些妇人。她们的眼睛光亮起来,很显然的,她们是饿的。

这样一来大家都有点不好意思。里亚做做吃东西的手势,她们再活动起来,拿出碟子、刀子,吃起食物来,她们拿起肝腊肠的每片,在她们未吃以前都称赞着,我们很骄傲地坐在旁边。

她们喋喋不休的话压服我们;——我们懂得很少,但是我们都注意地听着,那些话的声音很亲爱似的。无可疑的,我们看起来都还很年轻。那微黑的少女捶我的头发说出所有法国女人所说的:"战争——怪讨厌——可怜的孩子——"

我很紧地抓住她的手臂,将我的嘴唇放进她的掌心。她的指头围着我们面孔。紧靠在我上面的是一副迷惑的眼睛,她的淡紫的面肤和红唇。她的嘴所说的话我听不懂。她的眼睛我也不全懂;我们到这里以后,眼睛好像是要说比我们所能领悟的还要深情的话。

还有别的房间连接着。我走过的时候看见里亚,他已经跟那个美人大配合起来。但是我——我迷失在很远隔的地方,在愚蠢中,和在一种我自信地退让着我自己的热情里。我的愿欲很奇异地混合着渴望和不幸。我觉得眩晕着,一个人在这里再也不能坚持什么。我们脱了我们的靴子放在门边,她们给我们拖鞋,现在没什么剩留着会使我忆起一个兵士的坚心和自信。没来福枪,没束带,没兵衫,没兵帽。我将我自己交给不晓得的,要来的都可随便,——虽则我还有点怕。

这个微黑的少女思想的时候颦着她的眉儿;可是谈话的时候却照平常。发出声音每每未成话以前就塞住,或是被我来替她续完;一亩,一条小路,一颗彗星。我懂什么呢——我能懂什么呢?——异国声调的话,我很难明白,这些话用一种平静来爱抚着我,房间渐渐阴暗,在半昏半亮中又光亮起来,只有在我上面的面孔是存在,是明晰的。

一个面孔有这么多的不同呀;只是一点钟前面孔是生疏的,现在紧靠着,有一种极可爱的柔情,这种柔情不是从面孔来的,只是从夜世界和鲜血中出来,所有这些却都聚拢来在面孔上映亮着。房间里的东西接触到这柔情就改变,它们已被柔情所晒过,当我自己明晰的皮肤被灯光所映照,那只阴冷、紫色的手抚过的时候,我几乎怕起来了。

所有这些情形在与军队的娼妓院里的多么不同呀,那些娼妓院我们可以去的,我们必须排成一瓣子形等着。我希望我会永远想不到她们;但是欲望驱使我的心不知不觉地转向她们,我怕着,因为再要摆脱她们是不可能了。

但是现在我接触到微黑的少女的嘴唇,我紧紧地深吻着,我的眼睛合起来赶走战争,恐怖,和粗野离开我,为的要唤醒我的年轻的时代和快乐;我想到广告上的少女,在一瞬间我相信我的生命是依靠在得胜她。假如我更为搂紧那拥抱着我的手臂,或者会发生一桩奇异的事……

…………

这样地不久之后,我们三人再聚拢来。里亚极快乐着。我们穿上我们的靴子,暖和地离别。夜的寒气阴冷我们热的身体。萧萧的白杨在黑暗中模糊地庞大着。月亮映着天空和运河的水,我们并不跑,我们并着排大踏步地走着。

"一份军粮还值得呀。"里亚说。

我不能坚决我自己来说话,我并不快活。

我们听见了些脚步声,赶忙躲在一株小树的后面。

脚步走近来,靠近我们。我们看见一个赤条条的兵士;穿着靴子,刚和我们自己一样；他的臂下挟着一包东西，跑向前去。这是第牙顿在赶着路。他已看不见了。

我们笑。明天早晨他定会咒骂我们。

不给人们察见，我们又在我们睡眠的草袋上了。

我被喊到中军总部去。队长给我一张休息照和旅行照，祝福我有一个安全的旅程。我看看我有几天的休息。十七天——十四天的休息和三天的旅程。这不够哩，我问他为什么我不能有五天的旅程。波尔丁克指着我的休息照。我一看才晓得我回来不是一直到前线去。我的休息日过后我应当向一个在湿地的兵营报到，再受训练。

别人都庆祝我。嘉德给我一个很好的劝告，告诉我应当试图找到一种军队起发点的工作。"假如你是乖巧的，你必须抓住那位置。"

再有八天很想不回去；我们能在这里住得久点，并且这里是好的。

自然的，我必须在兵士酒店里对付其余的人喝酒。我们都喝了些。我渐觉得悒悒地，我可有六星期的休息，自然这是运气的，但是在我未回来以前能发生什么事情呀？这些朋友我都能再碰见吗？海已去了——接着的是谁呀？

我们喝酒的时候，我一个一个看着他们。阿拉伯特坐在我的身旁吸烟，他沉默着，我们常常聚做一堆——对面蹲着嘉德，低垂的双肩，阔大的拇指，和安静的声音——摩勒尔突出的牙齿和旁旁的笑声；第牙顿老鼠似的眼睛；——里亚满面的胡须，看起来至少有四十岁了。

我们的上面是一阵很密的烟云，兵士那一处能没抽烟。酒店就是他们避难处，啤酒不只是可以喝，还能移动一个人的四肢和可在平安中舒张着。我们拘着礼仪干着，我们将我们的脚伸在我们的前面，并且谨慎地吐着痰，这是唯一的方法。一个人明天早晨就要离开，他的心里所涌起的是多么繁杂，悲哀呀！

夜里我们再到运河的那一旁去。我几乎很怕告诉那个微黑少女说我要离开去，当我回来的时候一定离开这里很远了；我们一定不能再见了。但是她只点点头，并没什么特别的表示。起初我不懂，后来我忽然明白了。不错，里亚说得不错：假如我是被派到前线去，那么她就会再喊我为"可怜的孩子"；但是我只是休息去——她不愿意听这种事，这事并没有到前线去那样动人。她的喋喋不休的话也好去向魔鬼说哩。一个人做着奇异的梦,醒来只是几块面包。

第二天早晨,我穿上没虱子的衣裳后,走向总火车站去。嘉德和阿拉伯特还送我去。到停站的地方,我们才晓得火车还要一两点钟才开。他俩应当回去尽职。我们一个一个告别。

"前途幸福,嘉德;前途幸福,阿拉伯特。"他们走回去,摇一两次手。他俩的人形状渐小。他们的每步每个动作我都认得出,无论多少远我都能认出他们。他们不见了。我坐在我的背囊上。

忽然我极忍不住地急想要回家去。

我在许多月台上躺一躺;我在许多厨房前站一站,我在许多长凳上逛一逛。——终于风景渐渐地阴郁,不可思议和熟识。西窗外滑过许多的乡村,乡村茅茨的屋顶像帽子似的刚在刷白,半是木做的房子,五谷场在残照里像珍珠母似的发亮着,果子园,仓房和古老的白柠檬树。

车站的名字在我的心中渐渐有意义起来,我的心抖着。火车摇动地摇动地冲向前去,我站在窗前,靠着窗沿望着,这些名字指出我年轻时代的界线。

柔滑的草埔、山地和田;一小群的人沿着路走向天涯去,那条路是和地平线平行的——一个木栅前农夫们站着等,少女们握着手,孩子们在场上玩着,向乡村去的路很柔滑,并没有炮队。

现在是傍晚,假如火车不是轰隆地响着,我定要喊出来。平原自己展开了。

遥遥地,小峰轻柔,蓝色、阴黑的轮廓开始出现了。我认得出桃尔孟堡山特别的轮廓,一个有裂罅的鸡冠,从无树林的界线削壁地耸高起来。山后就是我们的城镇。

但是现在太阳的光线已射透全世界,什么东西都被它金红的光线所映亮着,火车震动地兜过一弯又一弯;遥遥地,有一长排昏黑的、模糊的、摇摆着的白杨树,从阴影中露出形来,光明和愉快。

火车兜弯的时候,地旋转着,在这时候那些树儿渐小;树儿渐成为一横排,在一瞬间,我只看见一株树——后来它们又从第一株树的后面露显出来,在天空中竖成一长排,直到它们被第一间房子所遮没。

火车经过一条街道。我站在车窗前,拉不开我自己。别人都已将他们的行李弄好预备下车。我反复念着这条我们所经过的街道的名字——伯利姆尔斯屈露丝——伯利姆尔斯屈露丝——

街上有坐自行车的人,货汽车,行人;这是一条灰色的街道,和一条灰色的地道;这条街道像是我的母亲一样地拥抱着我。

车停了,车站里充满着吵斗的声音,嚷声和守兵。我拿起我的背囊用皮带牢缚好,那么我就拿起我的枪颠蹶地步下阶来了。

我站在月台上看来看去;急忙忙地走来走去的人我一个也不认得。一个红十字会的女人要我去喝些东西。我转开身,她极蠢地向我微笑着,她自以为是很重要的来麻烦我:"得,我将要给你一杯兵士的咖啡哩!"——她喊我做"同志",但是我一点也不要。

车站的外面那条街侧的河潺潺地流着,它从那工厂的桥下的水闸中转着泡涌出来。那儿耸立着古旧、四方的时钟塔,塔前是那株斑点的大白柠檬树,塔后是薄暮。

我们常常坐在这里——几年前——;我们经过这座桥吸着那停滞的水阴冷的酸味;我们曾倚在水闸这边静水的桥上,那儿那绿色的爬藤,和野草生在桥石上;热天的时候我们在水闸别的一旁急流着的水泡中愉快地说着我们学校里教员的琐事。

我走过桥看左看右;水里仍旧是充满着野草,水仍旧在映亮的桥环下奔流着;在高耸的房子里,那些洗衣妇仍旧赤裸着手臂站着,那些赤裸的手常常放在清洁的衣布上,熨衣的热气从开着的窗子倾泻出来。狗儿沿着狭窄的街边跑着,许多房子前的门口站着人,我走过的时候,他们的眼睛跟着,我很褴褛,并且负重载。

那儿是我们常常来卖冰的糖果店,我们也是从那里学到吃香烟,这条街每间店我都认得,殖民地的栈房、制药店、烟店,我终于站在一个门梢已坏的棕色的门前,我的手觉得异常地沉重。我一开门,觉得有一种极奇异生疏的形状,我的眼睛看不清楚。

楼梯在我的靴子下大响着。楼上一个门发出声音,有一个人从栏杆上望下来。开着的门是厨房门,里面在煎着番薯饼,满屋里都有这饼的香味,今天自然是星期六;靠在那里的一定是我的姊姊。在一瞬间我觉得惭愧,低下我的头,终于我丢掉我的首铠望上去。不错,是我的姊姊。

"蒲尔,"她叫出来,"蒲尔——"

我点头,我的背囊重撞着楼梯的小柱;我的来福枪太重了。

她开了一个门,喊道:"妈妈,妈妈,蒲尔回家了。"

我再也不能走进前去——妈妈,妈妈,蒲尔回家了。

我靠在墙上,捏紧着我的首铠和来福枪,我尽我所能地捏紧,但是我不能再跨上一步,楼梯在我的眼前消灭,我将枪尾支住我的脚,愤愤地咬紧我的牙齿支持着我自己,但是我一句话也说不出来,姊姊的喊声使我软弱,我不能做什么,我极力振作着我自己笑起来,和说话,但是说不出话,所以我只能站在楼梯上,苦恼地,失望地,瘫痪着,眼泪违背我的意志流下我的面颊来。

我的姊姊回转来:"嘿,什么事!"

现在我只好勉强振作起来,颠蹶地爬到梯顶。我将来福枪靠在一壁角,背囊靠在墙上,而将首铠放在背囊上,将我的行李、杂物都拿下。然后我凶凶地说:"给我一条手帕。"

她从碗碟柜里拿一条给我,我拭干我的面孔。在我的上面的壁上挂着一个里面盛着有色的蝴蝶的玻璃箱,那些蝴蝶是我从前所采集的。

这时我听见我的母亲的声音。从卧房里来的。

"她在床上吗?"我问我的姊姊。

"她重病——"她回答。

我走进卧房里去,将我的手给她,我尽我所能的安静说:"我在这里,妈妈。"

她静躺在半昏半暗中。不安地问道:

"你受伤吗?"我觉到她搜寻的眼光。

"没有,我是得到休息。"

我的母亲极苍白。我很怕有光。

"现在我躺在这里,"她说,"将哀泣来代替愉快。"

"你病吗,妈妈。"我问。

"今天我要起来一刻儿,"她说,一壁转向我的姊姊,我的姊姊还是继续地跑到厨房去看着那食物是否烧焦,"将那瓶藏着的越橘拿出来——你欢喜它,不是吗?"她问我。

"不错,妈妈,我好久没吃过了。"

"我们几乎可说是晓得你会回来,"我的姊姊笑着,"恰巧所煮的是你所欢喜吃的东西,番薯饼,并且也有越橘呀。"

"并且又是星期六哩。"我加上去。

"坐在我的身边,这里。"我的母亲说。

她向我注视着,她的手和我的比起来很苍白,很消瘦,很衰弱。我们没什么谈话,她没向我问什么,我很感激她。我应当说什么呢?我所欢喜要的什么都可有,我平平安安地回家而坐在她的身旁。在厨房里站着我的姊姊预备晚餐的面包,还唱着歌儿哩。

"亲爱的孩子。"我的母亲轻轻地说。

在我们的家里并没有什么很亲爱的感情,穷人们辛苦地工作着,不能互相顾到。反驳他们所已晓得的不是他们所当做的。当我的母亲向我说"亲爱的孩子"的时候,这个意义比别人用的还要深哩。我晓得那瓶越橘是她们好几月来所有的一瓶,她为我收起来;那些旧饼亦是她所留给我的,她一有好机会可得些的时候,她都留下给我。

我坐在她的床边,窗外对面啤酒花园的栗树闪着棕色和金黄。我深深地呼吸向我自己说:"你在家了,你在家了。"可是有一种极奇异的感觉永不离开我,在所有这些事物之中,我找不到我自己。这里有我的母亲、我的姊姊、我的蝴蝶箱子和桃心木的钢琴——但是并没有我自己在这里。相离很远,在我们之中有一帷幕隔开着。

我将我的背囊拉近床边,将我所带来的东西拿出——一个全的伊但墨儿牛酪,这是嘉德替我预备的,两块军队的面包,牛油一磅的四分之三,两罐肝腊肠,一磅熟肉油和一小包的米。

"我料想这些东西你们有用——"

她们点头。

"这里的食物很糟吗?"我问。

"不错,但是这不要紧,你们那里吃得好吗?"

我微笑地指着我所带来的东西。"自然,并不常常是这样多,但是还过得去。"

恩娜走出去将食物拿进来。突然我的母亲抓住我的手犹豫地问说:"战场上很坏吗,蒲尔?"

妈妈,我能怎样答复呀!你必不能明白,永远不能确实地觉得。你永远不能确实地觉得。你问,坏吗?——你,妈妈——我摇我的头说:"不,妈妈,并不怎样坏,我们常常可整群地聚拢着,并不怎样坏。"

"你说得不错,但是最近享利契蒲素但米耶回来说,现在战场极可怕,有毒气和种种怕死人的东西。"

我的母亲这样说,"有毒气和种种怕死人的东西"。她不晓得她所说的是什么,她只是替我担心。我可告诉她说我们有一次曾发现三个敌人的战壕所有的卫戍兵都僵得像中风吗?挡弹壁的对面,他们在战窟里有的站着有的躺着,蓝面孔,早已死了。

"没有,妈妈,这只是空谈的,"我回答,"情形并不是像蒲素但米耶所说的那样。打个比方来说,我自己还安全强健——"

在我的母亲极惊人的不安宁前,我恢复我的泰然。现在我已能走来走去,说话答话,不必怕因为世界像橡皮地轻转着,而我的动脉成为硫磺,那么就当突然地去靠在壁上。

我的母亲想要起来。所以我到厨房里去,我的姊姊在那里。"她有了什么病?"我问。

她耸耸她的肩说:"她躺在床上躺两个月了,但是我们不愿意写信告诉你。已经请过了好几个医生。有一个医生说大概是再生毒瘤。"

我到本地方的总司令处去报到。我慢慢地走过那些街道。偶然有人向我说话。我并不逗留,因为我不欢喜说话。

在我从兵营回来的路上有一个声喊着我。我从沉思中醒来,向四围看看,一个少佐站在我的面前。"你会行礼吗?"他嚷着。

"对不住,少佐,"我窘迫地说,"我没看见你。"

"你懂得怎样说正当的话吗?"他咆哮着。

我很想打他的面孔,可是还自制住,因为我的休息依靠在这点。我立正行礼说:"我没看见你,少佐大人。"

"你的眼睛当睁开点，"他发噱，"你名叫什么？"我告诉他。

他的肥壮的红面孔都是怒容。"哪一联队？"我极详细地告诉他。可是他还不惬意。"他们在什么地方。"

但是我已被问得太足了，回答说："在兰琪马克和墨斯考迪的中间。"

"呀？"他有点不解地问。

我向他诉说我到这里只一两点钟，以为他必会走开了。但是他并不这样做。他更气起来："你以为你可将你在战线上的架子摆到这里来吗？得，这种架子我们不管，谢天谢地，我们这里还有纪律哩。"

"退后二十步，特别快步！"他命令。我气得疯了。但是我不能向他说什么；假如他要将我逮捕去也是可能的。所以我只能退后跑步，然后再整步走，向他走来。离开他六步的时候我行了一严正的礼，直到他在我的后面六步。

他喊我回来，很可亲地给我晓得他可怜我，放些慈悲给我，不将我抓去受审。我装做像平常的极感恩。"好，准去！"他说。我伶俐地回转身正步走开。

这事毁坏了我这一晚。我回到家将我的军服掷到壁角里去；我应当早点这样做，然后我从更衣室拿出我的普通衣服，穿了上去。

我很怕。衣裳太紧太短，在军队里我长大了。领圈和领结都使我很麻烦。终于是我的姊姊替我打领结。但是这副衣裳多么轻松呀，我觉得好像穿着一领衬衫和一条内裤似的。

我照照镜。多么奇异呀！一个受日所晒焦，生长过大，坚信礼的候补员惊奇地看着我。

我的母亲看我穿普通的衣裳很快乐；在她看来我仍旧是一样。但是我的父亲却要我穿上我的军服，那么他就可带去见他的朋友。

但是我拒绝。

可以很安静地坐在某处是极可快活的，比方说在啤酒花园里，靠着球戏场的栗子树下。叶儿开始零零地堕在桌上和地上。我的面前有一杯啤酒，在军队里我已学得喝酒了。那杯酒半满着，但是还可供给我大喝几口，并且假如是我所欢喜的，我可以再要一两杯。这里没有号角，没有炮攻，学校里的孩子在球戏场上玩着，狗儿将它的头靠在我的膝边。天空是蓝的，在栗树叶儿的隙里露出圣玛珈路特礼拜堂绿色的尖塔。

这种景致很好，我很欢喜。但是我跟人家合不来。只有我的母亲不向我问事情。父亲却不是这样。他要我将前线告诉给他听；他这样地好奇问异，我觉得他很蠢，并且我也受窘迫；我跟他已没什么实在的关系。他所最爱的人是要听这事。我晓得他不懂人家这种事是不可谈的；我很想说给他听，但是我将那些事用话说出来是极危险的。我很怕这些事胀大起来使我不能驾驭它们。前线所有的事我们都十分明了，不晓得我们要怎样了呀？

所以我只能压制着我自己，告诉他些可悦乐的事。可是他想晓得我是否曾手对手冲锋过。我说"没有"，站起来走开去。

但是这还不要紧。但是当我在街上被那种很像是炮弹直直堕向我的轰声的马车的响声惊了一两次后，有人拍拍我的肩头。这是我旧时的德文教授，用着普通的问题抓紧了我："好，前线怎样？极可怕，极可怕吗？不错，战争是极可怕的，但是我们当支持下去。我听人家说无论如何在那里你们至少可得好东西。看起来你还康健，蒲尔，并且安全。这里自然是坏的。自然的。无论什么好的东西说也不要说都拿去运送给我们的兵士去。"

他拉我到一只有许多别人的桌子去。他们欢迎我，一个较长的跟我顿手说："你刚从前线回来吗？那儿的精神怎样？好吗？好？"

我告诉他说："没有一个兵士可以回家能忧闷的。"

他哄然大笑着。"我相信！但是你们必须先将那些法国鬼大打一顿。你吸烟吗？这里，抽一去吧。酒保，倒一杯还能配我们年轻的战士的好啤酒来。"

我拿了那支雪茄，很不幸运，我只好逗留着。并且他们这样诚情好意也难推托。我也很觉得讨厌。尽我所能的像一支烟囱喷着烟。为要装装快活的面子，我也将那杯啤酒一口喝下去。第二杯立刻又来了；平民们晓得他们负兵士多少的债。他们争论着我们所应得的土地。那个有铁表链的校长至少要全比利时全国，法国有炭的地方，和些俄国的地方，他滔滔地说出我们所必须有这些地方的理由，还是固执地争辩下去，直到其余的人都肯赞成他。那么他就开始解释说，法国刚刚那一点会被我们所冲破，转向我说："现在，你们在战壕上永远地战争，你必冲向前些——击碎那些法国懒惰鬼，那么就会和平了。"

我回答照我们的眼光看起来，冲破战线或许是不可能的。敌人有极多的预备队。并且，战争跟平民们所料想的是不同的呀。

他昂昂地不睬我这种意见，告诉我说我一点也不晓得。"那些琐事当然是这样。但是这是关于全局的。因此你就不能决定。你所见到的只是你所守的那一小小的一角，并没有这全部精细的考察。你尽你的职务，他冒着你的生命去干，这会有最高的荣誉——你们每人都当有铁十架的奖牌——但是第一点敌人的战线必会在法兰达斯受冲破，那么就可从上面包围过来了。"

他拭拭他的鼻涕，捻捻他的髭。"他们必会从顶到底完全受包围。那么一直进巴黎好了。"

我很想看他怎样地自己画一张图画，他倒给我喝第三杯酒。他立刻又要来一杯。

但是我站开身。他将些雪茄塞进我的袋子，亲爱地拍一拍我，送我离开。"万事如意！我希望我们不久就会接到你很好的消息。"

我以为休息并不是这样的。实在的，跟一年前不同了。自然是我自己在这期间中改变了。在这期间和现在有深渊隔开着。在那时候战争是什么我还不晓得，我们只在安静的营里。但是现在我们已被压挤得不晓得了。我找出我不是属于这里了，这已是个不同的世界。有些人问来问去，有人不问，但是他们都有十分的自信，战争的事他们都晓得了；他们说起话来总是有已明白的口气，没有一点可跟他们争辩。他们自己画起一张图来。

我宁可独自一人，这样谁也不能吵扰我。因为他们的归结总是同样的，战争将要怎样坏和将要怎样胜利；有人这样想，别人那样想；无论如何他们常常只是专心注意着那些跟他们的生存有关的事。从前我也是这样生活着，但是现在我觉得与这里无关了。

他们向我说话得太多了。他们有忧愁、目的、愿望，这是我所不能明白的。我常常跟他们其中的一个坐在小啤酒花园里，试想解释给他听说这是唯一实在的事：像这样平静地坐着。自然他们会明白，他们同意，他们也觉得，但是只是话，不错，只是话——他们觉得到，但是只有他们身体的一半觉得，其余的部分是在注意着别种的事情，他们自己已这样分裂，所以他们不能全心全意地觉到；我每每不能照我所要说的说出来。

当我看见他们在这里的时候，在他们的房里，在他们的办事室里，忙着他们的行业，我觉得这些都有难能抵抗的吸引力，我很想也住在这里忘记战争；

但是它也驱退我,它是那样狭窄,一个人的生活怎样装得进去呢,他必须将它挤得粉碎;他们能这样生活吗,同时在前线地方那些炸弹的碎屑悲惨地在炸裂洞上响着,那些光辉炮射起来,伤兵用着油布抬回来,同志们蹲在战壕里。——这里的人是不相同的,他们这种人我不能十分了解,我一面羡慕一面轻视。我必当想到嘉德、阿拉伯特、摩勒尔和第牙顿,他们在做着什么呢?无疑的,他们是坐在酒店里,或者是在游泳着——不久他们就再被派到前线去的了。

我的房间里的桌后有一只褐皮的沙发。我坐在沙发上。

壁上贴满着无数的图画,那些照片是我从新闻纸上割下来的。中间也有我所画的或是得来的绘画和邮片。在别一角里有一只小铁炉。对面的壁靠着收藏着我的书的书架。

我来当兵以前我住在这房间里。这些书是用我从当家庭教师所赚的钱渐渐买来的。大部分都是旧书,所有的文学书,比方说有一本蓝布皮的书值一个马克和二十分尼(Pfening,值英金一便士九分之一)。我完全地买来,因为我很彻底,我不相信选集的编辑,不管他或许会将所有杰作选集来。所以我只肯买"全集"。大多的书我都用敬爱的热心去读,但是只有极少数会确实地感动我。我宁可选别种的书,那种现代的自然较为可爱点。有一小部分的书不是十分诚实得来的,我借来,因为我舍不得这书,便就不还了。

有一个书架都是学校里的课本。这些书并没小心照顾过,都已染污了,书页有的因为干一定的事撕起来。下面是杂志、报纸、书信,都跟绘画和画稿叠做一团。

我很想回想到那时。我立刻觉得,这些东西还在这房间里,壁上都已贴好着。我的手躺在沙发的手臂上;现在我随意地举起我的脚,那么我就很安稳地坐在这壁角里,在沙发的手臂上。小窗子开着,我看见街上很熟识的景致,最后是教堂高耸着的尖塔。桌上有些花儿。笔杆,当做压纸的蚌壳,吸墨水纸——什么都没改变。

假如我幸运,战争过后我能回来。我必定会像这样地坐在这里,看看我的房间而等着。

我激动起来;但是我不愿意这样,因为这是不对的。我希望这种安静的快乐会再有。当我转向书的时候我希望会有从前那种极有力、无名的激励的感觉。那种从有色的书背上引起的欢快会再充满我,将那块在我身上某处沉重、死的铅块熔掉,使我将来的不能忍耐,幻想世界的迅速的快乐再醒来,这会将我年轻时代的热诚再带回来。我坐着等。

这使我想起必须去见堪墨尔契的母亲;我也当去探探蜜桃斯达德,他大概是在兵营里。我望出窗外去,在街路平静的图画的后面,遥遥地清明地浮出一座山峰;这使我想起一个秋天清明的日子,我和嘉德、阿拉伯特坐在火旁,吃着连皮焙炙的番薯。

但是我不愿意想这种事,我扫开它。房间将要说话了,它必会抓我起来去捏止我,我希望会觉得我是属于这里,当我在回到前线的时候我希望我会听见和晓得战争已息了,可以全身浸在回家的大潮里,而晓得战争永远不会再来了。战争不能继续地咬住我们,它对于我们只有外部的权力。

书背一列一列地排好着。我现在还很熟识,我记得我是照次序排的。我的眼睛向它们哀求着:向我说——带我去——我年轻时代的生命再带我去——你是自由、美丽的——再接收我——

我等,我等着。

幻像泛流过我的心,可是它们并没抓住我,它们只是阴影和记忆。

没有了——没有了——

我渐渐不安宁起来。

突然我的心内涌起一种远隔可怕的感觉。我不能再回去,我被关在外面不准进去,虽则我已尽我所有的力量哀求着。

什么动也不动一动;我像一个谁都不注意的,不幸地宣告有罪的人,我坐在这里,"过去"它自己退回去。同时我怕要求得太噜苏了,因为我不晓得将要发生什么事。我是一个兵士,我必须服从着。

我愁苦地站起来,望向窗外去。我拿起一本书来翻着书页,想要读,但是我将这本书放开去,再拿一本。书里有许多段我曾注释过。我翻一翻看看,拿起别本新书,它们已在我的身边叠高起来。极快地又叠上了报纸、杂志和信。

我缄默地站着。像是在一个判官之前。

闷闷的。

字,字,字——它们并不和我接触。

我慢慢地将这些书再放进书架里去。

永不再来了。

我安静地走出这间房间。

可是我还不至于绝望。实在的,我不想再到我的房间去了,但是却用只是几天不能判断的念头来安慰自己。后来——再过些时候——还有充分的时间哩。

我走到兵营里去探蜜桃斯达德,我们坐在他的房间里,这里有种我很慊恶的气味,但是我已十分地习惯过。

蜜桃斯达德有些新的消息使我听后即刻受刺激。他告诉我堪都拉克已经被征为守本地方的兵。

"想想看,"他说,一壁拿些好雪茄出来,"我一从医馆回来就向他逞逞些权力。他伸手向我慢慢地说:'好呀,蜜桃斯达德,你好呀?'——我向他看看才说:'守兵堪都拉克,职务是职务,荷兰酒是荷兰酒,你自己应当十分明白呵。当你向一个上级军官说话的时候应当立正。'你当看看他的面孔呵!半是未炸开的炮弹半是腌渍的胡瓜。他再想装起是同窗友的样子。所以我就更凶地叱责他。那么他就开起他最大的炮来。很可相信地向我问;'你还想用我的势力来补救你紧急的考试吗?'你明白他是试想要使我回想到这些事情。因此我大怒起来,用别种话来回答他。'守兵堪都拉克,两年前你要求我们从军去;在我们的中间有一个豹斯夫伯思不肯去。他距他照平常被征去的三月前被杀。假如不是你,他必会活得久点。现在:准去。你不久就会听到我的消息。'要去管他那一队是很容易的。我所做的第一桩事是带他到店铺里去,将一副合式的服装给他。在一分钟内你就可见到他。"

我们走到操兵场上。那队的兵士已经归伍。蜜桃斯达德命令他们稍息,他开始检阅着。

我看见堪都拉克几乎忍不住笑起来。他穿着一件褪色的蓝军衣。背部和衣袖都有很大块黑布的条补着。外衣一定是个大汉的。那黑色、破旧的裤子又是太短,只到他的脚肚。靴子粗残的老莽夫。露出足趾来,靴旁又镶边,太大了。但是好像酬偿似的帽子太小,像是一个极可怕、污秽、平庸的小圆筒形的浅箱子。全身的装饰,看起来褴褛得可怜。

蜜桃斯达德站在他的面前:"守兵堪都拉克,你这些钮子也算为是擦过了吗?你好像永远学不来似的。无用,堪都拉克,十分地无用——"

这使我大大地愉快着。在学校堪都拉克每每用十分同样的话责备蜜桃斯达德——"无用,蜜桃斯达德斯,十分地无用。"

蜜桃斯达德继续责备他:"现在看看蒲特日尔,他是个给你学的模型。"

我很难相信我的眼睛。蒲特日尔也在这里,蒲特日尔是我们学校的看门人。他是个模型呵!堪都拉克眼睛向我一射,好像是要吃我。但是我是向他装蠢地讥笑着。好像我已认不得他。

没有一件东西会比他的步兵帽和军服更为可笑。就是这个可笑的东西,从前我们都窘迫悲惨地站着,当时他像加冕似的在他的桌边,凶凶地看着我们,用一支铅笔在记我们法文不规则动词的错处,就是这个东西使我们后来的法文很少进步。这只是两年前——现在却是站在这里的守兵堪都拉克,威赫的力量都没了,弯曲的脚膝,像是锅钩的手臂,没擦光的钮子和这些极可笑的装束——一个无资格的兵士。我不能将这种的穷相和在教师桌上威赫的情状看为一致。他那满身穷困的守兵不晓还敢向我这兵说:"波墨儿,念出 Aller 的半过去式。"

现在蜜桃斯达德命令他们做小战的练习,像是恩顾似的特别挑出堪都拉克做小队长。

小战的时候小队长必须在小队的二十步前:当命令发下"向后转",那一排的小战的人只须转一转身,但是那个小队长突然已在那排人的后面的二十步,必须冲进前加步再在小队的二十步前。一共是四十步的特别大步。但是他到没一刻儿后,立刻命令又来"向后转",他必须尽他所能的快再冲四十步。这样的那小队的人只是转几转,同时那个小队长却当冲来冲去。这是熊马拉斯托斯早已经用过的一种药方。

堪都拉克别想再可从蜜桃斯达德得到什么,因为他曾有一次将蜜桃斯达德留级,蜜桃斯达德在他未再回到前线以前,有这么好的机会不去报报仇就成土呆了。军队若给一个兵士有这么的好机会必会肯死点。

在那时候堪都拉克冲上冲下像是一只野猪。过一刻儿蜜桃斯达德停止了这种小战,开始干起一种很重要的兵操爬地。

堪都拉克的手和膝上照规则地拿着他的枪,他那种爬在河上可笑的形态立刻在我们的面前出丑。他的呼吸很窘迫,他的喘气是音乐似的。

蜜桃斯达德引用堪都拉克当教师所用的话来鼓励守兵堪都拉克。"守兵堪都拉克,我们能够住在这伟大的时代很幸运,我们必须谦逊我们自己,暂时将痛苦放开。"

堪都拉克流着汗,吐出一片塞进他的牙齿的污秽的木片。

蜜桃斯达德屈下身责骂地说:"这种的小事不可忘记大的进取呵,堪都拉克!"

我很奇怪堪都拉克不大怒起来,特别是军事体操的时候,蜜桃斯达德改正着他,他爬在平衡木上,蜜桃斯达德抓住他裤子坐着的部分,所以他只能将他的下颌举在平衡木上,那么就开始给他一大阵的好教诲了。这跟他在学校里教训蜜桃斯达德的一样。

另外的杂役的命令又分派出来了。"堪都拉克和蒲特日尔,面包工!你们用手车去载来。"

一两分钟后两人开始合拢来推一辆手车。堪都拉克愤愤地低着头走着。可是那个看门人却很快活,因为他得这么轻小的工作。

焙炙房是在这镇的别的一端,两人必须推车去又推回来。

"这种工作他们已做过一两次,"蜜桃斯达德冷笑着,"还有些人等着看他们哩。"

"好呀,"我说,"但是他报告你吗?"

"他报告过。我们的队长听到这事的时候,笑得像妖魔一样。他无时可当教师了。并且,我跟他的女儿恋爱呵。"

"他必会使你的考试不及格。"

"我不管,"蜜桃斯达德平静地说,"并且,他不能诉苦什么,因为我很少为难过他,给他的只是轻小的工作。"

"你不能使他更为有礼吗?"我问。

"他太愚蠢,我不想再噜噜苏苏。"蜜桃斯达德轻侮地回答。

什么是休息?——这种的一歇只会使歇后的事情更糟。将别的感觉已开始自己闯了进来。我的母亲沉默地看着我;我晓得她在计算着日子——每天早晨她都忧愁着,这是又减少一天了。她将我的背囊拿开,她不欢喜见它而触起离别的情绪来。

假如是一个深思的时候,钟头很快地飞过去。我振作我自己跟我的姊姊一道去屠肉店买一磅肉骨。这是一种珍物,人们老早都已排成一排等着。有许多人昏去。

我们很不幸。等了三点钟后,这群辫子形的人散开。肉骨没剩余了。

带我的军粮回来是桩很好的事呵。我将那些东西拿给我的母亲,那么我们就都有些好东西可吃了。

日子一天一天紧迫,我的母亲的眼睛天天更为忧愁。现在只剩四天了。我必须去见堪墨尔契的母亲呢。

我不能将这事记载下去。那个战栗啜泣的妇人摇着我向我嚷着:"他已死了,为什么你还活着呢?"——她涌着眼泪嚷出来:"你在那里干什么,孩子,当你——"她跌到一只椅子上去,哀哭着:"你看见他吗?那时你看见他吗?他怎样死呀?"

我告诉她说他是他的心中枪,即刻就死去。她看着我,她疑我:"你说谎。夜里我听见他的声音,我觉得到他的痛苦——实在地告诉我,我很想知道,我必须知道。"

"不,"我说,"我在他的旁边。他立刻就死去。"

她温和求我:"告诉我。你必当告诉我。我晓得你想要安慰我,但是你不看见你不肯实在地告诉我,反使我更受苦吗?这种渺茫的事我忍不住。就是极可怕的也当告诉我,比你不肯告诉我而使我胡思乱想更好哩。"

就是她将我捶成肉丝,我亦不肯告诉她。我安慰她,可是她仍旧是那样蠢地捶着我。为什么她不停止忧愁呢?不管她晓得不晓得。堪墨尔契终究是死了。一个看过许多死的人不能明白为什么只是一个人的死会有这么多的哀苦。所以我较为性急地说:"他即刻死去。痛苦他一点都没觉得。他的面孔十分安静。"

她沉默着。然后她慢慢说出:"你敢立誓吗?"

"敢。"

"不论那一种在你是神圣的东西吗？"

圣神，我还有什么神圣呀？——这些事情对于我们已极快地改变了。

"不错，他即刻就死。"

"假如这不是实在的，你愿你自己永远不能回来吗？"

"设若他不是即刻死去，我永远不能回来。"

什么东西我都肯立誓。但是她好像已相信我。她稳定地呻吟着和啜泣着。我自造一桩实事说起堪墨尔契的死，我自己也相信。

我将要走开的时候，她吻我和给我一张他的照片。他穿着新编兵的制服倚在一只粗野的、桌脚是桦木的圆桌边。他后面的画漆着一个树林，桌子上一杯啤酒。

今夜是我在家最后的一夜，谁都沉默着。我很早就上床去，我抓紧枕头，将我的头埋在里面。谁晓得我再能躺在一张羽毛被褥的床上呀？

夜很深的时候，我的母亲到我卧房来。她以为我已睡了，我也假装睡去。两人都醒着谈话，这太苦了。

她坐得很久，并且她很愁苦，常常揿绞地泣着。最后我再也忍不住了，我假装刚刚醒来。

"妈妈，回去睡罢。这里你会受寒的呀。"

"我以后还有充足的时间好睡哩。"她说。

我坐起来。"我并不是一直就到前线去，妈妈。我应当在训练营里训练四个星期。或许在星期日我能再回来。"

她沉默着。然后她温和地问："你很怕吗？"

"不，妈妈。"

"我很想告诉你必须当心着法国的女人。她们不是好东西。"

啊！妈妈，妈妈！你以为我还是一个小孩子——为什么我不能将我的头躺在你的膝上哭呢？为什么我已很强壮能管理自己呢？我也想哭着而得到安慰，我实在地也只比孩子大一点；在更衣室里还挂着我短短的，孩子的裤子——这只是不久以前，为什么已过去了呀？

"我们那里没有女人，妈妈。"我尽我所能地安然说出。

"在前线上也当小心，蒲尔。"

啊,妈妈,妈妈!为什么我不拥抱着你,和你一同死。我们多么不幸呀!

"好,妈妈,我一定当心。"

"我每天必替你祷告,蒲尔。"

啊,妈妈,妈妈!让我们站起来走出去,回到这不幸的重负还没临到我们的年代,我们孤独地回去呀,妈妈!

"或许你可得到不那样危险的位置。"

"不错,妈妈,或许我可进厨房里去,这种位置很容易得到。"

"你即刻就这样做罢。假如别人说什么——"

"那不会窘迫我,妈妈——"

她叹息。她的面孔在极黑暗中是一片白光。

"现在你必须回去睡了,妈妈。"

她不回答。我跳下床将我的外衣围住她的肩头。

她将她自己投在我的胸前,她极痛苦着。所以我就扶她到她的房间里去。我和她做伴一刻儿。

"在我未回家以前,妈妈,你一定会再复原健全了。"

"不错,不错,我的孩子。"

"你一定不可寄东西给我,妈妈。那里我们有充分的东西好吃。那些东西在这里定必会更为有用。"

她躺在这张床上多么零丁孤独呀,她,爱我胜过全世界。我将离开的时候,她很快地说:"我有两领内裤给你。都是羊毛的。它们会使你温暖。你一定不要忘记放进你的背囊里去。"

啊,妈妈啊!我晓得这些内裤有你等着、走着、乞着的慈爱是多么有用呀!啊!妈妈,妈妈!我怎样当离开你呢?在这里除了你以外还有谁有向我索求的力量。在这里我坐着你躺着,我们要说的话太多,我们永远不能说。

"晚安,妈妈。"

"晚安,我的孩子。"

房间里黑暗。我听见我的母亲的呼吸,和时钟滴嗒滴嗒的响声。窗外风吹着,栗子树萧萧地唏嘘着。在梯顶上碰到我已整理好的背囊跌了一跤,因为我明天早晨很早就当动身。

我咬着我的枕头。我将我的手抓住我的卧床的铁杆。我必当永远不再来这里。在前线我并没异样和常失望——我必当永远不再这样做,我是一个兵士,现在我自己,我的母亲,一切不安并且无结局的事,所得只是痛苦。
　　我必当永远不休息了。

八

在湿地上的屯兵营我很熟识。那处就是熊马拉斯托斯教训第牙顿的地方。但是这里现在我一个也不认得;照常的都变换了。只有几个人是我从前偶然碰见过的。

我机械地做着每天的职务。夜里我大抵是到"兵士的家"去,那儿有许多报纸,可是我不去看;还有一个钢琴,我极欢喜弹起来。有两个少女在那里侍候,一个是年轻的。

这屯兵营围着高高带钩的铁线的栅栏。我们从兵士的家回来若迟点就当有出入照。自然那些跟站岗的兵士要好的人不要有照也可以进去。

每天我们在湿地上杜松和桦树之中练习整队的兵操。假如一个人不想要求什么便可忍耐得住。我们冲前跑着,很快伏下来,我们喘气的呼吸使草原上草儿和花儿的茎儿颤来颤去。迫近地上细沙看着,就会看见那些沙儿是整百万极细的水晶石所合成,那些水晶石好像曾在化学室制造出来似的。这种沙儿极会迷人使他的手埋进沙中去。

可是最美丽的却是那有一列一列的树木的树林。它们的颜色每分钟都有改变。现在叶柄闪着纯白色的光,在这些叶柄中丝似的点缀着叶儿的大青色;一刻儿因为高原颤抖的风轻轻地吹动着绿叶的缘故变成闪烁珠光的蓝色;有一处因为浮云遮去太阳光的缘故,叶儿几乎成为黑色。这个阴影像鬼似的穿过昏暗的树身溜到离湿地很远的天上去——那么那些桦树就再像在白杆上嬉笑的旗儿露显出来——旗上染着秋色的叶儿成为鲜红和金黄的旗布。

我往往出神于这轻柔的光线和透明的阴影中,因而常常几乎没听见军官的命令。一个人孤寂的时候才会观察自然而爱上了她。这里我没有什么友爱,就是连想要得到也未曾想过。我们都不很熟识,除去说说笑,玩玩扑克,和在夜里打眠外,并没什么其他友爱的表示。

我们屯兵营的旁边是俄俘的大监。有个铁线的栅栏将他们与我们隔开,可是那些囚犯还是爬过来。他们像是神经衰弱和很畏惧,虽则他们大多是有须的大汉子——他们像是驯服,受叱责的圣伯讷狗(Hopice 地方和尚所养的狗,专门在救雪中的路人)。

他们偷爬进我们的兵营,在垃圾桶里找东西吃。谁都猜得出他们可找到什么。我们的食物已很少,并且不是好的:萝卜切做六块放进白水里去滚,没洗的红萝卜头;腐烂的番薯算是珍馐,最为贵重的是浮着几小片牛筋的薄粥汤,可是那些牛筋是切得极细,必须找才有的。

可是不论什么都吃进去,设若有人是有钱的,他那份军粮不全吃掉,旁边有十多个人等着替他吃哩。只有那些渣滓匙起才会勺出来倾进垃圾桶去。有时候也有些番薯皮,腐烂的面包皮,和各种的污物。

这些污秽、腐烂、极少的垃圾就是那些囚犯所要找的。他们从那发臭的桶中很愉快地找出这些东西来,将这些东西挟在他们外衣的下面走回去。

近去看这些我们的敌人是很可惊奇的。他们的面孔会使人触起念头来——忠实农夫的面孔,广阔的前额,阔鼻,阔嘴,阔手,和浓厚的头发。

他们必须去做打谷、收获和摘苹果的工作。他们像我们法李丝兰地方的农夫一样的温和。

看他们的举动和求乞食物,很会使人心痛。他们都很软弱,因为他们所得的滋养,只是刚可以不饿死。我们自己也不能吃饱哩。他们有红痢病;他们大多都贼头贼脑地将他们染血外衣的尾端掩起来。他们的身背和头弯曲着,他们的脚膝倾垂着,当他们伸手求乞的时候,他们的头俯下去,说出些他们所晓得的德语——求乞的声音是那样地柔和、深沉,有音乐的,像是在家的温暖的火炉和安稳的房间。

有人赏他们一踢使他们跌下身——但是这样做的人很少。大多数的人只是不睬他们。有时候他们太噜苏,使人大气来踢他们。假如他们的眼睛不是这样胡缠地看着人们,那不比人的拇指更大的两小点,便有多少可怜的哀惨呀。

夜里他们过兵营来买卖。他们将他们所有的东西来换面包。他们常常很成功,因为他们有很好的靴子,我们的都很坏。他们长靴子的皮极柔软,像羊毛一样。我们中间的农夫,他们的家里有寄来些珍馐的就可买卖了。一双靴子的价钱大约是两三块军队的面包,或是一块面包,和一条硬的火腊肠。

但是大部分的俄人他们所有的东西就都已卖完了。现在他们只穿着极可怜的衣裳,试想将他们所雕刻的炮弹的碎片和铜板来换食物。自然的,这种的东西他们换不到什么,虽则他们极辛苦地雕刻过——他们所得的只是一两片的面包。我们的农夫买卖的时候很残忍,很狡猾,他们将一块面包或是腊肠端正地放在俄人的鼻下,直到他的面孔因贪吃的缘故转白,他的眼睛凸出,那么什么东西都肯换了。这些农夫极庄重地将他们所抢来的东西分起来,那么就拿出他们大支的刀子慢慢地一片一片切着面包;每片面包挟着一片好吃,硬的腊肠,塞满他们的嘴中去,他们这样慢慢地吃完他们好的食物。看他们这样地吃晚饭真会使人憎恶;很想将他们的头盖敲碎。他们很少留些起来。我们多么不能互相了解呵?

我常常被派去站岗看守俄人。在极黑暗中他们行动的形状像是食虫的鹤,像是大只的鸟。他们走近铁线的栅栏将他们的面孔靠在那里;他们的指头曲绕着铁网的网眼。他们往往并肩站着,呼吸着那从湿地或是树林里来的风。

他们很少开口,开起口来也只是说一两句话。我觉得他们比我们较为相亲相爱。但是或者只是因为他们自觉得比我们不幸的缘故。无论如何战争与他们是无关系了。但是等着做红痢也并不是生活呀。

那些管理他们的守兵说他们已比刚来的时候不活动得多了。他们的中间常常有些阴谋,因而常常发生打架和动刀的事。但是现在他们已十分地亲和和疲倦;大多不再互相残害了,他们很衰弱,虽则有时候恶得干起在兵营时候的样子。

他们站在铁线栅栏边;有时候一个走开去,立刻有个别人在那排里替代他的位置。他们大多沉默着,偶然也有人求着一支香烟头。

我看见他们黑暗中的人形,他们的须儿在风中飘动着。我所知道的除了他们是囚犯以外什么都不晓得,就是这困恼我。他们的生活很深奥,而且无罪——假如我再晓得点关于他们的事,他们名叫什么,他们怎样生活,他们等着什么,什么是他们的重负,那么我的情感就有一个物像必会成为同情。但是我所晓得他们的只是他们的受苦,极可怕极忧愁的生活和人们的残酷。

一字命令就会使那些沉默的人形成为我们的仇敌;一字命令就会改变他们成为我们的朋友。在同一只桌子上有些我们所不认得的人在签字一张条约,那么整几年来那从前所宣告有罪和严厉执行着的刑罚的大罪,一跌跤而成为我们最高的目标了。可是当一个人看到这些面孔像孩子的和有使徒似的胡须沉静的人的时候,谁还能分别清楚。一个无委任状的军官对于一个新编兵,一个教师对于一个学生,比他们所对付我们的还凶哩。虽则假如我们一恢复自由后,我们向他们开枪,他们也再向我们开枪。

我栗战着:我不敢这样地想下去。下面是深渊呀。现在不是可想的时候;但是我怎不将这些念头丢掉,我要保存它们,关它们在外面直到战争结局了。我的心很急地跳动着:这是目标,伟大的唯一的目的,我曾在战壕想过;我看做这是人类所有的感觉灭绝后唯一能生存的事;这些可怕的年一去后,这事会使生活有价值。

我拿出我的香烟,将每支香烟分做两支,拿给这些俄人。他们向我鞠躬,那么就点起香烟了。现在每个面孔当有红点。那些红点安慰我;那安慰好像是在黑暗的乡舍的小窗上在它们的后面充满着和平的房间。

日子过去。在一个多雾的早晨,别一个俄人埋葬着;他们几乎每天都有一个逝世。埋葬的时候我站着岗看守着。这些囚犯分离地唱一合唱曲,歌的声音好像是无声似的,所可听见的只是遥遥地在湿地上有一风琴在响着。

殡葬很快地过去了。

夜里他们再站在铁线的栅栏傍,风从橘树的树林上吹向他们来。星儿寒冷。

现在我已认识一个会说些德语的俄人。在他们的中间有一个音乐家,他说他从前在柏林的时候是一个凡华琳家。他一听见我会弹钢琴,他立刻拿出他的凡华琳拉起来。其余的人坐下来将他们的背部靠着栅栏。他站起来拉,有时候当他们闭拢着眼睛,他便有那些凡华琳家所有的忘却超脱的表情;或是他再合着音乐的拍子摇摆着凡华琳而向我微笑着。

他所拉的大抵都是民间的歌曲,其余的人营营地低和着。他们像是在黑暗山谷中的一个乡村,歌声从极远的地方飘到地下来。凡华琳的声音像是个纤弱的少女在他们声音的上面,清亮孤独。他们的声音歇了,凡华琳仍是继续下去。在夜里这琴音细薄得像是凝冻了;大家必须挤拢地站着:琴声若是在一房间里就好得多了——在这里会使人忧愁。

因为我曾休息好久的缘故,在安息日不能得到休息。所以在我要回到前线去最后的星期日,我的父亲和姊姊来看我。我们整天坐在兵士的家的里面。我们不愿在屯兵营里,还有什么地方可去呢。中午的时候我们到湿地上去走一走。

这些钟头很痛苦;我们不晓得当说什么,所以我们只能谈起我的母亲的重病。现在已明确地是毒瘤了,她已在医院里,不久就要开刀。医生们希望她可复原,但是我们从来没听过毒瘤是医得好的。

"现在她在什么地方?"我问。

"在路易丝亚医院里。"我的父亲回答。

"在第几等?"

"三等。我们必须等到我们晓得了手术费的多少。她自己愿在三等房间。她说那里她可以有些伴侣。并且也是便宜些。"

"那么她就是同所有的别人躺在一间房里。只要她能睡得去。"

我的父亲点头。他的面孔很瘦弱,并且都是皱纹。我的母亲常常病着;可是她万不得已才肯到医院里去,这当花了许多的钱,我的父亲一生所赚的被这花了不少。

"只要我晓得手术费多少。"他说。

"你没问过吗?"

"没直接地问过,我不能这样做——外科医生也许会发生误会,妈妈必须给他开刀哩。"

不错,我极痛苦地想着,这使我们多么苦呀,所有的穷人都是这样。他们不敢问价钱,只是预先极忧虑着;但是那些富人却不要紧,他们先说好价钱像是桩当然的事,并且医生也不会误会他们。

"并且后来的医药费是很贵的。"我的父亲说。

"现在还可领到病人的津贴费吗?"我问。

"母亲病得太久了。"

"现在你还有些钱吗?"

他摇他的头:"没有,但是我能做工作时间外的工作。"

我晓得。他必会站在桌前双折着、浆糊着和割截着,直到夜里十二点钟。夜里八点钟的时候他吃了些他们食票所换来的鄙劣的废物;那么就吃了些头痛的药粉而工作下去。

为要使他快乐些,我告诉他些兵士的笑话。这一类的事,关于将军和军曹长的。

以后我伴着他俩到火车站去。他们拿给我一罐果子酱和一包我的母亲所替我做的番薯饼。

他们一离开,我就回到屯兵营来。

傍晚的时候我将果子酱抹在饼上吃了几块。但是我觉得不好吃。所以我想走出去将这些饼送给那些俄罗斯人。可是我忽然想起我的母亲亲手煎这些饼,她站在热炉之前必是异常地痛苦。我将这包饼放进我的背囊去,只拿两个给俄罗斯人。

九

我们走了几天。第一架飞机在天空出现了。我们坐着运输线的车。枪,枪。我们跳上轻便火车。我找着我的联队。没有一个人晓得确实在那里。这处那处我将就地过夜,这处那处我得到食粮和些浮泛的通知。所以我只能带着我的背囊和来福枪走上路去。

我走到的时候他们已不在那荒芜的地方。我听见人家说我们已成为那种某处战争剧烈就调到那处去的游击队。这使我不大快活。他们告诉我说我们曾吃过大败仗。我向人问嘉德和阿拉伯特怎样。谁也不晓得。

我走到更远的地方去找,在各处找来找去;这是一种极奇异的感觉。我一夜又一夜像个红印第安人在野外露宿。终于我得到些精细的通知,下午我可以到中队本部去报到。

军曹长留我在那里。我们那队两天后就能回来。现在将我派到那里去也没什么用处。

"休息得怎样?"他问,"十分好呀?"

"几分。"我回答。

"对呀,"他叹息,"不错,假如可以不再出来就好了。后半期的休息常常被这想到离别的心思所苦缠。"

我四处闲步着直到那队的兵士在一个很早的早晨,灰色地、污秽地、悒悒地、阴郁地回来。我跳起来,在他们的中间推来推去,我的眼睛找着人。那儿是第牙顿,那儿是摩勒尔拭着他的鼻涕,那儿是嘉德和克路伯。我们将草袋一列一列排做一处。我看见他们的时候有种不安的自愧,虽则这并没什么好的理由。在我们还未就寝以前我拿出所剩的番薯饼和果子酱,那么他们也就可吃点了。

最外面的两个饼已经腐烂,可是还可以吃。我自己吃这两个,将新鲜的拿给嘉德和克路伯。

嘉德咀嚼后说:"这些饼是你的母亲的吗?"

我点头。

"不错,"他说,"我尝尝滋味就晓得人哩。"

我几乎要哭出来。我很难再抑制自己。但是一回到嘉德和克路伯这里立刻再复原了。我是属于这处的。

"你很幸运,"在我们躺下睡以前,克路伯向我低语着,"人家说我们将要派到俄罗斯去。"

到俄罗斯去。那里并不比战争凶哩。

远远地,前线的炮弹轰响着,草屋的墙壁抖动着。

兵营里大刷整起来。我们时时刻刻都受检查着。所有破坏的东西都换新的。我得到一领无污点的外衣,自然嘉德也是这样,他却全身完全都换掉。一个风声说或者要和平了,但是别一个风声较为可靠——我们将要派到俄罗斯去。可是我们在俄罗斯需要这些新东西干什么呢?最后消息漏泄了:恺撒大帝将要检阅我们。这就是所有检查着的缘故。

整八天谁都以为我们是在起发点的兵营,有更多的兵操和喧嚷。谁都烦躁易怒,所有这些磨擦刷整我们很不快活,操兵也是更为使人憎恶。这种事情的磨难兵士比在前线还要厉害。

最后那期间到了。我们僵僵地站着,恺撒出现了。我们都好奇地想要看他是怎样的人。他昂步沿兵排走着,我几乎是有点失望;从他的照片上我料想他是更为伟大和威赫,并且有种超过众人雷响似的声音。

他分着铁十架的赏章,向那个这个说着话。一分后我们就整步走开了。

检阅后我们讨论着这事。第牙顿惊奇地说:"这就最尊贵的万岁呀!无论谁在他的面前必须站得直!"他歇一歇;"兴登堡也是这样,他向恺撒也当站得僵僵吗?"

"必定的。"嘉德说。

第牙顿的疑问还没完哩。他想一刻儿再问道:"一个王应向皇帝站得僵僵吗?"

我们都不敢十分决说,但是我们以为不是这样。他们两人有同样的威赫,不必拘执那些端庄的立正。

"你翻根找底干妈的,"嘉德说,"最重要的是你自己当站得僵僵。"

可是第牙顿还十分地奋兴着。他的别一个奋兴是找乐趣。"但是,"他警告似的说,"我只是不相信一个皇帝也当像我似的到厕所去。"

"你可将你的靴子赌赌看哩。"

"四加半呆气等于七,"嘉德说,"你的脑子有点不清楚,第牙顿,沿着厕所去大跑一阵,将你的脑子弄清楚,那么你才不至于说两岁孩子的话。"

第牙顿出去。

"但是我也想晓得,"阿拉伯特说,"不晓得恺撒若说一声不,是否可没了这战争。"

"这事我却很晓得,"我截进去,"开始他就反对。"

"得,假如不只是他一个,在这世上若有二三十个人也说不。"

"自然这是可以的,"我赞成,"可是他们却恶魔似的说'好'。"

"想起来这是可奇的,"克路伯继续下去,"我们在这里是在保护我们的祖国。法人在那边也是在保护他们的祖国。那么,哪一方面对呢?"

"或许两面都对。"我自己也不相信地说。

"好,现在,"阿拉伯特继续下去,我晓得他将要窘住我了,"但是我们的教授、牧师和报纸说只是我们对的,希望是这样吧;可是法国的教授、牧师和报纸说只是他们那边是对的,现在怎样呢?"

"这我可不晓得,"我回答,"但是无论如何战争仍旧是一样,每月都有新的国家加入。"

第牙顿再出现。我还很激动着,再参加入谈论,不晓得战争怎样开始。

"大多数是一个国极可恶地侵犯别一个国。"阿拉伯特用一种高贵的轻调回答。

那么第牙顿就装蠢起来。"一个国?我不赞成。一个德国的山不能侵犯一个法国的山,一条河流、一个树林,或一区麦田都不能互相侵犯哩。"

"你真的这样蠢吗,或是你想跟我作对吗?"克路伯愤愤地说,"我的意思完全不是这样,一个民族侵犯别个——"

"那么这里我完全无职务了,"第牙顿回答,"我不觉得自己是侵犯他人。"

"好,我告诉你罢,"阿拉伯特不决地说,"问题并不是关于像你这种小卒哩。"

"那么,我就可一直回家了。"第牙顿反驳,我们都笑起来。

"喂，天呀！他的意思是当民族看为全体的，邦——"摩勒尔喊出来。

"邦，邦，"第牙顿很轻傲地拗响着他的指头，"宪法，警察，捐税，这就是你的邦——假如这就是你所说的，谢谢罢。"

"不错，"嘉德说，"第牙顿，这次你却说得不错了。邦和祖国是大大不同的。"

"可是这两个是连带的，"克路伯固执着，"没有邦哪里会有祖国呢。"

"实在的，但是你刚说过，几乎我们都是平民。法国兵也是这样，他们大多是劳动者、工人，和穷困的店伙。为什么一个法国的铁匠或是一个法国鞋匠想要攻击我们呢？不，这不是他们的本意，这只是那些统治者要这样做。我到这里以前我从未曾见过一个法国人，那些大部分的法国人必也是同样地没见过我们。他们和我们一样地战争并不是他们的本意。"

"那么战争究竟为什么呢？"第牙顿问。

嘉德耸耸他的肩头。"战争必是为那些以战争得益的人。"

"得。我不是那种人。"第牙顿冷笑着。

"不是你，不是在这里的随便那个人。"

"那么他们究竟是谁呢？"第牙顿坚执地问，"恺撒有得什么利益。他要什么都可得了。"

"我也不能决说，"嘉德反驳，"从他登位以来，没战一次过。每个伟大皇帝至少有一次战争。不然他就不出名了。你可从你的教科书里找出来。"

"一个将军也是这样，"地达琳添上去，"一战起来他就出名了。"

"有时候比皇帝还著名哩。"嘉德又加上。

"一定有些人从战争中得利。"地达琳愤愤地说。

"我想这是一种病热，"阿拉伯特说，"没有单独一人愿意战争的，都是中着热气要战起来。我们不愿意战争，别人也是这样说——混入战争的半世界的人们也是这样。"

"但是对方比我们更会撒谎，"我说，"只要想想那些从俘房身上搜出来的小论著，书里说我们吃比利时的小孩。那个著作的人最好他们自己去上绞台。他们是真实的罪犯。"

摩勒尔站起来。"无论如何战地不是在德国还算是幸运。只要看看这些炮弹所炸裂的洞。"

"实在的,"第牙顿赞成,"但是没战争还更好哩。"

他十分骄傲,因为他也有一次能胜我们这些义勇兵。他这种意见可当做模型的,这次碰到下次又碰到,这里没有什么可使人来反对这种的意见,因为这是他们对于事物的了解的界限。这些无知识的蠢夫将他们的国家观念来决定所有的事。——他就是一个例子。可是这是结局;从他们从军以来,他都从实际的观察点来评批所有的每桩事。

阿拉伯特躺到草上去,愤怒地说:"最好是别谈这恶透的事。"

"实在的,谈后仍旧是一样。"嘉德赞成。

像是因为是横运的缘故,我们必须几乎将所有新的东西退还,再穿上我们的旧衣。那些好的服装只是用来受检阅的。

我们并没到俄罗斯去,只是动身再到前线来。路上我们经过一个受蹂躏过的树林,树身碎裂,土地爆烈。

许多地方有极可怕的裂洞。"大炮呀,这里必曾受什么炮所击过。"我向嘉德说。

"战壕臼炮。"他回答后指着一株树,

树干上挂着死人。有一个裸体的兵士伏在树叉里,他还带着首铠,不然他是完全赤露了。树叉上只坐着他的上半身,脚儿没了。

"这是怎么样呀?"我问。

"他的衣裳被弹所轰散掉。"第牙顿喃喃地说。

"这很有趣味,"嘉德说,"我们到现在已看过一两次了。假如臼击炮到你,它会将你的衣裳几乎都轰散去。臼炮的震动就会这样做。"

我找来找去,实是这样。这里挂着几片军服,那里涂着一片人的足的鲜血堆。那边躺着一个尸体,全身只有一片内裤在一只脚上,和一个外衣的领缠着他的头颈。除了这两件东西以外也都赤裸了,他的衣裳挂在树枝上。两只手臂也没了,好像是被拉掉似的。我发现一只手臂是在二十码远的一株小树上。

这个死人伏着头。那手臂受伤的地方,地上的黑色渗合着鲜血,脚下的树叶竦耸起来,好像这个人曾踢过似的。

"这不是笑话哩,嘉德。"我说。

"一颗炮弹的碎屑穿进肚子里去也不是笑话呀。"他耸耸肩回答。

"但是别太软心肠呀。"第牙顿说。

所有这些事情的发生只在一刻儿以前,血还是新鲜的。我们所看见的尸首,我们并不浪费时间,只是将这报告给邻近抬床兵站。报告后去抬这些死人的工作我们不管了。

有一个哨队将要派出去侦探敌人前进过来多少远。从我的休息后我觉得有一种爱他人奇异的感情,所以我就自愿跟他们去。我们合谋了一个计划,一个潜行出铁线网后便就分开各自向前去。过一刻儿我爬到一个浅浅的炸裂洞,爬了进去。从这个洞我偷望着前面。

那儿有一架机关枪平平地开火着。子弹扫着各方面,虽则不很凶,但是往往使一个人当潜伏下来。

一个落伞形的光辉炮开上来。满地所有的东西都被这苍白的光线所映亮,一落熄后黑暗比前更甚地再弥漫着。在战壕里我们听人说在我们的前面有黑人队,这怪讨厌,很难辨别他们;他们对行哨探也是极厉害的。但是很可奇,他们有时也很蠢;比方说,嘉德和克路伯曾有一次射死一群敌人的黑人哨队,因为当他们爬来爬去的时候,很起劲地吃着香烟。嘉德和克路伯只需瞄准那些香烟发光的那一端开枪。

一颗炸弹或是什么炮堕在我的邻近。我没听见它来着的声音,因而吃了一大惊。同时一种无知觉的恐怖克服我。在这里黑暗中我独自一个,几乎绝望起来——或者在我前面的别一个炸裂洞有一对眼睛已看住了我好久,一颗炸弹已预备好将我炸得粉碎。我试想振作我自己起来。这次不是我第一次的哨探,并且也不是特别危险的。但是这是我休息后的第一次,并且这处的地势我生疏点。

我向我自己说我的恐惧是可笑的,在黑暗中一定不会有人在注视着我,假如不然炮弹不会这样平平地堕下来。

这都是徒然在旋转的散乱中我的念头在脑子里营营地响着——我听见我的母亲警戒的声音,我看见须儿飘动的俄人靠着那铁线的栅栏,我有一张一间有板凳的兵士酒店明亮的图画,和在范伦辛娜丝的一间影戏院的图画。在我的幻想中我看见有一支来福枪灰色、非实体的枪口,无论我的头试转向哪边去,那枪口只是无声息地在我面前动着。全身的气管都涌上汗来。

我还是继续躺在我那浅碗里。我看看表子;只过了几分钟。我的前额淋湿,我的眼窠也湿着,我的手抖动,我很轻地喘着气。没有什么,只是一时极可怕的虚惊,一种刺激了我的颈而爬着到更远去的简单动物的恐惧。爬去。

我所有的精力像水泡似的消失,成为一种只需躺在这里的愿望。我的四肢紧贴着地。尝试也是徒然——它们拒绝出来。我将我自己紧压在地上,我不敢向前去,我决心躺在这儿。

但是即刻间那浪潮淹覆了我,那浪潮是一种羞愧、懊恨所混杂的,同时也以为是安全的感觉。我抬起身一些儿,看看我的周围。

我的眼睛一看到黑暗中就烘烧着。一颗光辉炮冲上天来,我赶忙再潜身下去。

我自己开起野蛮地无知觉地战争来,我想要爬出洞去,可是再溜进来,我说:"你必须爬出去,这是你们的同志,这并不是无理的命令",又说:"那又有什么要紧,我只是生命死去——"

这是这次休息所有的结局,我极痛苦地责备着我自己。但是我不能说服我自己。我成为更惊怕地昏迷着。我慢慢地动起身,将手臂伸向前去,拖起我后面的身体躺在炸裂洞的边沿上,半截在外面,半截在里面。

我听见那边有些声音,赶忙潜下身来。有些可疑的声音可以很清楚地从炮火的轰声中辨别出来。我听着;那声音是在我的后面。他们是我们这边的人沿着战壕走着。现在我听得那含糊的闷声。听那声调必是嘉德在说话。

即刻一种新的暖气克服了我。这些声音,这些很少很平静的话,这些在我后面战壕里的脚步声,使我从极可怕的寂寞和死的恐怖一跃而出,在那死的恐怖中我几乎受诛灭。他们的对我比我自己的生命还要贵重,这些声音比母亲的慈爱和比恐怖还有力量;它们是最强的,无论在何处最使人安慰的东西:它们是我的同志的声音呀。

我再不是生存战栗的微物了,不是孤寂地在黑暗中;我属于他们,他们也属于我,我们都有份于同样的恐怖和同样的生活,我们比恋人还要亲密,比恋人较为简单一点,较为是刚硬这一方面;我能将我的面孔埋在这些声音之中,这些话能安全我而站在我的身旁。

我极小心地溜出洞口，像蛇似的爬向前去。我的四肢伏地曳着向前，我当心着我的位置，看着我的周围，和观察着枪弹的密度，那么我才能找我的路回去。我开始想去接近其他的哨探员。

我还怕着，但是这是一种有理性的怕，一种极度的小心。夜很风凉，阴影在弹火的闪烁中溜来溜去。阴影所露泄出来的太少又太多。我往往向前偷望去，但是看不到什么。我这样的冒险地向前爬了许多路，绕了一大圈子回来。我还没碰到别人。每码愈近我们的战壕，使我更有坚信的力量——并且也很急忙。现在若迷错了路就糟了。

这时又有种新的恐惧罩住我了。我记不起方向，我悄悄地爬进一个炸裂洞，试想会记起来。往往有些人很愉快地跳进一个战壕去，一跳进后才晓得是错了。

过一刻儿我再仔细听，可是我还不能决定。那炸裂洞的困恼现在已经使我这样昏迷，我不晓得究竟当向哪儿去。或者我是和战线平行地爬走着，假如是这样我永远别想可爬得回去。所以我再绕了一大圈子爬回去。

这些可咒诅的火焰呀。它们好像整点钟都燃烧着。人若动一动子弹即刻响拢来。

可是没有法子，我必当爬上来。我犹豫地爬向前去，我像一只蟹似的在地上爬动着，我的手摸在像剃刀的刀口一样锋利缺口的碎屑上，因而极痛苦地伤裂。我常常想天空渐渐光亮一点，将要黎明了，但是这只是我的幻想。我渐渐地觉得若一爬错方向就会死了。

一个炮弹炸裂。即刻又是两个紧跟着。以后就热烈起来了。炮攻呀，机关枪响着。现在没有法子只得躺在这里。很显明的，一次冲击将要来了。各处都有火焰射起来。不歇地继续着。

我急忙中跳进一个很大的炸裂洞，水高浸到我的肚子。当冲击开始的时候，我就要将我自己浸到水中去。我的面孔伏在泥土中，尽我所能的不闷死。我必须假装死。

忽然我听见那炮队的前扫停了。我即刻浸进水去，我的首铠在我的颈背，我的嘴刚刚可以呼吸。

我不动地躺着；某处不晓得有什么东西丁冬地响着，那东西重踏颠蹶冲近来——我所有的神经都紧张冰冷着，它噼啪噼啪在我上面踏过去，第一冲线过去了。我只有这个战栗的念头：假如有人跳进你的炸裂洞来你当怎样做呀？——我极迅速地拔起我的小剑，很快地抓在我的手中，再伏到泥土中去。假如有谁跳进来，我必跟他拼命；这念头在我的前额上重击着；即刻刺透他的喉咙，那么他就喊不出来了；这是唯一的方法；他必会像我一样地战栗着。在我们各在恐怖中的时候，我必当先动手。

现在我们的炮队开火了。一颗炮弹堕在近我的附近。这使我大大地愤怒起来，现在我只是会被我们自己的炮弹所害死。我咒诅着，在泥土中切着我的牙齿；这是一种暴怒的疯狂；最后我所能做的只是呻吟和祷告着。

炮弹的溃碎在我的耳中爆烈着。假如我们的兵士反击过来我就安全了。我将我的头紧压在地上，注意地听着那含糊的轰声，像是炸裂石头的响声一样——再抬起头听着上面的声音。

机关枪噼啪噼啪地响着。我晓得我们防卫的铁网很牢固，几乎是不会损伤的——有一部分是有极强的电流。来福枪开得更加剧烈。他们一攻不进去必当退回了。

我赶忙再浸下身去，神经极紧张。那些碰撞，爬着，铁器的响声渐可听见。在所有的响声中凸出一种单纯的哀叫。他们中着枪弹，冲击是退回了。

天已渐亮了。脚步很迅速地踏过我。最初一队。过去了。又是另一队。机关枪的响声成为一种不能毁坏的锁链。我刚要转一转身的时候，有个东西沉重地颠蹶着，噼啪一声一个身体溜进炸裂洞来，横躺在我的身上——

我想也没想，也没决定好——我早已疯似的刺回去了，只觉得那身体怎样忽然抽搐，渐渐软弱直到全身脱力了。当我自己恢复宁静的时候我的手已黏着和湿着。

那人咕咕地响着。这声音在我听来像是狂喊似的，每次的喘气像是一次哀叫，一个雷响——但是这只是我的心碰击。我想用泥土塞住他的口，再刺杀他，他必当悄静，不然他会将我漏泄出来；最后我再恢复我自己，但是忽然异常地软弱，再也不能抬起我的手向他。

所以我爬到更远的一角里去，我的眼睛紧贴着他，我的手紧握好着刀子——准备好他若动一动便再扑上去。但是他并不动，我可听见他已在咕咕地哼着了。

我模糊地看着他。我所唯一的希望是可以出去。假如不此刻出去,过一刻儿天太亮了;现在很困难。我试抬起头来望望,还不可以哩。机关枪的弹子在地上扫来扫去,在我不能一跃以前早会被弹子所穿透了。

我试用我的首铠托上洞口去量量弹子的水平线。一刻儿那首铠被一颗弹子敲离我的手。枪火还在地上极低地扫着。假如我想试试看,我这里离敌人的地方不远。不能逃出一个敌人的射击兵所枪毙。

天渐亮了。我燃烧地等着我们这边的冲击,我渴望着枪火停止、我的同志可来的时候,我一直紧紧着捏住手。捏得指节白了。

一分钟一分钟嗒滴嗒滴过去。我再也不敢看炸裂洞里那黑昏的人形。我勉力一溜过那人而等着,等着。子弹唑唑地响着,它们成为一个铁网,永远没停止。永远没停止。

这时,我一看见我染血的手忽然觉得要呕吐起来。我掬起些泥土擦着皮肤,这么一来我的手都是泥土,再也看不见血了。

枪火并不渐渐消熄。两方面都是同样地剧烈。我们那边的人一定早已以为我是迷失了。

现在已是清明,灰色,极早的早晨。那咕咕的响声还是继续着。我倾住耳朵,但是我即刻将手拿开,因为这样一来别种声音我就听不见了。

那在我对面的人形动着。我缩拢身不由己地看着他。我的眼睛钉贴着他。那里有个有小髭的人躺着,他的头垂在一旁,一只手臂半弯着,他的头靠在这手上面,别一只手放在他胸膛上,那里都是血。

他死了,我向我自己说。他必是死了,他再也没什么知觉;那里只是他的身体在咕咕地响着。他的头试想抬起来,在一瞬中,他的呻吟较为大声一点,他的前额伏在他的臂上去。这人并没有死,他是死着,但是并没有死去。我拖着我自己犹豫地向他爬去,用我的两手支住全身的重量,爬一点儿,歇一歇,又爬了三码远极可怕的旅程,一个长的旅程呀。我终能爬到他的身边。

这时他睁开他的眼睛。他必然听见我的声音,极恐惧地看着我。身体是静躺着,但是在他的眼睛却有一种飞起来极端的表情,我以为这对眼睛有足够力量可拉这身体跟它们飞出去。一跃千里万。身体静躺着,完全动也不动,没有响声,那咕咕的响声已停了,可是这对眼睛哀嚷出来,所有的生命都聚拢在它们的里面极恐惧地想要逃走,聚拢在极怕死和极怕我之中。

我的脚伸开去,我伸下我的肘。"不,不。"我低语说。

那对眼睛盯着我。那对眼睛还在那里的时候,我没力量可动一动。

他的手慢慢地从他的胸膛溜下来,只是小动一动,没几寸远,可是这个动作破坏了那眼睛的力量。我俯下身摇着我的头说:"不是,不是,不是。"我举起一只手,我必当使他晓得我愿帮助他,我轻摇着他的头。

我的手一触到的时候那对眼睛缩回去,没惊视人了。眼皮较为合拢来,紧张过去了。我解了他的硬领,我将他的头扶得较为舒适端正点。

他的嘴半开着,想要说出话来。他的嘴唇干燥。我的水瓶不在这里。我没有带来。但是洞底的泥土中有水,我爬下去,拿出我的手帕,将它铺开掬起些黄水来,那些黄水滤过手帕流进我的手掌里。

他牛饮下去。我再掬些水给他。我将他外衣的钮子解开,假如伤是可以包裹的我想替他包一包。无论如何我必当这样做,假如敌人抓住我,他们必会看见我帮助着他,不至于将我枪毙。他试想抵抗,可是他的手太软弱了。他的内衣紧贴着身解不开,钮子是在身后面。所以只能割开。

我找着刀子,再拿它起来。但是当我开始割他的内衣的时候,他的眼睛再哀叫起来,有种疯狂的哀情,所以我只能将它们关起来,紧压着它们低语说:"我是要帮助你,同志,camarade,camarade,camarade——"我反复热诚地念着这法国字,使他明白。

身上有三个刺的伤口。我将我的军药布盖着它们,血从药布下流出来,我较为紧点压着那儿;他呻吟着。

这是我所能做的。现在我们必须等着,等呀。

这些时候……那咕咕的声音又开始了——可是,一个人死得这样慢呀!因为我晓得他不能活了。实在的,我试想向我自己说他必会死了,但是中午的时候这种的自擅在他呻吟的声音中溶掉。假如在我爬来爬去的时候没失掉我的手枪,我必打死他。我再也不能刺死他。

中午的时候,我在理由外面的界限中摸索着。饥饿噬吞着我,我要东西几乎要得哭出来,我不能与饥饿争斗。我辄辄地掬些水给那死着的人喝,我自己也喝点。

这人是我亲手迫近刺杀的第一个人，他是被我所害死的。嘉德、克路伯和摩勒尔当他们打着人的时候已经有过这种的经验；这种事是很多的，特别是在手接手的冲锋——

　　但是每次的喘气使我的心空虚。这个死着的人存在的时候，他有一把看不见的刀子在刺着我：时间与我的思想。

　　假如他能活着，我必尽我所能的去帮忙。躺在这里看他和听他的哼声是极困苦的。

　　大约是下午三点钟的左右，他死去了。

　　我再很自由地呼吸着。但是只是一刻刻儿。一刻儿那种沉静的呻吟的声音更为难受。我很愿这里再有那咕咕的哼声、喘气、嘎声、先是轻轻地唏嘘着，又更嘎声响亮起来。

　　我所做过的是疯的呀。但是我必须替他做些事。虽则他无知觉了，我还将他扶起来使他能够很安稳地躺着。我闭拢他的眼睛。眼睛是褐色的。他的头发黑色，边沿有点卷曲。

　　他的髭下是柔软、充实的嘴；鼻子小弯着，他的皮肤微带褐色；现在的皮肤没他污着的时候那样苍白。在一刻之中面孔好像几乎还很康健——忽然崩溃变成那种我所常见的奇异的死人面，奇异的面孔都相同的。

　　无疑的，他的妻子还在想念着他；她不晓得发生了什么事。他好像还常常写信给她；她还能接到他所寄的信——明天，在一星期内她还能接到他的信——或许有一封迷失的信到一月后才接到。她必看它，在它的里面他还向她说话。

　　我所处的地步很坏，我再也抑制不住我的念头。他的妻子是怎样一个人，像运河那边微黑的女子吗？现在她还属于我吗？或许这样一来她属于我的了。我希望堪都拉克会坐在我的身边。假如我的母亲看得见我……假如我早点记起回到我的战壕的路，这个死人或许可再有三十多年的生命。只要他跑进再两码过去的炸裂洞，现在他必能坐在那边的战壕上，再写一封信给他的妻子。

　　但是我必不再想下去；因为这是我们共有的运命：假如堪墨尔契的脚向右点六寸；假如海·威斯撒斯的背部弯前三寸——

沉静展布着。我说话，我必须说话。所以我向他说："同志，杀你并不是我的本意。假如你还有知觉，你再跳进一次，我必不这样做。但是从前你只是我的一种抽象，一种铭刻在我心中的概念。从某种反应中所唤醒出来的。可是现在，第一次我看出你也是像我一样的人。我那时我想到你的手炸弹，你的枪刺，你的来福枪；现在我见到你的妻子，你的面孔，和我们的友爱。宥免我，同志。我们的了解往往太迟了。为甚他们从来不告诉我你们是刚像我们一样的可怜鬼，你们的母亲像我们的母亲一样地挂虑，我们有同样死的恐怖，同样的死着和同样的苦痛……宥免我，同志；你怎样会成为我的敌人呢？假如我们丢了这些来福枪和这军装，你会成为我的兄弟。像嘉德和阿拉伯特一样。同志，将我的二十年的生命拿去吧——多拿几年去，因为我现在不晓得我这些将来的年代要干什么哩。"

现在前线平静了，只除去来福枪还噼啪噼啪地响着。子弹像雨似的落着，他们并不是随便放的，各方面都有瞄准的。我不可出去。

"我要写信给你的妻子，"我很快地向那死人说，"我要写信给她，从信里她可听得我的话，她不会受苦，我要帮助她，也帮助你的双亲和儿子——"

他的外衣半解开着。那杂记簿是容易找到的。但是我犹豫着去开这本簿子。簿子里有他的名字。假如我不晓得他的名字，或许不久我就会忘掉他，时间会渐渐将这张图画蚀灭。但是一晓得这名字，它会像一根钉子紧钉进我，永远再也不出来。它有权力使我永远想起这事，它往往会转回来站在我的面前。

我犹豫地将他的皮夹拿在我的手中。那皮夹从我的手中滑下去，跌开了。有些照片和书信溜出来。我将那些东西收拢来想要这放进皮夹里去，但是我的紧张、不安定、饥饿、危险，这些与死人在一处的时间里都苦楚我，我极想赶早得到释放，我像一个人的手忍不住极度的痛苦将手去捶树身一样不管三七廿一使痛苦更为剧烈，而要使那苦痛完结去。

有些是一个妇人和一个女孩子的照片，都是些拍玩的照片，背境是个爬春藤所遮盖的墙。还有的是信。我拿信出来试想读读看。大多我都不懂，要明白是极难的，并且我所懂的法文极少。但是我所懂的每字都像是在我胸上中了一刺一样地感动我——像在胸上的一刺呀。

我的脑子再也忍耐不住。但是我已确实地觉得，我不敢随从我的所欲写信给这些人。不可能的,我再向那些照片看看;很显明的,她们并不是富人。后来假如我赚得些钱,我必当匿名寄些钱给她们。我决定了主意,至少我当这样做。这死人是跟我的生命有关的,所以我必须做和答应他每桩事情,那才会安全我自己。我盲盲地发誓说:我的生存只是为着他的亲人,我试用湿的嘴唇来和解他——我极希望从这条路赎我自己的罪,或许可以脱离。这是一种小战策:假如我可脱离,那么我就翻簿子来看罢。所以我就翻开簿子,慢慢地念出来:Gérard Duval,排字工人。

我将那死人的铅笔拿起来将住址抄在一个信封上。一抄完赶忙将所有的东西都塞进我的外衣里去。

我杀死了这个印刷工,Gérard Duval。我纷乱地想。我必须做个印刷工,做一个印刷工,印刷工——

下午我较为宁静点。恐惧消灭了。那名字并不会再苦楚我。精神错乱过去了。"同志,"我宁静地向死人说,"今天你,明天我。可是我若能脱险,我必跟战争作对,战争同样地击死我们;从没拿去了生命——从我呢——?也是生命。同志,我答应你。永远不会再发生。"

太阳低低地射着。我力乏,饥饿地昏迷着。昨天对于我像是一层雾。无论如何这时还没有可离开这里的希望。我打盹着,并不起初就觉得傍晚临近着。薄暮来了。现在像是来得更快。还有一点钟。若是在夏天,还当三点钟。还有一点钟哩。

这时我忽然开始颤抖起来;在这期间或许会发生什么危险。我再也没想到这死人,现在他与我无关联了。生的欲望一跃再闪光起来,他的思念中的每桩事都消灭了。现在只要避免危运,我机械地喋喋着,"我必要成就每桩事情,成就我所答应过你的每桩事——"可是我已晓得我不能那样做。

我偶然想起当我爬出去的时候我的同志会枪击我;他们不晓得来着的是我。我必当尽我所能的叫喊着,他们才会认得我。我必当逗留在战壕之前直到他们回答我。

星儿初上。前线静悄悄地。我深深地呼吸着,并且很激动地向我说:"现在别蠢吧,蒲尔,——安静蒲尔,安静——那么你就可安全了,蒲尔。"当我唤起我的受洗礼的名字,好像有人向我说似的,这名字有更大的权力。

天空渐渐黑暗了。我的激动减少,我小心地等着,到第一个火焰升上来。那么我就爬出炸裂洞。我已忘记了那个死人。在我的前面是来着的夜和苍白映光着的地。我的眼睛看定了一个炸裂洞;那火焰一熄的时候我疾跑进去,再爬过去点,跳进第二个炸裂洞,潜下去,再爬进前去。

到我爬较近我的战壕的地方。那边,火焰光照亮的时候我看见有些人形在铁线边动着,忽又停住,悄悄地。下次我再看见,不错,他们是从我们战壕里出来的人。可是我还疑心着,直到我认出是我们的首铠。那么我就喊起来。即刻有个回答喊着我的名字:"蒲尔——蒲尔——"

我再嚷着回答。那是嘉德和阿拉伯特抬着病床出来找我。

"你受伤吗?"

"没有,没有——"

我们下到战壕里去。我要东西吃,狼似的咽下去。摩勒尔给我一支香烟。我用几句简单的话来说我所遭逢的事。这并没有什么新奇。这种事常常有的。只是在夜里冲击起来较为特别点。嘉德有一次在俄罗斯,在他能找路回来以前踏在敌人的战线里两天。

我并不说起那死的印刷工。

但是第二天早晨我再也保守不住。我必须告诉嘉德和阿拉伯特。他俩都试想安慰我。"你再也不能干什么。你所干过并不是什么?那就是我们到这里来所要干的呀。"

我们听他所说的觉得安稳,一看见他们这里就觉得壮胆了。我在那炸裂洞所说的只是些无知觉的昏话。

"比方说看看那边。"嘉德指着。

在开枪阶上站着些射击兵。他们在挡弹垒上看着望远镜瞄准枪注视着敌人的前线。一次一次枪声响出。

我们听见叫声:"弹子也像兵士占到民房似的占到一个敌人了。你没看见他怎样地在空中跳着吗?"奥罗雷契军曹很骄傲地回转着身,记起他所射中的分数。今天他带着这射击队,有三次的打中是无可疑问的。

"这样你想怎样呀?"嘉德问。

我点头。

"假如他能这样继续下去,他今夜定可在他的钮子洞上得到一只有色的赏鸟。"阿拉伯特说。

"或许他立刻升为暂时军曹长。"嘉德说。

我们互相注视着。"我不欢喜做这种事。"我说。

"都是一样的,"嘉德说,"现在你能明白很好。"

奥罗雷契军曹回到开枪阶上去。他的枪口朝来朝去。

"你蒙难了后不可再失眠啊。"阿拉伯特疲倦地点着头。

现在我再也不能明白我在炸裂洞里所说的那些话了。

"那只是因为我跟他一同躺在那里那么久,"我说,"过后,战争是战争呀。"

奥罗雷契的来福枪尖利、枯燥地响着。

十

我们偶然得到一种很好的职务。我们八个人受派去守卫一个丢弃的乡村,那乡村是因为炮火太剧烈的缘故才丢弃的。

我们特别看守着那还没空的食物房。我们暂时从这同一食物房里取粮食。我们正是这种人哩——嘉德、阿拉伯特、摩勒尔、第牙顿、地达琳,我们整群的人都在这里。虽则海已死了。可是我们还很可算是幸运,别小队都比我们死了更多的人。

我们拣了一地方做战窟,战窟是加料的三合土的墙壁地窖,上面有石阶通到下面去。入口也有别一个三合土的墙壁护卫着。

现在我们发展着一种大实业。这种的机会不但是给一个人的脚可以伸出来,也可以舒伸人的精神哩。这种的机会我们用最好的法子来利用。因为战争剧烈的缘故,很久已没给我们当过卫戍兵。卫戍之久只跟情形不更加险恶一样久。毕竟我们除了实际的事以外什么也都不做了。这样实际的事,实在的,当我从军以前的思想偶然片刻地穿进我的头脑的时候常常使我惊战着。可是这种的思想并不逗留很久。

我们尽我们所能的使事情很轻快,我们尽量地享受着每次机会的利益,这袒立着的无知识和即刻的恐怖。没有别种法子,这就是我们怎样地使我们愉快起来。所以我们开始热心地创造一种农村的兴致——自然是一种吃和睡的农村的兴致。

地上先将那些我们从人家拖出来的被褥来铺着。就是一个兵士的屁股也想坐得柔软哩。只是地板的中央有个空处,然后我们用毛毯和那种极奢侈柔软的海鸭毛铺在上面。在镇里什么东西都有。阿拉伯特和我找到一张可以拆开的桃心木的卧床,有条蓝丝罩和镶花边的被。我们像小猢狲似的流着汗抬进来,可是无论谁都不肯将这种东西丢掉,这张床若还丢在那里,一两天之内一定会被炸得粉碎。

嘉德和我在那些房子里稍为巡察一下子。在极短促的时间中我们聚拢到十二个鸡蛋,两磅很好新鲜的牛油。突然在那会客室里噼啪地一响,一个铁炉猛冲过壁,经过我们冲出离我们一码远后面的墙。两个洞。这铁炉是从对面那刚中一颗炮弹的房子穿进来的。"猪。"嘉德扮扮面孔,我们继续找寻下去。我们都即刻竖耳细听着,赶快地跑过去,忽然却呆呆地站着——那儿有两只活的小猪在一个小猪槛里冲上冲下撞着。我们拭拭眼睛再看一遍来决定。不错,它们还在那里。我们抓住它们——无疑的,两只实在的小猪。

这成为我们一种极丰富的食品。大约离开我们的战窟二十码远的地方有一间从前是军官寄宿的小房子。在厨房里有一个极大的灶,有两个铁炉,锅、浅锅、釜子,什么都有,在外屋里也有一堆砍好的小柴——真是一个厨房的天堂呀。

我们中间的两个,整早晨到田里去找番薯、萝卜和绿豆,食物房里的罐头的食物我们都十分地看轻和嫌恶,我们要新鲜的果菜。在大餐室里已有两颗花椰菜了。

那两只小猪已屠杀了,嘉德处理它们。我们想要做些番薯饼配着这熏猪一道吃。但是我们找不到可磨擦番薯的器具。无论如何,难关去了。我们用一支钉子在一个锅盖上钉了许多的洞,那么我们就有一个磨擦具了。三个人带着很厚的手套来保护他们的指头受摩擦具的伤,另外两个人擦掉番薯的皮,事情干下去了。

嘉德试着小猪、萝卜、豆和那花椰菜的味。他还将些白酱渗进花椰菜里去。我一次煎四个饼。十分钟后我弄巧地将煎盘向上一掷,那些饼的煎好的一面在空中一翻,它们一下来便再去接。那两只小猪是整只下去熏炙的。我们都围着它们像是在一个祭坛之前。

那时我们招待了些来宾。两个无线电员,他们很受尊敬地请来吃大餐。他们坐在客厅里,那里有个钢琴。一个弹着,一个唱着"An der Weser"。他很激动地唱着,可是略带些撒克逊人的重音。但是那歌音却感动了站在炉前预备好吃的食物的我们。

这时,我们开始确实地觉得我们又在患难中了。哨探气球认出从我们烟囱里出来的烟,炮弹就开始堕到我们这处来了。这些炮弹是些极可咒诅的可以滚进小洞的小球,一近地却炸得很广阔。炮弹在我们的周围渐堕渐近;虽则在这样的患难中我们还不肯放弃我们的食物。一两个炮弹的碎屑鸣啸地穿透厨房的窗顶。熏猪已熏好了。但是煎小饼却很困难。那些爆烈的炮弹堕得极快,那些碎屑愈来愈常碰到这房子的墙壁和从窗上扫进来。我一听见炮弹来着的声音,我跪下一脚将煎盘和小饼放在膝上,潜伏在窗下的壁边。爆烈一过去后我即刻再站起身煎着饼。

那两个撒克逊人停止唱歌——因为一颗炮弹的碎屑堕到钢琴上去。最后食物都预备好了,我们分配这些食物带进战窟里去。下一次的炮弹炸裂后两个人带着几锅菜冲过五十码远的距离进战窟去。我们看不见他俩了。

又一次炮弹开来。我们都伏下身来,一爆烈后又两个疾跑过去,每人都带着一袋极上等的咖啡,在下次的炮弹未炸裂以前他俩已进战窟里了。

这次是嘉德和克路伯带着那最重要的食物——一大盘褐色、熏好的小猪。噼啦一响,脚一跪,他俩冲过五十码露天的地方了。

我留在那里煎完我最后的四个小饼;有两次我当伏在地板上了——终于多煎好了四个,这种饼我最欢喜吃。

我紧紧地捧着盛好一大叠饼儿的盘子,潜伏在大门后等着。哒哒一声,炸裂了,我两手将盘子紧靠在胸膛上冲跑过去。我跑到将到的时候像是一只鹿子似的狂跑着,一兜过墙,刚好炮弹的碎屑堕在外面三合土的墙壁上,我滚下地窖的石阶,我的肘节破皮,可是我并没失了一个小饼,或是打碎那个碟子。

大约是两点钟的时候我们开始吃这大餐。一直吃到六点。我们喝着咖啡又喝到七点半——从食物房拿来的军官所吃的咖啡——吃着军官的雪茄和香烟——不是从食物房得来的。我们准时地在七点半吃我们的夜饭。约莫到十点钟的时候我们才将小猪的骨头掷到门外去。那么是淡甜酒和甜酒了——也是从那福气的食物房拿来——又是长的、粗的马肚带牌的上等雪茄。第牙顿说只缺少一件东西:军队娼妓部的少女呀。

初夜的时候我们听见猫叫的声音。一只灰色的小猫坐在入口的地方。我们引诱它进来,给它些东西吃。这使我们的胃口又想吃起来。我们一壁咀嚼着一壁躺下去睡。

但是这夜很难过。我们吃了太多的肥质。新的小猪很会磨难着肚肠。在战窟里永远有人走来走去。两三个人走喘着长气。往往坐在外面咒诅着。我自己也出去九次。早晨四点钟的时候我们成了一个记录:十一个人;守卫兵和来宾,都蹲在外面。

烧着的房子在夜里像是些火把。炮弹沉重跨过去爆烈着。有些军需车沿着街走着。在街的一旁那食物房已经被冲开了。那些军需车夫完全不管所有炮弹的碎屑,他们像一群蜂似的涌进来抢面包吃。我们任他们怎样做。假如我们说什么,我们立刻就受打了。所以我们不管他们。我们说明说我们是守卫兵,所以我们这里很熟识,我们将那些罐头食物向他们换我们所缺少的东西。那有什么要紧呢——不一刻儿这些东西都会被击得粉碎。我们自己亦从这栈房拿些朱古力出来,流着涎吃着。嘉德说这种东西会清扫肚肠的。

我们这样地吃着,喝着,和走来走去将要两星期了。没人运载食物给我们。这镇渐渐地在炮火之下毁灭,我们却过了一阵很愉快的生活。食物房的一部若还存在的时候我们并不忧愁,我们所最希望的是可留在这里直到战争结局了。

第牙顿已经很讲究,雪茄吃半截就丢掉。他们的鼻子翘向空中向我们解释说他从前是这样过活的。嘉德更为愉快。早晨他们第一次的喊声是:"依米,将鱼子酱和咖啡拿来。"我们都很特别,谁都当别人做他的侍仆,向别人夸口着和发命令。"有东西在我的脚下搔痒着;克路伯,孩子,立刻来将这虱子捉去。"里亚说,向克路伯像一个舞女似的伸着脚,阿拉伯特拔他的脚上阶去。"第牙顿!"——"干什么?"——"稍息,第牙顿;还有一事,不可以说'干什么',应当说'好,先生'"——"现在,第牙顿!"第牙顿用很著名的歌德的句子说:"Götz von Berlichingen",他是永远很自由哩。

过八天后我们得到命令调回去。愉快幸福的日子过去了。两辆很大的货汽车载我们回去。车上叠满着木板。但是不要紧,阿拉伯特和我还将我们那只四支床杆的床放在木板上,蓝丝罩、床褥和两条镶花的被都完全地放在那里。床后的上面收着一袋子的好食物。我们常常伸手进去,硬的火腿腊肠、肝腊肠的罐头、糖果、香烟盒子,这些东西使我们心花怒放。每人都有他自己的一袋。

克路伯和我从炮火中救出两只红丝绒的很大太师椅,椅子还很完全。它们放在床上,我们像在戏馆的包厢里舒适地坐在椅上。在我俩的上面张着像是天盖似的丝罩。两人的嘴上都衔着一支长雪茄。我们这样地坐在云霄上赏玩着景致。

在我们的中间有一个鹦鹉笼,我们用来装猫子的。她也跟我们来,躺在笼里她的肉碟子的前面,很安乐地呜呜哼着。

货汽车慢慢地滚上路去。我们唱歌着。在我们的后面炮弹使那现在完全丢弃的城镇像泉水似的溅涌着水。

过几天后我们又受令去扫空一个乡村。路上我们碰见些难民,他们在货独轮车、小儿车,和他们的背上,装带着他们的东西和零物。他们的形状很衰颓,他们的面孔充满着痛苦、失望、急忙和任天命的表情。孩子们捧在他们的母亲的手中。往往有一个较为年老的女人牵着年轻的颠踬地跑上路去,永远是回转头望着。有些孩子拿着极难看的小偶人。他们走过的时候都极沉静。

我们成排地整步走着;法国兵是从来不会向有住民的市镇开炮的。但是几分钟后,空中有呼啸,泥土飞溅起来,各处都是哀叫,有一颗炮弹堕到后队里去。我们分散开伏下地来,但是现在觉得从前那种在炮火中不知不觉地做了对的事情的天性的警备没有了;这念头带着一种极可怕、急喘着的恐怖:"你无望了"——即刻中我的左脚像是受鞭一猛击。我听见克路伯哀叫出来;他是在我的身边。

"快,起来,阿拉伯特!"我嚷着,因为我们躺在露天无遮盖的地方。

他摇摆地站起来跑。我紧跟着他。我们必须跳过一个篱笆;篱笆比我们的身体还高。克路伯抓好一支树干,我扶着他的脚,他哀叫着,我将他一摇,他摇过去了。我一跃跟着他跌进篱边的水沟。

我们的面孔覆压着浸在水中的草木和泥土上。但是这个遮盖很好。沟水浸到我们的头颈。一颗炮弹一响我们即刻将我们的头潜入水去,这样地浸了十二次,我疲倦了。

"我们跳入出去吧,不然我会跌下来溺死了。"

"你哪儿受伤?"我问他。

"我想是在膝部。"

"你能跑吗?"

"我想能——"

"走吧!"

我们走向路旁的水沟去；屈着身，沿着水沟走着。炮弹紧跟着我们。那路是向军火房去的。假如军火房炸裂开，谁的头也别想可留在他的肩上。所以我们只能变换计划斜斜地横过乡村去。

阿拉伯特开始拖曳着。"你先走吧，我后面跟着来。"他说，一壁躺下身去。

我抓住他的手臂摇着他，"起来，阿拉伯特，假如你一躺下去，你永远别想再能走得远点。赶快，我扶你起来。"

最后，我们跑到一个小战窟。克路伯跌进去，我包好他的伤。伤刚在他的脚膝的上面。这时我才看看我自己。我的裤子染血，我的手臂也是这样。阿拉伯特用他的军医布包我的伤。他的脚已完全不能动，我俩很奇怪我们怎样会跑那么远的路。恐怖会使人这样做；就是我们的脚被炮弹所击掉，我们还能跑——我们必能拖着残脚跑着哩。

我还能稍为爬动一爬动。我喊住一辆经过我们的病车，他们将我俩抬上车去。车里都是伤兵。有一个额外委的内科军医将一支停住抽搐的针刺进我们的胸膛。

在医院里我们向医生说好，所以我们才能相并地躺着，他们给我们一碗淡汤，那碗汤我们贪婪地而又轻视地以匙抄起狂喝下去，因为我们吃好东西吃惯了，但是饥饿是完全相同的。

"现在回家吧，阿拉伯特。"我说。

"希望会这样，"他回答，"我只要晓得我所受的是什么伤。"

伤口更为痛苦。药布像火似的燃烧着。我们喝了又喝，一杯水又一杯水。

"我的伤离开膝部多少远？"克路伯问。

"至少有四英寸，阿拉伯特。"我回答。其实或者只一英寸哩。

"我已决定了。"停一刻后他说。

"假如他们割掉我的脚，我必定要死，我不愿残废过活。"

我们这样地思想着，等着。

傍晚的时候我们被抬到开刀房里去。我战栗着，很快地想着我所当做的，因为谁都晓得伤兵医院的外科医生只是些小伤就想要刖足的。这样开刀大工作一场比混杂地东补西补还简单哩。我想到堪墨尔契。无论如何我一定不肯让他们用药昏迷我，就是我当敲碎他们一两个头盖我也不肯。

还是不错。那个外科医生用器具在我的伤里掘来挖去,我的眼睛前都黑暗下来。"别怪样呀。"他刻薄地说,再掘挖下去。器具光亮地闪着,像是恶意的野兽。我痛得再也忍受不住了。两个当差紧紧地抓住我的手,但是我挣扎开他们其中的一个,试想击碎外科医生的眼镜,刚好那医生看见跳开去。"昏迷掉这个恶棍!"他大怒地嚷着。

这时我较为平静一点。"宥免我,军医先生,我肯安静,但是千万别昏迷我。"

"得。"他咯咯地说,再拿起他的器具。他是个漂亮的男子,大约没到三十岁,面上有斑点和极讨厌的金眼镜。现在我晓得他是要苦楚我,他只是在伤口里掘来挖去,从他的眼镜里偷望着我。我的手紧紧地撑捏着,就是会死去我也不再叫一声出来。

他摸出一片炮弹来,他拿给我看。很显然地他很欢喜我能这样抑制自己,因为现在他好像有点体恤我说:"明天你可回家去。"那么我的伤就贴起橡皮膏来。当我和克路伯再回去的时候,我告诉他说,很显然地,明天早晨会有一辆病兵火车到这里来。

"我们必当向外科军医长贿赂,我们才能聚做一堆,阿拉伯特。"

我将两支马肚带牌的雪茄暗拿给军医长,然后向他偷说话。他嗅嗅那雪茄说:"你还有吗?"

"还有满手把哩,"我说,"而我的同伴,"我指着克路伯,"他也有那样多。我们明天早晨若在伤兵火车里,当然很愿意将它们从车窗口拿给你。"

自然他是明白的,他再嗅嗅雪茄然后说:"好。"

我们整夜都不能睡去。我们那病房里死了七个人。有一个在他开始咕咕响着以前,用着一种撕裂的男高音来唱着赞美诗。又有一个人爬下他的床走到窗前去。他躺在窗前好像他要看最后的一次。

我们的抬床放在月台上。我们等着火车。天空下起雨来,火车站又没屋顶。我们所盖的被单很薄。我们等两点钟了。

那军医长像一个母亲似的看顾着我们。可是我还很憎恶,我的心上时时想到我们所订的条件。我让他看看我的背囊,先付给他一支雪茄,交换条件似的,军医长用一条油布来盖我俩。

"阿拉伯特,老友,我忽然想起我的那只四支杆的卧床和那只猫儿——"

"还有那两只太师椅哩。"他添上去。

不错,那两只红丝绒的太师椅呀。傍晚的时候我们往往像伯爵似的坐在上面,打算不久就要将它们计时出租。每点钟一支香烟。这必会成为一种很正当的生意,有实在的好收入。

"还有我们那几袋的好食物呀,阿拉伯特。"

我们觉得很忧愁。这些东西我们可有些用处。只有火车慢一点钟开,嘉德一定会找到我们,将我们的东西带来。

多么可咒诅的恶运呀!在我们的肚子里是薄粥,残劣的医馆食物,在我们的袋子里有熏猪。但是我们已软弱得再也不可激动了。

抬床被雨水渐渐湿透,火车那天早上到了。车医长看顾我俩,将我俩放在同车里。那里有一大群红十字会的看护。克路伯被放进下面的床。我底是在克路伯上面。

"天呀!"我忽然喊了出来,

"什么事?"看护问。

我向床上一溜。床上是铺着清洁得像雪一样白的白布单,还是烫过哩。我的内衣已六个星期没洗过,已极污秽了。

"你自己不能上去吗?"看护很温和地问。

"为什么不,"我有点不好意思地说,"但是先将那褥罩拿开罢。"

"为什么?"

我觉得像是一只猪。我应当到里去吗?——"那会使——"我口吃着。

"一点小污秽是吗?"她帮忙地说,"这不要紧。以后我们会洗的。"

"不是,不,不是这——"我兴奋地说。我却是跟那惊透的新编兵一样。

"你们能躺在战壕上,当然我们也能洗一条被单呀。"她说下去。

我看看她,她很年轻很机敏,完全无污点,很清洁,像车里的每桩东西一样;谁也不能确定她们是否只是服侍军官的,被服侍的人会觉得奇异,也许有点惊惧。

同样的,女人是个苦楚人的东西,她继续强迫我说出来,"那只是——"我再试试看,她必定晓得我的意思。

"只是什么?"

"因为虱子。"我终于喷了出来。

她笑。"得,它们即刻也有好日子过哩。"

现在我不管什么了。我爬上床,揭起被来。

一只手在被上摸索着。那是军医长。他拿了雪茄走开去。

一点钟后我们晓得我们动身了。

夜里我睡不着。克路伯也是不安静。火车平静地在轨上走着。什么我都不能确实地觉得;一张床,一辆火车,家。"阿拉伯特!"我低喊着。

"呀——"

"你晓得厕所在哪里吗?"

"我想大概是在那门的右边。"

"我去找找看。"黑暗,我摸摸床沿很小心地试想溜下身来。但是我的脚找不到可抵住的地方,我开始滑下来,那只贴橡片膏的脚又不能帮忙,我啪啦一声跌在地板上。

"恶鬼!"我说。

"你撞伤了没有?"克路伯问。

"你自己可听得出哩,"我咆哮着,"我的头——"

车后的一个门开起来。一个看护拿着灯进来,看看我。

"他跌下床来——"

她按按我的脉息和摸摸我的前额。"你并没发热哩。"

"没。"我同意。

"你做梦吗?"她问。

"或许——"我顺机隐瞒。问答再开始了。她用她明亮的眼睛看我,她比我所能告诉她我所要的还要奇异可爱呀。

我再爬上床去。这就好了。她一走去我必须再试爬下床来。假如她是一个老妇人,人家所要的自然较为容易说出来,但是她很年轻,顶多只有二十五岁,这事不可以做,我不能告诉她。

这时阿拉伯特救我,他并没那样地怕羞,不管谁颠来倒去他都是一样。他喊那个看护。她回转身。"姊姊,他要——"可是阿拉伯特不晓得怎样形容出来才是有礼和适当。在前线上我们只用一个字来代替,但是这里,向这样一个上等女人——。他忽然想起他在学校里的时候所说的,那么就赶忙接下去道:"他想出恭,姊姊。"

"啊!"看护说,"可是他那只贴橡皮膏的脚不可以下床。你所要的是哪一种呀?"她转向我说。

这重新一转使我觉得像死的恐惧,因为我不晓得那些东西的特别名词。她帮忙我。

"小的或是大的?"

多么可怕的一桩事呀!我像只猪一样涌汗,不好意思地说:"好,就小的罢——"

无论如何是有效力了。

我拿到一个水瓶。几点钟后我不是那唯一个了,第二天早晨我们已很惯,这也没有什么不合礼。

火车慢慢地走着。有时候车停起来,那些死人抬下车去。车子常常停。

阿拉伯特热得很厉害。我觉得很困苦,并且也很哀痛,可是最坏的是很显明地在我贴橡皮膏包药布的脚上还有虱子。它们极可怕地痒痛着,我自己又不能搔抓。

我们躺着过日。乡村安静地溜过车窗。第三夜我们到哈佛斯特尔。我听看护说下站阿拉伯特当送下车去,因为他热得很厉害。"车子下站开到什么地方?"我问。

"哥罗朗。"

"阿拉伯特,"我说,"你看着,我们一定可聚做一堆。"

看护又来巡视的时候,我禁住气,将气赶上头去。我的面孔膨胀,变红。她停下来。"你痛苦吗?"

"不错,"我呻吟着,"突然其来的。"

她将一支验温器给我,自己走开去。假如我没受嘉德的教训现在也不晓得会这样做。这些军队的验温器不能给老兵用哩。若将水银柱弄高,它就停在那里,不会再跌下来。

我斜斜地将验温器挟在胁下,用我的食指很牢固地捏住。那么我就一摇。

我使它弄到100.2。可是这不够。我用一根火柴很小心地将它烘到101.6。

那个看护回转来的时候,我假装喘着气,短促喘气地呼吸着,用呆滞的眼睛睁向着她,不住地滚动着,含糊地低语说:"我再也忍不住了——"

她将我的名字记下一叠纸里去。我已完全晓得,假如是可避免的,我的橡皮膏的药皮不必再撕开起来。

阿拉伯特和我一同被送下车来了。

我们躺在同一间罗马教会的医馆的病房里。这还算是好运,这些罗马教会的病房的好招待和好食物是著名的。医馆里都充满着从我们的火车下来的伤兵,在这些伤兵中有许多是很危险的。我们今天并没有验过,因为这里的外科医生太少。那种橡皮车轮的病人手车不住地从走廊经过,常常有些人完全直躺在车上。直躺得像这样是极讨人厌的——人若能睡去是唯一顶好的时刻。

这夜很骚乱,没有一个人睡得去。将要早晨的时候我们打一打盹。天一亮我就醒来。房门开着,我听见有些声音从走廊上出来。别人也都醒来。有一个病人他在这里过一两天了,解释给我们听说:"每天早晨看护们都在那边走廊上念着祷文。她们称这为早晨的礼拜。她们将我们的门开着,那么你们都有份于这礼拜了。"

无疑的,这是种很好的意思,可是声音却使我们头痛,骨痛呀。

"这样地可恶!"我说,"刚刚在我们将要睡去的时候。"

"所有轻伤的人都在这里,这就是她们在这里做礼拜的缘故。"他回答。

阿拉伯特呻吟着。我愤怒起来嚷道:"外面安静呀!"

一分钟后一个看护出现。她这样地穿着白色配黑色的衣裳很像是个美丽的茶壶套。"关门,姊姊你肯吗。"有人说出。

"房门开着的缘故是因为我们是在念着祷文哩。"她回答。

"可是我们想要睡去——"

"祷告比睡还好呀,"她站在那边天真烂漫地笑着,"并且现在已七点钟了。"

阿拉伯特再呻吟着。"关门。"我鼓鼻愤愤地说。

她十分昏迷。很显然的,她不懂。"但是我们也替你们祷告的呀。"

"无论如何,关门。"

她走开去,门还是开着。背诵总祷文的声音继续下去。

我大怒了,说:"我算到第三。假如还是不肯停,我就将些东西掷出去。"

"我也要这样做。"又有一个说。

我算到第五。我就拿起一个水瓶,瞄准,将它掷到门外的走廊上去。那水瓶撞得粉碎。祷告停起来。一大群的看护出现,一致和音地责备着我们。

"关门呀!"我们嚷着。

她们退回去。那个刚才来的较为年轻的少女最后出去。"异教徒。"她吱吱地哼出来,可是门终究是关了。我们得胜了。

中午的时候医院的检察长走来责骂我们。他用玎琅玎琅的响声和种种别的恫吓我们。但是一个医院的检察长只是刚像军需的检察官一样,或是像别种那些有长剑和肩带那一类的东西,其实只是一个书记,永远比不上一个实在有兵职的新编兵。所以我们任他怎样讲。无论如何,他们敢怎样碰我们——

"谁掷那个水瓶?"他问。

在我还没想到我当自首的时候,有一个人说:"是我。"

一个有胡须的人坐起来。谁都激动着;为什么他自说是他呢?

"你?"

"不错。我很生气,因为我们无必要地受吵扰醒来,我失去了知觉,所以我做了我所不晓得的事。"

他像一本书似的说着。

"你名叫什么?"

"新编队预备兵约瑟·哈姆玛契儿。"

检察长离开去。

我们都很奇异。"为什么你说是你呢?那事完全不是你做的呀!"

他冷笑。"这不打紧。我有一张可以放纵的执照。"

自然的,我们都明白了。谁有放纵的执照,可照他所欢喜的去乱做。

"不错,"他解释着,"我的头有一次被敲裂,他们将一张执照送给我,那执照是说我在某时期的行为是可以免负责的。从有执照以后我大幸运:谁也不敢触怒了我。谁也没怎样责罚过我呀。"

"我的所以报告是我。因为那一掷使我很快乐。假如明天她们再开门,我们再掷一个。"

我们都极快乐着。有约瑟·哈姆玛契儿在我们中间,现在我们什么事都可冒险了。

有些无声息的病人手车将我们载出去。

药布贴得很牢固。我们像鹿儿似的哀叫着。

在我们的病房里有八个人。彼得,一个头发黑色、卷曲的人,他的伤最厉害——肺部很凶的一伤。法兰丝·华渥契德在他的隔壁床,他的手臂中一个伤,起初看来并不很危重,但是第三夜他喊我们按铃,他说他流血了。

我很响地按着铃。夜看护并不出现。今夜我们向她要求得太多了,因为我们的药布都是新贴的,因此有许多痛苦。一个的脚要这样安置,另一个又要那样,第三个要水,第四个要她将他的枕头松动;终于那壮健的老身截然很气地怨语着,和将门猛力关闭着走出去,现在,无疑的,她以为是同样的事,她不肯来。

我们等着。法兰丝说:"再按铃。"

我再按铃。可是她进来探一探也没有。在我们这病区只有一个夜看护,或许她在别间病房做事情。"法兰丝,你十分确实地觉得你流血吗?"我问,"假如不然我们就会再受咒骂了。"

"药布湿了。谁能使电灯光亮吗?"

谁也不能。电灯钮在门边,我们中间谁也不能站起来。我用我的拇指按铃一直按到麻木。或许那个夜看护已经睡去。她们天天做了许多事情,做得太多了。并且还加上永远地祷告着。

"我们当再掷一个水瓶吗?"有放纵的执照的约瑟·哈姆玛契儿问。

"这对于她比铃声还不肯听哩。"

最后,门开了。那个老妇人喃喃地出现。当她晓得了法兰丝的流血,她忙乱起来,说:"为什么没人喊我呢?"

"我们按过铃。我们没一个能走路。"

他的血流得很凶,她再将他包好。第二天早晨我们看看他的面孔,面孔已很瘦削和枯黄,昨天夜里他的面孔看起来还很康健。现在常常有一个看护来了。

　　有时候有些红十字会自愿来帮忙的看护。她们做起工来很快乐，但是常常较为不熟识点。她们替我们打叠床铺的时候常常使我们痛苦，她们一伤害到我们立刻怕起来了。使我们更为受苦。

　　修女较为可靠点。她们晓得怎样地来扶住我们，假如她们较为笑头笑面点，我们就更欢喜她们了。她们中间有几个真实是好的，使人很敬爱。李白珍看护是个极奇异的女人，全病区她都散布着愉快，虽则这病区极大。还有些看护也像她一样。为她我们也肯赴汤蹈火。谁也不能实在地了解，她在这里也像一个平民被修女的所招待。反过来说，只要想到军兵医院就可使人怕起来了。

　　法兰丝·华渥契德的康健并没复原。有一天他被载出去，没载回来。约瑟·哈姆玛契儿很熟识："我们再也见不到他了。他们将他放进死人房去。"

　　"死人房是什么意思？"克路伯问。

　　"好，死人房——"

　　"那是什么呀？"

　　"这医院角的一间小房。无论谁将要死去的都送到那里去。那里有两张床，普通称为死房。"

　　"但是她们为什么这样做呢？"

　　"病人死在那里可减省些工作，那里也较为便利，因为那死人房的左边就是墓地。或许她们因为别个病人的缘故这样做。所以没有一个人死在病区里会得人们的同情。并且他一个人，她们也可较为好点看护他。"

　　"但是他自己呢？"

　　约瑟耸耸他的肩头。"他往往还不晓得哩。"

　　"现在谁都晓得那间死人房吗？"

　　"自然的，无论谁，在这里久点的病人都晓得。"

　　下午，法兰丝·华渥契德的床位有一个新的病人来代替了。两三天后她们又将那新的载出去。约瑟含意地做一姿势。我们看见许多来了又去的。

　　亲戚们往往坐在床边啜泣着，或是轻轻地，惊惊地说话。有一个老妇人不肯出去，可是她不能整夜都留在这里。第二天早晨她来得极早，但是并不是十分地早;因为她一走近那张床,床上已有别人了。她只得到墓地去。她将她所带来的苹果给我们吃。

彼得的病开始渐渐险恶了。他的温度表看起来很凶,有一天一辆病人手车停在他的床边。"哪儿去?"他问。

"包药布区。"

他躺到病人手车上去。但是那个看护露出马脚了,她将他的外衣从衣钩上拿下来也放在手车上;这样她可免走两趟。彼得立刻明白,试想让开那手车。"我要停在这里。"

她们推他回去。他从他破碎的肺低弱地嚷出来:"我不肯到死房去呀。"

"但是我们是要到包药布区去。"

"那么,要我的外衣干什么呢?"他再也说不出来。他嗄声,猛辩地低语说:"停在这里!"

她们不回答他只是将他推走。到房门口的时候他试想自己爬起来。他的卷曲黑发的头摇摆着,他的眼睛涌满着眼泪。"我一定要再回来!我一定要再回来呀!"他哀叫着。

门关了。我们都很激动;但是我们什么都不说。终于约瑟说:"许多人这样说过。病人若到那里,永远别想可以活了。"

我开刀后呕吐了两天。外科医生的书记说我的骨不能接拢来;克路伯的伤骨弯曲地接拢着,但是又裂开了。这可很使人讨厌。

在我们新进来的病人中有两个是平脚的。外科主任巡视的时候发现,他异常地快活。"我们不久就会将这脚医好,"他向他俩说,"只是小小开刀一下子,你俩就可有完全康健的脚了。姊妹,记他俩下来。"

他一去之后,无所不晓得的约瑟警告他俩:"别让他向你俩开刀呀!这是那老东西一种特别的、科学的、特长的玩意儿。他一找到人可以开刀,他完全疯了。他是要替你俩医治平脚,这不错,但是脚永远别想可再有了;你俩会有木脚来代替,你以后的终生都当靠着拐子走路哩。"

"那么,我俩能怎样做呢?"他们之中有一个问。

"说不肯。你俩到这里是医治你俩的伤,并不是来医治平脚的。在战场上平脚会怎样苦楚你们吗?不,好,你俩就可明白了!现在你俩还能走路,但是那老东西一向你开刀,你立刻就残废了。他所要的是杀小狗似的来试验,所以战争是他一威赫的时期,所有的外科医都是这样。你看看他部下的职员;那里有十二个人跛脚踅来踅去,他们都是他开刀过的。他们大多是一九一四或一九一五年后才到这里来的。他们中间没有一个能比他从前更好走路,几乎都很坏了,大多只有贴橡皮膏的脚。每六星期他再抓住他们,将他们的骨再敲碎,每次都说是成功的。你俩听我的话,假如你俩不肯,他不敢这样做。"

"喂,天呀,"那两个不幸者中一个说,"你的脚还比你的头好哩。假如你再被送到战场上去,天晓得会再发生什么事呀?他们可以随意地怎样将我播弄,只要我能回家去。得到一只木脚比得到死还好哩。"

别一个是像我们自己这样的青年,不肯。有一天早晨,那人走来拖住这两人,教训他俩和向他俩说恶话,直到他俩肯了。他俩能怎样呢?——他俩只是小兵,他却是只大虱子哩。他俩抬回来的时候已被药昏迷着和贴着橡皮膏。

阿拉伯特很倒运。他们削掉他的脚。从大腿以下全脚都割掉。现在他再也不多说话了。有一次他说他第一次能再拿到他的手枪就要自杀。

新到一辆病车。我们的房间来了两个瞎子。一个是个很年轻的音乐手。那些看护们饲他的时候从来没拿刀子;他曾从个看护手中抢过一次。虽则是这样地当心也发生了一意外。傍晚他被饲着晚饭的时候,那个看护被叫出去,将碟子和叉子放在他的桌上。他摸索那支叉子,紧紧捏住那叉子尽他所有的力量刺进他的心去,然后又拿起一只鞋子尽他能的猛钉着那叉柄。我们都喊救起来,三个人才能将那叉子夺开去。

病床又空了。天天痛苦和恐惧,呻吟和临死咕咕的哼声。死人房无用了,因为那房间太小;病人常常在我们的房间里连夜死去。他们死得那样快,那些看护们别想可胜过他们。

但是有一天房门突然开起来,一辆病人手车推进来,在那抬床上端正地得胜地坐着,苍白,瘦弱,卷发松乱的彼得。李白珍女护甜笑地推他向他从前所睡的床。他是从死人房回来。我们早就以为他死去了。

他顾视着四周说:"现在你们还有什么话说吗?"

就是约瑟也只能承认说这是他第一次知道也有这种事呀。

我们中间的几个渐渐地试站起来。我得到一副拐杖可以跛脚走着路。但是我并不常常用到它们;我在房间里走动的时候忍不住阿拉伯特的睁视。他的眼睛常常奇异地睁开跟看我。所以我有时候溜到走廊上去——在那里我可较为自由地走动着。

下层的病房是腹伤和背骨伤、头伤和第二次削割的病人。这病区的右旁是牙床伤,毒气伤,鼻子、头颈和耳朵伤。左旁是瞎眼和肺伤、臀部伤、骨节伤、睾丸的中伤、肠的中伤。在这里一个人才能确实地觉得一个人有那样多的地方会受伤。

有两个兵士因筋肌僵直症死去。他们的皮肤变成苍白,他们的四肢僵硬,最后只有他们的眼睛还极顽固地活着。有许多伤的四肢挂在一架子上,在空中荡摇着。伤的下面放着一个盆子去盛滴着的脓水。每两三点后那盆子就当倒空一次。有人包着拉张的药布躺着。床尾挂着沉重的东西拖着那药布。我看见那种肠伤的人,受伤的地方常常充满着粪尿。外科医生的书记将臀骨,膝部,肩部,全碎的 X 光照片给我看。

谁也不能相信在这些碎坏的躯体的上面还有那生命一天一天转过的面孔。这只是一间医馆,一个小小的车站。在德国有十万多间,在法国有十万多间,在俄国有十万多间呀。这种的事情还能存在的时候,那么那些著作、工作和思想的每桩事是多么愚蠢呀。一千年的文化不能阻止这种鲜血的涌流,所有的著作,工作和思想都是撒谎了,这种苦楚的医院在它们之中有十万多间哩。单独一间医院就可以显出什么是战争来。

我年轻,我二十岁了;可是我还不懂什么生活,只是失望、死灭、恐怖,和愚蠢的薄层隔开着一个愁苦的沉渊。我看出平民怎样地被排着去作对,沉默地、无知识地、愚蠢地、顺从地、呆气地互相屠杀着。我看出那种世上最聪明的人发明出些军器和说话来使战争较为优美和长久下去。这边那边,遍全世界我这样年纪的人都看得出这些事情;我这一代的人和我同样经验着这些事情。假如我们都站起来走到我们的父亲的面前将我们所经过都告诉他们,他们将会怎样呀?假如有一时候战争过去后他们还能向我们希望什么呢?这几年来我们的职务只是杀人——这是我们生活第一次的使命。我们所晓得的生活的界限只是到死。以后会发生什么事?我们将会碰到什么事呢?

我们房间里年纪最大是刘宛桃斯基。他四十岁,腹部受了一个很重的伤,躺在医院里已十个月了。最近这几星期他才能进步到跛脚走着。

这几天来他很激动着。他的妻子从波兰她所住的小家里寄来一封信给他说:她已积了充足的钱可以做旅行费,她已经动身要来看他了。

她已在路上,或许几天之内就会到了。刘宛桃斯基失了他的胃口不欢喜吃东西,就是红萝卜和腊肠他咬了一两口后就不吃了。他永远带着那封信在房间里走动着。那封信每个人都看过十二遍,那邮戳是天晓得验看过多少回数了,信上的住址因为染满油迹和指痕再也认不清楚了,终于有事实在地发生,发生了:刘宛桃斯基发了热,他只得再躺到床上去。

他已两年没见过他的妻子了。在这两年中她生了一个儿子,那婴儿她也带着来。但是有些事情占据了刘宛桃斯基的思想。当他的老妇人来到的时候,他希望可得执照离开医馆;因为可以见面虽则已很好了,但是一个人歇了这么久再得到他的妻子,假如是可能的,他必会再要求些别种的事。

刘宛桃斯基向我们说了很久;在军队里这种事是无秘密的。并且谁也不会觉得讨厌。我们中间那些能出去的人告诉了他城内一两处好地点,公园和交叉街衢的广地,在那里他不会受扰;我们中间也有一个晓得一间小房的。

可是有何用处呢,刘宛桃斯基还躺在床上受苦着。假如他没了这事生活也就无快乐了。我们安慰他说不久他可以复原。

有一天下午他的妻子出现了,头发松乱,眼睛像一只鸟不安地急溜着,她穿着一件皱痕的女外套,外套上有丝带子;天晓得她从哪里得到这东西来。

她轻轻地喃说着些话,很畏羞地站在门槛上。我们这房间一共有六个男人,使她很怕。

"好吗,玛捷亚,"刘宛桃斯基说,危危地吞着他的喉核,"你可以进来,他们并不能伤害你。"

她走进来向我们一个一个握手。然后她才抱起她的婴儿来,在那时候那婴儿弄污了屎帕。她从一个饰珠子的大手袋拿出条清洁的,使那个婴儿很整齐。这除掉了她起初的不好意思,两人开始谈话起来了。

刘宛桃斯基很不安静,他每每将他睁圆的双眼不愉快地斜望着我们。

这时很好,医生已巡视过了,顶大的麻烦只是在这区里的一个看护。所以我们其中的一个就去望望看。他回来点点头。"一个鬼也没有。约翰,现在是你的机会。开始吧。"

两人低声地谈着。那妇人面孔有点转红,看起来很不好意思似的。我们好意地强笑着,做出些轻视开玩笑的姿势,那有什有要紧呢!那恶鬼还是拘守着所有的礼节,那些礼节在别种时候才有用呵;那儿躺着木匠约翰刘宛桃斯基,一个中枪残废的兵士,旁边是他的妻子;谁晓得几时他再能见她呀?他想要得到她,好呵,他必须得到她哩。

两个人站在房门口去阻挡那些看护,假如她们想要进来就弄些事情给她们去做。他俩答应肯替他望风一刻钟左右。

刘宛桃斯基只能躺着,所以我们其中的一个就拿了两三个枕头去垫高他的身背。阿拉伯特抱着那个婴儿,我们回转身一点,那黑色的女外套在被下隐没去了,我们大噼啦一声,而很响地弄起纸牌来。

大幸运。我拿到一张球形牌和四张jack,我几乎全胜。我们玩着的时候几乎完全忘记刘宛桃斯基。一刻儿之后那婴儿开始哭吵起来,克路伯没有法子,只得前摇后摇着,那边有点硬物相撞的响声和沙沙的声音,我们偶然抬起头来,才看见那婴儿的嘴已吮着乳瓶,回到他的母亲那里去了。事情过手了。

我们现在觉得我们是一个大家庭,那个妇人已较为泰然点,刘宛桃斯基不好意思地,愉快地躺在那里。

他解开那绣花的大手袋,两三条好腊肠出现了;刘宛桃斯基拿起刀子一挥,将腊肠切做一片一片。

他向我们打了一很漂亮的手势——那小妇人微笑地将腊肠一个一个分给我们;现在她看起来也很漂亮。我们喊她为妈妈,她很快活,替我们整理弄松枕头。

几星期后每天早晨我必须到按摩房去。我的脚渐渐地复原可以移动。我的手臂早已健全了。

有新的警卫车从前线开到。药布已不是布做的了,只是些白皱纱纸。在前线上布做的药布已很少了。

阿拉伯特的残脚好了。伤口已将近合闭。在几星期内必应当离开这里到一间人工的四肢制造馆去。他还是不大肯说话,比从前必更为庄重点。他往往话说半截歇下来,注视着他前面的东西。假如他不是跟我们一起在这里,他早已自杀了。但是现在他已没那样衰颓,我们玩着纸牌的时候他常常在旁边看着。

我得到养病的休息。

我的母亲不肯放我走。她是那样衰弱呀。病比前次更凶了。

我从兵队的起发点出发再到前线来。

和我的朋友阿拉伯特·克路伯分离是很痛苦的。但是这种事在军队里已过惯了。

十一

  一星期一星期过得很快。我前次到前线的时候是冬天,那时炮弹一炸裂出凝结的泥块,那泥块和炮弹的碎屑是一样险的。现在树木已再青翠了。我们在兵营和前线上调来调去。这种生活我们几乎已习惯过;战争是一种死的病症,像毒瘤、结核病、感冒症和赤痢一样,死灭只是更常有、更多样,和更可怕。

  我们的思想是种按着日子改换形状的泥土;我们休息的时候这些思想很健全;一在炮弹之下思想又死了。我们生命的内部和外面都有炮弹所炸裂的洞呀。

  谁都是这样,不只是在这里的我们——从前存在的事物现在并不再保全着,谁都实际地不晓得那些事物了。所有的辨别,好的品行,和教养都已变换,几乎都已染污,很难认出了。有时候它们从地位上使人家得到利益;可是它们也带坏的结局来,它们会惹起那种必须克服的偏见。从前我们好像是不同省的角币;现在都紧拢在一堆熔开去,而受同样的模型所复制。要找出那旧的区别,那角币必须再试验才找得出。起初我们是兵士,后来我们成为一种奇异、面孔羞惭的东西,这奇异的东西亦算是人哩。

  我们有一种极大的友爱,这种友爱的生活是从危险中,死灭的紧张和绝望中,加着民间歌曲的友谊,囚犯孤寂的感觉,和那些定死刑的人们互相对待的一种无望的忠义中出来的——尽量地享乐着所有来的时间。假如我们要来估价这种友爱,这种友爱是豪气的而又是平庸的——可是谁想来估价呢?

  比方说,有一次敌人的冲击报告出来时候,第牙顿在极急忙中虎咽着火腿豆汤,他的这样做只是因为他不能决说在那冲击的一点钟中他是否还能活着。我们讨论了好久,究竟这种的办法对或不对。嘉德大反对,他说因为谁都当计算到他的腹部的受伤,满胃的食物要比空胃危险得很多。

  这些事情是实际上的问题,这种事对于我们是很重要的,不能不研究。这里,在死的边界上,生活按着一奇异简单的历程,生活的界限内是那些最必须的,其余的都埋葬在沉郁的睡眠中——在那睡眠也躺着我们古代的人或现存的人。我们若是更为尖锐地区别过,我们必定早已疯了,逃军了,或是死去。我们像是北极的探险队,每天所做的每桩事都当关于生存的,生活所有的集光点都在这里。其余的因为会无必须地消耗着精力都除掉去。这样就是安全我们唯一的路径。在平静的时候,那旧日模糊的反省像块暧昧的镜子凸出来我现在生存的形状,我往往像在一个生客的前面对着我自己的影子坐着,奇异着这不可言喻自称为是生命的活动力底要素,连这种的怪形它还能适应自己呀。所有其他的事都躺在冬天的睡眠中,生命只是不住地注视着死的恫吓——它使我们变成想不到的野兽,因此给我们一种天性的武器——它用蠢呆来帮助我们,所以我们在这种极端的恐怖中才不至于粉碎,假如我们有明晰自觉的思想即刻就被淹覆了——它撼醒我们有友爱的感觉,所以我们才可从寂寞的沉渊中逃出来——它借给我们那种野兽无差别的感觉,所以我们每时每刻都能明晓实际上要紧事,而将它像个预备品收起来可去抵抗那无的屠杀。我们这样地住在狭窄、困苦、生存的外皮上,很少有过偶然进出一火点来。但是有时候忽然意想不到地燃起一种忧苦和极可怕的渴望的火焰。

这些时候是最危险的时期。它们使我们看出适应是人工的,不只是休息,只是为休息而更努力地去奋斗。我们外部的生活很难和澳斯大利亚的野贼分别;但是这些野贼可以永远这样干下去,因为他们很适合,只要他们精神上的力量肯努力点,他们就可进步了,但是我们却刚刚相反;我们内部的力量并不是趋向新生,只是向腐烂方面沉下去。澳斯大利亚的野贼是野人,自然是可这样生活着,但是我们却是被人工最大的力量所制成的野人。

夜里从梦中醒来,被拥挤的面孔听淹覆和恐吓着,一个人极战栗地晓得了生命的支持点是多么细小,那隔开他和黑暗的死的膜是多么细薄。我们是些细弱的火点在死灭和凶猛的暴风雨中极可怜地受不牢固的墙壁所保护着,在那墙内我们闪光,常常几乎走出墙来。那大战模糊的轰声成为一个圆圈圈绕着我们,我们互相紧挤着,睁大着眼睛惊视着暗夜,我们唯一的安慰是我们的同伴睡着稳定的呼吸。我们这样地等到天亮。

每天,每点钟,每颗炮弹,和每次的死消融这生命极薄的支柱,年更快地毁坏它。我看见它在他的周围渐渐地毁坏着。

下面是地达琳疯起来的事。

他是一个苦乐自受的人。他的不幸是因为他看见花园里的一株樱桃。我们刚从前线回来,绕过路走近我们的兵房的时候,在早晨模糊的微曙中极奇异地在我们面前出现一株樱桃树。樱桃的叶已落尽了,只有一白丛的花儿。

傍晚的时候地达琳不晓得到哪里去。回来的时候他的手中拿着一两枝樱桃花。我们跟他打趣,问他是否要去结婚。他没回答,只是将那些花儿放在床上。那夜里我听见他响出声音来,他好像是在包东西似的。我觉得有点不对,爬起床走到他那里去。他装做若无其事,我向他说:"别做蠢事呵,地达琳。"

"嘿,什么——只是我不能睡去——"

"你采了那些樱桃花做什么?"

"我还当多采几枝哩,"他掩饰地回答,"一刻儿之后,我的家里有个樱桃树的大果子园。它们开花的时候,从高高的草堆上望过去它们只是极白的一片。现在这是时期呀。"

"或许你不久就可得到休息。你或许会派回去耕田。"

他点头,可是他心不在焉。这些农夫受激动的时候常常有一种奇异的表情,那种表情半是像牛半是像仰慕的神,半蠢半专心注意着。为要改变他的念头我向他要一片面包。他拿给我,一声怨语也没有,这很可奇,因为他平常是很鄙吝的。所以我整夜故意醒着。那夜并没发生什么事;第二天早晨他像平常一样。

很显明的,他已晓得我在注意他了;但是第三天早晨他不见了。我晓得,但是我响也不响,给他有充分的时间可逃脱:或许他可逃得脱。有许多人逃跑到荷兰去。

但是点名的时候他没有到。一星期后我们听见他被守卫兵所抓到,这些多么可厌的军队的警察呀。他逃向德国去,自然这是无希望的——自然他所做的每桩事都是愚蠢的。谁都晓得他的逃军只是因思乡病和一瞬间的神经错乱。但是在前线一百英里后的军法议会怎能晓得呢?我们没再听过地达琳的事。

但是有时候那生命的支柱是别样地毁坏,那危险,那些被关住的事,像是从一个超过热度的汽锅里迸出来。墨儿牙的结局是值得叙说的。

我们的战壕现在有时候被轰得粉碎,我们的战线是可以伸缩的,所以实际上已没那种合式的战壕战。冲击和反击，退后和冲前以后战线折断了，那么就有一炸裂洞对炸裂洞的苦战。前线穿透了，各处都是自己成为一小群，在一堆一堆的炸裂洞内开战起来。

我们在一炸裂洞里，英兵斜斜地攻击过来，他们包着我们的左右翼，在我们的后面开起枪炮来。我们被包围了。投降是不容易的，雾和枪烟遮盖着我们，谁也不肯投降，一个人在这种的时候已不晓得自己了。我们听见那手炸弹爆烈的声音愈来愈近我们。我们的机关枪扫着我们前面的半圆圈。那些使机关枪湿冷的水都已热得化为气，我们急忙地走过那枪匣，每人都将他的水排泄到那匣子里去，这样一来我们再有水了，可以继续开战下去。但是后面的冲击渐渐迫近来。

几分钟后我们将要败了。

在逼近射击的时候，又有张机关枪开起来。那机关枪在我们旁边的一个炸裂洞里，墨儿牙拿来的。这时恰巧反击从我们的后面冲过来；我们的围解了，而和后面的兵接连着。

战后，我们躺在一较为好点的炸裂洞里，一个送食物来的人告诉我们说离我们一两码远的地方躺着一只受伤的邮狗。

"哪里？"墨儿牙问。

那人将地方说给他。墨儿牙走出去，不晓得他是要将那只狗带进来或是要枪毙它。六个月前这种事他不会留心，而做的事也是合理的。我们试想阻止他。可是他极可怕地挣开去，我们所能说只是："你疯了"，让他去了。因为在前线上假如我不能将那疯人按倒在地紧紧地抓住他，给他大怒起来是极危险的。墨儿牙身长六尺，是我们队里最有力的人呢。

他完全疯了，因为他连炮队保护线也穿过去，但是那些随在我们上面的电光只是贯穿他和使他神经错乱。这种电光会害到别人，所以他们都开始咒骂跑开去——那边有一个人用手、脚和嘴齿掘着地，试想将自己穿进地里去。

实在的，这种事情常常是假装的，但是假装却是一种病征。墨儿牙的意思是要结局那只狗，臀部中了一伤才被抬着回来，那些去抬他的人们之中，有一个颊部中了一弹。

摩勒尔死了。有人用 Verey 光向他直射过来，穿进胃里去。他十分清醒地活了半点钟,极痛苦着。

他未死以前将他的杂记簿拿给我,和将他的靴子遗赠给我——像他从堪墨尔契承继得来一样。我穿上那靴子,因为那靴子很合脚。我答应过第牙顿,我死后这靴子他可以承继。

我们葬了摩勒儿,但是他像是不能长久不受扰呀。我们的战线退后。那边有太多的英国的和美国的新兵。那边有太多的腌肉和白色麦制的面包。太多的新枪。太多的飞机。

但是我们都消瘦和受饿着。我们的食物很坏,渗合着别种的质料,那使我们生病起来。在德国的工厂主大赚着钱;红痢消融着我们的肠,厕池永远是极拥挤的;国内的人也许当给他们看看这里灰白色、枯黄、困苦、面容憔悴的兵士,这些弯背的人的身体肚子痛绞出血来,他们的嘴唇抖着,身体极痛苦地扭曲着,互相冷笑说:"裤子再拉起来是呆的呀——"

我们的炮队战败,一方面是缺少新的炮弹,一方面是炮管用得消坏了,他们常常瞄不准,差敌人的地方很远,有时候炮弹堕在我们自己的地方。我们的马太少。我们新添来的军兵却是些应当休养的血枯的孩子,他们连一个背囊也背不动,但是只是晓得怎样去死。几千个都是孩子。战争是什么他们一点也不晓得,他们只会跑向前去受死。他们刚从火车下来,不是说笑话,一个飞机手就可击败了他们两队的兵士,那时什么是遮躲,他们听也还没听见过哩。

"德国不久就要空了。"嘉德说。

我们没希望战争不日就可停止。我们永远没想到那么远。一个人可以故意地挡弹子死去;他可以受了伤,那么医院又是他第二次挡住的地方了。在那些医院里,他们若是没削割了他,他迟早是落在那可恶的木头的外科医生的手里,那医生的钮子洞上有服务战争的十字架,医生向他说:"什么,一脚短点吗?假如你一点都没勇气了,何必在前线上跑着呀。这人甲号第一,准去!"

嘉德将一桩流传在从窝日到佛兰达全前线上的实事说给我们听:有一个木头外科医生看着一本簿子念出名来,当一个兵士走到他的面前来的时候,他看也不看就说:"甲号第一。那里我们缺少兵士。"一个有一只木脚的兵士走到他的面前,那个木头外科医生再说是甲号第一——"那么,"嘉德提高他的声音来,"那兵士就向他说:我已经有了一只木脚,但是当我再回去的时候,他们打掉了我的头,那么我就得了一个木头,而成为一个木头的外科医生了。"这个回答使我们都大笑着。

也有许多子医生;但是同样,每个兵士在他百多次的被检阅中总会有一次落于这些无数,自为英雄中一个的手中。这些英雄以能尽量地将许多丙号第三和乙号第三的兵士换到甲号第一为傲。

这种的事还有许多,大多都是更残酷的。同样地,兵士们并不叛起来或是反抗。他们只是坦白地,咒骂着;因为在军队有许多的欺诈、偏私和鄙恶。——一个联队又一个联队再送出参加更无望的战争,沿着,衰弱着,退后着。破碎着的战线一次的冲击又是一次的冲击,这不算是什么吗?

说个笑话,铁甲车是最可怕的军器。铁身铁头的它们整长排地滚过来,没什么别种东西组合起来会使我们觉得比这还可怕。

那种轰击我们的枪我们不要紧;敌人的冲击线是像我们一样的步兵;可是这些铁甲车是机器,它们的轮齿像战争一样地无穷无尽跑下去,它们是死灭,它们无知无觉地冲进炸裂洞去,无停止地再爬起来,一队轰隆隆,喧着烟铁盔甲,不会受伤的铁兽滚过来压碎着死人和伤人——在它们之前我们的皮肤缩紧着,要去抵住它们昂大的力量,我们的手臂像是草枝,我们的手炸弹像是火柴了。

炮弹,毒气堆,铁甲车排——破碎着,饥饿,死灭。

赤痢,感冒症,瘟热症——屠杀,燃烧,死灭。

战壕,医院,公共墓地——除此以外不能有别种。

在一次冲击中我们的队长波尔丁克死去。他在前线上可算是个很好的军官,在战争剧烈的地方他往往逞身向前。我们跟他两年中他从来未曾受伤过,所以终于有时事情发生了。

我们占住一个被包围着的炸裂洞,煤油或是火油的臭味渗合着火药气吹扫过来。有两个敌人带着喷火具出现,一个背着一锡箱,一个手里拿着溅火的皮管。假如他俩走近到溅得到我们的地方,我们一定完了,我们无处可退。

我们向他俩开枪。可是他俩的火愈溅愈近来,形状看来已是很凶了。波尔丁克和我们一同躺在洞里。他看见我们逃不掉,因为在凶猛的火下我们必须尽量地利用这个炸裂洞,他拿了一根来福枪爬出洞去,靠着手肘拿着,他瞄准枪。枪开了——同时一颗弹子穿进他,他们打到他了。可是他还躺着瞄枪;

一次他换一换位置再瞄起枪来；最后来福枪噼啪一声。波尔丁克放下他的枪说："好了。"再跌进洞里来。那两个喷火兵后面那一个中枪跌倒，别一个的皮管脱手，那火四面喷溅着，那人烧死了。

波尔丁克胸膛中枪。一刻儿有一弹子块的碎屑从他的下颔溅出来，同这一块碎屑有充分的力量可使里亚的臀部裂开。里亚呻吟着，同时以手臂撑着自己，他的血流得极快，谁也不能帮助他。像是个倒空倾泻的水管。几分钟后他脱力了。

从前他在学校里是个算术家，现在有何用处呢。

一月一月过去。一九一八年的夏季血流得更多，战争更为可怕。这些日子像是天使似的，不可思议地在黄金和蓝色的光彩中站在死灭的翼上。在这里的兵士谁都晓得我们战败了。这也没什么可说，我们败退着，这次大进击以后我们再也不能冲击了。我们已经没有人和军火。

可是战役还是继续下去——杀死人继续下去——

一九一八年的夏季——生命在它的极鄙吝中从来没像现在使我们贪慕——在草埔上的红罂粟花环绕着我们的兵房，在草叶上的硬壳虫，在阴凉沉暗的房间里的薄暮，星儿和流着的水，梦和长睡——。噢，生命，生命，生命呀！

一九一八年的夏季——当我们再开拔到前线去的时候，从来没有过这时沉默的大受苦。流播在空气中休战与和平的传言使我们很受苦。这些传言抓住了我们的心使我们回到前线去的时候，比平常更为难过。

一九一八年的夏季——在战线上的生命从来没像这次的炮攻更为困苦和充满着恐怖，当转白的面孔躺在泥土上的时候，双手紧抓在这念头上，不，不，不是现在！现在不是最后的期间呀！

一九一八年的夏季——希望的呼息扫荡着烧焦的战地，忍不住的，失望的，死灭最苦楚的恐怖狂怒无知地问：为什么？他们为什么不将战争结束呢？为什么结局到了的流言传布着呢？

有许多飞机手，他们确实是在追着单个的，好像他们是些野兔似的。因为每只德国飞机至少当敌住五只英国和美国的飞机。因为一个饥饿，不幸的德国兵士，当敌住五个健壮饱足的敌人。因为一块德国军队面包，在那边他们有五十罐的罐头面包。我们不战败，因为我们的兵较为好点和较为有经验点；我们只是被人多粮足的兵力所淹覆赶退。

在我们的后面是多雨的星期——灰色的天空,灰色流动的泥土,灰色的死。我们一出去,雨水即刻湿透我们的外套和衣裳——我们在战线上时时刻刻湿着。我们从来没有干过。那些还穿长靴子的人走到上面去缚沙袋,那些泥土才不至于那样快倾流下来。来福枪凝做一团,军服凝做一团,什么都成为流质和溶解过土地成为一滴水,湿透,多油的泥堆,泥堆里有流着螺丝形的红血流的黄色的池,那些死的、受伤的,和还剩着的人慢慢地沉下泥堆里去。

暴风雨鞭挞我们,那在纷乱中那种灰色和黄色像雹似的碎屑鞭挞我们,使那些受伤的像孩子似的哀哭着,在夜里破碎的生命疲倦地呻吟着,直到沉静下去。

我们的手是土,我们的身体是土,我们的眼睛是下雨的沼池。我们不晓得我们是否还活着。

热气像只海蛰似的沉重地沉进我们的炸裂洞来,异常地湿气和沉郁,这些晚夏的一天,运带食物的时候,嘉德中枪了。当时只有我们两个。我包了他的伤,他的胫骨好像完全碎掉。弹子穿进骨里去。嘉德哀痛地呻吟着:"最后——刚刚最后——"

我安慰他。"天晓得战争还要继续多少久呀!现在你安稳了——"

伤口很快地流血着。我不能丢他一人在这里去找张抬床。并且我又不晓得邻近的抬床站。

嘉德并不很重;所以我就将他背起来走向医院里去。

我们歇了两次。路上他极受苦着。我们不大说话。我解开了我的外衣的领,沉重地呼吸着,我流着汗,我的面孔因背负的紧张膨胀着。同样地,我要求他让我们跑向前去。因为这处极危险。

"嘉德,我们再跑向前好吗?"

"自然的。蒲尔。"

"走罢。"

我扶他起来,他用那只没有受伤的脚站着,将他的身体靠着一株树。我很小心地将他受伤的脚扶上我的身背,他一跳上来,我也将他那只健全的脚挟在胁下。

进前更难了。常常有颗炮弹穿来穿去。我尽我所能的快跑向前去,因为嘉德的伤口的血滴在地上。炮弹的爆烈我们常常不能适合地躲着;在我们能找到可以躲藏的地方以前,危险早已过去了。

我们躺在一个小炸裂洞里休息。我从我的水瓶里倒些茶给嘉德。我们吸了一支香烟。"好,嘉德,"我忧愁地说,"我们走向前去终于当分离了。"

他沉默,我看着他。

"你还记得,嘉德,我们怎样地强劫来那只鹅吗?我还是一个新兵第一次受伤的时候,你怎样地求我出守卫线来你还记得吗?"这时我哭出来,"嘉德呀,这已将是三年前的事了。"

他点头。

我忽然想起孤寂的困苦。嘉德一再走开后,我一个朋友也没有了。

"嘉德,无论如何我们必须再见面一次,假如是停战的时候,在你未回家以前见我罢。"

"我有了这只伤脚你想我再会派到甲号第一来吗?"他痛苦地问着。

"休息休息就好了。骨节还健全着。或许只是跛蹇一点。"

"再给我一支香烟。"他说。

"或许我们后来会聚做一堆做事,嘉德。"我很困苦,那是不可能的,嘉德——我的朋友嘉德,肩垂下嘴髭疏稀的嘉德,嘉德,没有一个人比我会更了解他,这几年来的嘉德我都有分过——或许我不能再见到嘉德是不可能的。

"无论如何将你家里的住址给我,嘉德。这里是我的,我会替你将我的抄上去。"

我将他的住址抄在我的杂记簿上。虽则他还坐在我的身边,但是我已多么绝望被丢弃了呀。我是否可以很快地开枪击伤我的脚可以跟他去。

嘉德忽然咕咕地哼起来,面孔变成苍白和枯黄。"我们走吧。"他口吃着。

我跳起来,极切心地帮助他,我背他上身,开始跑起来,我慢慢地稳固地跑着,因为这样才不至于太颠簸他的伤脚。

我的喉咙枯燥;每件东西都在我的眼前跳舞着红色和黑色,我坚执地,残酷地,颠向前去,终于到医院了。

一进医院我跪下脚来,但是还有充足的力量可以跌在嘉德健全的脚的那边去。几分钟后我再振作起来。我的四肢都发抖着。我找着我的水瓶要大喝一阵也很麻烦。我试想要喝水的时候,我双唇抖动着。但是我微笑——嘉德安稳了。

过一刻儿后我的耳朵开始找出有些紊乱的声音。

"你白浪费了。"一个当差说。

我不解地看向他。

他背着嘉德。"他已死僵像木头了。"

我不懂他所说的话。"他只是胫骨中伤呀。"我说。

那当差悄悄地站着。"也好。"

我回转身。我的眼睛还是黑黝着,汗水再涌出来流过我的眼皮。我拭了汗水偷看嘉德。他静静地躺着。"昏去呢。"我很快地说。

那当差轻声地哼着。"我比你晓得哩。他死去了。无论多少钱我都肯赌赌看。"

我摇我的头:"不可能的。十分钟前我还和他谈话哩。他昏去。"

嘉德的手是温暖的,我将我的手臂伸过他的肩头,用些茶去擦着他的太阳穴。我觉得我的手渐渐淋湿。当我将手从他的头背后拔起来的时候,手上染着鲜血。"你看——"那个当差经过他的牙齿再哼一次。

在路上我没注意到,嘉德的头上中了一个炮弹的微屑。伤口只是一个小洞,那定是一个很细薄、散荡的碎屑。但是这已十分有力量了。嘉德死了。

我慢慢地站起身。

"你想拿他的钱簿和他的东西吗?"一个额外委的排长问我。

我点头,他将那些东西拿给我。

那当差觉得很奇怪。"你们是不是亲戚吗?"

不是,我们不是亲戚。不是,我们不是亲戚。

我走路吗?我的脚还存在吗?我睁开眼睛向四周看看,我自己也跟着眼睛转着,一个圆圈,一个圆圈,我站在圆圈的中央。什么都像平常。只是义勇兵斯丹尼斯罗渥斯·嘉德辛斯基死去。

我什么都不晓得了。

十二

秋天。所剩的旧兵已很少了。我们同一班的七个人只剩我一个。

谁都在谈着和平和休战。大家都等着。假如这次的休战再成幻影,他们必会碎解了;这希望很高强,这希望不能无反抗地再被拿开。假如没有和平,立刻就有革命了。

我有十四天的休息;因为我吞了一块毒气;我整天地坐一个小花园中晒太阳。休战不久就到,现在我也相信了。那么我们就可以回家去。

我的思想停在这里,再也不向前了。一切碰到我的,一切淹覆着我的只是情感——生命的贪婪,家乡的爱恋,亲人的思念,释放的醺醉。但是没有目的。

我们若能在一九一六年回家,那么就不会受苦和没有我们现在的经验的势力,我们可以免受暴风雨的鞭挞。现在,假如我们回家去,我们已是疲倦、磨碎、消瘦、绝根、和无希望。我们再也不能找我们生命的路了。

并且人们不会了解我们——因为生在我们前一代的人,虽则他们这几年来也同我们一处在作战,但是他们已有个家和一个呼唤的声音;现在他们回去再做起旧的行业,战争不久就忘掉了——生在我们后一代的人,他们不熟识我们,将我们推开到旁边去。就是我们自己也觉得自己的无用,我们会渐渐老了,少数人去适应着他们自己的环境,有的只是屈服,大多数人都昏迷着;一年一年,过去我们终于会跌下来毁灭了。

但是或许我所想的只是忧愁和吓呆这一方面,当我再站在白杨树旁听叶儿唏嘘的声音的时候,这些忧愁和吓呆的事会像微尘似的飞散了。这不能算是已过去了,那使我们的亲人不能安心的思念,那不晓得的、那困恼着的、那来着的事,那未来的千几个面孔,那从梦中和书中出来的佳曲,那妇人们的低语和预言,这些事物在炮攻中,在失望中,在娼院中还没毁灭。

这里,树儿愉快地嬉笑着和闪耀着金黄色,山槐的浆果在叶中吐出红来,土白色的乡村的路消失在天边去,兵士的酒店像蜂巢营营地哼着和平的流言。

我站起来。

我十分地安静。尽管任年和月来罢,它们不带给我什么,它们可以不带给我什么。我是这样地孤独,这样地无希望,我面对着它们的时候不能无恐惧。那带我经过这几年的生命还在我的手中和眼前。我是否已克服了这生命,我不晓得。但是在它还存在的时候,它只是找它自己的路走去,一点也没注意到我的意志。

他死于一九一八年的十月,那天全前线都极平静,军队消息的报告只是简约的一句话:西部前线平静无事。

他跌下去躺在地上像是睡着。有一个人将他扶转身,看见他再也不能受苦了;他的面孔有种平静的表情,好像是欢喜结局到了。

一九二九年十月　初版

一九二九年十一月　再版

一九三〇年二月　三版

永别了,武器

[美] 厄内斯特·海明威

海明威
永别了,武器

世界文学名著普及本

A Farewell To ARMS

永别了,武器

永别了,武器

战地春梦
〔美〕欧恩斯特·海明威 著

海明威文集
永别了,武器 〔美〕海明威 著 林疑今 译
A Farewell to Arms
上海译文出版社

译本序

海明威的小说《永别了,武器》初版于一九二九年,译成中文时初版书名为《战地春梦》,经人屡次影印翻版,到了解放初期,修订一次,改名《永别了,武器》。20世纪80年代末再修订一次,距离原文初版,已有六十年了。其实海明威这个姓在一百多年前就已为国人所熟悉。海明威的嫡亲叔父威罗毕,百年前就来我国山西省传教行医,并且创办了有名的学府铭贤书院,造就了不少人才,特别是在财政金融界。威罗毕童年时代在农忙中右手食指不慎给玉米粒机轧断,经过八年艰苦奋斗,刻苦锻炼,终于成为一名技艺高超的外科医师。这件事在海明威家乡广为流传,甚至传说这位叔父曾经为西藏活佛达赖喇嘛治过病。所以海明威十二岁时,也曾一度梦想继承叔父和父亲的事业,当名医生[①]。

《永别了,武器》是一部自传色彩很浓的长篇小说,为了帮助读者了解这位文学大师,特写几句概述他生活的时代和社会背景,他的思想感情和艺术风格。

欧内斯特·海明威于十九世纪末生于美国芝加哥市西郊的橡树园镇。当时美国虽已取得了政治和经济独立,但是在历史文化传统方面还半依赖于英国。著名作家如欧文、霍桑、爱伦·坡等,尽管作品题材不同,写作技巧及表达方式却始终摆脱不了英国的影响:书卷气重,文句复杂冗长。就以亨利·詹姆斯为例吧。他是现代文学史上第一位横跨英美文坛的大师,但是他所继承的似乎还是乔治·艾略特和霍桑的心理小说的传统,描写细腻入微,为了分析及反映人物的复杂心理,采用了从不同角度出发的写法,烦琐庞杂,引经据典,词汇中夹杂着拉丁文或法语。

海明威继承的是马克·吐温的现实主义传统,为美国文学闯出了一条新途径。他中学毕业后就当上了记者,为人比较天真,比较富有感情,一时为政客的豪言壮语所迷惑,志愿参加第一次世界大战。当时还有一些未成名的青年作家,例如福克纳、多斯·帕索斯、菲茨杰拉德等,都投入了战争。后来他们

[①] 参见卡洛斯·贝克编《海明威书信选,1917—1961》(斯克里布纳出版社,1981),第244页。

对民主理想幻灭,反应至为激烈,甚至超过英国作家,尽管战争是在欧洲进行的,英国的财产损失和青年人的牺牲都超过美国。

海明威战后寄居巴黎,感觉一切理想都破碎了。他在女作家葛特鲁德·斯泰因的熏陶下,另辟蹊径,终于写成了《太阳照常升起》和《永别了,武器》。他在第一次世界大战期间遭遇到两件终生难忘的大事。一是大腿中弹,几乎成为残废,他当时的思想是痛恨政客在报纸杂志上的宣传,认为什么"神圣""光荣"等,全是骗人的鬼话。又一件大事是初恋。他在意大利疗养时期,结识了一位比他大几岁的美国护士,战后她嫁了他人,海明威觉得受了人家的玩弄。这一经历影响了他后来小说中有关女性的塑造,甚至他的第一个妻子,也是比他大几岁。

《永别了,武器》初稿写于一九二二年,手稿在巴黎不幸被小偷扒走,只好重新创作,于一九二九年出版。自一九二二年到一九二九年间,他除发表了小说《太阳照常升起》外,结了两次婚。他父亲患高血压和糖尿病,医治无效,饮弹自尽。这些遭遇变化,使他感觉人生变幻无常,好像随时随地都潜伏着毁灭的危机。他战时受伤,曾从身上取出几百片榴弹炮弹片,长期失眠,黑夜上床必须点着灯,入睡后被噩梦折磨,旧病发作起来,理性失去控制,无法制止忧虑和恐惧。由于他反复思考第一次世界大战的经历,对于一般事物的认识也比较敏锐透彻,所以常常把自己的感情和经历倾注于艺术创作中。例如在《永别了,武器》第二部分中,他把在瑞士的乡居生活写得犹如处身世外桃源,就是结合他第一次结婚后的生活体会。再如女主角凯瑟琳的难产,也是他第二个妻子难产的切身经历,她结果剖腹生下第二个儿子。

海明威是第一次世界大战后"迷惘的一代"的代表作家。这些人悲观、怀疑、绝望。他们志愿参军,在战争过程中,他们的身体和心灵大多遭受到无可挽回的创伤。他们怀疑一切、厌恶一切,鄙视高谈阔论,厌恶理智,几乎否定一切传统价值,认为人生一片黑暗,到处充满不义和暴力,总之,万念俱灰,一切都是虚空[①]。

[①] 海明威的这种虚无主义思想,相当接近于美国自然主义作家斯蒂芬·克莱恩在短篇小说《蓝色旅馆》中流露的思想。

其实海明威还不好算是否定一切的虚无主义者。他小说中的人物自有一套严格的道德行为准则。在他所描写的社会中，他也认识到有压迫者和被压迫者的两个世界。此外，他还认真探讨人与大自然的关系。

海明威的人生哲学，近于接受弱肉强食、优胜劣败的理论。他认为人生无比残酷，和平时期只是战争的延续，同样残酷、冷漠。但是他又相信世界上还有一些天然美好的事物，可以作为减轻悲痛的调剂。即便是战争的血腥大屠杀，其间还可以穿插爱情，作为短暂地解除疼痛的良药。尽管个人愁肠千万结，但可以通过狩猎、钓鱼等活动，借助于大自然，进行精神治疗，不然也可以借酒消愁，解除痛苦。即使这一切都失效了，或者被剥夺光了，还可以表现高度的勇敢和毅力，在重大压力下保持一定的优雅风度。

海明威信奉的行为准则，在他的含蓄的笔下，往往通过置身于几个知心朋友中间的普通小人物表现出来。第一次世界大战后，西方的传统道德价值全面崩溃了，然而这些普通人，虽非英雄，但为着生存下去，还保持着一定的价值观念，例如诚实、道义、勇敢、毅力、忍耐和人格的完整。这些普通人很少参与伟大事业或者政治运动。唯一的例外是《丧钟为谁而鸣》的主角乔丹，一个教西班牙语的知识分子。这些普通的小人物，往往抱着不介入的人生态度，只是凭着一种近于原始人的本能，遵循一种近乎待人如己的基本原则，保持了做人的尊严。他们的人生哲学很少讲究逻辑性，因为他们生活的现实世界，根本是一团糟，一片荒原，一片混乱，没有合理的逻辑。

海明威笔下的人物，往往使人感觉到有一种对立的紧张性，甚至在写全景的段落中，如雨、雪、高山、大河等等，读者也可以觉察到。对于这世界的邪恶不义，作者显然是站在被压迫者和被剥削者这一边的。海明威本人也许不一定熟悉列宁关于每个民族文化里都有两种民族文化的经典理论，但是他所写的小说中，明显地具有两个对立、对抗的世界。作为一个艺术家，他对这世界上的邪恶人物深恶痛绝，对被压迫者则寄予同情，特别是一个小圈子里的小人物往往体现着一定的道德品质。

这些人提倡诚实、勇敢，要顶得住痛苦的折磨，喜乐哀愁，不露声色，朋友间可以讨杯酒喝，但要避免醉后失态；可以借个地方住住，但是不能伸手讨钱，遇挫折时不能伤感，不能玩弄卑鄙伎俩；女人可以追，但是女人不要你时不能死缠着不放；不能把事情搞得一团糟，应当有所克制。一句话，要做个有骨气的硬汉。

关于海明威的艺术风格，六十年来，西方文坛争议不休。概括地说，有人强调他的象征主义，有人强调他的讽刺，有人主张是象征主义和讽刺的结合；有人说是自然主义，有人说是批判现实主义。下文只作些简单的介绍。

一个作家，凡是对现实世界的认识越是明确，感情越是真实，就越可能把他的思想感情融合于鲜明有力的艺术形象中。

海明威不仅描绘当代事物的现象，而且力图反映当代的现实，特别是时代的精神。作为作家来讲，海明威非常热衷于记录及报道事物的现象：战争、狩猎、钓鱼、斗牛、赛马、拳击、酗酒、恋爱等等。这些题材在他较优秀的作品中表现得非常生动逼真，使读者如同亲眼目睹大军的溃退、渔人与大鱼的格斗、妇女难产的痛苦，也许还可以亲耳听到窗外霏霏的细雨声。但是作者曾说，真正的艺术不能局限于准确描写事物的面貌，不能满足于仅仅反映时代的现象，还得反映这些现象的内在意义。海明威精心选择暴力题材，企图从中探索、发掘精神上的真理。作者并不是单单喜爱这种题材，而是想通过对这些暴力事件的描写，强烈暗示时代的特征：精神混乱，流离失所。作者必须力求写作的真实，既找到了艺术的真实，就应该把它转化为精确的形象，使得读者感同身受。作者为了传达人物心中的紧张情绪，创造了一种崭新的艺术风格，也许可以概括为下列这几点。

海明威采用两种表达方式来展示他精心选择的生活材料。第一是新闻报道风格。他从年轻时代起就开始当记者，受到严格的写作训练，具备巧妙地撰写电文的真功夫，简略扼要、浓缩紧凑。为了取得更大的艺术效果，他还采用不带个人感情色彩的平淡而克制的陈述。他过去太天真幼稚，遭到政客的欺骗，经过现实生活的教育后，最害怕什么神圣、光荣、牺牲等等抽象词儿，所以写作时尽量避开抽象形容词，甚至省略动词，喜欢用名词，例如具体的地方名、河流名、部队的番号、具体的年月日期等等。那些电文的字句本身有时违背传统的语法规则，况且海明威通常选用简单的短句和日常用语——就是英语中最富有生命力的旧盎格鲁-撒克逊语。作者运用简单句子和有限的词汇进行有克制的陈述，渲染气氛，暗示文字表面下藏有更重要的普遍意义，启迪读者去体会和联想。作者平淡客观的陈述，真实而富有戏剧性，多少带有反讽刺的意味。

海明威第二种表达方式是采用有节奏的句子结构，重复、排比、反比等，好像是音乐旋律，旨在召唤一种心理印象。所谓印象主义的手法，通常是指作者对于精心选择的事物，描写时致力于捕捉模糊不清的转瞬即逝的感觉印象，达到情景交融。

海明威本人对他自己的艺术风格也有一定的看法。他于1961年在家饮弹自尽前不久，曾应加利福尼亚州的智慧基金协会之邀写下一些他本人对人生、艺术、爱情、死亡等等的体会。这些体会刊载于美国《花花公子》杂志的1963年1月号上。现将有关风格的部分译出如下：

"我的大部分工作就是在我头脑里进行的。我开始创作前，一定要先把我的意念、思想理顺。我作品中的对话，在创作过程中，我经常亲自朗读几段；耳朵是良好的检查员。每一句句子又务必表达得一清二楚，人人明白，才能写于纸上。

"然而，我有时觉得我的风格，与其说是直接的，倒不如说是暗示的。读者往往得开动想象力，才能抓住我思想的最微妙的部分。

"我工作非常艰苦，再三重写改正，不厌其烦。我非常关心我作品的效果。我着手开采时非常小心，精心琢磨，一直到磨成宝石。有许多作家满足于留下粗糙的大块文章，我则精雕细琢，磨成一颗小小的宝石。

"一个作家的风格应该是直接的、个人的；他作品中的形象是丰富多彩的，有人情味的；他的文字简洁有力。最伟大的作家生来具有卓越的简洁，他们是苦干者，辛勤的学者，又是胜任的风格家。"

林疑今

主要人物表

雷那蒂（简称雷宁）——意大利中尉级军医。

弗雷德里克·亨利——美国青年，志愿参加意大利军队的救护车队。

凯瑟琳·巴克莱——英国籍护士。

海伦·弗格逊（简称弗基）——苏格兰籍护士。

马内拉——意大利救护车队司机。

帕西尼——意大利救护车队司机。

弗兰哥·高迪尼——意大利救护车队司机。

贾武齐——意大利救护车队司机。

华克太太——米兰美国医院的老护士。

范坎本女士——米兰美国医院的监督。

盖琪——米兰美国医院的护士。

拉夫·西蒙斯（简称西姆）——美国青年，在意大利学习唱歌。

爱多亚·摩里蒂——意大利军官。

吉诺——意大利医疗队军官。

阿尔多·博内罗——意大利救护车队司机。

路易吉·皮安尼——意大利救护车队司机。

巴托洛梅奥·艾莫——意大利救护车队司机。

葛雷非伯爵——意大利老外交家。

戈丁根——瑞士房东。

第一部

第一章

　　那年晚夏,我们住在乡村一幢房子里,望得见隔着河流和平原的那些高山。河床里有鹅卵石和大圆石头,在阳光下又干又白,河水清澈,河流湍急,深处一泓蔚蓝。部队打从房子边走上大路,激起尘土,洒落在树叶上,连树干上也积满了尘埃。那年树叶早落,我们看着部队在路上开着走,尘土飞扬,树叶给微风吹得往下纷纷掉坠,士兵们开过之后,路上白晃晃,空空荡荡,只剩下一片落叶。

　　平原上有丰饶的庄稼;有许许多多的果树园,而平原外的山峦,则是一片光秃秃的褐色。山峰间正在打仗,夜里我们看得见战炮的闪光。在黑暗中,这情况真像夏天的闪电,只是夜里阴凉,可没有夏天风雨欲来前的那种闷热。

　　有时在黑暗中,我们听得见部队从窗下走过的声响,还有摩托牵引车拖着大炮经过的响声。夜里交通频繁,路上有许多驮着弹药箱的驴子,运送士兵的灰色卡车,还有一种卡车,装的东西用帆布盖住,开起来缓慢一点。白天也有用牵引车拖着走的重炮,长炮管用青翠的树枝遮住,牵引车本身也盖上青翠多叶的树枝和葡萄藤。朝北我们望得见山谷后边有一座栗树树林,林子后边,在河的这一边,另有一道高山。那座山峰也有争夺战,不过不顺手,而当秋天一到,秋雨连绵,栗树上的叶子都掉了下来,就只剩下赤裸裸的树枝和被雨打成黑黝黝的树干。葡萄园中的枝叶也很稀疏光秃;乡间样样东西都是湿漉漉的,都是褐色的,触目秋意萧索。河上罩雾,山间盘云,卡车在路上溅泥浆,士兵披肩淋湿,身上尽是烂泥;他们的来复枪也是湿的,每人身前的皮带上挂有两个灰皮子弹盒,里面满装着一排排又长又窄的六点五毫米口径的子弹,在披肩下高高突出,当他们在路上走过时,乍一看,好像是些怀孕六月的妇人。

　　路上时有灰色小汽车疾驰而过,驾驶员座位边每每有一位军官,车子的后座上还坐着几位军官。这些小汽车溅泥泼水,比军用大卡车还要厉害。如果车子后座上有一个小个子,坐在两位将军中间,矮小得连脸都看不见,只看得见他的军帽顶和他那细窄的背影,而且车子又开得特别快的话,那么那小个子可能就是国王。他住在乌迪内①,几乎天天这样子来视察战况,无奈战况不佳。

　　冬季一开始,雨便下个不停,而霍乱也跟着雨来了。瘟疫得到了控制,结果部队里只死了七千人。

---

① 乌迪内在意大利东北部,是当时意军的总司令部所在地。

第二章

  第二年打了好几场胜仗。山谷后边那座高山和那个有栗树树林的山坡，已经给拿了下来，而南边平原外的高原上也打了胜仗，于是我们八月渡河，驻扎在哥里察①一幢房子里。这房屋有喷水池，有个砌有围墙的花园，园中栽种了好多茂盛多荫的树木，屋子旁边还有一棵紫藤，一片紫色。现在战争在好几道高山外进行，而不是近在一英里外了。小镇很好，我们的屋子也挺好。小镇后边是河，前边是些高山，高山还由奥军占据着。这小镇打下来时打得漂亮，奥军大概希望战后再回小镇来住，所以现在从山顶上开起炮来，除了小规模的军事例行行动以外，并不乱轰，这情况叫我心情愉快。镇上照常有人居住，有医院和咖啡店，有炮队驻扎在小街上，有两家妓院，一家招待士兵，一家招待军官，加上夏季已过，夜凉如水，战争又在镇外的丛山间进行。这儿有一座弹痕累累的铁路桥，有河边炸毁的地道——从前这儿争战过——有绕着广场周围的树木，而通向广场的路上，又有一长排一长排的树木；此外，镇上又有姑娘，而国王乘车经过时，有时可以看到他的脸，他那长脖子的小身体，和他那一簇好像山羊髯一般的灰须；这一切，再加上镇上有些房屋，因被炮弹炸去一道墙壁，内部突然暴露，倒塌下来的泥灰碎石，堆积在花园里，有时还倒塌在街上，还有卡索②前线，一切顺利，凡此种种，使得今年秋天比起去年困居乡下的秋天，大不相同。况且战局也好转了。

  小镇外高山上的橡树林，现在没有了。我们初到小镇时，正在夏日，树林青翠，但是现在已只剩有断桩残干，地面上则给炮弹炸得四分五裂。这一年秋末的一天，我正在原来有树林的地点徘徊，看见一块云朝山顶飞来。云块飞得好快，太阳转眼成为晦暗的黄色，样样东西都变成灰的，天空已被乌云遮蔽住，接着云块落在山上，突然间落到我们身上，那时候才知道原来是雪。雪在风中横飞斜落，掩盖了赤裸的大地，只有树木的残干突了出来。大炮上也盖上了

---

 ① 哥里察在意奥边境上，大战前原属奥匈帝国，1916年8月被意军攻克。
 ② 卡索高原在意大利东北部，1917年发生重要战役。哥里察就在卡索高原上。

雪,而战壕后边通向便所去的雪地上,已有人走出了几条雪径。

后来我回到小镇。我跟一个朋友坐在军官妓院里,两只酒杯,一瓶阿斯蒂①,望着窗外下得又迟缓又沉重的大雪,我们知道今年战事是结束了。河上游那些高山,并没有攻打下来;河对面的峻岭,一座也没有打下来。那都得等到明年再说。我的朋友看见我们同饭堂的那个教士②小心地踏着半融的雪,打街上走过,于是便敲敲窗子,引起教士的注意,教士抬起头来。他看见是我们,笑了一笑。我的朋友招手叫他进来。他摇摇头,走了。那天夜晚,在饭堂里吃到实心面这一道菜,人人吃得又快又认真,用叉子高高卷起面条,等到零星的面条都离开了盘子才朝下往嘴里送,不然便是不住地叉起面条用嘴巴吮,吃面的时候,我们还从用干草盖好的加仑大酒瓶里斟酒喝;酒瓶就挂在一个铁架子上,你用食指一扳下酒瓶的脖子,又清又红的带单宁酸味的美酒便流进你用同一只手所拿的杯子里。大家吃完面后,上尉便找教士开玩笑取乐。

教士年纪轻,脸嫩容易红,穿的制服跟我们大家一样,只是他那灰制服胸前左面袋子上,多了一个深红色丝绒缝成的十字架。上尉据说是照顾我,叫我完全听得明白,免得有什么遗漏,所以故意说着不纯粹的意大利语。

"教士今天玩姑娘。"上尉说,眼睛看着教士和我,教士笑一笑,脸孔泛红,摇摇头。这上尉时常逗他。

"你否认?我今天亲眼看见的。"上尉说。

"没有这回事。"教士说。别的军官都觉得逗得很有趣。

"教士不玩姑娘,"上尉说下去道,"教士从来没跟姑娘来过。"他这样解释给我听。他给我倒了一杯酒,说话时眼睛一直看着我的面孔,不过眼角总在瞄着教士。

"教士每天夜晚五个姑娘。"饭桌上的人都笑了起来,"你懂吗?教士每天晚上五对一。"他做个手势,纵声大笑。教士一声不吭,当它是笑话。

"教皇希望奥军打胜仗,"少校说,"他爱的就是弗兰茨·约瑟夫③。教皇

---

① 阿斯蒂原是意大利西北部古城名,这里指那地方出产的白葡萄酒。
② 教士亦可译为神父。
③ 弗兰茨·约瑟夫是当时奥匈帝国的皇帝。教皇指天主教教皇,当时奥国贵族多信奉天主教。

的钱就是敌人捐献的。我是个无神论者。"

"你看过《黑猪猡》那部书吗?"中尉问我,"我给你找一本来。那书动摇了我的信仰。"

"那是一部卑鄙龌龊的书,"教士说,"你不会当真喜欢它的。"

"是部很有价值的书,"中尉说,"它把教士所有的黑幕都拆穿了。你一定喜欢它。"他对我说。我向教士笑笑,而教士在烛光下也对我笑笑。"你可别看它。"他说。

"我给你找一部来。"中尉说。

"有思想的人都是无神论者,"少校说,"不过我也不相信什么共济会①。"

"我可相信共济会,"中尉说,"那是个高尚的组织。"有人进来了,门打开时,我看得见外面在下雪。

"雪一下就不会再有进攻了。"我说。

"当然没有啦,"少校说,"你应当休假玩一玩。你应当到罗马、那不勒斯、西西里——"

"他应当到阿马斐去,"中尉说,"我给你写些介绍卡,去找我家里的人。他们一定会把你当亲儿子看待。"

"他应该到巴勒摩去。"

"他得到卡普里去。"

"我希望你去观光阿布鲁息②,探望一下我在卡勃拉柯达的家属。"教士说。

"听啊,他连阿布鲁息都提出来啦。那儿的雪比这儿还要大。他又不是想看农民。让他到文化和文明的中心地去吧。"

"他应当玩玩好姐儿。我给你开一些那不勒斯的地址。美丽年轻的姐儿——由做母亲的陪着。哈!哈!哈!"上尉摊开全部手指,拇指向上,其他手指展开着,好像是在灯光下在墙上演手影戏似的。现在墙上有了他的手影。

---

① 共济会是一种秘密团体,最初可能是中世纪石匠间的一种互相救济的组织。天主教严禁教友参加这种组织。

② 阿布鲁息为意大利中东部一古地区名。

他又用不纯粹的意大利语讲话了。"你去的时候像这个,"他指着拇指,"回来时像这个。"他指着小指,人人大笑。

"看啊。"上尉说。他又摊开手,烛光又把他的手影打在墙上。他开始从拇指数起,按着指头,逐一喊出它们的名字:"'索多—田兰'(拇指),'田兰'(食指),'甲必丹诺'(中指),'马佐'(无名指),'田兰—科涅罗'(小指)。① 你去的时候索多—田兰!回来时田兰—科涅罗!"大家大笑。上尉的指戏很成功。他看着教士嚷道:"每天晚上教士五对一!"大家又是一场大笑。

"你应该立刻就休假。"少校说。

"我倒希望可以陪你一道去,做个向导。"中尉说。

"回来时带台留声机来吧。"

"还要带好的歌剧唱片。"

"带卡鲁索②的唱片。"

"不要他的。他乱叫乱嚷。"

"你巴不得能像他那么演唱吧?"

"他乱叫乱嚷。我还是说他乱叫乱嚷!"

"我希望你到阿布鲁息去,"教士说,其他人还在大声争吵,"那儿打猎最好。那儿的人你一定喜欢,气候虽然寒冷,倒是清爽干燥。你可以上我家里去住。家父是个有名的猎手。"

"走吧,"上尉说,"我们趁早逛窑子去,否则又要碰上人家关门了。"

"晚安,"我对教士说。

"晚安。"他说。

---

① 他是用意大利语讲这些军衔的:"索多—田兰"是少尉,"田兰"是中尉,"甲必丹诺"是上尉,"马佐"是少校,"田兰—科涅罗"是中校。

② 卡鲁索(1873—1921):意大利著名男高音歌唱家。

第三章

  我回到前线的时候,原来所属的部队还驻在那小镇上。附近乡下,炮比从前多了好些,而春天也到了。田野青翠,葡萄藤上长出小青芽,路边的树木吐了叶子,海那边有微风吹来①。我看见那小镇和小镇上边的小山和古堡,众山环绕,仿佛是只杯子,背后便是些褐色高峰,山坡上稍有青翠。小镇里炮更多,还有一些新的医院,街上可以碰到英国军人,有时还有英国妇女,此外炮火所毁的房屋也多了一些。天气暖和如春,我在树荫小巷里走,全身给墙上反射过来的阳光晒得暖洋洋的;原来我们还住在那幢老房子里;这房子看起来跟我离开时没有多少分别。大门开着,有个士兵坐在外边长凳上晒太阳,边门口停有一部救护车,而我一踏进门,便闻到大理石地板和医院的气味。景物如旧,只是春天到了。我向大房间的门里张望一下,看到少校正在办公,窗子打开着,阳光晒了进来。他没看见我,而我则不晓得现在就进去报到好呢,还是先上楼洗刷一下。我决定还是先上楼去。

  我和雷那蒂中尉合住的房间,窗子朝着院子。现在窗子开着;我床上铺好了毯子,我的东西挂在墙壁上,我的防毒面具放在一个长方形的白铁罐子里,钢盔仍旧挂在那钉子上。床脚放着我那只扁皮箱,而我的冬靴,涂过油擦得亮光光的,搁在皮箱上。我那根奥军狙击兵的步枪,则挂在两张床的中间,枪筒是蓝色的八角形,枪托是可爱的黑胡桃木,可以靠在颊骨上射击。跟那根枪配套用的望远镜,我记得是锁在皮箱里的。中尉雷那蒂本来睡在他的床上。他听见我的声响便醒了,坐起身来。

  "你好,"他说,"玩得怎么样啊?"

  "好极了。"

  我们握握手,他抱住我的脖子吻我。

  "噢。"我说。

  "你身上脏,"他说,"你该洗一洗。你到过什么地方,做了什么事?立刻都

---

① 这里的海指亚得里亚海,在意大利的东面,是地中海的一部分。

告诉我。"

"我什么地方都去过。米兰、佛罗伦萨、罗马、那不勒斯、维拉·圣佐凡尼、墨西拿、塔奥米那——"

"你好像在背火车时间表。有没有什么艳遇?"

"有。"

"哪儿?"

"米兰、佛罗伦萨、罗马、那不勒斯——"

"够了。只要实实在在把最得意的告诉我。"

"在米兰。"

"那是因为你首先到那地方。你在哪儿碰见她的?在科伐①?你们上哪儿去玩?你觉得怎么样?立刻都告诉我。你们是睡整夜的吗?"

"是的。"

"那也没有什么。我们这儿现在有美丽的姐儿。新来的姐儿,从来没上过前线的。"

"那太好了。"

"你不相信吗?我们今天下午就看看去。镇上还有美丽的英国姑娘。现在我爱上了巴克莱小姐。我带你去望望她。说不定我要和巴克莱小姐结婚哩。"

"我得洗刷一下去报到。难道现在谁也不工作吗?"

"自从你走以后,没有什么大病重伤,只是些冻伤、冻疮、黄疸、白浊、自己弄的伤、肺炎、硬性和软性下疳。每星期总有人给石片砸伤。真正的伤员当然也有几个。战争下星期又要开始了。或许已经开始了。人家是这么说的。照你看,我跟巴克莱小姐结婚行不行——婚期自然得在停战以后。"

"绝对行。"我说,在脸盆里倒满了水。

"今天晚上你得把一切都告诉我,"雷那蒂说,"现在我得多睡一会儿,养好精神,漂漂亮亮的,去见巴克莱小姐。"

我脱下制服和衬衫,用脸盆里的冷水抹身。我一边用毛巾摩擦身子,一边

---

① 米兰歌剧院附近的著名咖啡馆。意大利文"科伐"有"休息地"的意思。

对房间环视了一下,望望窗外,望望眼睛闭着睡的雷那蒂。他人长得很好看,年龄跟我不相上下,是阿马斐①人。他当军医觉得很开心,我们俩是好朋友。我望着他时,他睁开眼来。

"身边有钱没有?"

"有。"

"借我五十里拉吧。"

我揩干手,从挂在墙上的制服里掏出皮夹子来。雷那蒂接过钞票,折好塞在裤袋里,人依然躺在床上。他笑着说:"我得在巴克莱小姐面前装阔佬。你是我的亲密的好朋友,我经济上的保护人。"

"活见鬼。"我说。

那天晚上在饭堂里,我坐在教士的旁边。教士对于我没到他故乡阿布鲁息去很失望,仿佛突然伤了心似的。他给他父亲写信,说我要去,他们也预备好一切等待我。我自己也像他那样不好过,想不出我当时为什么竟没有去。其实我本来打算去的,我就说明给他听,本来打算去,后来一事又是一事,终于拖得没有去成。到末了他也看出我实在是本来打算去的,于是他才无所谓了。我喝了许多酒,过后又喝了咖啡和施特烈嘉酒②带着酒意说,我们并不做我们想做的事,我们从来不这样做③。

我们俩谈话的时候,别人正在争辩。我本来有意思要到阿布鲁息去的。我并没有到路面冻得像铁那么坚硬的寒地去,那儿天气晴朗,又冷又干燥,下的雪干燥像粉,雪地上有野兔走过的脚印,庄稼人一见到你就脱帽喊老爷。可惜我去的地方都是烟雾弥漫呛人的咖啡馆,一到夜里,房间直打转,你得盯住墙壁,才能使房子停止旋转。夜间醉了酒躺在床上,体会到人生的一切都是这样,醒来时有一种奇异的兴奋,不晓得究竟是跟谁在睡觉,在黑暗中,世界显得都是不实在的,而且这样令人兴奋,所以你不得不又装得假痴假呆、糊里糊涂,认为这就是一切,一切的一切,天不管,地不管。有时候,你会突然间又非常警

---

① 阿马斐在意大利的西南部。
② 一种橘子味的甜酒,金黄色。
③ 参见《圣经·罗马书》第7章第15节,"……我所愿意的,我并不做……"

惕起来,怀着这样的心情从睡梦中醒来,早晨一到,一切消逝,触目都是尖锐的、苛刻的、清楚的现实,有时甚至还争吵价钱过于昂贵。有时早上醒来愉快、甜蜜、温暖,还一同吃了早饭和中饭。有时一点快感都没有,急于早点走开上街去,但是有另一天的开始,接下来的就有另一天的夜晚。我想把夜里的情况,以及日夜的区别告诉那教士,说明为什么白天倘若不是很清爽很寒冷的话,还是黑夜好。但是我这番意思说不出来,就像我现在讲不出来一样。但是如果你有过这种经验,你就明白了。他没有这种经验,但是他也明白我本来想到他故乡去的意思,虽然我没去成,我们俩还是朋友,有好些共同的兴趣,也有些分歧。我所不明白的事往往他都明白,有时我也懂了,只是后来总是忘掉。关于这一点,我当时不晓得,后来才明白。当时我们大家都在饭堂里,晚饭已吃完,旁人还在争辩。我们俩一停止谈话,上尉便嚷道:"教士不开心。教士没有姐儿不开心。"

"我开心的。"教士说。

"教士不开心。教士希望奥地利打胜仗。"上尉说。旁的人在听。教士摇摇头。

"不对。"他说。

"教士要我们永远不进攻。你不是要我们永远不进攻吗?"

"不是。既然有战争,我们总得进攻吧。"

"总得进攻。要进攻!"

教士点点头。

"由他去吧,"少校说,"他这人不错。"

"他究竟也是没法子想啊。"上尉说。于是大家离桌散席。

第四章

　　早晨我给隔壁花园里的炮队开炮吵醒了,看见阳光已从窗外进来,于是就起了床。我踱到窗边望出去。花园里的沙砾小径是潮湿的,草上也有露水。炮队开炮两次,每开一次,窗户震动,连我睡衣的胸襟也抖了一下。炮虽然看不见,但一听就知道是在我们上头开。炮队挨得这样近,相当讨厌,幸亏炮的口径并不太大。我望着外边花园时,听得见一部卡车在路上的开动声。我穿好衣服下楼,在厨房里喝了一点咖啡,便向汽车间走。

　　有十部车子并排停在长长的车棚下。都是些上重下轻、车头短的救护车,漆成灰色,构造得像搬场卡车。机师们在场子里修理一部车子。还有三部车子则留在山峰间的包扎站。

　　"敌人向那炮队开过炮吗?"我问一位机师。

　　"没开过,中尉先生。有那座小山的掩护。"

　　"这里情形怎么样?"

　　"不太坏。这部车子不行,旁的都开得动。"他停住工作笑一笑,"你是休假才回来吧?"

　　"是的。"

　　他在罩衫上揩揩手,露齿而笑。"玩得好吗?"其余的机师都露齿而笑。

　　"好,"我说,"这车子怎么啦?"

　　"坏了。不是这个就是那个出毛病。"

　　"现在是什么毛病呢?"

　　"得换钢环。"

　　我由他们继续修理这部好不难看的空车,现在车子的引擎敞开着,零件散放在工作台上。我走到车棚底下,给每一部车子检查一下。车子相当干净,有几部刚刚洗过,其余的积满了尘埃。我细心看看车胎,看看有没有裂痕或是给石头划破的。一切情况相当满意。我人在不在这儿看管车子,显然没多大关系。我本来自以为很重要,车子的保养,物资的调配,从深山里的包扎站运回伤病员到医疗后送站,然后根据伤病员的病历卡,运送入医院,这一切顺利进行,大多是靠我一人。现在我才明白,有我没我并没多大关系。

"配零件有什么困难没有?"我问那机械中士。

"没有困难,中尉先生。"

"现在油库在什么地方?"

"老地方。"

"好。"我说,回到屋子里,又上饭堂去喝一杯咖啡。咖啡淡灰色,甜甜的,因为冲着炼乳。窗外是一个可爱的春天早晨。鼻子里开始有一种干燥的感觉,这天天气一定会很热。这天我上山峰间去看看车站,回镇时已经很晚。

一切都很好,我人不在这儿,仿佛情形反而好一点。总攻击又要开始了,我听人家说。我们所属的那个师,将从河上游某地点进攻,少校叫我负责进攻时期的各救护车站。进攻部队将由上游一条窄峡上渡河,然后在山坡上扩大阵地。救护车的车站得尽量挨近河边,同时又要有天然的保障。车站地点当然是由步兵选定的,不过实际筹划执行,还得依靠我们。这样一来,我居然也有了布阵作战的错觉了。

我满身尘埃污秽,就上我房间去洗刷一下。雷那蒂坐在床上看《雨果氏英语语法》①。他穿戴好了,脚穿黑靴,头发亮光光的。

"好极了,"他一看见我就说,"你陪我去见巴克莱小姐吧。"

"不去。"

"要去。你得帮我给她一个好印象。"

"好吧。等我弄一弄干净。"

"洗一洗就行,用不着换衣服。"

我洗一洗,梳梳头,就跟他走。

"等一等,"雷那蒂说,"还是先喝一点才去吧。"他打开箱子,拿出一瓶酒来。

"别喝施特烈嘉。"我说。

"不。是格拉巴②。"

---

① 雨果语言学院设于伦敦,编有外国语速成法丛书多种,附设有外语函授班。
② 一种意大利白兰地。

"好吧。"

他倒了两杯酒,我们伸出了食指碰碰杯。酒性好凶。

"再来一杯?"

"好吧。"我说。我们喝了第二杯格拉巴,雷那蒂放好酒瓶,我们这才下楼。上街穿镇而走,本来是很热的,幸亏太阳开始下山,走来倒很愉快。英国医院设在一座德国人战前盖的大别墅里。巴克莱小姐在花园里。另外一位护士和她在一起。我们从树缝间望得见她们的白制服,于是朝她们走去。雷那蒂行了礼。我也行了礼,不过不像他那样过于殷勤。

"你好,"巴克莱小姐说,"你不是意大利人吧?"

"噢,不是。"

雷那蒂在跟另外一位护士说话。他们在笑。

"你真怪,怎么进了意大利军队。"

"也不是真正的军队。只是救护车队罢了。"

"不过还是很怪。你为什么这样做?"

"我也不知道,"我说,"并不是每件事都有解释的。"

"噢,没有解释?我的教养却告诉我是应该有解释的。"

"那倒是怪舒服的。"

"我们非这么顶嘴不行吗?"

"可以不必。"我说。

"这样可松一口气。不是吗?"

"你那根东西是什么?"我问。巴克莱小姐长得相当高。她身上穿的好像是护士制服,金黄的头发,皮肤给阳光晒成黄褐色,灰色的眼睛。我认为她长得很美。她手里拿着一根细藤条,外边包了皮,看起来好像是小孩子玩的马鞭。

"这根东西的主人去年阵亡了。"

"非常抱歉,问得太冒昧了。"

"他是个很好的孩子。他本来要和我结婚,但他在索姆战役①中牺牲了。"

---

① 索姆是法国北部河名,于1916年和1918年发生激烈战役。这里指1916年战役,英法联军初次运用新武器——坦克——进攻德军,以解除德军围攻凡尔登的压力。

"那是一场可怕的恶战。"

"你也在场吗?"

"不。"

"我也听人家说过,"她说,"这里可没有那样的恶战。他们把这根东西送来给我。是他母亲送来的。人家把他的东西送回家去。"

"你们俩订了婚多久?"

"八年。我们是一块儿长大的。"

"那你们为什么不结婚呢?"

"我不知道为什么,"她说,"当时我不结婚真傻。我本来迟早要给他的。不过当时我想,给他对于他反而不好。"

"原来如此。"

"你爱过人吗?"

"没有。"我说。

我们在一条长凳上坐下,我看看她。

"你的头发长得很美。"我说。

"你喜欢吗?"

"很喜欢。"

"他死后我本想一刀剪掉。"

"那何苦呢。"

"我当时想为他做点什么。你知道,我对于那事情本来无所谓,他要,我都可以给。早知道的话,他要什么我什么都可以给他。这一切道理我现在才明白。但是他当时要去为国作战,而我又不明白这些道理。"

我一句话都没有说。

"当时我什么都不懂。我以为给了他反而会害他。我以为给了他以后他会熬不住,后来他一死,什么都完了。"

"我不知道。"

"唉,完了,"她说,"什么都完了。"

我们望望雷那蒂,他和那护士在谈话。

"她叫什么?"

"弗格逊。海伦·弗格逊。你的朋友是位医生吧?"

"是的。他人很好。"

"那好极了。这么挨近前线,很难找到好人。我们是挨近前线的吧?"

"相当近了。"

"这是一条胡闹的战线,"她说,"但是风景很美。他们不是要发动总攻击吗?"

"是的。"

"那么我们就有事做了。现在没有工作。"

"你当护士好久了吧?"

"从一九一五年年底起。他一参军我就当护士。记得当时有一个傻念头,想象有一天他会到我的医院来。我想象是个刀伤,头上包着绷带,或是肩头中了枪。总是个有趣的场面。"

"这里倒是个有趣的前线。"我说。

"你说得对,"她说,"人家还不晓得法国是什么样子呢。一晓得的话,恐怕仗就打不下去了。他受的不是军刀砍伤。人家把他炸得粉碎。"

我一声也不响。

"照你想,这战争永远打不完吗?"

"不会的。"

"有什么可以叫它停止呢?"

"总有个地方会撑不住的。"

"我们撑不住。我们在法国就撑不住。像索姆这样搞几次,就非垮不可。"

"这里不会垮的。"

"你这样想吗?"

"是的。他们今年夏天打得很不错。"

"他们可能垮的,"她说,"什么人都可能垮的。"

"德国人还不是一样。"

"不,"她说,"我可不这样想。"

我们向雷那蒂和弗格逊小姐那边走去。

"你爱意大利吗?"雷那蒂用英语问弗格逊小姐。

"相当爱。"

"不懂。"雷那蒂摇摇头。

我把"相当爱"译成意大利话。他还是摇头。

"这不行。你爱英格兰吗？"

"不怎么爱。你知道，我是苏格兰人。"

雷那蒂茫然看着我。

"她是苏格兰人，所以她爱苏格兰甚于英格兰。"我用意大利话说。

"但是苏格兰正是英格兰啊。"

我把这句话翻译给弗格逊小姐听。

"还不好算。"弗格逊小姐说。

"真的？"

"从来不是。我们不喜欢英格兰人。"①

"不喜欢英格兰人？不喜欢巴克莱小姐？"

"噢，这就不同了。你可别这样咬文嚼字。"

隔了一会儿，我们说了晚安就分手了。在回家途中，雷那蒂说："巴克莱小姐比较喜欢你，超过了我。这是很清楚的。那位苏格兰小姑娘可也很不错。"

"很不错。"我说。其实连她的人长得怎么样我都没有留心。

"你喜欢她吗？"

"不。"雷那蒂说。

---

① 苏格兰人和爱尔兰人，因为受了英格兰人的并吞和压迫，在情感上始终有相当距离。

第五章

　　第二天下午,我又去拜访巴克莱小姐。她不在花园里,于是我就从停救护车的别墅的边门走了进去。我在别墅里见到护士长,护士长说巴克莱小姐正在上班——"这是作战时期,你知道。"

　　我说我知道。

　　"你就是那位参加意大利军队的美国人吧?"她问道。

　　"是的,小姐。"

　　"你怎么会这么做? 你为什么不参加我们的部队?"

　　"我不知道,"我说,"现在我可以参加吗?"

　　"现在恐怕不行啦。告诉我,你为什么参加意大利军队?"

　　"我当时人在意大利,"我说,"并且我会讲意大利话。"

　　"噢,"她说,"我也在学。这是一种美丽的语言。"

　　"有人说学两星期就应该学会。"

　　"噢,我可不成。我已经学习了好几个月了。你要来的话,七点钟以后来看她吧。那时她下班了。但是千万别带来一大帮意大利人。"

　　"就是为听听美丽的语言也不行吗?"

　　"不行。就是漂亮的军装也不行。"

　　"晚安。"我说。

　　"回头见,中尉。"

　　"回头见。"我行了礼,走出去。要像意大利军人那般向外国人行礼,可真不行,一学起来就好窘。意大利人的行礼大概永远不预备出口的。

　　这天天气炎热。我曾到上游①普拉伐桥头堡那儿去一趟。总攻击将从那儿开始。去年没法深入河的对岸,因为从山隘到浮桥只有一条路,路上受敌人机枪扫射和炮击的地段,约有一英里长。况且路不宽,既不足以运输全部进攻部队,同时奥军又可以把它变成屠宰场。但是现在意军已经渡了河,占据了对

---

① 指伊孙左河,在意奥边境上,长约75英里。

岸的敌人地带约有一英里半长。这是个怪讨厌的地点,奥军本不应该让意军占领的。照我想,大概是彼此让步,因为我们这边河上,奥军在下游地带也保留有一座桥头堡。奥军的战壕就挖在山坡上,距离意军阵地只有几码远。那儿本来有一个小镇,现在已成为一片瓦砾。只剩下一个残毁的火车站和一座被炸坏的铁路桥——这座桥现在无法修理和使用,因为它就暴露在敌人眼前。

我沿着窄路开车朝河边驶去,把车子留在山下的包扎站上,步行走过那座有个山肩掩护的浮桥,走进那些在废镇上和山坡边的战壕。人人都在掩蔽壕里。那儿搁着一排排的火箭,万一电话线被割断的话,这些火箭可以随时施放,请求炮队的帮助或者当做信号。那儿又静,又热,又脏。我隔着铁丝网望望奥军的阵地。一个人也看不见。我跟一位本来认识的上尉,在掩蔽壕里喝了一杯酒,就沿原路回桥。

有一条宽阔的新路正在修造,盘山而上,然后曲曲折折通向河上的桥。这条路一修好,总攻击就要开始了。新路下山时穿过森林,急峭地转折下山。当时的布置是,进攻部队充分利用这条新路,回程的空卡车、马车和载有伤员的救护车,则走那条狭窄的旧路回去。包扎站设在敌军那边河上的小山边,抬担架的人得把伤员抬过浮桥。总进攻开始时,我们就将这么行动。照我目前所能观察到的,这条新路的最后一英里,就是刚从高山转入平原的那一长段,会遭到敌军不断的猛轰。可能搞得一团糟。幸亏我找到一个可以躲躲车子的地方,车子开过那一段危险地带后可以在那儿歇一歇,等待伤员抬过浮桥来。我很想在新路上试试车,可惜路还没修好,不能通行。新修的道路相当宽阔,斜度也不坏,还有那些转弯处,从大山上森林空隙处露出来的,看来也相当动人。救护车装有金属制的刹车,况且下山时还没装人,大概不至于出毛病。我沿着窄路开车回去。

两个宪兵拦住了车子。原来有颗炮弹刚刚落下,而当我们等待的时候,路上又掉下来三颗炮弹。那些炮弹都是七十七毫米口径的,落下来时发出一股嗖嗖响的急风,一阵又有力又明亮的爆烈和闪光,接着路上冒起一股灰色的烟。宪兵挥手叫我们开走。我的车子经过炮弹掉下的地方时,避开地上的那些小坑,鼻子闻得到一股强烈的炸药和一股夹杂有炸裂的泥石和刚刚击碎的燧石等的味道。我开车子回到哥里察我们住的别墅,后来就去拜访巴克莱小姐,她正在上班,不得会面。

晚饭我吃得很快,就赶到英军医院所在地的别墅去。别墅实在又大又美丽,里边长有很好的树木。巴克莱小姐正坐在花园里一条长椅上。弗格逊小姐和她在一起。她们见到我,似乎很喜欢,一会儿弗格逊小姐便借口要走了。

"我让你们俩待在这儿,"她说,"你们俩没有我也是很行的。"

"别走,海伦。"巴克莱小姐说。

"我还是走吧。我得写几封信去。"

"晚安。"我说。

"晚安,亨利先生。"

"你可别写什么给检查员找麻烦的话。"

"你放心。我不过写写我们住的地方多美丽,意大利人多勇敢。"

"你这样写会得奖章的。"

"那敢情好。晚安,凯瑟琳。"

"我等一会儿就来,"巴克莱小姐说,弗格逊小姐在黑暗中走了,"她人很好。"

"噢,她人很好。她是个护士。"

"难道你自己不是吗?"

"噢,我不是。我是个所谓的志愿救护队队员。我们拼命工作,可是人家不信任我们。"

"为什么不信任?"

"没有事情的时候,他们不信任我们。真正有事情要做的时候,他们就信任我们了。"

"到底有什么分别呢?"

"护士就好比是医生。要经过长期的训练。志愿队可只是一种短期训练班。"

"原来如此。"

"意大利人不让女人这么挨近前线。所以我们在这儿,行为得特别检点。我们不出门。"

"我倒是可以进来的。"

"噢,那当然。我们又不是出家的。"

"我们丢下战争不谈吧。"

"那倒很困难。要丢也没地方丢它。"

"丢下就算了。"

"好的。"

我们在黑暗中对看着。我心里想,她长得实在美丽,我抓住了她的手。她的手由我抓住,我就抓住了,并伸出手臂去抱她。

"不要。"她说。我就把手臂放在原处。

"为什么呢?"

"不要。"

"要的,"我说,"求求你啦。"我在黑暗中往前靠拢去吻她,一下子感到火辣辣的刺痛。她狠狠地打了我的脸。她的手打在我鼻子和眼睛上,反应之下,泪水立刻涌上眼来。

"真对不起。"她说。我觉得我占有某种优势。

"你做得对。"

"非常对不起,"她说,"我就是受不了不当班护士被人调情这一套。我并没存心伤害你。我可是打疼了你吧?"

她在黑暗中看着我。我很生气,不过自己很有把握,好像是在下棋,所有步数,早已看得清清楚楚。

"你打得实在对,"我说,"没有关系。"

"可怜的家伙。"

"你知道,我这一向就在过着一种奇怪的生活。连英语都不讲。而且你又是长得这么美丽。"我望望她。

"无聊的话少说。我已经道歉过了。我们俩还混得下去。"

"对啦,"我说,"况且我们已把战争丢下不谈了。"

她笑了起来。这是我第一次听见她笑。我注视她的脸。

"你真讨人喜欢。"她说。

"不见得吧。"

"是的。你是个可爱的人儿。假如你不介意的话,我倒喜欢吻吻你。"

我一边看着她的眼睛,一边伸出胳臂像方才那样搂她,吻着她。我狠狠地吻她,紧紧地搂着她,逼着她张开嘴唇;她的嘴唇可紧闭着。当时我还在生气,而当我这么搂她的时候,想不到她突然全身颤抖了一下。我搂住她,让她紧紧靠在我身上,我感觉到她的心在跳动,于是她的嘴唇张开了,她的头往后贴在我手上,接着竟扑在我肩上哭泣起来。

"噢,亲爱的,"她说,"你要好好地待我,答应吗?"

该死,我心里在想。我抚摸她的头发,拍拍她的肩头。她还在哭。

"你答应不答应?"她抬起头来望望我,"因为我们将要过一种奇异的生活。"

过了一会儿,我陪她走到别墅的门口,她走进去,我走回家。我回到我住的别墅,上楼走进房间。雷那蒂正躺在床上。他看一看我。

"原来你和巴克莱小姐的关系有进展了?"

"我们是朋友。"

"瞧你那副发情的狗似的好模样。"

我起初听不懂"发情"这字眼儿。

"什么好模样?"

他解释了一下。

"你呢,"我说,"你自己就好比一条狗——"

"算了吧,"他说,"再说下去你我就要损人了。"他大笑起来。

"晚安。"我说。

"晚安,小哈巴狗。"

我把枕头扔过去,扑灭了他的蜡烛,在黑暗中上了床。

雷那蒂捡起蜡烛,点上了,又继续看书。

第六章

我上前线救护站忙了两天。回来时已经太晚,所以到第三天晚上才去找巴克莱小姐。她不在花园里,我只好在医院办公室里等待她下来。办公室的墙边上有许多油漆过的木柱子,上边摆着好些大理石的半身像。甚至办公室外边的门廊上,也有一排排雕像。这些雕像有大理石那种完完整整的品质,看起来千篇一律。雕刻这玩意儿我总觉得沉闷——不过,铜像倒还有点道理。但是大理石的半身像,简直就像片坟山。坟山中也有一个好的——在比萨①的那一个。要看坏的大理石像,最好上热那亚②。这医院本来是某德国大富豪的别墅,这些石像一定花了他不少钱。我倒想知道雕刻师是谁,他赚了多少钱。我看看那些雕像,不晓得是不是属于一个家族的;可惜雕刻得古典一律。多看也看不出什么名堂来。

我坐在一把椅子上,手里拿着帽子。照规矩我们就是回到了哥里察还得戴钢盔,虽则戴起来怪不舒服,而且太装腔作势,因为镇上的老百姓根本尚未撤退。我上前线各站去时,只好戴它一顶,同时还带了一个英国制造的防毒面罩。我们现在开始搞到一些面罩了——地道的面罩。照规矩我们还得佩带手枪;就是军医和卫生人员也不能例外。我现在就感觉得到手枪正顶在椅背上。并且还得把枪佩带在人家看得见的地方,否则有被捕的可能性。雷那蒂佩着一只手枪皮套,里面装的可尽是大便用的卫生纸。我佩带的倒是一支真枪,所以自己大有枪手的感觉,后来试放几下,才知道不行。那是支七点六五毫米口径的阿斯特拉牌手枪,枪筒短,开起来跳动得非常厉害,别想打中任何目标。我练习了一个时期,尽量往靶子的下边打,想尽方法克服短枪筒那种滑稽的颤跳,到了后来,终于能够在二十步外打中离靶子一码远的地方了。后来我常常感到佩带手枪的荒唐滑稽,但不久也就忘记了它,随便吊在腰背上,一点感觉都没有,除非是偶尔碰到讲英语的人,才多少感到有点儿不好意思。我现在坐

---

① 比萨是意大利中西部的古城。
② 热那亚是意大利西北部地中海边的城市。

在椅子上,有一个勤务模样的人坐在一张台子后边,不以为然地盯着我,而我则看着大理石地板、摆有雕像的柱子和墙上的壁画,等待巴克莱小姐。壁画还算不错。任何壁画,只要开始剥落,总是行的。

我看见凯瑟琳·巴克莱走下门廊来,便站起身。她朝我走来的时候并不显得怎么高,不过很可爱。

"晚安,亨利先生。"她说。

"您好!"我说。那个勤务在办公桌后边听着。

"这儿坐坐呢,还是到花园去?"

"还是到外边去遛遛吧。外边阴凉多了。"

我跟在她后边走进花园,那个勤务在后边望着我们。我们走到铺沙的车道上时,她说:"你去过哪儿?"

"我到救护站去了。"

"你难道不能捎张字条儿给我吗?"

"不行,"我说,"不很方便。当时我以为当天就回来的。"

"你总得通知我一声啊,亲爱的。"

我们走下车路,在树荫里走着。我抓住她的手,停下了步,吻她。

"有没有我们可以去的地方?"

"没有,"她说,"我们只好在这儿散步。你去了好久了。"

"这是第三天。现在我可回来了。"

她望着我:"你是爱我的吧?"

"是的。"

"你说过你爱我的吧?"

"是的,"我撒谎,"我爱你。"这话我以前没说过。

"你还叫我凯瑟琳吧?"

"凯瑟琳。"我们走了一会儿,在一棵树底下停住。

"说,'我夜晚回来找凯瑟琳'。"

"我夜晚回来找凯瑟琳。"

"噢,亲爱的,你是回来了吧?"

"回来了。"

"我是那么的疼你,疼得难受。你不会离开我吧?"

"不会。我总会回来的。"

"噢,我是多么疼爱你。请你再把手放在这儿。"

"并没有挪开过啊。"我把她扭过来,以便吻她时看得到她的脸,想不到她双眼都是闭着的。我亲一亲她那一对合拢的眼睛,心里想,她大概有点疯疯癫癫吧。就是有点神经也没有关系,我何必计较这个。这总比每天晚上逛窑子好得多——窑子里的姑娘陪着别的军官们一次次上楼去,每次回来,往你身上一爬,把你的帽舌拉到脑后,便算跟你有特别的交情了。我知道我并不爱凯瑟琳·巴克莱,也没有任何爱她的念头。这是场游戏,就像打桥牌一般,不过不是在玩牌,而是在说话。就像桥牌一般,你得假装你是在赌钱,或是为着什么别的东西在打赌。没有人提起下的赌注究竟是什么。这对我并没有什么不方便。

"希望有个什么地方我们可以去。"我说。我正在经历男性站着求爱无法坚持长久的困难。

"没地方去啊。"她说。她回话前不晓得在想什么心事。

"我们就在这儿坐一会儿吧。"

我们坐在扁平的石制条凳上,我握着凯瑟琳的手。但她不让我用胳臂搂她。

"你很疲乏吗?"她问。

"不。"

她低头看着地上的草。

"我们演的这场戏坏透了,可不是吗?"

"什么戏?"

"别装傻啦。"

"我倒不是故意装的。"

"你是个好人,"她说,"你总算尽你的能力在演。不过这场戏坏透了。"

"人家心里的事你总知道的吗?"

"那也不一定。不过你一转念头,我总知道。你犯不着假装爱我。晚上这场戏已经演完了。你还有什么别的话要说吗?"

"我可是真心爱你啊。"

"在不必要的时候你我还是少撒谎吧。今天晚上我已经演了一出小小的好戏,我现在行了。你知道,我并没有神经病,并不发疯。只是有时候稍微有一点点。"

我紧紧握住她的手:"亲爱的凯瑟琳。"

"现在凯瑟琳这个名字听起来好滑稽。你叫这名字的声调并不很一致。不过你的人不错。你是个很好的孩子。"

"教士也是这么说。"

"是的,你这人很不错。你再来看我吧?"

"当然。"

"你也不必说你爱我。这暂且算结束了。"她站起身,伸出手来。"晚安。"

我想要吻她。

"不,"她说,"我累死了。"

"不过还得吻吻我。"我说。

"我累死了,亲爱的。"

"吻我。"

"你当真这么急吗?"

"真的。"

我们亲嘴,接着她突然挣开了身。"不。晚安,求求你,亲爱的。"我们走到门口,我看着她进去,走进门廊。我喜欢看她走动时的样子。她顺着门廊一直走。我回家去。那天夜里天气热,山峰间军事活动频繁。我望着圣迦伯烈山①上炮火的闪光。

我在玫瑰别墅的前边歇下脚来。百叶窗都已经上了,不过妓院里边好像还很热闹,还有人在唱歌哩。我走回家去。我正在脱衣服的时候,雷那蒂走进来。

"啊哈!"他说,"看情形不大妙啊。你这小乖乖,一副为难的脸孔。"

"你上哪儿去了?"

"玫瑰别墅。很有启发,乖乖。大家都唱了歌。你呢?"

"拜访英国人去了。"

"感谢天主,我犯不着跟英国人纠缠在一起了。"

---

① 圣迦伯烈山在哥里察的东南,控制着卡索高原。

第七章

　　第二天下午,我打山中的第一救护站回来,把车子停在后送站门口,伤病员就在那儿按照各人的病历卡,分门别类,我们要将伤病员送往不同的医院。那天由我开车,我坐在车子里等,叫司机拿着病历卡进去。那天天气炎热,天空非常明亮青碧,道路干燥得变成白色,满是尘沙。我坐在菲亚特牌汽车的高座上,什么事都不想。路上有一团兵走过,我看着他们经过我身边。士兵们热得汗水直淌。有的还戴着钢盔,但是大部分的人则把钢盔斜吊在各人的背包上。钢盔大多太大,戴着它的人,差不多连耳朵都给遮住了。军官们都戴钢盔,大小比较合适。这些士兵是巴西利卡塔①旅的一半兵力。这是我从他们领章上的红白条纹辨识出来的。这一团兵开过好久后,还有些散兵——跟不上队伍的人们。他们一身是汗和灰尘,十分疲乏。有的看模样很不行。掉队的人走完后,还来了一个士兵。他跛着脚走。他停下了,在路边坐下来。我下车走近他。

　　"怎么啦?"

　　他望望我,站起身来。

　　"我要朝前走的。"

　　"你哪儿不舒服?"

　　"——妈的战争。"

　　"你的腿怎么啦?"

　　"不是腿的问题,是疝气发了。"

　　"那你为什么不搭运输车?"我问,"你为什么不上医院?"

　　"人家不让我这么做。中尉说我故意把疝带搞丢了。"

　　"我来摸摸看。"

　　"滑出来了。"

　　"在哪一边?"

---

① 巴西利卡塔是意大利南部一地区名。

"这儿。"

我摸到了。

"咳嗽。"我说。

"我怕越咳会越大。现在比今儿早上大一倍了。"

"坐下,"我说,"等伤员的病历卡一弄好,我就带你上路,把你交给你们的医务官。"

"他会说是我故意搞丢的。"

"他们不能拿你怎么样,"我说,"这又不是伤。你这是老毛病,从前可不就发过吗?"

"但是我把疝带搞丢了。"

"人家会送你上医院的。"

"我可不可以就待在这儿,中尉?"

"不行,我没有你的病历卡。"

司机走出门来,带来了车上伤员们的病历卡。

"四个到105,两个上132。"他说。这两家医院都在河的另一边。

"你开车吧。"我说。我扶着那个发疝气的士兵上了车,跟我同那开车的坐在一起。

"你会讲英语吗?"他问。

"当然啦。"

"你对这该死的战争觉得怎么样?"

"坏透了。"

"真是坏透了,耶稣基督,真是坏透了。"

"你到过美国吗?"

"到过。在匹兹堡待过。我知道你是美国人。"

"难道我的意大利语还不到家吗?"

"反正我知道你是美国人。"

"又是个美国人。"司机用意大利语说,望着那个发疝气的士兵。

"听着,中尉。你非把我送回我那个团不行吗?"

"只好这么做。"

"团里的上尉级医官早知道我有疝病。我故意丢掉了那条该死的疝带,希望病状恶化一点就可以不必上前线了。"

"原来如此。"

"你没法子送我到旁的地方去吗?"

"倘若更贴近前线的话,我可以送你上急救站。但是在这儿,你非有病历卡不可。"

"我如果往回走,人家就会给我动手术,等我病好了,就会叫我经常待在前线了。"

我考虑了一下。

"你也不想经常待在前线吧?"他问。

"是的。"

"耶稣基督,难道这不是场该死的战争?"

"听着,"我说,"你还是下车,在路边想法子在头上撞出一个疙瘩,我车子回来时就送你上医院。我们在这儿停一下吧,阿尔多。"我们在路边停住车,我扶他下了车。

"我就在这儿等,中尉。"他说。

"回头见。"我说。车子继续上路,朝前开了约莫一英里就追上了那团士兵,随后过了河。河水混浊,掺杂有雪水,在桥桩间疾流着。车子沿着平原上的路驶去,把伤员送交那两家医院。回去的时候由我开车,空车子开得快,要赶回去找那个到过匹兹堡的士兵。我们首先碰到的又是那团士兵,他们现在走得更热更慢了;接着便是那些掉队的散兵。随后我们看到有一辆救护马车停在路边。有两个人正抬着那患疝病的士兵上车。他所属的部队派人来接他回去了。他对我摇摇头。他的钢盔已经掉了,额上的头发的边沿在流血。他的鼻子擦破了皮,流血的伤口和头发上都有尘土。

"中尉,你看这疙瘩!"他叫道,"没用。他们赶回来找我了。"

我们回到别墅的时候已经是五点钟了,我到洗车子的地方洗了个淋浴。随后我回房去打报告,坐在敞开的窗前,只穿着长裤和汗衫。进攻将于后天开始,我得带上一批车子到普拉伐去。我已经好久没写信回美国,心里明知道该写信,只是已经拖了那么长久,现在就是想写,也差不多不晓得该从哪儿写起了。没什么可写的。我寄了几张战区明信片去,什么都不写,只说我身体平安。这些明信片大概可以敷衍亲友一下。这些明信片到了美国一定行;又新奇又神秘。这战区是又新奇又神秘的,不过比起过去跟奥军打的那几次战役,已经算是更有效率,更凶残的了。奥军的存在,本是方便拿破仑打胜仗的;随便哪一个拿破仑都行。我希望我们现在最好也有一位拿破仑,可惜我们只有卡多那①大将军,又肥胖又得发,还有国王维多利奥·埃马努埃莱,一个长着细长脖子和山羊须的小个子。坐在他们右边的是亚俄斯塔公爵。也许他长得太漂亮,不像个大将军,但是他可像个人。许多意大利人希望他来当国王。他的样子就像国王。他是国王的叔叔,现任第三军总指挥。我们是属于第二军的。第三军里有些英国炮队。我在米兰曾碰到两个英国炮兵。他们俩很不错,我们那天晚上玩得好痛快。他们俩个子大,很害臊,忸怩不安,凡事体贴人意。我倒希望能够跟英国军队在一起。那样的话,事情就简单多了。不过那就有死亡的危险。干救护车这种工作是不会死的。不,那也说不定。英国救护车的驾驶员有时也有阵亡的。哼,我知道我是不会死的。不会死于这次战争中。因为它与我根本就没有什么关系。照我看来,这次战争对我的危险性,就好比是电影中的战争。但愿战争就结束。也许今年夏天就会结束。也许奥军会垮掉。他们以前打仗,岂不是次次都垮的吗?这次战争出了什么毛病?人人都说法军不济事了。雷那蒂说法军哗变了,转向巴黎进军。我问他后来怎么样了,他说:"噢,人家拦住了他们。"我很想在太平时代到奥地利去一趟。我想去黑森林②。我想上哈尔兹山③。哈尔兹山究竟在哪儿啊?他们正在喀尔巴阡山作战。喀尔巴阡山其实我本来就不想去。不过那地方也许也不错。假如没有战争的话,我可以到西班牙去。太阳在下山了,天气凉了一点。晚饭后找凯瑟琳去。我希望她现在就在这儿。我希望我和她现在就在米兰。在科伐咖啡店吃一顿饭,顺着曼佐尼大街散步以消磨这炎热的夏晚,然后过桥去,沿着运河和凯瑟琳·巴克莱一同走进旅馆。也许她肯的。也许她会把我当做

---

① 卡多那(1850—1928),意大利将军,出身贵族。
② 德国南部风景区。
③ 德国中部名山。

那个阵亡的爱人,我们于是一同走进旅馆的前门,看门人连忙摘帽,我找掌柜的拿钥匙,她则站在电梯边等,随后我们一同走进电梯,电梯开得很慢,的的嗒嗒地过了一层又一层,到了我们那一层时,小郎打开门,站在一边,她走出去,我走出去,一同顺着走廊走,我拿钥匙去开门,门开了,我们进去,拿下电话机,吩咐他们送一瓶装在放满冰块的银桶子里的卡普里白葡萄酒来。你听得见走廊上有冰块碰着提桶的响声,小郎敲敲门,我就说请放在门外。因为我们一丝不挂,因为天气太热;窗子打开着,燕子在人家屋顶上飞掠,后来天黑了,你走到窗口去,几只很小的蝙蝠在屋顶上找东西吃,低低地贴着树梢飞,我们喝卡普里酒,门儿锁上了,天气炎热,只盖一条单被,整个夜晚,整夜相亲相爱,在米兰度过一个炎热的夜晚。这样子才对劲啦。我还是快点吃饭,早一点找凯瑟琳·巴克莱去吧。

饭堂里人们话说得太多。我喝了一点酒,因为我不喝一点的话,人家会说我不够亲热友爱。我和教士谈起大主教爱尔兰①的事,他似乎是位高尚的人物,他在美国受了冤枉,作为美国人的我,对于这种冤枉行为也是有份的,这些事我根本听都没有听见过,教士既在说,我只好装做知道的样子。教士长篇大论地解释主教受迫害的原因,怎样遭到人家的误解,我听了以后再说完全不知道,未免不够礼貌了。我觉得这大主教的姓氏倒也不错,而且还是从那个名字很好听的明尼苏达州来的:明尼苏达州的爱尔兰,威斯康星州的爱尔兰,密歇根州的爱尔兰。这姓氏念起来很像爱兰②,因此特别好听。不,不是这样。没有那么简单。是,神父。真的,神父。也许是吧,神父。不,神父。嗯,也许是吧,神父。你知道的比我多,神父。教士是个好人,可是没趣。军官们不是好人,也很没趣。国王是个好人,同样没趣。酒并不好,但不会使人感到没趣。酒剥掉牙齿上的珐琅,把它留在上颚上。

"后来教士给人家关了起来,"罗卡在说,"因为人家在他身上搜出了一些利息三厘的公债券。这当然是在法国啦。要是在这儿人家不会逮捕他的。关于

---

① 美国天主教教士约翰·爱尔兰(1838—1918)于1888年升任大主教。
② 原文为 island,是"岛"的意思。

三厘公债,他说他完全不晓得。这件事发生在贝齐埃尔①。我恰巧也在那儿,看到了报上的报道,就跑到监牢去,说要会会那教士。公债明明是他偷的。"

"我完全不相信你的话。"雷那蒂说。

"那就听便,"罗卡说,"反正我是讲给我们这位教士听的。很有教育意义。他既是教士,一定会有体会的。"

教士笑笑。"说下去吧,"他说,"我在听着。"

"有些公债自然是不知去向了,但是他们在教士身上搜到了全部的三厘公债和一些地方债券,究竟是哪一种债券我现在也忘了。方才说到我到监牢里去,这就是故事的精彩地方,我站在他的牢房外,好像要向神父忏悔似的,我说,'祝福我,神父,因为你犯罪了'。"

人人大笑。

"那么他怎么说呢?"教士问。罗卡不理睬教士所提的问题,只是继续对我讲着这个笑话。"你懂了吧?"他的意思好像是说:倘若你真懂的话,这故事是非常好笑的。他们又给我倒了一些酒,于是我讲了一个人家叫英国小兵被逼冲淋浴的故事。少校讲了一个十一个捷克斯洛伐克兵和一个匈牙利下士的故事。再喝了一些酒后,我又讲了一个骑师寻到铜板的故事。少校说意大利也有这么一个故事,讲公爵夫人夜里睡不着。这当儿教士走了,我就讲了一个旅行推销员的故事,说他于清早五时到达马赛,当时正刮着又干又冷的北风。少校说他听人家讲我很能喝酒。我否认。他说我一定能喝,凭酒神巴克斯的尸体起誓,我们来试试看。不要凭巴克斯,我说,不要巴克斯。要巴克斯,他说。我得和菲利波·文森柴·巴锡一杯一杯比酒。巴锡说不行,他不能比,他已经比我多喝了一倍啦。我说他撒谎不漂亮,什么巴克斯不巴克斯,菲利波·文森柴·巴锡或是巴锡·菲利波·文森柴今天晚上都没喝过一滴酒,再说,他的姓名究竟怎么叫啊?他说我的姓名究竟是费德里科·恩里科②还是恩里科·费德里科?我说别管他什么巴克斯,比过算数,少校于是拿大杯来倒红酒。比赛到一半,我忽然不干了。我想起我还得去找凯瑟琳。

---

① 贝齐埃尔,法国南部一城市,为酿酒业的中心。

② 这是本书主人公弗雷德里克·亨利的姓名的意大利文的读法。

"巴锡赢了,"我说,"他比我行,我得走了。"

"他真的有事,"雷那蒂说,"他有个约会。我都知道。"

"我得走了。"

"那么改天晚上再比吧,"巴锡说,"改天晚上精神好点时再比吧。"他拍拍我的肩膀。桌上点着几支蜡烛,军官们都很开心。"晚安,诸位先生。"我说。

雷那蒂跟我一道出来。我们在门外小草地上站了一会,他说:"喝醉了,你还是别去吧。"

"没有醉,雷宁。真的没有醉。"

"你还是嚼一点咖啡再去吧。"

"胡说。"

"我给你找一点来,乖乖。你来回走走吧。"回来时他带来一把烘焙过的咖啡豆,"乖乖,嚼嚼这些东西,但愿天主与你同在。"

"巴克斯。"我说。

"我送你走一趟去。"

"我完全没有问题。"

我们一同穿过市镇,我嘴里咀嚼着咖啡豆。到了直通英国别墅的车道口,雷那蒂向我道晚安。

"晚安,"我说,"你为什么不一同进去。"

他摇摇头。"不,"他说,"我喜欢简单一点的乐趣。"

"谢谢你的咖啡豆。"

"甭说了,乖乖。甭说了。"

我向车道上走去。车道两旁的松柏,轮廓十分鲜明。我回头望望,看见雷那蒂还站在那儿望着我,便向他招招手。

我坐在别墅的会客厅里,等待凯瑟琳·巴克莱下来。有人在走廊上走来。我站起身,但是来人不是凯瑟琳。是弗格逊小姐。

"你好,"她说,"凯瑟琳叫我对你说对不住,她今天晚上不能够见你。"

"很遗憾。但愿她没有生病。"

"她不太舒服。"

"请你转告她我很关心。"

"好的。"

"照你看,我明儿再来一趟行不行?"

"行。"

"多谢多谢,"我说,"晚安。"

我走出门,突然觉得寂寞空虚。我本来把来看凯瑟琳当做一件很随便的事,我甚至喝得有点醉了,差不多完全忘掉要来看她了,但是现在我见不到她,心里却觉得寂寞空虚。

第八章

  第二天下午，我们听说当天夜里将在河的上游发动进攻，我们得派四部救护车前往指定地点。关于进攻这事，大家什么都不知道，尽管人人讲来，口气极为肯定，胡乱搬弄战略知识。我乘第一部车子，我们经过英国医院大门口时，我叫司机停一停。其余的车子也都跟着停下了。我下了车，叫后面三部车子继续朝前开，如果我们追不上，请他们在通库孟斯去的大路的交叉点等待。我匆匆跑上车道，走进会客厅，说要找巴克莱小姐。

  "她在上班。"

  "可不可以见她一会儿？"

  他们派了一名勤务员进去问问，接着她就跟着勤务员回来了。

  "我路过这儿，问问你可好一点了。他们说你在上班，我说还是想见你一下。"

  "我现在很好，"她说，"昨天大概是天气太热，把我热坏了。"

  "我得走了。"

  "我陪你到门外走一会儿吧。"

  "你完全复原了没有？"我到了外边问。

  "好了，亲爱的。你今天夜里来不来？"

  "不。我现在要到普拉伐河上游赶一场戏去。"

  "一场戏？"

  "照我想，没有什么了不起的。"

  "你会回来吧？"

  "明天。"

  她从脖子上解下一件东西来，放在我的手里。"是个圣安东尼[①]像，"她说，"你明天晚上来。"

  "难道你是天主教徒？"

---

① 圣安东尼为公元3—4世纪中的埃及隐士，为基督初期的第一所修道院的创办人。

"不是。但是人家说圣安东尼像很灵验。"

"那我来替你保管吧。告别了。"

"不,"她说,"别说告别。"

"好。"

"做个好孩子,自己保重。不,在这里你不可以吻我。你不可以。"

"好吧。"

我回过头去,看见她还站在台阶上。她对我招招手,我吻吻我的手,送一个飞吻过去。她又招招手,接着我走下医院的车道,爬上救护车的座位,我们起程了。圣安东尼像装在一只白色小铁匣里。我打开匣子,让它滚到手掌上。

"圣安东尼像?"司机问。

"是的。"

"我有一个。"他的右手离开驾驶盘,解开制服上一个纽扣,从衬衫里面掏出来给我看。

"看见吗?"

我把我的圣安东尼像仍旧放在小铁匣里,卷上那条细细的金链子,往我胸袋里一塞。

"你不戴上吗?"

"不。"

"还是戴上吧。本是用来戴的。"

"好吧。"我说。我解开金链子的扣子,把它挂在我的脖子上,扣上扣子。圣像吊在我的军装外,我解开制服的领子,解开衬衫的领头,把它塞在衬衫里面。车子开着走时,我感觉到那小铁匣撞在我的胸膛上。随后我便完全忘掉它了。后来我受伤,它也丢了。大概是在一个包扎站里给人家拿走了。

我们过了桥,把车子开得很快,不一会儿,就看见前面路上那三部救护车的滚滚黄尘。路拐了个弯,我们看到那三部车子,很小,车轮上冒起尘埃,洒落在树木间。我们追上他们,越过他们,拐上一条上山的路。结队开车,只要你开的是带头的车子,倒也没有什么不愉快的;我安坐在车座上,观看田野风景。我们的车子在挨近河这一边的丘陵地带行驶,路越爬越高,望得见北面的一些高山峻岭,峰巅还有积雪。我回头看,望见那三部车子都在爬山,每部车子间隔着一段尘埃。我们越过一大队驮着东西的驴子,赶驴子的在旁边走,头上戴着红色的土耳其帽①原来是意大利狙击兵。

赶过驴子的行列后,路上就空荡荡了。我们爬过一些小山,沿着一长道山冈的山肩,开进一个河谷。路的两边都有树木,从右边一排树木间,我望得见河,河水又清又急又浅。河面很低,河里有一片片沙滩和圆石滩,中间窄窄的一泓清水,有时河水泛流在圆石子的河床上,晶莹发光。挨近了河岸,我看见有几个很深的水潭,水蓝如天。河上有几座拱形的石桥,那儿也就是大路接连一些小径的起点;我们经过农家的石屋,几棵梨树的枝桠贴在屋子朝南的墙上,田野上砌有低矮的石墙。大路在河谷里盘旋了好久,随后我们转了弯,又开始爬山而上。山路峻峭,一会儿上,一会儿下,穿过栗树林,进入平地,终于沿着一个山脊而行。穿过树木间,我低头望见远处山下阳光照耀着的那条河流,它隔开了敌我二军。我们在崎岖的新军路上走,沿着山脊的巅峰,我朝北眺望,望见两道山脉,又青又黑,直到雪线,雪线上则一片雪白,阳光下皎然可爱。接着,路沿着山脊上升蜿蜒,我看见第三道山脉,那是更高的雪山,看起来呈粉白色,上有皱褶,构成各种奇异的平面,随后看到在这些高山后面还有不少山峰,望上去不知是真是假。这些高山峻岭都是奥地利人的,我们这边可没有。前面路上有个朝右的转弯,从那儿下望,我看见路在树木间向下倾斜地延伸。这条路上有部队、卡车和驮着山炮的骡子,而当我们挨着路边往下开去时,我望见在下面很远地方的那条河、沿河的铁轨和枕木、铁道渡到对岸去的古桥,还有对岸山脚下那一片断墙残壁的小镇——那就是要抢夺的地点。

我们的车子驶上平原,拐上河边那条大路时,天已快黑了。

---

① 一种没有帽檐的有黑穗的毡帽。

第九章

  大路上很拥挤,两边都有玉蜀黍茎秆和草席编成的屏障,头顶也盖有席子,这一来,仿佛走进了马戏场或是一个土著的村子。我们的车子在这草席搭成的隧道里慢慢地行走,一走出来,却是一块清除了草木的空地,那儿本来是个火车站。这儿的路比河岸还要低,在这一段下陷的路上,路边的整段河岸上都有些挖好的洞穴,步兵们就待在那里边。太阳正在下去,我抬头朝河岸上窥望,望得见奥军的侦察气球飘浮于对岸的小山上,在落日残照中呈黑色。我们把车子停在一个造砖场的外边。砖窑和一些深洞已改造为包扎站。那里有三个医生我认得。我找少校军医谈话,他告诉我进攻一开始,我们的车子就装着伤员往后送,走的路线就是那条用草席遮蔽的路,然后转上沿着山脊走的大路,到达一个救护站,那儿另有车辆转送伤号。他希望那条路不至于拥挤不通。所有的交通全靠这条道路。路上用草席掩蔽,因为不掩蔽的话,就将成为对岸敌军清楚的目标。我们这个砖场有河岸掩护,不至于受到来复枪和机枪的射击。河上本有一座桥,现在已给炸坏了。炮攻一开始,意军准备再搭一座桥,有的部队则打算在上游河湾水浅的地点渡河。少校是个小个子,长着向上翘的小胡子。他曾在利比亚①作战过,制服上佩着两条表明受过伤的条章。他说倘若战事顺利的话,他要给我弄一个勋章。我说希望战事顺利,又说他待我太好了。我问他附近有没有大的掩蔽壕,可以安置司机们,他便派一名士兵领我去。那士兵领我到一个掩蔽壕,地方很不错。司机们很满意,我就把他们安顿在那儿。少校请我同其他两名军官一同喝酒。我们喝的是朗姆酒,大家觉得很和谐。外面的天在黑下来了。我问他进攻什么时候开始,他们说天黑就发动。我折回去找司机们。他们正坐在掩蔽壕里聊天,我一进去,他们闷声不响了。我递给他们每人一包马其顿香烟,烟草装得松,抽的时候得把烟卷的两头扭紧一下。马内拉打着了他的打火机,挨次递给大家。打火机的形状像是菲亚特牌汽车的引擎冷却器。我把听到的消息告诉了他们。

---

  ① 利比亚当时为意属殖民地。

"我们方才下坡时怎么没看见那救护站?"帕西尼问。

"就在我们拐弯的地方过去一点。"

"那条路一定会弄得一团糟。"马内拉说。

"他们准会把我们轰得妈的半死的。"

"也许吧。"

"什么时候吃饭,中尉?一进攻我们可就没机会吃饭啦。"

"我现在就去问问看。"我说。

"你要我们待在这里,还是让我们去四处溜溜?"

"还是待在这儿吧。"

我回到少校的掩蔽壕,他说战地厨房就要来到,司机们可以来领饭食。倘若他们没有饭盒子,可以在这里借。我说饭盒子他们大概是有的。我回去找司机们,告诉他们饭一来我就通知大家。马内拉说希望在炮攻前开饭。接着,他们又闷声不响了,一直到我出去了才又谈起话来。他们都是机械师,憎恨战争。

我走出去看看车子和外边的情况,随后回到掩蔽壕,跟四名司机坐在一起。我们坐在地上抽烟,背靠着土墙。外边的天几乎全黑了。掩蔽壕里的泥土又暖又干,我让肩头抵在泥墙上,把腰背贴着地,放松休息。

"哪一部队发动进攻?"贾武齐问。

"意大利狙击兵。"

"都是狙击兵?"

"大概是吧。"

"如果发动一次真正的进攻,这儿的军队是不够的。"

"这儿或许是虚张声势,真正的进攻可能不在这儿。"

"士兵们知道由哪一部队发动进攻吗?"

"大概不知道吧。"

"他们当然不知道,"马内拉说,"如果知道的话,便不肯出击了。"

"他们还是会出击的,"帕西尼说,"狙击兵尽是些傻瓜。"

"人家勇敢,范律又好。"我说。

"谁也不能否认他们长得胸围特大,身体健康。不过他们还是傻瓜。"

"掷弹兵也长得高。"马内拉说。这是个笑话。大家都笑了。

"中尉,那次你也在场吗?他们不肯出击,结果就每十人中枪决一人。"

"不在。"

"事情是真实的,事后人家叫他们排好队伍,每十人中挑一个出来。由宪兵执行枪决。"

"宪兵,"帕西尼轻蔑地往地上唾了一口说,"但是那些掷弹兵个个身高六英尺以上。他们就是不愿出击。"

"如果人人不愿出击,战争就会结束。"马内拉说。

"掷弹兵倒不见得是反对战争。无非是怕死罢了。军官的出身都太高贵了。"

"有些军官单独冲出去了。"

"有名军曹枪决了两位不肯上阵的军官。"

"有一部分士兵也冲出去了。"

"这些冲出去的,倒并没被人家从每十人中挑一人出来枪决啊。"

"我有个老乡也被宪兵枪决了,"帕西尼说,"在掷弹兵中他倒是个机灵鬼,长得又高又大,常常待在罗马。常常跟娘儿们混在一起。常常和宪兵来往。"他哈哈大笑,"现在他家门口经常有名卫兵持着上了刺刀的步枪把守着,不许人家去探望他的母亲、父亲和姐妹,他父亲还给剥夺了公民权,甚至不许投票选举。现在他们都不受法律的保护。随便谁都可以抢夺他们的财产。"

"倘若家里人不会遭遇这种惩罚的话,那就再也没人肯出击了。"

"还是有人会肯出击的。阿尔卑斯山部队就肯。那些志愿兵也肯。还有某些狙击兵。"

"狙击兵也有临阵脱逃的。现在大家都装做并没有那么回事似的。"

"中尉,你可别让我们这样子谈下去。军队万岁。"帕西尼挖苦地说。

"我知道你们是怎样说话的,"我说,"但是只要你们肯开车子,好好地——"

"——还有,只要讲的话别给旁的军官听到。"马内拉接着替我讲完。

"照我想,我们总得把这仗打完吧,"我说,"倘若只有单方面停止战争,战争还是要继续下去的。倘若我们停手不打,一定会更糟糕。"

"不会更糟糕的,"帕西尼用恭敬的口气说,"没有比战争更糟糕的事情了。"

"战败会更糟糕。"

"我不相信,"帕西尼还是用恭敬的口气说,"战败算是什么?你回家就是了。"

"敌人会来追捕你的。占领你的家。奸污你的姐妹。"

"我才不相信呢,"帕西尼说,"他们可不能对人人都这么做。让各人守住各人的家好啦。把各人的姐妹关在屋子里。"

"人家会绞死你。人家会捉住你,叫你再去当兵。不让你进救护车队,却拉你去当步兵。"

"他们可不能把人人都绞死啊。"

"外国人怎能逼你去当兵,"马内拉说,"打第一仗大家就会跑光。"

"就像捷克人那样①。"

"你们大概是一点也不明白被征服的痛苦,所以以为不打紧。"

"中尉,"帕西尼说,"我们晓得你是让我们谈的。那么请听。世界上再没有像战争这么坏的事了。我们待在救护车队里,甚至连体会到战争的坏处都不可能。人家一觉悟到它的恶劣,也没法停止战争,因为觉悟的人发疯了。有些人从来不会发觉战争的坏处。有些人怕军官。战争就是由这种人造成的。"

"我也知道战争的坏处,不过总是要使它打完的。"

"打不完的。战争没有打完的。"

"有打完的。"

帕西尼摇摇头。

"战争不是靠打胜仗取胜的。就算我们占领了圣迦伯烈山,那又怎么样?我们就是打下了卡索高原、蒙法尔科内和的里雅斯德②,又怎么样?你今天没看见那些遥远的山峰吗?你想我们能够把那些山都抢过来吗?这得奥军停战

---

① 第一次世界大战初期,捷克军团临阵不肯作战,这是奥匈帝国平日压迫少数民族的结果。当时捷克军团相继投降俄军。

② 蒙法尔科内和的里雅斯德都是奥国边境上的重镇,人民则大多是意大利人,这也是意大利参加大战的重要原因之一。

才行。有一方面必须先停战。我们为什么不先停呢?敌军倘若开进意大利来,他们一待腻就会走的。他们有他们自己的土地。现在彼此都不让步,于是战争就发生了。"

"你倒是位演说家。"

"我们思想。我们看书读报。我们不是庄稼人。我们是机械师。但是即使是庄稼人,也不见得会相信战争的。人人都憎恨这战争。"

"一个国家里有个统治阶级,他们愚蠢,什么都不懂,并且永远不会懂得。战争就是这样打起来的。"

"而且他们还借此发财哩。"

"他们中的大部分也不见得如此,"帕西尼说,"他们太愚蠢了。他们打仗是没有目的性的。只是出于愚蠢。"

"我们别多说了,"马内拉说,"即使在这位中尉跟前,我们也讲得太多了。"

"他倒喜欢听呢,"帕西尼说,"我们能把他感化过来的。"

"现在我们可得住嘴了。"马内拉说。

"开饭的时候到了没有,中尉?"贾武齐问。

"我看看去。"我说。高迪尼也站起身,跟我走出去。

"可要我帮什么忙吗,中尉?有什么我可以帮帮忙的?"他是四人中最安静的一个。"你要来就跟我来吧,"我说,"我们看看去。"

外面天已黑了,探照灯长长的光柱正在山峰间晃动着。在这条战线上,有装在大卡车上的大型探照灯,你有时夜间赶路看得见,就在近前线的后边,卡车停在路旁,有名军官在指挥灯的移动,他的部下则很惊慌。我们穿过砖场,在包扎总站前停下。入口处上面有绿色树枝的小屏障,在黑暗中,夜风吹动太阳晒干的树枝,发出一片沙沙声。里边有灯光。少校坐在一只木箱上打电话。一名上尉级的军医说,进攻的时间提前了一小时。他请我喝一杯科涅克白兰地。我望望那几张板桌、在灯光下发亮的手术器械、脸盆和拴好的药瓶子。高迪尼站在我后边。少校打好电话,站起身来。

"现在开始了,"他说,"并没有提前。"

我望望外面,只见一片黑暗,奥军的探照灯光在我们后边的山岭上移动着。先是安静了一会儿,随后我们后边的大炮都响了起来。

"萨伏伊①部队。"少校说。

"关于饭食的事,少校。"我说。他没听见。我又说了一遍。

"还没有送来。"

一颗大炮弹飞来,就在外边砖场上爆炸。接着又是一声爆炸,在这大爆炸声中,同时还听得见一种比较细小的声响:砖头和泥土像雨一般往下坍落。

"有什么可吃的?"

"我们还有一点面条。"少校说。

"有什么就给我什么好了。"

少校对一名勤务吩咐了几句,勤务走到后边去,回来时带来一铁盆冷的煮通心面。我把它递给高迪尼。

"有没有干酪?"

少校很勉强地对勤务吩咐了一声,勤务又钻到后边的洞里去,出来时带来四分之一只白色干酪。

"多谢你。"我说。

"你们最好别出去。"

外边有人在入口处旁边放下了一件什么东西。来的是两个抬担架的人,其中一个向里面张望。

"抬进来,"少校说,"你们怎么啦?难道要我们到外面去抬他?"

抬担架的两人一人抱住伤员的胁下,一人抬腿,把伤员抬了进来。

"撕开制服。"少校说。

他手里拿着一把钳子,钳子头上夹着一块纱布。两位上尉级军医各自脱掉了外衣。"你们出去。"少校对抬担架的两人说。

"走吧。"我对高迪尼说。

"你们还是等炮轰停下了再走。"少校掉过头来对我说。

"他们要吃东西。"我说。

"那就随你便。"

---

① 萨伏伊为一公国名,原是意大利西北部的一部分,第一次世界大战时期,意大利的王室就是统治该公国的萨伏伊王朝。

一到外边,我们冲过砖场。一颗炮弹在河岸附近爆炸了。接着又是一颗,不过我们没有听见,直到猛然有一股气浪逼过来才知道。我们两人连忙扑倒在地上,紧接着爆炸的闪光和撞击声,还有火药的味道,我们听见一阵弹片的呼啸声和砖石的倾落声。高迪尼跳起身朝掩蔽壕直跑。我跟在后边,手里拿着干酪,干酪光滑的表皮上已蒙上了砖灰。掩蔽壕里的三名司机正靠壁而坐,抽着烟卷。

"来了,你们诸位爱国者。"我说。

"车子怎么样?"马内拉问。

"没事。"

"中尉,你受惊了吗?"

"妈的,你猜得不错。"我说。

我拿出小刀,打开来,揩揩刀口,切掉干酪肮脏的表皮。贾武齐把那盆通心面递给我。

"你先吃,中尉。"

"不,"我说,"放在地上。大家一道来。"

"可没有叉子。"

"管他妈的。"我用英语讲。

我把干酪切成一片片,放在通心面上。

"坐下来吃吧。"我说。他们坐下了,等待着。我伸出五指去抓面,往上一提。一团面松开了。

"提得高一点,中尉。"

我提起那团面,把手臂伸直,面条终于脱离了盆子。我放下来往嘴巴里送,边吮边咬,咀嚼起来,接着咬了一口干酪,咀嚼一下,喝一口酒。酒味就像生锈的金属。我把饭盒子还给帕西尼。

"坏透了,"他说,"搁得太长久了。我一直把它搁在车子里。"

他们都在吃面,人人都把下颌挨在铁盆边,脑袋仰向后边,把面条全部吮进嘴里。我又吃一口,尝一点干酪,用酒漱漱口。有件什么东西落在外面,土地震动了一下。

"不是四二零大炮便是迫击炮。"贾武齐说。

"高山上怎么会有四二零。"我说。

"人家有斯科达大炮①。我见过那种炮弹炸开的大坑。"

"那是三零五。"

我们继续吃下去。外边有一种咳嗽声,好像是火车头在开动的声音,接着又是一声震撼大地的爆炸。

"这不是个很深的掩蔽壕。"帕西尼说。

"那是一门巨型迫击炮。"

"是的,中尉。"

我吃完我那份干酪,灌了一口酒。在旁的声响中间我听见了一声咳嗽,接着是一阵乞—乞—乞—乞的响声——随后是一条闪光,好像熔炉门突然扭开似的,接着是轰隆一声,先是白后是红,跟着一股疾风扑进来。我努力呼吸,可是没法子呼吸,只觉得灵魂冲出了躯体,往外飘,往外飘,一直在风中飘。我的灵魂一下子全出了窍,我知道我已经死了,如果以为是刚刚死去,那就错了。随后我就飘浮起来,不是往前飘,反而是溜回来。我一呼吸,就溜回来了。地面已被炸裂,有一块炸裂的木椽就在我头前。我头一颤动,听见有人在哭。我以为有人在哀叫。我想动,但是动不了。我听见对岸和沿河河岸上的机枪声和步枪声。有一声响亮的溅水声,我看见一些照明弹在往上升,接着炸裂了,一片白光在天上飘浮着,火箭也射上去了,还听见炸弹声,这一切都是一瞬间的事,随后我听见附近有人在说:"我的妈啊!噢,我的妈啊!"我拼命拔,拼命扭,终于抽出了双腿,转过身去摸摸他。原来是帕西尼,我一碰他,他便死命叫痛。他的两腿朝着我,我在暗中和光中看出他两条腿的膝盖以上全给炸烂了。有一条腿全没了,另一条腿还由腱和裤子的一部分勉强连着,炸剩的残肢在抖着扭着,仿佛已经脱节似的。他咬咬胳臂,哼叫道:"噢,我的妈,我的妈啊。"接着是"天主保佑您,马利亚。保佑您,马利亚。噢耶稣开枪打死我吧基督打死我吧我的妈我的妈噢最纯洁可爱的马利亚打死我吧。停住痛。停住痛。停住痛。噢耶稣可爱的马利亚停住痛。噢噢噢噢",接着是一阵窒息声,"妈啊我的妈啊"。过后他静了下来,咬着胳臂,腿的残端在颤抖着。

---

① 斯科达是捷克著名的兵工厂的名字,当时捷克属于奥匈帝国。

"担架兵！"我两手合拢在嘴边做成一个杯形，大声喊道。"担架兵！"我想贴近帕西尼，给他腿上缚上一条带子来止血，但是我无法动弹。我又试了一次，我的腿稍为挪动了一点。我能用双臂和双肘支着身体往后拖。帕西尼现在安静了。我坐在他旁边，解开我的制服，想把我的衬衫的后摆撕下来。衬衫撕不下来，我只好用嘴巴咬住布的边沿来撕。这时我才想起了他的绑腿布。我穿的是羊毛袜子，帕西尼却裹着绑腿布。司机们都用绑腿布，但是帕西尼现在可只剩一条腿了。我动手解下绑腿布，在解的时候，发觉已不必再绑什么止血带，因为他已经死了。我摸了他一下，可真是死了。还有那三名司机得找一找。我坐直了身子，这一来才觉得我脑袋里有什么东西在动，就像洋娃娃会转动的眼睛后面附着铁块，它在我眼珠后面冲撞了一下。我的双腿又暖又湿，鞋子里边也是又湿又暖。我知道我受了伤，就俯下身子去摸摸膝盖。我的膝盖没了。我的手伸进去，才发觉膝盖原来在小腿上。我在衬衫上擦擦手，当时又有一道照明弹的光很慢很慢地往下落，我看看我的腿，心里着实害怕。噢，上帝啊，我说，救我离开这里吧。不过我晓得还有三个司机。本来一共是四个。帕西尼死了。剩下了三个。有人从胁下抱起我来，又有一人抬起了我的双腿。

"还有三个，"我说，"一个死了。"

"我是马内拉。我们出去找担架，找不着。你可好，中尉？"

"高迪尼和贾武齐在哪儿？"

"高迪尼在急救站，在包扎中。贾武齐正抬着你的腿。抱牢我的脖子，中尉。你伤得很厉害吗？"

"在腿上，高迪尼怎么啦？"

"他没事。这是颗大型的迫击炮弹。"

"帕西尼死了。"

"是的。他死了。"

一颗炮弹在附近掉下，他们俩都扑倒在地上，把我扔下了。"对不起，中尉，"马内拉说，"抱牢我的脖子。"

"可别把我再摔下啦。"

"那是因为我们惊慌失措了。"

"你们都没受伤吗？"

"都只受了一点点伤。"

"高迪尼能开车吗?"

"恐怕不行了。"

我们到急救站之前,他们又把我摔下了一次。

"你们这些狗娘养的。"我说。

"对不起,中尉,"马内拉说,"我们以后不敢了。"

在救护站外,我们这许多伤员躺在黑暗中的地面上。人家把伤员抬进抬出。包扎站的幔子打开,把伤员抬进抬出时,我看得见里边的灯光。死去的都搁在一边。军医们把袖子卷到肩膀上,一身是血,活像屠夫一般。担架不够用。伤员中除了少数在哼叫外,大多数默然无声。在包扎站门上作为遮蔽物的树叶子给风刮得沙沙响,黑夜越来越寒冷了。时时有担架员走进来,放下担架,卸下伤员,接着又走了。我一到包扎站,马内拉就找来一名中士军医,他给我两条腿都扎上绷带。他说伤口上的污泥太多,所以血并不流得太厉害。他说等他们一有空就来医治我。他回到里边去了。马内拉说,高迪尼开不了车子。他的肩头中了弹片,头上也受了伤。他本来不觉得怎么样,现在肩头可绷紧起来了。他正坐在附近一道砖墙边。马内拉同贾武齐各自开车运走了一批伤员。幸喜他们俩还能开车。英国救护队带来三部救护车,每部车上配备有两个人。其中有一名司机由高迪尼领着向我走过来,高迪尼本人看去非常苍白,一副病容。那英国人弯下身来。

"你伤得厉害吗?"他问。他是个高个子,戴着钢框眼镜。

"腿上受了伤。"

"希望不至于很严重。来支烟吧?"

"谢谢。"

"他们告诉我说你有两名司机不中用了。"

"是的。一个死了,还有就是领你来的这一位。"

"真倒运。你们的车子由我们来开怎么样?"

"我正有这个意思。"

"我们一定很当心,事后原车送回别墅。你们的地址是206号吧?"

"是的。"

"那地方挺不错。我以前见过你。他们说你是美国人。"

"对。"

"我是英国人。"

"当真?"

"我是英国人。难道你以为我是意大利人?我们有支部队里有些意大利人。"

"你们肯替我们开车,那是再好也没有了。"我说。

"我们一定十分当心,"他挺直了身子,"你的这位司机很焦急,一定要我来看你。"说着他拍拍高迪尼的肩头。高迪尼缩缩身子,笑笑。英国人突然讲起流利纯正的意大利语来。"现在一切都安排好了。我见过了你们的中尉。你们的两部车子由我接管。你们现在不必操心了。"他又转而对我说:"我一定设法弄你出去。我找医疗队的大亨去。我们把你一道运回去。"

他朝包扎站走去,一步一步小心地走,怕踩在地上伤员的身上。我看见毛毯给揭开,灯光射出,他走了进去。

"他会照顾你的,中尉。"高迪尼说。

"你好吧,弗兰哥?"

"我没事。"他在我身边坐下来。一会儿,包扎站门前的毛毯揭开了,两名担架员走出来,后面跟着那高个子英国人。他领他们到我身边来。

"就是这位美国中尉。"他用意大利话说。

"我还是等一等吧,"我说,"还有比我伤得更厉害的人哪。我没什么。"

"算了算了,"他说,"别装该死的英雄啦。"随后用意大利语说:"抬他的双腿可要十分小心。他的腿很疼。他是威尔逊①总统的嫡亲公子。"他们把我抬起,抬我进包扎站。里面所有的桌子上都有人在动手术。那小个子少校狠狠地瞪了我们一眼。他倒还认得我,挥挥钳子说:

"你好吗?"

"好。"

"我把他带来了,"那高个子英国人用意大利语说,"他是美国大使的独生

---

① 威尔逊是美国当时的总统,这时美国尚未正式参战。

子。我把他放在这儿,等你们一有空就医治他。治好就随我的第一批伤员运回去。"他弯下身来对我说:"我现在找他们的副官去,先填好你的病历卡,省得耽误时间。"他弯着身走出包扎站的门。少校这时拉开钳子,把它丢进盆子里。我的眼睛跟着他的手移动。现在他在扎绷带。过了一会儿,担架员把桌子上的人抬走了。

"美国中尉由我来。"有一名上尉级的军医说。"人家把我抬上桌子。桌面又硬又滑。有许多种浓烈的气味,其中有化学药品味,也有甜滋滋的人血味。他们卸下我的裤子,上尉军医一边工作,一边讲话,叫中士级副官记录下来:左右大腿、左右膝盖和右脚上多处负伤。右膝和右脚有深伤。头皮炸伤(他用探针探了一下——痛吗?——啊唷,痛!)头盖可能有骨折。执勤时受伤。加上这一句,免得军法处说你是自伤,"他说,"来一口白兰地怎么样?你究竟怎么会碰上这一个的?你预备怎么啦?自杀?请打一针防破伤风的,两条腿都划上个十字记号。谢谢。我先把伤口弄弄干净,洗一洗,再用绷带包起来。你的血凝结得真好。"

填病历卡的副官抬起头来问:"伤的原因呢?"

上尉问我:"什么东西打中你的?"

我闭着眼睛回答:"一颗迫击炮弹。"

上尉一边在我伤口上动很疼痛的手术,割裂肌肉组织,一边问道:"你有把握吗?"

我极力安静地躺着,虽则肉一被割,就感觉到胃也跟着颤抖起来,我说:"大概是吧。"

上尉军医找到了一些什么东西,很感兴趣,说:"找到敌军迫击炮弹的碎片啦。你同意的话,我想多找出一些,不过现在没必要。我把伤口都涂上药,然后——这样疼不疼?好,这比起将来的疼痛,可算不上什么。真正的疼痛还没开始哪。给他倒杯白兰地来。一时的震惊叫疼痛暂时麻木下来;但是也没有什么,不要担心,只要伤口不感染,目前情形下很少会感染。你的头怎么样?"

"好基督啊!"我说。

"那么白兰地别喝太多吧。倘若你的头骨骨折,可就要防止发炎。这样你觉得怎么样?"

我全身出汗。

"好基督啊！"我说。

"我看，你的头盖可真的骨折啦。我把你包起来，免得你的头东碰西撞。"他开始包扎，他双手的动作很快，绷带扎得又紧又稳。"好了，祝你交好运，法兰西万岁！"

"他是美国人。"另外一位上尉说。

"我以为你说过他是法国人。他讲法语，"上尉说，"我早就认得他。我总以为他是个法国人。"他喝了半大杯科涅克白兰地。"把重伤的送上来。多拿些防破伤风的疫苗来。"上尉对我挥挥手。人家把我抬起来，我们出去时，门上的毛毯打在我脸上。到了外边，中士副官跪在我的旁边。"贵姓？"他轻轻地问，"中名①？教名？军衔？籍贯？哪一级？哪一军团？"等。"我很关心你头上的伤，中尉。希望你好过一点。我现在把你交给英国救护车。"

"我没什么，"我说，"非常感谢。"方才少校所说的疼痛现在开始了，我对眼前发生的一切事情都不感兴趣，觉得无关紧要了。过了一会儿，英国救护车开到了，人家把我放在担架上，抬起担架，推进救护车。我旁边放有另外一张担架，那人整个脸都扎了绷带，只看得见鼻子，像蜡制的一般。他呼吸沉重极了。我上边那些吊圈上也搁了一些担架。那个高个子英国司机绕过来，朝里望。"我一定稳稳当当地开车，"他说，"希望你舒服。"我感觉到引擎启动了，感觉到他爬上了车子的前座，感觉到他拉开了刹车，扳上离合器杆，于是我们起程了。我躺着不动，任凭伤口的疼痛持续下去。

救护车在路上开得很慢，有时停下，有时倒车拐弯，最后才开始迅速爬山。我觉得有什么东西在滴下来。起初滴得又慢又匀称，随即潺潺流个不停。我向司机嚷叫起来。他停住车，从车座后那个窗洞望进来。

"什么事？"

"我上边那张担架上的人在流血。"

"我们离山顶不远了。我一个人没法抬出那张担架。"他又开车了。血流个不停。在黑暗中，我看不清血是从头顶上方的帆布上的什么地方流下来的。

---

① 西方习俗，除了教名，中间还有一个名字，纪念父母或亲戚朋友。

我竭力把身体往旁边挪,免得血流在我身上。有些血已经流进我衬衫里面,我觉得又暖又黏。我身子冷,腿又疼得那么厉害,难过得想呕吐。过了一会儿,上边担架上的流血缓和下来,又开始一滴一滴地掉了,我听到并感觉到上边的帆布在动,原来那人比较舒服地安定下来了。

"他怎么啦?"英国人回过头来问,"我们快到山顶啦。"

"他大概死了。"我说。

血滴得很慢很慢,仿佛太阳落山后冰柱上滴下的水珠。山路往上爬,车子里很寒冷,夜气森森。到了峰巅的救护站,有人抬出那张担架,另外抬了一张放进来,于是我们又赶路了。

第十章

野战医院的病房里,有人告诉我说,当天下午有人要来探望我。那天天热,房间里有许多苍蝇。我的护理员把纸裁成纸条,绑在一根小棍子上,做成一把蝇帚,飕飕地赶着苍蝇。我看着那些苍蝇歇在天花板上。只要护理员一停止挥帚,打个瞌睡,苍蝇便往下飞扑,我先是张嘴把它们吹走,末了只好用双手遮住脸,也入睡了。那天很热,我一醒来,腿上发痒。我喊醒护理员,他在我的绷带上倒了些矿泉水。这样一来,弄得床又湿又凉。病房里醒着的人,东一个西一个攀谈起来。午后安安静静。早上,人家来挨个巡视病床,三名男护士和一个医生,把病人一个个抬到包扎室去换药,护士则利用这个机会铺床。每天上包扎室去换药,实在不愉快,直到后来我才知道,床上躺有病人,照样可以铺床。护理员泼了水后,我觉得躺在床上又凉又痛快,我正吩咐他给我脚底上什么地方抓抓痒的时候,有一位医生带来了雷那蒂。他匆匆跑过来,到床边弯下身来吻我。我注意到他手上戴着手套。

"你好啊,乖乖?你觉得怎么样?我给你带来了这个——"那是一瓶科涅克白兰地。护理员端来一把椅子,他坐下了。"还有一个好消息。你要受勋了。他们要保荐你得银质勋章,不过也许只弄得到铜的。"

"为了什么?"

"因为你受了重伤。他们说,只要你能证明你曾做了什么英勇的事,银质勋章不成问题。不然,你只好拿铜的。你把经过的实在情形告诉我。你做了什么英勇的事没有?"

"没有,"我说,"我被炸的时候,我们正在吃干酪。"

"别开玩笑。受伤的前后,你一定做过什么英勇的事。你仔细想想看。"

"我没有做什么。"

"你没背负过什么伤员吗?高迪尼说你背过好几个人,但是急救站上的少校军医说,这是不可能的。受勋申请书上得有他的签名。"

"我没有背过什么人。我动都动不了啊。"

"这没有关系。"雷那蒂说。

他脱下手套。

"我想我们能替你弄到银质勋章的。你岂不是拒绝比人家先受治疗吗?"

"拒绝得并不十分坚决。"

"这没有关系。只要看你这样受了重伤。只要看你平日真勇敢,老是请求上第一线。况且这次进攻又很顺利。"

"他们顺利渡了河没有?"

"太顺利了。俘获的战俘差不多有一千名。公报上登载过。你没见过吗?"

"没有。"

"我捎一份来给你。这是一次顺利的奇袭。"

"各方面情况怎么样?"

"好极了。大家都好极了。人人都夸赞你。把经过的情形切实告诉我。我相信你一定可以搞到银质勋章。说啊。把一切都告诉我。"他歇一歇,想了一想,"也许你还可以得到一枚英国勋章。那儿有个英国人。我去问问他,看他愿不愿意推荐你。他总可以想个法子的。你吃了很多苦吧?喝杯酒。护理员,拿个开塞钻来。哦,你该看我怎样给人拿掉三公尺小肠,我的功夫比从前更精了。正是投稿给《刺血针》①的材料。你替我译成英文后我就寄去。我现在日日有进步。可怜的好乖乖,你现在觉得怎么样?妈的,开塞钻怎么还没拿来?你是这样勇敢沉静,我忘记你在吃苦了。"他拿手套拍拍床沿。

"开塞钻拿来了,中尉长官。"护理员说。

"开酒瓶。拿个杯子来。喝这个,乖乖。你那可怜的头怎么样?我看过你的病历卡。你哪里有什么骨折。急救站那个少校根本就是个杀猪的。要是我来动手的话,担保你不吃苦头。我从来不叫任何人吃苦。这窍门我学会了。我天天学习,越来越顺手,功夫越来越精。原谅我说了这么多话,乖乖。我是因为看见你受了重伤,心中未免激动。喂,喝这个。酒是好的。花了我十五个里拉呢。一定不错。五颗星的。我从这里出去,就去找那英国人,他会给你弄枚英国勋章的。"

----

① 《刺血针》是英国著名的医科杂志。

"人家可不会这么随便给的。"

"你在谦虚了。我找那位联络官去。由他去对付那个英国人。"

"你见过巴克莱小姐没有?"

"我给你带来。我现在就去带她来。"

"别急,"我说,"先讲一些关于哥里察的情形。姐儿们怎么样?"

"还有什么姐儿。两星期来始终没有调换过。我现在再也不去了。太丢人了。她们不是姑娘,简直是老战友了。"

"你真的不去了?"

"有时也去看看有没有什么新来的。顺路歇一歇脚。她们都问候你。她们待得这么长久,已经变成朋友,这件事太丢人啦。"

"也许姑娘们不愿意再上前线来了。"

"哪里的话。有的是姑娘。无非是行政管理太差罢了。人家把她们留在后方,让那些躲防空洞的玩个痛快。"

"可怜的雷那蒂,"我说,"孤零零一人作战,没有新来的姐儿。"

雷那蒂给自己又倒了一杯酒。

"我想这对你没有害处,乖乖。你喝吧。"

我喝了科涅克白兰地,觉得一团火直往下冲。雷那蒂又倒了一杯。现在他安静一点了。他把酒杯擎得高高的。"向你的英勇挂彩致敬。预祝你得银质勋章。告诉我,乖乖,这样炎热的天气,你老是躺在这儿,你不冲动吗?"

"有时会的。"

"这样躺法,我简直不能想象。要我早就发疯了。"

"你本来就是疯疯癫癫的。"

"我希望你回来。现在没人半夜三更探险回来。没人可以开玩笑。没人可以借钞票。没有血肉兄弟,没有同房间的伴侣。你究竟为什么要受伤呢?"

"你可以找教士开玩笑呀。"

"那个教士。也不是我跟他开玩笑。是上尉。我倒喜欢他。假如非有教士不可,那个教士也就行了。他要来看你。正在大作准备呢。"

"我喜欢他。"

"哦,我早就知道的。有时我想你们俩有点那个,好比阿内奥纳旅第一团的番号,紧紧挤在一起。①"

"哼,活见鬼。"

他站起身,戴上手套。

"哦,我真喜欢取笑你,乖乖。你尽管有什么教士,什么英国姑娘,骨子里你我还不是一式一样。"

"不,不一样的。"

"我们是一样的。你其实是个意大利人。肚子里除了火和烟以外,还有什么别的。你不过是假装做美国人罢了。你我是兄弟,彼此相爱。"

"我不在的时候你可要规矩点。"我说。

"我设法把巴克莱小姐弄来吧。你还是跟她在一起,不要有我在一起的好。你比较纯洁一点,甜蜜一点。"

"哼,见你的鬼。"

"我把她弄来。你那位冷冰冰的美丽的女神,英国女神。我的天哪,男人碰上这种女人,除了对她叩头膜拜以外,还能做什么呢?英国女人还能派什么旁的用场呢?"

"你真是个愚昧无知而嘴巴龌龊的意大利佬。"

"是个什么?"

"是个愚昧无知的意大利鬼子。"

"鬼子。你才是冰冷冷的……鬼子。"

"你愚昧无知,笨头笨脑,"我发觉他对这些字眼最受不了,因此便继续说下去,"没见识。没经验,因为没有经验而笨头笨脑。"

"真的?我告诉你一点关于你们那些好女人的事吧。你们的那些女神。和一个一向贞节的姑娘或一个妇人搞起来只有一点不同。姑娘会痛。我只知道这一点,"他用手套拍打了一下床沿,"至于姑娘本身是否果真喜欢,你就无从知道啦。"

"别上火。"

"我并没有上火。我说这些话,乖乖,无非是为你着想。可以免掉你许多

---

① 也许暗指同性恋。

麻烦。"

"唯一不同点就在这儿?"

"是的。不过许许多多你这样的傻瓜还不晓得哩。"

"谢谢你开导我。"

"别拌嘴吧,乖乖。我太爱你了。但是你可别当傻瓜。"

"好吧。我一定学你的鬼聪明。"

"别上火,乖乖。笑一笑。喝一杯。我果真得走了。"

"你是个知心的老朋友。"

"现在你明白了。你我骨子里岂不就是一式一样的。我们是战友。接吻作别吧。"

"你感情太脆弱了。"

"不。我不过是比你感情丰富一点罢了。"

我感觉到他的气息在逼近来。"再会。回头我再来看你。"他的气息远去了。"你不喜欢,我就不吻你。我把那英国姑娘给你弄来。再会,乖乖。科涅克白兰地就在床底下。希望你早点复原。"

他走了。

第十一章

薄暮时教士来了。医院里开过饭,并且已把碗盘收拾走了,我躺在床上,望着一排排的病床,望着窗外在晚风中微微摇晃的树梢。微风从窗口吹进来,夜晚凉爽了一点。苍蝇现在歇在天花板上和吊在电线上的灯泡上。电灯只在夜间有人给送进来,或者有什么事要做时才开。薄暮以后病房里一片黑暗,而且一直黑暗下去,叫我觉得自己很年轻。仿佛当年做孩子时,早早吃了晚饭就上床睡觉。护理员从病床间走来,走到床前停住了脚。有人跟着他来。原来是教士。他站在那儿,小小的个子,黄褐色的脸,怪不好意思的。

"你好?"他问。他把手里的几包东西放在床边地板上。

"好,神父。"

他就在当天下午给雷那蒂端来的那张椅子上坐下了,不好意思地望着窗外。我注意到他的脸,显然很疲乏。

"我只能待一会儿,"他说,"时候不早啦。"

"还不算晚。饭堂里怎么样?"

他微微一笑。"我还是人家的大笑柄,"他的声调也显得疲乏,"感谢天主,大家都平安无事。"

"你好,我很高兴,"他说,"希望你不疼得难受吧。"他好像很疲倦,我很少见到他这样疲乏过。

"现在不疼了。"

"饭堂里没有你,怪没意思。"

"我也盼望回去。跟你谈谈总是挺有趣。"

"我给你带了点小东西,"他说,他捡起那些包裹,"这是蚊帐。这是一瓶味美思。你喜欢味美思吗?这是些英文报纸。"

"请打开给我看看。"

他欢欢喜喜地解开那些包裹。我双手捧着蚊帐。他端起味美思给我看了看,然后放在床边地板上。我拿起一捆英文报纸中的一张。我借着窗外射进来的暗光,看得清报上的大字标题。原来是《世界新闻报》。

"其余的是有图片的。"他说。

"看起来一定挺有趣。你哪儿搞来的?"

"我托人家从美斯特列①买来的。以后还有呢。"

"谢谢你来看我,神父。喝杯味美思吧?"

"谢谢你。你留着自己喝吧。特地为你带来的。"

"你也喝一杯。"

"好的。以后我再捎一些来。"

护理员送上杯子来,打开酒瓶。他把瓶塞搞碎了,只得把瓶塞的下端推进酒瓶里去。我看出教士失望的模样,但是他还说:"没关系。不要紧。"

"祝你健康,神父。"

"祝你早日康复。"

敬酒以后,他还拿着酒杯,我们彼此对看着。过去有时候我们谈话谈得很融洽,但今天夜里有点拘束。

"什么事啊,神父?你好像很疲乏。"

"我是疲乏的,但是我不应当这样子。"

"是天气太热吧。"

"不是。现在不过是春天,我觉得沮丧极了。"

"也许是厌恶战争。"

"倒不是。不过我对战争本来是憎恨的。"

"我也不喜欢它。"我说。他摇摇头,望着窗外。

"你满不在乎,你不明白。原谅我。我知道你是受了伤。"

"那是偶然受伤的。"

"你就是受了伤,还是不明白。这我知道。我本人也不大明白,只是稍微感觉到了一点。"

"我受伤时,我们正在谈论这问题。帕西尼正在发挥议论。"

教士放下酒杯。他在想着旁的事。

"我了解他们,因为我自己就像他们一样。"他说。

---

① 美斯特列是意大利大陆接连威尼斯岛处的一个海滨城市。

"你可是不相同的。"

"其实我跟他们没有什么区别。"

"军官们还是一点也不明白。"

"有的是明白的。有的非常敏感,比我们哪一个都更难受哩。"

"大部分还是不明白的。"

"这不是教育或金钱的问题。另外有个原因。像帕西尼这种人,就是有教育有金钱,也不会想当军官。我自己就不想当军官。"

"你可是列入了军官级。我也是个军官。"

"其实我不算。你甚至还不是意大利人。你是个外国人。但是与其说你接近士兵,不如说你接近军官。"

"那又有什么区别呢?"

"这我不大说得清楚。有一种人企图制造战争。在这个国度里,这种人有的是。还有一种人可不愿制造战争。"

"但是第一种人强迫他们作战。"

"是的。"

"而我帮助了第一种人。"

"你是外国人。你是个爱国人士。"

"还有那些不愿制造战争的第二种人呢?他们有没有法子停止战争?"

"我不知道。"

他又望着窗外。我注视着他的脸。

"自有历史以来,他们可有法子停止过战争?"

"他们本没有组织,没有法子停止战争,一旦有了组织,却又给领袖出卖了。"

"那么是没有希望了?"

"倒也不是永远没有希望。只是有时候,我觉得没法子再存希望。我总是竭力希望着,不过有时不行。"

"也许战事就要结束了。"

"我也这样盼望着。"

"战事一完,你打算做什么呢?"

"倘若可能的话,我要回故乡阿布鲁息去。"

他那张褐色的脸上忽然显得很快乐。

"你爱阿布鲁息!"

"是的,我很爱它。"

"那么你该回乡去。"

"那一定太幸福了。但愿我能够在那儿生活,爱天主并侍奉天主。"

"而且受人尊重。"我说。

"是的,受人尊重。为什么不呢?"

"当然没有理由不啦。你本应该受到人家尊重的。"

"那也没关系。但是在我们那地方,人人知道一个人可以爱天主。不至于给人家当作一种龌龊的笑话。"

"我明白。"

他望着我笑了一笑。

"你明白,但是你并不爱天主。"

"是不爱的。"

"你完全不爱天主吗?"他问。

"夜里我有时怕他。"

"你应当爱他。"

"我本来没有多大爱心。"

"有的,"他说,"你是有爱心的。你告诉过我关于夜晚的事。那不是爱。那只是情欲罢了。你一有爱,你就会想为人家做些什么。你想牺牲自己。你想服务。"

"我不爱。"

"你会爱的。我知道你会的。到那时候你就快活了。"

"我是快活的。我一向是快快活活的。"

"那是另一回事。你没有经历,就不可能知道其中的奥秘。"

"好吧,"我说,"我一有了,准定告诉你。"

"我待得太久了,话也说得太多了。"他觉得真的和我待得太久了,感到局促不安。

"不。别走。爱女人是怎么回事?倘若我真正爱上一个女人,情形是不是一样?"

"这我倒不知道。我没爱过任何女人。"

"你母亲呢?"

"对,我一定爱过我的母亲。"

"你一向爱天主吗?"

"从我做小孩子时起就爱上了。"

"嗯。"我说。我不晓得能说什么。"你是个好孩子。"我说道。

"我是个孩子,"他说,"但是你叫我神父。"

"那是出于礼貌。"

他微笑了。

"我当真得走了,"他说,"你不要我给你带什么东西来吧?"他怀着希望地问。

"不要了。只要你来谈谈。"

"我把你的问候转达给饭堂里诸位朋友。"

"谢谢你带来这么许多好东西。"

"那不算什么。"

"再来看我吧。"

"好的。再会。"他拍拍我的手。

"再见。"我用土语说。

"再见。"他跟着我说了一遍。

病房里已很黑暗,本来坐在床脚边的护理员,站起身来领他出去。我很喜欢他,希望他有一天回阿布鲁息去。他在饭堂里的生活太苦,虽则他本人的态度很好,我倒很想知道他回乡后的生活将是怎么样。他告诉过我,在卡勃拉柯达镇,在镇下边的溪流里有鳟鱼。夜里不许吹笛子。青年人可以唱小夜曲,只是不许吹笛子。我问他为什么。因为据说少女夜间听见笛声是不好的。那儿的庄稼人都尊称你为"堂"①,一见面便摘下帽子。他父亲天天打猎,并且常常

---

① 西班牙人和葡萄牙人对男人的尊称,相当于中国的"大爷""老爷"。

在庄稼人家里歇脚吃饭。他们到处受人尊重。外国人倘若要打猎,必须先有证明书,证明他从来没给人家逮捕过。在大撒索山①上有熊,可惜太远了。阿奎拉②是个好城市。那儿夏天夜里阴凉,而阿布鲁息的春天则是全意大利最美丽的。但是最可爱的事还得数秋天在栗树林里打猎。那儿的鸟全是很好的鸟,因为平日吃的是葡萄,你出去的时候也不必带饭,因为当地的庄稼人以请得到客人为有光彩的事。过一会儿我就睡着了。

---

① 大撒索山位于意大利中部,其主峰科诺为亚平宁山脉的最高峰。
② 阿奎拉是阿布鲁息地区的一个著名城市。

第二部

第十二章

我那病房很长,右首是一排窗,尽头处有一道门通包扎室。我们的那一排床朝着窗子,窗下的另一排床则朝着墙壁。倘若你朝左侧着身子,你就望得见包扎室的门。病房的尽头处另有一道门,有时有人出入。倘若有人要死了,那张床边就围起屏风来,这样你就看不见人家怎么死去了,只看得见屏风底下医生和男护士们的鞋子和绑腿,有时候到末了还听得见他们的低语声。随后教士从屏风后走出来,接着男护士们回到屏风后,把尸首抬出去,上边盖着一条毛毯,从两排床间的走道抬出去,于是有人把屏风折好拿走。

那天早晨,负责病房的少校问我,下一天能否上路。我答说行。他说,那么明天清早就把我送出去。他说要上路还得趁早,否则天气要太热了。

人家把你从床上抬下,抬进包扎室去时,你能望到窗外,看见花园里的那些新坟。有名士兵坐在那扇通花园的门外,在制作十字架,把埋葬在花园里人的姓名、军衔、所属部队用油漆写在十字架上。他也替病房打打杂,还利用空闲时间用一只奥军步枪子弹壳给我做了一个打火机。医生们人都很好,看来非常能干。他们急于送我到米兰去,因为米兰的爱克司光设备比较好,而且等我经过手术后,可以在那儿接受理疗。我自己也想到米兰去。人家打算把我们都送到后方去,送得越远越好,因为总攻击一开始,这儿的病床有更迫切的需要。

离开野战医院的前夕,雷那蒂带着同饭堂的那位少校来看我。他们说我将进米兰一所新设立的美国医院。有几支美国救护车队将调派到意大利来,这所医院将照应他们和其他在意大利服役的美国人。红十字会中有许多美国人。美国已经对德国宣战,只是还没对奥国宣战①。

意大利人相信美国对奥国一定也会宣战,他们对任何美国人,甚至红十字会人员,到意大利来,都觉得十分兴奋。他们问我,威尔逊总统会不会对奥宣战,我说那只是时间问题。我不晓得美国跟奥国有什么过不去的,不过既然已

---

① 美国于1917年4月6日对德宣战,对奥匈帝国则拖到同一年12月才宣战。

对德宣战，根据逻辑当然也会对奥宣战。他们问我，我们对土耳其会不会宣战。我说这倒不一定。因为火鸡是美国的国鸟①，但是这句笑话翻译得不太像样，弄得他们又困惑又猜疑，于是我只好说，我们对土耳其大概也会宣战的。那么保加利亚呢？大家已经喝了几杯白兰地，我就乘兴说，天啊，准定也会对保宣战，还会对日本宣战。他们于是说，日本岂不是英国的盟国吗？该死的英国人，谁敢信任啊。日本要抢夺夏威夷，我说。夏威夷是在什么地方？就在太平洋中。日本人为什么要拿它？其实日本人也不是真的要它，我说。这都是流言罢了。日本人是个奇妙的矮小民族，喜欢跳舞喝淡酒。这倒有点像法国人，少校说。我们要从法国人手中收回尼斯和萨伏伊。我们要收回科西嘉岛和整个亚得里亚海海岸线，雷那蒂说。意大利要恢复古罗马的荣耀，少校说。我不喜欢罗马，我说。又热，虱子又多。你不喜欢罗马？不，我是爱罗马的。古罗马是万国之母。我永远忘不了罗穆卢斯吸饮泰伯河水②。什么？没什么。我们都上罗马去吧。我们今天夜里就去，永远不回来。罗马是个美丽的城市，少校说。是万国之父和万国之母，我说。罗马这个词是阴性，雷那蒂说。它不能又是父亲。那么谁是父亲呢？是圣灵吗？别亵渎。我没有亵渎，我不过是要增加见识。你醉了，乖乖。谁灌醉我的？我灌醉你的，少校说。我灌醉你，因为我爱你，因为美国参战了。完全卷进去了，我说。你明儿早上就要走了，乖乖，雷那蒂说。上罗马去，我说。不，到米兰去。到米兰去，少校说，到水晶宫去，到科伐去，到坎巴雷去，到宓妃去，到大拱廊那儿去③。你这幸运儿。到意大利大饭店去，那儿我可以找乔治借钱④。到歌剧院去，雷那蒂说。你要到歌剧院去。每天晚上都去，我说。每天晚上去你可没有那么多的钱，少校说。

---

① 火鸡和土耳其在英语中是同一个词。火鸡在美国是圣诞节的贵重食品。

② 罗穆卢斯为传说中的罗马城的创建者，和他的孪生兄弟雷穆斯在婴孩时被抛在泰伯河中，后由牝狼乳哺育成人。

③ 大拱廊是一条长长的连环拱廊，320码长，16英尺宽，94英尺高，上边是玻璃屋顶，两边是商店、咖啡店、饭店等。这里所提到的宓妃、坎巴雷等都是著名饭馆。科伐是米兰歌剧院附近的咖啡店。水晶宫可能是指大拱廊中央的那座穹隆形的玻璃塔。

④ 乔治是米兰一家大饭店的茶房头目。

戏票很贵。我要从我祖父的户头上开一张即期汇票,我说。一张什么?一张即期汇票。他不付款的话,我只好去坐牢。银行里的甘宁汉先生是这么给我支款的。我就是靠这种即期汇票混日子的。做祖父的怎么可以让一位爱国的孙子,一个为意大利牺牲生命的孙子去坐牢呢?美国的加里波的①万岁,雷那蒂说。即期汇票万岁,我说。我们的声音得小一点,少校说。人家叫我们讲得轻一点已经有好几趟了。明儿你果真要走吗,弗雷德里科?我不是告诉过你,他要上美国医院去,雷那蒂说。到那些美丽的护士那儿去。不是野战医院那种长着胡子的护士。是的,是的,少校说,我知道他要到美国医院去。我倒不在乎他们的胡子,我说。一个人倘若喜欢留胡子,由他去留好了。你为什么不留胡子,少校长官?因为胡子装不进防毒面具去。装得进去的。防毒面具里什么都装得进去。我曾经在防毒面具里呕吐过。别这么大声,乖乖,雷那蒂说。我们都知道你上过前线。哦,好孩子,你走了以后我怎么办呢?我们得走了,少校说。我们变得伤感起来了。听着,我有件惊人的消息告诉你。你那位英国姑娘。知道吗?你天天夜里上他们医院去找的那个英国姑娘。她也要上米兰去。她跟另外一位一块儿调到美国医院去。美国来的护士还没有到达。我今天跟他们那部门的负责人谈过。前线的女人太多了。他们要调一批回去。这个消息你觉得怎么样,乖乖?好。不错吧?你去住在一个大城市里,还有你那位英国姑娘来跟你亲热。我干吗不受伤呢?你也许会受伤的,我说。我们得走了,少校说。我们喝酒,叫嚷,打扰着弗雷德里科。别走。不,我们得走了。再会。祝你走运。万事顺利。再见。再见。再见。早点回来啊,乖乖。雷那蒂吻我。你有来沙尔的味道。再会,乖乖。再会。万事顺利。少校拍拍我的肩膀。他们蹑着脚走出去。我发觉我自己相当醉了,也就睡着了。

第二天我们一早动身,四十八小时后抵达米兰。沿途很不舒服。我们在美斯特列这一边时,火车在侧线上停了很久,有些儿童跑来朝车厢里张望。我叫一个小孩去买一瓶科涅克白兰地,但他回来说,只有格拉巴白兰地。我就叫他去买来,酒来后我把找钱赏给他,接着便和邻座的人喝个大醉,一直睡到过了维琴察城才醒来,在地板上大吐了一阵。那也没什么打紧,因为我旁边的那

---

① 加里波的(1807—1882),为意大利爱国志士。

人已在地板上吐过好几趟了，后来，我感到十分口渴，简直忍不住，到了维罗那城外的调车场，我对一个在列车边走来走去的士兵打个招呼，于是他搞了点水给我喝。我喊醒那个与我同醉的小伙子乔吉蒂，给他喝了一点水。他说把水倒在他的肩膀上吧，说完仍旧睡去了。那士兵不肯接受我给他的一分钱，给我买来一只柔软多汁的橘子。我吮着吃，吐出核来，看着那士兵在外边一节货车边走来走去，过了一会儿，火车抖动了一下，开动了。

第十三章

我们在大清早到达米兰,他们在货车场上卸下了我们。一辆救护车送我到美国医院去。我躺在救护车里的一个担架上,无从知道车子经过的是城里哪一区,但是当他们抬下担架来时,我看见一家市场,一家开了门的酒店,店里一个姑娘正在把垃圾扫出来。街口有人在洒水,闻得到大清早的气息。他们放下担架,走进门去。回来时带来了一名门房。门房养着灰色的小胡子,头戴一顶门房制帽,没穿上衣。担架装不进电梯,于是他们讨论了一下,还是把我抬下担架,由电梯上楼呢,还是抬着担架爬楼梯。我听着他们讨论。他们终于决定乘电梯。他们把我从担架上抬下来。"慢一点,"我说,"轻一点。"

我们在电梯里挤做一团,而我的腿因为弯着,痛得好厉害。"让我的腿伸伸直。"我说。

"不行啊,中尉长官。没地方啊。"答我话的人用胳臂抱着我,而我的胳臂则攀住他的脖子。他口中一股浓烈的大蒜和红酒气味直冲着我的脸。

"小心点。"另外一个人说。

"妈的,什么人不小心啊!"

"我还是说要小心点。"抬我脚的人又说了一遍。

我看着电梯的门关好,外边的铁格子拉上了,门房按按上四楼去的电钮。门房的样子好像很担心。电梯慢慢往上爬。

"重吧?"我问那个有大蒜味的家伙。

"哪里。"他说。他脸上在冒汗,喉咙里发出沉浊的声响。电梯稳定地上升,终于停住了。抬我脚的人打开门,走了出去。我们到了阳台上。那儿有好几扇门,门上有铜把手。抬脚的人按一按铃。我们听见门里边的电铃响。没有人来。由楼梯走上来的门房也到了。

"人呢?"抬担架的人问。

"我不知道,"门房说,"他们睡在楼下。"

"找个人来吧。"

门房按按铃,敲敲门,随后打开门,走了进去。他回来时带来了一个戴眼镜的老妇人。她头发蓬松，一半垂了下来，她身穿护士制服。

"我听不懂，"她说，"我听不懂意大利语。"

"我会讲英语，"我说，"他们要找个地方安置我。"

"房间都没有预备好。这里还不预备收容任何病人。"她挽一挽头发，近视地望望我。

"请给他们一个可以安置我的房间。"

"我不知道，"她说，"我们还不收病人。我不能在随便哪个房间里安置你。"

"随便什么房间都行。"我说。随即改用意大利语对门房说："去找间空房间。"

"房间都是空的，"门房说，"你还是第一位病人哩。"他手里拿着帽子，望着那老年护士。

"看在基督分上，赶快给我个房间。"我的腿因为蜷曲着，越来越疼，我觉得真已痛入骨髓。门房走进门去，后面跟着那位灰发的护士，他们一会儿就赶回来。"跟我来。"他说。他们抬我走过一条长廊，进入一间关上了百叶窗的房间。房间里有新家具的味道。有一张床，一个大衣柜，上面有镜子。他们把我搁在床上。

"我可没法子铺被单，"妇人说，"被单都给锁起来了。"

我不跟她答话。"我口袋里有钱，"我对门房说，"在扣好的口袋里。"门房把钱掏了出来。那两个抬担架的人站在床边，手里拿着帽子。"给他们俩每人五里拉，你自己也拿五里拉。我的病历卡在另外一个口袋里。你可以拿给护士。"

抬担架的人行礼道谢。"再会。"我说。"多谢多谢。"他们又行过礼，出去了。

"病历卡上，"我对护士说，"写明了我的伤情和已接受的治疗。"

女人捡起病历卡，戴着眼镜观看。病历卡一共三张，对折着。"我不晓得怎么办才好，"她说，"我看不懂意大利文。没有医生的吩咐，我不晓得怎么办。"她开始哭起来，把病历卡放在她罩衫的口袋里。"你是美国人吧？"她哭着问。

"是的。请你把病历卡放在床边的桌子上。"

房间里阴暗、凉爽。我躺在床上,看得见房间另一端的大镜子,但看不清楚镜子里所反映的东西。门房站在床边。他脸长得好,一团和气。

"你可以走了。"我对他说。"你也可以走了。"我对护士说。

"贵姓?"

"华克太太。"

"你可以走了,华克太太。我现在想睡一下。"

房间里只剩下我一个人了。房间里很凉爽,没有医院里那种气味。床垫稳固、舒服,我不动弹地躺着,几乎并不呼吸,腿痛减轻一点了,觉得很高兴。过了一会儿,我想喝水了,发现床边垂有一条按电铃的电线,便按按铃,但是没有人来。我睡去了。

醒来时我打量一下四周。阳光从百叶窗外漏进来。我看见那张大衣柜、空空的四壁和两张椅子。我的双腿扎着污秽的绷带,笔直伸出在床上。我很小心,两条腿动都不敢动。我口渴,又伸手按铃。我听见门打开,抬头一看,来了一位护士。她看上去很年轻,相当漂亮。

"早上好。"我说。

"早上好,"她说,走到床边来,"医生还没找到。他上科莫湖①去了。谁也不知道有病人要来。你到底生什么病啊?"

"我受了伤。腿上,脚上,还有我的头也受了伤。"

"你叫什么?"

"亨利。弗雷德里克·亨利。"

"我给你洗一洗身。你的伤口我们不敢动,得等医生来。"

"巴克莱小姐在这儿吗?"

"不在。这儿没有姓这个的人。"

"我进来时那个哭哭啼啼的女人是谁?"

护士大笑起来。"那是华克太太。她值夜班,她睡着了。她想不到有病人要来。"

---

① 科莫湖位于意大利北部边境,长 35 英里,宽 3 英里,是著名的风景区。

我们谈话时她替我脱去衣服,除了绷带以外,我的衣服全脱掉了,她就给我擦身,十分温和柔婉。擦了身以后,人很舒服。我头上扎着绷带,但她把绷带旁边的地方都洗了。

"你在哪儿受的伤?"

"伊孙左河上,在普拉伐的北面。"

"那又在哪儿啊?"

"哥里察的北面。"

我看得出这些地名她全陌生。

"你疼得厉害吗?"

"没什么。现在不大疼了。"

她在我口里放进一支体温计。

"意大利人是放在腋下的。"我说。

"别说话。"

她把体温计拔出来,看看,甩了一甩。

"几度?"

"你是不该知道的。"

"告诉我吧。"

"差不多正常。"

"我从来不发烧。我两条腿里边也装满着破铜烂铁。①"

"你这话什么意思?"

"腿里边装满着迫击炮弹的碎片、旧螺丝钉和床的弹簧等等。"

她摇头笑了一笑。

"你腿里边如果真的有这些异物,就一定会发炎,人发烧。"

"好吧,"我说,"等着瞧吧。"

她走出房去,接着跟清早看到的那位老护士一同进来。她们俩一块儿铺床,我人仍旧躺在床上。这种铺床法很新奇,很可佩服。"这儿的主管是谁?"

"范坎本女士。"

---

① 这句话可能是暗比耶稣被钉十字架。

"一共有多少护士。"

"只有我们两个。"

"岂不是还有人要来吗？"

"还有几位快到了。"

"她们什么时候到呢？"

"我不知道。作为一个病人，你问话问得太多了。"

"我没生病，"我说，"我是受伤。"

她们铺好了床，我躺在那儿，身上身下都挨着一条干净光滑的被单。华克太太走出去，拿了一件睡衣的上衣回来。她们给我穿上了，我觉得又干净又整齐。

"你们待我真好。"我说。那个叫做盖琪小姐的护士娇笑了一下。"我可以喝杯水吗？"我问。

"当然可以。接着就给你开早点。"

"我倒不想吃早点。请你给我打开百叶窗好不好？"

房间里本来很暗，现在百叶窗一打开，变得阳光明亮，我望得见窗外的阳台，再过去是人家的瓦屋顶和烟囱。我望望这些瓦屋顶的上空，看见白云和碧蓝的天。

"难道你们不知道旁的护士们什么时候到吗？"

"你怎么老是问？难道我们待你有什么不周到？"

"你们待我很好。"

"你要不要用便盆？"

"试试看吧。"

她们帮我坐起来，扶着我试，但是不行。过后我躺着，从敞开的门望着外面的阳台。

"医生什么时候来？"

"等他回城来。我们设法打电话到科莫湖去找过他。"

"没有旁的医生吗？"

"他是本院的住院医生。"

盖琪小姐拿来一瓶水和一个杯子。我连喝了三杯后，她们就走了，我对窗外望了一会儿,又睡着了。中饭我吃了一点东西,午后医院的监督范坎本女士上来看我。她不喜欢我,我也不喜欢她。她个子小,麻利猜疑,当医院监督未免委屈了她。她盘问了我许多话,听她口气好像我参加意国军队是一桩丢脸的事。

"吃饭时我可以喝酒吗?"我问她。

"除非有医生的吩咐。"

"医生没来以前,我只好不喝是不是?"

"绝对不许喝。"

"你还是打算要把医生找来的吧?"

"我们打电话到科莫湖去找过他。"

她出去了,盖琪小姐回进房来。

"你为什么对范坎本女士这么没礼貌?"她很熟练地替我做了些事情后,这么问道。

"我并不是存心这样的。可她太傲慢了。"

"她倒说你跋扈蛮横。"

"哪里。不过有医院而没医生,这是哪一种把戏?"

"他就要来了。她们打电话到科莫湖去找过他。"

"他在那儿干吗?游泳?"

"不。他在那儿有个诊所。"

"他们为什么不另外找个医生来?"

"嘘!嘘!你做个好孩子,他就会来的。"

我叫人去叫门房,他来时我用意大利语跟他说,叫他上酒店去给我买一瓶辛扎诺牌味美思和一尊基安蒂红酒,还有晚报。他去了,回来时用报纸包好酒拿进来,把报纸摊开,我叫他拔掉瓶塞,把红酒和味美思都放在床底下。他走了以后,我独自一人躺在床上看了一会报,看看前线的消息、阵亡军官的名单和他们受的勋章,随后从床底下提起那瓶味美思,笔直摆在我的肚子上,让阴冷的玻璃瓶冰着肚皮,一小口一小口地呷着,酒瓶底在肚皮上印上了圆圈儿。我看着外边屋顶上的天空渐渐暗下来。燕子在打圈子,我一边看着燕子和夜鹰在屋顶上飞,一边喝着味美思。盖琪小姐端来一个玻璃杯,里边是蛋奶酒。

她进来时我赶快把味美思搁在床的另外一边。

"范坎本女士在这里边掺了些雪利酒，"她说，"你不该对她不客气。她年纪不小了，在医院里负的责任又重大。华克太太太老了，无法帮她的忙。"

"她人很出色，"我说，"我很感谢她。"

"我就把你的晚饭端来。"

"不忙，"我说，"我不饿。"

她把托盘端来放在床边的桌子上，我谢谢她，吃了一点晚饭。饭后外边天暗了，我望得见探照灯的光柱在天空中晃动着。我望了一会儿就睡去了。我睡得很沉，只有一次流着汗惊醒过来，随后又睡去，竭力避免做梦。天还远远没有亮，我又醒了过来，听见鸡叫，清醒地躺着一直到天开始发亮。我很疲倦，天真亮了以后，又睡着了。

第十四章

  我醒来时，房间里阳光明亮。我以为又回到了前线，所以在床上把身子伸了伸。想不到双腿疼痛，低头一看，看到双腿还包扎着肮脏的绷带，才明白身在何地。我伸手抓住电线按电铃。我听见走廊上的电铃响声，随后有个穿着橡皮底鞋子的人在走近来。来的是盖琪小姐，在明亮的阳光下，她看起来人苍老一点，而且不怎么好看。

  "早上好，"她说，"你夜里睡得好吗？"

  "好。多谢你，"我说，"我可以叫个理发师来吗？"

  "方才我来看你，你正抱着这东西熟睡在床上。"

  她打开橱门，举起那瓶味美思。差不多喝光了。"你床底下的那一瓶我也放在橱里了，"她说，"你为什么不跟我要个杯子呢？"

  "我就怕你不让我喝。"

  "我本可以陪你喝一点的。"

  "你是个好姑娘。"

  "单独一人喝酒不好，"她说，"你以后别这么做。"

  "好的。"

  "你的朋友巴克莱小姐来了。"她说。

  "真的？"

  "是真的。我不喜欢她。"

  "你会喜欢她的。她人非常好。"

  她摇摇头。"她当然是好的。你往这一边挪一挪行不行？好了。我给你洗一洗，预备吃早点。"她拿了块布和肥皂，用温水给我洗。"你把肩膀抬起来，"她说，"这样行啦。"

  "早饭前打发理发师来行不行？"

  "我给你找门房叫他去。"她走了出去又走回来。"他去叫了。"她说，一面把手里的那块布浸在水盆里。

  理发师跟着门房进来了。他年纪约莫五十岁，留着向上翘的小胡子。盖琪小姐给我洗好了，走了出去。理发师过来在我脸上涂上皂沫，给我刮胡子。他人很严肃，一声不响。

"怎么啦？有什么消息没有？"我问。

"什么消息？"

"随便什么消息。城里有什么事？"

"这是战争时期，"他说，"到处有敌人的耳目。"

我抬头看看他。"请你的脸别动，"他说，一边继续刮胡子，"我什么都不说。"

"你究竟怎么啦？"我问。

"我是意大利人。我不和敌人通信息。"

我只好由他去了。倘若他是疯子，我的脸还是早一点离开他的剃刀好。有一次，我想好好地看他一下。"当心，"他说，"剃刀快得很。"修脸后我付钱给他，给了他半个里拉做小账。他退回了小账。"我不收。我没有上前线。但是我还是意大利人。"

"滚你妈的蛋。"

"那我就告退了。"他说，用报纸包好剃刀。他走了出去，把半个里拉留在床头的桌子上。我按按铃。盖琪小姐走进来。"劳驾把门房喊来。"

"好的。"

门房来了。他竭力忍住了笑。

"那理发师是不是疯子？"

"不是，长官。他搞错了。他听不大懂，以为我说你是个奥国军官。"

"噢。"我说。

"嗬，嗬，嗬，"门房直笑，"他这个人真有趣。他说只要你动一动，他就——"他伸着食指划一划喉咙。

"嗬，嗬，嗬，"他竭力忍住笑，"后来我对他说，你并不是奥地利人。嗬，嗬，嗬。"

"嗬，嗬，嗬，"我埋怨道，"倘若他把我喉咙割断的话，那就更有趣了。嗬，嗬，嗬！"

"那倒不会，长官。他非常害怕奥地利人。嗬，嗬，嗬。"

"嗐,嗐,嗐,"我说,"滚你的。"

他走出去,我听见他在走廊上的笑声。我听见有人在走廊上走近来。我望着门。来的是凯瑟琳·巴克莱。

她走进房,走到床边。

"你好,亲爱的。"她说。她看上去又清新又年轻,十分美丽。我以为从来没见过这样美丽的人。

"你好。"我说。我一看到她,就爱上了她。心里神魂颠倒。她望望门口,看是没有人,就在床沿上坐下,弯下身来吻我。我把她拉下,吻她,感到她的心在怦怦地跳。

"你这亲爱的,"我说,"你能够到这里来岂不是太奇妙吗?"

"其实要来也不太困难。不过要待下去,可能不容易。"

"你非待下去不可,"我说,"噢,你真奇妙。"我爱她爱得疯了。我简直不相信她真的就在跟前,紧紧地抱住她。

"别这样,"她说,"你身体还没有复原哩。"

"哪里,我行了。来吧。"

"不。你还没十分好。"

"哪里。我行。我行的。求求你。"

"你真的爱我吗?"

"我真的爱你。我为你发疯了。请你快来吧。"

"我们的心在跳哩。"

"心我不管。我要的是你。我只是爱你爱得发疯了。"

"你果真爱我吗?"

"别老是说这个。来吧。求求你。求求你,凯瑟琳。"

"好,不过只能来一会儿。"

"好,"我说,"把门关好。"

"你不能这样。你不该。"

"来吧。别说话。请你来吧。"

凯瑟琳坐在床边的椅子上。门开着,外面就是走廊。疯狂劲儿过去了,我觉得空前愉快。

她问道:"你现在可相信我爱你吗?"

"噢,你真可爱,"我说,"你非待下去不可。他们不能打发你走。我爱你爱得发疯了。"

"我们得十分小心。刚才那真是发疯。我们不该这么做。"

"夜里来还是行的。"

"我得十分小心。你在旁人面前要留个神。"

"我会留神的。"

"你得小心。你讨人喜欢。你真的爱我,可不是吗?"

"别再说这个了。你不知道那对我的影响是多么厉害。"

"那么我以后小心就是了。我不想对你再干什么了。我现在得走了,亲爱的,真的。"

"就要回来啊。"

"能够来时我就来。"

"再会。"

"再会,亲爱的。"

她走了出去。天知道我本来不想爱她。我本来不想爱什么人。但是天知道我现在可爱上她了,当我躺在米兰一家医院的房间里的床上时,百感交集,涌进了我的脑海,不过我感到非常愉快幸福。最后盖琪小姐来了。

"医生快来啦,"她说,"他从科莫湖打来了电话。"

"他什么时候到?"

"今天下午。"

第十五章

　　这以后没发生什么事,直到下午。那医生是个瘦小沉默的人,战争似乎搞得他很伤脑筋。他以一种轻巧、文雅而又显得嫌恶的态度,从我两条大腿中取出了几小块钢弹片。他用一种叫做"雪"①或是什么别的名称的局部麻醉剂,使肌肉组织麻木,免得疼痛,直到他那探针、解剖刀或是钳子穿透了麻醉的肌肉层才觉得痛。病人可清清楚楚晓得什么地方是麻醉的地方。过了一会,脆弱文雅的医生受不住了,他于是说,还是拍爱克司光片子吧。探伤的方法不大满意,他说。

　　爱克司光片子是在马焦莱医院拍的,那个拍片子的医生为人容易兴奋,很能干,愉愉快快。他设法把我的两个肩膀高抬起来,以便病人亲自从爱克司光屏幕上看到那些比较大的异物。他说洗好片子就会送来。医生请我在他那袖珍札记簿上写下我的姓名、部队番号和感想。他说那些异物丑恶、卑鄙、残暴。奥地利人根本就是混蛋。我杀了多少敌人?我一个都没有杀过,但是为了讨好起见,就说杀了许多。当时盖琪小姐也在场,医生就用胳臂搂着她说,她比克娄巴特拉还要美丽。她懂吗?克娄巴特拉是古埃及的女王。是的,她果真比女王还要美丽。我们搭救护车回小医院,给人家抬了好一会后,终于又躺在原来楼上的床上。拍好的片子当天下午送到,那医生曾指天发誓,说他当天下午就要,现在果真拿到了。凯瑟琳·巴克莱拿来给我看。片子装在红色封套里,她取了出来,就着光亮竖起来给我看。我们就一同看。

　　"那是你的右腿,"她说,把片子仍旧装进套子里,"这是你的左腿。"

　　"拿开,"我说,"你到床上来。"

　　"不行,"她说,"我只是拿来给你看看的。"

　　她走出去,丢下我躺在那儿。那是个炎热的下午,我躺在床上躺得厌烦了。我打发门房去买报纸,凡是买得到的都买来。

　　门房回来前,有三位医生到房间里来。我发现凡是医道不高明的医师,总

---

①　指可卡因。

是喜欢找些人来会诊。一个开阑尾也不会开的医师,必定会给你推荐另外一位医生,而他所推荐的那位一定是割扁桃腺也不会割的。现在进来的就是三位这一类的大夫。

"就是这位青年。"那做手术很轻巧的住院医师说。

"你好?"医生中一位瘦瘦的高个子说,他留着胡子。第三位医师手里捧着那些装有爱克司光片子的红封套,一声不响。

"把绷带解开吧?"留胡子的医生问。

"当然啦。请解开绷带,护士小姐。"住院医生对盖琪小姐说。盖琪小姐解开绷带。我低头望望腿。在野战医院,我的双腿有点像那种不大新鲜的汉堡牛排。现在两腿已经结了痂,膝盖发肿变色,小腿下陷,不过没有脓。

"很干净,"住院医师说,"很干净,很好。"

"嗯。"胡子医生说。第三位医生则越过住院医师的肩头向我探望。

"膝头请动一动。"胡子医生说。

"不能动。"

"试试关节吧?"胡子医生问。他袖管上除了三颗星外,还有一条杠杠。原来是个上尉。

"当然行。"住院医生说。两位医生谨慎地抓住我的右腿,把它扭弯。

"疼。"我说。

"是的。是的。再弯下去些,医生。"

"够了。再也弯不下去了。"我说。

"部分连接不良。"上尉说。他直起身来。"医生,请你再给我看看片子行不行?"第三位医生递了一张片子给他。"不对。请你给我左腿的。"

"那就是左腿啊,医生。"

"你说得对。方才我是从另一个角度来观看的。"他把片子递回去。把另外一张片子端详了一些时候。"看见吗,医生?"他指着一块异物,在光线的衬托下显得又圆又清楚。他们共同研究了一会儿片子。

"只有一点我能说,"胡子上尉说,"这是时间问题。三个月,也许六个月。"

"关节滑液到那时候必然又形成了。"

"当然。这是时间问题。像这样一个膝头,弹片还没有结成胞囊,叫我就来动手术,可对不起良心。"

"我同意你的意见,医生。"

"干吗要等六个月?"我问。

"有六个月时间让弹片结成胞囊,膝头动手术才能安全。"

"我不相信。"我说。

"年轻人,难道你自己的膝头不要了吗?"

"不要。"我说。

"什么?"

"截掉算了,"我说,"以便装个钩子上去。"

"你是什么意思?钩子?"

"他在开玩笑。"住院医生说。他轻轻拍拍我的肩膀。"他膝头当然是要的。这是个很勇敢的青年。已经提名给他银质勋章了。"

"恭喜恭喜,"上尉说,他握握我的手,"我只能说,为安全起见,像这样一个膝头,你至少得等待六个月才能动手术。当然你也可以另请高明。"

"多谢多谢,"我说,"我尊重你的高见。"

上尉看看他的表。

"我们得走了,"他说,"祝你万事顺利。"

"我也祝诸位凡事顺利,还要多谢诸位。"我说。我跟第三位医生握握手:"伐里尼上尉——亨利中尉。"于是他们三人都走出房去。

"盖琪小姐。"我喊道。她走进来。"请你请住院医生回来一下。"

他走进来,手里拿着帽子,在床边站住了。"你想见我吗?"

"是的。我不能等待六个月才动手术。天啊,医生,你曾在床上躺过六个月吗?"

"那倒不一定是全部时间都躺在床上。你那些伤得先晒晒太阳。以后你可以挂着拐杖。"

"等上六个月才开刀?"

"这才是安全的办法。必须让那些异物有时间结成胞囊,还有关节滑液得重新形成。到那时开膝头才安全。"

"你自己真的以为我必须等待那么久吗?"

"这样才是安全的。"

"那上尉是谁?"

"他是米兰非常杰出的外科医生。"

"他是上尉,不是吗?"

"是的,不过他是位杰出的外科医生。"

"我的腿可不要上尉来胡搞。他如果行的话,早已当上少校了。医生,我知道上尉这军衔意味着什么。"

"他是位杰出的外科医生,他诊断的意见比我认得的任何医生都高明。"

"可否再请一位外科医生来会诊?"

"你要的话,当然可以。不过我个人还是愿意采纳伐雷拉医生的意见。"

"你可否另请一位外科医生来看看?"

"那么我请瓦伦蒂尼来看看吧。"

"他是谁?"

"他是马焦莱医院的外科医师。"

"好。我很感激你。你明白,医生,要我在床上躺六个月太难受了。"

"你也不必老是躺在床上。你先用日光治疗法。随后做些轻松的体操。等到一结成胞囊,我们就动手术。"

"但是我不能等待六个月啊。"

医生把他的纤细的手指摊开在他握着的帽子上,微笑了一下。"你这么急于回前线吗?"

"为什么不?"

"这好极了,"他说,"你是个高贵的青年。"他弯下身来,轻轻地吻吻我的前额。"我打发人去请瓦伦蒂尼。你不要担忧,不要兴奋。做个好孩子。"

"喝杯酒吧?"我问。

"不,谢谢你。我从来不喝酒。"

"尝一杯看看。"我按电铃叫门房拿杯子来。

"不。不,谢谢你。人家在等我。"

"再会。"我说。

"再会。"

两小时后，瓦伦蒂尼医生进病房来了。他匆匆忙忙，胡子的两端朝上直翘。他是名少校，脸孔晒得黑黑的，老是笑着。

"你怎么得了这个伤，这个混蛋东西？"他问，"片子给我看看。是的。是的。就是那个。你山羊一样健康。这位漂亮姑娘是谁？是你的女朋友吧？我一猜就着。这岂不是场该死的战争吗？这儿你感觉怎么样？你是个好孩子。我一定把你弄得比新的人还要好。这样疼吗？当然是疼的。这些医生最喜欢叫你疼痛。他们究竟给你做了什么啊？姑娘不会讲意大利话吗？她该学一学。多么可爱的姑娘。我可以教教她。我也来这儿当病人吧。不，还是等你们将来生儿女时，我来个免费接生吧。她听得懂吗？她会给你生个好孩子的。生一个像她那样好看的金发蓝眼睛的。这就行了。这没有问题。多可爱的姑娘。问她肯不肯陪我吃晚饭。不，我不抢你的。谢谢你。多谢多谢，小姐。完了。"

"我所要知道的都够了，"他拍拍我的肩膀，"绷带由它去，不必再包上。"

"喝杯酒吗，瓦伦蒂尼医生？"

"一杯酒？当然啦。我喝它十杯。在哪儿？"

"在镜橱里。由巴克莱小姐去拿。"

"干杯。干杯，小姐。多么可爱的姑娘。我给你带好一点的科涅克白兰地来。"他抹抹小胡子。

"照你看，什么时候可以开刀？"

"明儿早上。再早不行。你的肠胃得先弄干净。你得先灌肠。所有的手续我关照楼下那位老太太好了。再会。明天见。我带好一点的科涅克白兰地来。你这里很舒服。再会。明儿见。好好睡一觉。我一早就来。"他站在门口招招手，他的小胡子朝上直翘，褐色的脸上在笑着。他袖章上有一颗星，因为他是位少校。

第十六章

那天夜里,有只蝙蝠从阳台上那道敞开的门飞进来。我们就从那道门眺望着米兰屋顶上的夜空。我们的房间很暗,只映着外边城市上空的那一点微微的夜光,因此蝙蝠一点也不害怕,在房间里照旧猎食,仿佛就在屋外边似的。我们躺着看它,它大概没看见我们,因为我们静悄悄地躺着。它飞出去后,我们看见一道探照灯光,我们看着光柱在天空中移动,随后灭了,于是又是一片黑暗。夜里起了一阵微风,我们听见隔壁屋顶上高射炮队人员的谈话声。夜里阴凉,他们都穿上了披风。夜间我怕有人会闯进来,但是凯瑟琳说他们都在睡觉。有一次我们睡去了,等我醒来时,她已不在,但我听见她沿着走廊走近来的响声,门打开了,她又回到床上,说她下楼去看过,他们都在睡觉。她曾在范坎本女士门外站了一会,听见她睡着的鼾声。她拿来一些饼干,我们吃饼干,还喝了些味美思。我们都很饿,但是她说我多吃也没有用,早上就得清肠胃。早上,天一亮我又睡着了,醒来时她又不在了。她进来时清新可爱,往我床上一坐。当我口里衔着体温计时,太阳出来了,我们闻得到屋顶上的露水气息,随后又闻到隔壁屋顶上高射炮队人员喝的咖啡的香味。

"我真想我们一同出去散步一下,"凯瑟琳说,"我们要是有轮椅的话,我就可以推着你走走。"

"我怎么坐上那种车子去呢?"

"总有法子想的。"

"我们可以上公园去,在露天的地方用早点。"我眺望着敞开的阳台门外的景色。

"我们实在要做的,"她说,"倒是给你做好准备,等待你那个朋友瓦伦蒂尼医生来。"

"依我看,他是个很了不起的人。"

"我倒没像你那样喜欢他。但是我想他是很行的。"

"回到床上来,凯瑟琳。请。"我说。

"不行。我们不是已经快快活活地过了一夜吗?"

"今天夜里你可不可以再值夜班？"

"也许可以。可是你不会需要我。"

"不，我会需要你的。"

"不，你不会的。你没动过手术。你不知道手术后人怎么样。"

"我没问题。"

"你一定会恶心得不好受，我就不能给你什么了。"

"那么现在就回到床上来吧。"

"不，"她说，"我得填体温表，亲爱的，还得把你准备好。"

"你并不真心爱我，否则你会回到床上来的。"

"你真是个多么傻的孩子，"她吻吻我，"这对体温不妨事。你的体温总是正常的。你有个可爱的体温。"

"你样样东西都可爱。"

"哪里。你有可爱的体温。我觉得十分光彩。"

"也许我们的孩子都会有可爱的体温。"

"我们的孩子大概会有很坏的体温。"

"为瓦伦蒂尼给我做的准备，你还得做什么？"

"事情倒不多。不过相当不愉快。"

"我希望这种事不必由你来做。"

"本来不该我做。不过我不要别人碰你。我真傻。他们一碰你，我就光火。"

"甚至弗格逊？"

"尤其是弗格逊、盖琪，还有那个叫什么的？"

"华克？"

"对啦。现在这儿的护士太多了。要是病人不增加的话，人家就要撵我们走了。现在已经有四名护士了。"

"也许会有病人的。四名护士也不算多。这是一所相当大的医院啊。"

"我也盼着有病人来。要是人家叫我走，我怎么办？倘若病人不增加，人家准会撵我走。"

"那么我也走。"

"别瞎说。你还不能够走。你还是赶快复原,亲爱的,我们一块儿上旁的地方去。"

"那以后呢?"

"也许战争就结束了。不会老是打个不停啊。"

"我会复原的,"我说,"瓦伦蒂尼会治好我的。"

"他留着那样的小胡子,一定行。还有,亲爱的,当你上麻药时,随便想什么都行——千万别想你和我。因为人一上麻醉药,什么话都会说出来的。"

"那么我该想什么呢?"

"随便什么。除了你我之外,随便什么都行。想想你的家人。或者甚至另外一个女人。"

"不行。"

"那么就念祷告文好了。这样该能给人家一个很好的印象。"

"也许我不说话。"

"这倒是真的。常常有些人不说话。"

"我就不说话。"

"别吹,亲爱的。请你别吹。你已经蛮好了,用不到再夸口了。"

"我一句话都不说。"

"这就是夸口,亲爱的。你明知道你不必吹。人家吩咐你深呼吸时,你就开始念祷告文,或者背诵诗歌,或者别的什么。这一来你就很可爱,我就觉得有光彩。我是无论如何都为你感到光彩的。你有个可爱的体温,睡觉时像个小孩,胳臂抱着枕头,以为抱的是我。或者以为是别的姑娘吧?一个好看的意大利姑娘?"

"是你。"

"自然是我啦。哦,我真爱你,瓦伦蒂尼一定会给你一条好好的腿。幸喜动手术时用不着我到场。"

"还有你今天夜里值夜班。"

"是的。不过这对你是无所谓的。"

"等着瞧吧。"

"好了,亲爱的。现在你里里外外都弄干净了。告诉我吧。你爱过多少人？"

"一个也没有。"

"连我也不爱？"

"只有你是爱的。"

"说真话,还有多少人你爱过的？"

"一个都没有。"

"有多少人跟你——你们是怎么说的？——好过？"

"没有人。"

"你在向我撒谎。"

"是的。"

"那也没关系。你尽管撒谎好了。我就要你这么做。她们长得漂亮吗？"

"我从来没跟人好过。"

"对啦。她们很迷人吗？"

"我什么都不知道。"

"你只属于我一个人的。这是真的,你从未属于过任何人。其实我也不在乎。我不怕她们。但是对我可别提起她们来。一个男人跟一个姑娘好的时候,姑娘在什么时候说出价钱来？"

"我不知道。"

"你当然不知道啦。她也说她爱他吗？告诉我吧。这个我要知道。"

"说的。要是他要她说的话。"

"他说不说爱她呢？请你告诉我。这是重要的。"

"他想说他就说。"

"但是你可从未说过吧？真的吗？"

"没说过。"

"真的吗？给我说老实话。"

"没说过。"我撒谎道。

"你不会说的,"她说,"我知道你不会说的。哦,我爱你啊,亲爱的。"

外边太阳已经升到屋顶上,我望得见阳光照耀的大教堂的尖顶。我里里外外都干干净净,等待医生。

"原来就是这样子吗?"凯瑟琳说,"她只说他要她说的?"

"那也不一定。"

"但是我一定要这么做。你要我说什么我就说什么,你要我做什么我就做什么,那样你就再也不会要旁的姑娘了吧?"她很快乐地望着我,"我做你所要做的,说你所要说的,那样我一定会大获成功,可不是吗?"

"是的。"

"你现在一切都准备好了,还要我做什么呢?"

"再上床来。"

"好的。我就来。"

"哦,亲爱的,亲爱的,亲爱的。"我说。

"你瞧,"她说,"你要我做什么我就做什么。"

"你真可爱。"

"我倒怕自己还不大熟练哪。"

"你是可爱的。"

"我要的就是你所要的。我已经不再存在。只要你的需要。"

"你太可爱了。"

"我行。我行吧?你以后再也不要旁的姑娘了吧?"

"不要了。"

"你瞧?我行。你要我怎么样我就怎么样。"

第十七章

手术后我醒转来,我这人并没有离开过。你这人并没有离开过。人家只是要使你窒息。这不像死,只是麻醉药使你窒息,叫你失去感觉,事后就好比醉酒,只是吐的时候只吐胆汁,吐后人也并不好过些。我看见床尾有些沙袋。沙袋堆在石膏下突出来的管子上。过了一会儿,我看见盖琪小姐,她说:"现在觉得怎么样?"

"好一点了。"我说。

"他在你膝头上动了一次奇妙的手术。"

"用了多少时间?"

"两小时半。"

"我说了什么不伦不类的话没有?"

"没有说。别开口。安静休息。"

我感到恶心难受,果真不出凯瑟琳所料。谁上夜班对于我都是一样。

现在病院里多了三个病号,一个是红十字会的瘦瘦的青年,佐治亚州①人,他患的是疟疾,第二个也是瘦子,是个很不错的青年,纽约州人,患疟疾和黄疸病,还有一个是个好青年,因为想扭开一颗榴霰弹和烈性炸药的混合弹的雷管作纪念品而受了伤。山间的奥军用的这种榴霰弹,上面装有一种铜弹头,在炸弹爆炸后还不能碰,一碰就会重炸一次。

护士们很喜欢凯瑟琳·巴克莱,因为她肯天天值夜班。那两个患疟疾的花了她相当多的时间,那个扭下雷管的少年跟我们成了朋友,他夜里从不按铃,除非万不得已。夜间除了凯瑟琳的工作时间外,我们都是在一起的。我很爱她,她也爱我。我白天睡觉,我们醒时互通信札,请弗格逊做送信人。弗格逊是个好人。关于她的事我不清楚,只知道她有个兄弟在第五十二师服役,还

---

① 在美国东南部。

有个兄弟则在美索不达米亚①,她待凯瑟琳非常好。

"我们举行婚礼你来不来,弗基②?"我有一次问她。

"你们永远不会结婚的。"

"我们会的。"

"不,你们不会的。"

"为什么呢?"

"结婚前就会闹翻。"

"我们从来不吵架。"

"来日方长。"

"我们不吵架。"

"结了婚你就要死了。不是吵架便是死。人们总是这样子的。他们不结婚。"

我伸手抓她的手。"别抓我的手,"她说,"我不是在哭。也许你们俩没有问题。但是你得当心,别给她惹出事来。惹出事来我可要叫你死。"

"我不会给她惹事的。"

"那么你得小心。我希望你们俩好好的。你们过得很快活。"

"我们俩好快活。"

"那就不要吵架,不要给她惹出事来。"

"我不会的。"

"但是你还得当心。我不想让她生个战时的私生儿。"

"你是个好姑娘,弗基。"

"哪里。你用不着奉承我。你的腿觉得怎么样?"

"很好。"

"你的头呢?"她用手指摸摸我的头顶。它敏感得就好比人睡着时的一只脚。

---

① 美索不达米亚是中东一古地区名,当时为土耳其的一个行政省,第一次世界大战后,成为英国托管下的独立的伊拉克的一部分。

② 弗基是弗格逊的简称。

"从来没让我怎么难受过。"我说。

"头上这样一个肿块,可能把你弄得神经错乱。从来不觉得疼吗?"

"不觉得。"

"你真是个运气好的青年。你信写好了没有?我要下楼去啦。"

"就在这儿。"我说。

"你应当叫她暂时停止上夜班。她越来越疲乏了。"

"好的。我跟她说。"

"我本想接替她,但是她不肯。别的人都乐得由她去做夜班,你该让她稍微休息休息才是。"

"好的。"

"范坎本女士说起你天天上午睡觉。"

"她就会说这种话。"

"最好你让她暂时停止上夜班。"

"我也要叫她这样。"

"你不会的。不过,要是你能够叫她停止,我才瞧得起你。"

"我就叫她停止吧。"

"我不相信。"她揣着字条走出去。我揿揿铃,过了一会儿盖琪小姐进来了。

"什么事?"

"我只想找你谈谈。你看,巴克莱小姐应该暂时停止上夜班吗?她那模样,十分疲乏。为什么老是她上夜班?"

盖琪小姐眼睁睁地望着我。

"我是你们的朋友,"她说,"你用不着对我打官腔。"

"你这是什么意思?"

"别装傻啦。你叫我来就是这件事吗?"

"来杯味美思好吗?"

"好的。喝完我就得走了。"她从镜橱里取出一只杯子。

"你拿杯子喝,"我说,"我就拿瓶子喝。"

"这杯敬你。"盖琪小姐说。

"范坎本女士还说什么我上午睡到很晚才醒?"

"她不过是唠叨一番。她说你是我们的特权病人。"

"见她的鬼。"

"她人倒不见得恶劣,"盖琪小姐说,"她不过是又老又怪。她一向不喜欢你。"

"是的。"

"嗯,我倒是喜欢你的。而且我是你的朋友。不要忘记这一点。"

"你待我太好了。"

"那也不见得。我知道你心中认为好的是哪一个。不过我还是你的朋友。你的腿觉得怎么样?"

"好。"

"我去拿一点冷矿泉水来洒一洒。腿在石膏底下一定好痒吧。外边天气很热。"

"你真好。"

"很痒吗?"

"不,还好。"

"我来把那些沙袋摆摆好。"她弯下身来。"我是你的朋友。"

"我早就知道。"

"不见得吧。但是有一天你总会知道的。"

凯瑟琳·巴克莱停做了三个夜晚的夜班,到第四夜她又回来了。当时的心情,就好比是各自做了长期旅行后的重逢。

第十八章

那年夏天我们过得幸福快乐。等我可以走动了,我们便在公园里坐马车玩。我还记得那马车、慢慢走着的马和前面高高的车座上那个车夫的背影,他头上戴着一顶光闪闪的高帽子,还有坐在我身边的凯瑟琳·巴克莱。要是我们手碰上手,哪怕只是我的手的边沿碰上她的,我们就会兴奋起来。后来我可以拄着拐杖走路了,我们便上宓妃或意大利大饭店,坐在屋外拱廊上吃饭。侍者们进进出出,街上有行人来来往往;铺台布的桌子上点着蜡烛,上面还罩着罩子。后来我们觉得还是经常上意大利大饭店比较好,那儿的侍者头目乔治就经常给我们留一张桌子。乔治是个好侍者,我们总是由他去点菜,自去观看来往的人们,望望黄昏里的大拱廊,或者默然相对。我们喝冰在桶里的不加甜味的卡普里白葡萄酒;虽则我们还试过许多旁的酒,例如飞来莎、巴勃拉①和甜白葡萄酒。因为战事关系,饭店里不雇用专门管酒的侍者,我一点飞来莎这一类酒,乔治就会怪不好意思地笑笑。

"你们想想看,有个国家,只要那东西有点草莓味,便把它酿起酒来,"他说。

"为什么不呢?"凯瑟琳问,"这酒的名字听起来倒怪好听的。"

"你要试的话,小姐,就试试吧,"乔治说,"我给中尉另外拿一小瓶法国玛谷葡萄酒来。"

"我也试试飞来莎吧,乔治。"

"先生,这我可不敢推荐。这种酒连草莓味都没有哩。"

"那也不一定,"凯瑟琳说,"倘若有草莓味当然最好。"

"我去拿来,"乔治说,"等小姐试了以后我才拿走。"

那酒果真不像酒。正如他所说的,连草莓味都没有。我们到末了还是喝卡普里。有天晚上,我身边的钱不够,乔治还借给我一百里拉。"没关系,中尉,"他说,"我知道是怎么回事。一个人手头不方便总是难免的。倘若先生或

---

① 巴勃拉是意大利西北部皮德蒙州出产的红葡萄酒。

者小姐有需要,尽管说一声就是了。"饭后我们穿过拱廊散步,经过旁的酒家饭店和那些已经上了钢窗板的店铺,在一个卖三明治的小摊前停下来,买了火腿生菜三明治和鳀鱼三明治,后者是用很细的涂过糖的褐色面包卷做成,只有人的手指那么长。这些点心是我们预备夜间肚子饿时吃的。走出拱廊,我们在大教堂前雇了部敞篷马车回医院。到了医院门口,门房出来帮我拄起拐杖。我付了车钱,一同坐电梯上楼。凯瑟琳到了护士住的那一层楼,先出去了,我继续上升,拄着拐杖穿过走廊,走进自己的房间;有时候我脱下衣服上床,有时候坐在外边阳台上,把受伤的腿搁在另外一张椅子上,边看着燕子绕着屋顶飞翔,边等待着凯瑟琳。到她上楼来时,仿佛她是经过一次长途旅行才回来似的,我拄着拐杖陪她在走廊上走,帮她拿盆子,在一间间病房门口等,或者跟她一同走进去;那要看病人是否是我们的朋友,一直等到她职务完毕后,我们才在我房间外的阳台上坐坐。过后我上床去,她则等到病人都睡着了,没有人会再喊她,才走进来。我喜欢解开她的头发,她坐在床上,动都不动,除了偶尔突然低下头来吻我;我把她的发针一根根取下来,放在被单上,她的头发就散开来,我定睛看着她,她一动不动地坐着,等到最后两根发针取了下来,头发就全都垂下来,她的头一低,于是我们俩都在头发中,那时的感觉就好比是在帐幕里或者在一道瀑布的后边。

她的头发非常美丽,我有时躺着看她,借着敞开的门外透进来的光线,看她卷起头发。她的头发在夜里也发亮,就像水在天快亮前有时闪闪发亮一样。她有张可爱的脸和身体,皮肤又光滑又可爱。我们时常躺在一起,我用指尖抚摩她的脸颊、前额、眼睛下边、下巴和喉咙说:"光滑得像琴键。"而她也用手指摸摸我的下巴说:"光滑得像砂纸,摩擦琴键可很不好受。"

"很粗糙吧?"

"不是,亲爱的。我不过是说说笑话。"

夜间真可爱,我们只要互相接触一下,便觉得快活幸福。除了一切欢乐的时刻外,我们还有许多种谈情说爱的小玩意儿,有时我们不在同一房间,想靠心灵传达意念。有时竟也能成功,这大概是因为我们所转的念头毕竟是相同的吧。

我们彼此都这么说,我们打她来到医院那天起就已结婚了,算来已经结婚好几个月了。我倒想真的举行结婚仪式,但凯瑟琳说,如果我们结婚的话,人家会把她调走;如果我们只是开始办理手续的话,人家就会注意她,把我们拆散的。我们要结婚,不得不遵守意大利法律,那礼节的繁杂,实是惊人。我想正式结婚,因为担心有了孩子,不过我们装做已经结了婚,并不十分担忧,而且我本人很可能实在在图个没结婚的快乐。我记得有一天夜里我们谈起这件事,凯瑟琳说:"不过,亲爱的,他们会把我调走的。"

"或许不会吧。"

"会的。他们会打发我回国,这样我们得等到战后才能见面。"

"休假期间我可以去找你。"

"休假时间那么短,你怎么可以往苏格兰跑个来回,况且,我不愿离开你。现在结婚还有什么好处呢?我们实际已经结了婚。没法子叫我更进一步结婚。"

"我要结婚本是为你打算。"

"哪里还有什么我。我就是你。别再分出一个独立的我。"

"我本以为姑娘们总是想结婚的。"

"你猜得不错。但是,亲爱的,我已经结了婚。我已经和你结了婚。我这妻子还不坏吧?"

"你是个可爱的妻子。"

"你知道,亲爱的,我已经有一次等待结婚的经验。"

"关于那个,我不想听。"

"你知道我不爱任何人,只爱你。你不应该在乎有个人曾爱过我。"

"我是在乎的。"

"我的一切都属于你,人家早已死了,你不该妒忌他。"

"我没妒忌,不过我也不想听他。"

"你这可怜的宝贝。我也知道你跟什么样的女人都混过,我倒不以为意。"

"我们可不可以想个法子私下结婚?这样,万一我有什么长短,或者你有了小孩,就不妨了。"

"要结婚只得通过教会或是政府。我们其实已经私下结婚了。你看,亲爱的,倘若我信仰什么教,那么结婚就是最重要的事。但是我没有任何宗教信仰。"

"你给过我圣安东尼像。"

"那是件吉祥品。也是人家送我的。"

"那么你一点也不担忧吗?"

"我只愁被人家调走,和你分离。你是我的宗教。你是我的一切。"

"好吧。你哪一天说要结婚,我们就结婚。"

"亲爱的,听你的口气,好像非要跟我正式结婚不可,以便保全我的体面。我是个非常体面的女人。随便什么事情,只要你觉得幸福并引以为骄傲,那么便没有什么可以难为情的。你岂不是很幸福吗?"

"但是将来你不要离开我,另找别人。"

"不会的,亲爱的。我永远不会离开你去另找别人。照我想,我们可能遭遇到各式各样可怕的事。关于你说的那一点,你可不必担心。"

"我不担心。但是我太爱你,而你从前爱过别人。"

"那别人后来又怎么样呢?"

"他死啦。"

"对啦,要是他还在的话,我就不会碰上你。我并不是不忠实的,亲爱的。我有好多短处,但人倒是非常忠实的。就怕我的人太忠实,你会觉得腻味。"

"我不久就得回前线。"

"等到你要走的时候再说吧。你看,我是快乐的,亲爱的,我们过得多么幸福。我没有快乐,已有一个相当长的时期,我认识你的时候,几乎快发疯了。也许已经发疯了。但是现在我们快乐幸福,彼此相爱。你我只要快乐就是了,我求你。你是快乐的吧?我做了什么你不喜欢的事没有?我能做些什么讨你喜欢的事?你要不要我把头发散下来?你要耍弄吗?"

"要,上床来。"

"好的。等我先去看看病号再来。"

第十九章

那年夏天就那么过去了。那些日子我已不大记得清楚了,只记得当时天气炎热,报纸上刊载了许多打胜仗的消息。我身体很健康,两条腿好得很快,拄拐杖不久以后便改用手杖走路了。随后我开始上马焦莱医院去接受机械治疗,恢复膝部的弯曲功能,在装满镜子的小间里晒紫外线,还有按摩,沐浴等等。我到那边去是在下午,事后上咖啡店喝点酒,看看报纸。我并不在城里随便乱逛,到了咖啡店就想回医院。我一心只想看到凯瑟琳。其余的时间我随便消磨。上午我大抵是睡觉,午后有时上跑马场去玩,以后才去接受机械治疗。有时我也去英美俱乐部待一会,坐在窗前一张很深的有皮垫的椅子上,翻阅杂志。我不用拐杖后,人家就不许凯瑟琳陪我一道出去,因为像我这样一个看起来不需要照应的病人,单独叫个护士陪着走,太不成体统了,因此午后的时间我们不大在一起。不过有时有弗格逊作陪,我们还是一同出去吃饭。范坎本女士现已承认我和凯瑟琳是好朋友这种关系,因为凯瑟琳很肯替她卖力办事。她以为凯瑟琳出身于很好的上等家庭,因此终于也喜欢她了。范坎本女士很钦佩高贵的家庭,她本人就是个出身很好的人。况且医院事务繁忙,她也没空多管闲事。那年夏天很燥热,我在米兰本有许多熟人,但是一到傍晚我总是想赶回医院去。前线意军正在卡索高原上挺进,已经占领了普拉伐河对面的库克,现在正在攻占培恩西柴高原。西线消息可没有这么好。战争好像还要打一个长时期。我们美国已经参战,但是我想,要运输大批人马过来,要训练他们作战,非得有一年工夫不可。明年或许是吉年,或许是凶年。意军已经消耗了数目惊人的人员。我不晓得怎么熬得下去。即使他们全部攻占了培恩西柴高原和圣迦伯烈山,奥军可以盘踞的还有许多高山峻岭哩。我亲眼见到过。那些最高的山岭还在后边。意军在卡索高原上进军,但是下面的海边尽是一片沼地泽国。要是拿破仑,一定会在平原上击溃奥军。他才不会在山间作战哩。他会让他们先下山来,然后在维罗纳附近给他们一个迎头痛击。不过在西线也没听见谁在痛击谁。也许战争已经无所谓胜败了。也许会永远打个不停。也许又是一场百年战争。我把报纸摆回架子上,离开了俱乐部。

我小心地走下石阶,沿着曼佐尼大街走。我在大旅馆前碰见了迈耶斯老头和他的妻子从一部马车上下来。他们刚从跑马场回来。她是个胸围宽大的女人,身穿黑缎衫裙。他则又矮又老,长着白色的小胡子,拄着根手杖。一步步拖着脚步走。

"你好啊?你好啊?"她和我握手。"哈啰。"迈耶斯说。

"跑马财运怎么样?"

"不错。挺好玩的。我赢了三次。"

"你怎么样?"我问迈耶斯。

"不坏。我中了一次。"

"他输赢怎么样我总不知道,"迈耶斯太太说,"他从来不告诉我。"

"我运气不错,"迈耶斯说,他表示亲切关心,"你应当去玩玩啊。"他讲话时,你总觉得他不在看你,或是把你误当做别人。

"我要去的。"我说。

"我正想上医院去探望你们,"迈耶斯太太说,"我有点东西要给我的孩子们。你们都是我的孩子。你们真是我的好孩子。"

"大家见到你一定高兴。"

"那些好孩子。你也是。你也是我的一个孩子。"

"我得回去啦。"我说。

"代我问候所有的好孩子。我有许多东西要带去。我有一些上好的马萨拉酒①和蛋糕。"

"再会,"我说,"大家见到你一定非常高兴。"

"再会,"迈耶斯说,"你上拱廊来玩玩吧。你知道我的桌子在什么地方。我们每天下午都在那儿。"我继续沿街走去。我想到科伐去买点东西给凯瑟琳。走进科伐,我买了一盒巧克力,趁女店员包糖的当儿,我走到酒吧间去。那儿有两个英国人和几名飞行员。我独自喝了一杯马丁尼鸡尾酒,付了账,跑到外边柜台前,捡起那盒巧克力便回医院去。在歌剧院旁边那条街上的小酒吧外,我碰到几个熟人,一个是副领事,两个学唱歌的家伙,还有一个来自旧金

---

① 马萨拉是西西里岛西部的一海滨城市,这里指该地区出产的白葡萄酒。

山的意大利人,叫做爱多亚·摩里蒂,现在在意大利军队中。我跟大家喝了一杯酒。歌唱家中有一个叫做拉夫·西蒙斯,歌唱时改用意大利姓名:恩利科·戴尔克利多。我不晓得他唱得怎么样,不过他老在说有件伟大的事就要发生了。他人长得胖,鼻子和嘴巴显出一副饱经风霜的可怜相,好像患着枯草热①。他刚从皮阿辰扎城演唱回来。他唱的是歌剧《托斯卡》②,他自己说成绩很好。

"自然你还没听我唱过。"他说。

"这儿你什么时候登台?"

"今年秋天,就在那歌剧院里。"

"我可以打赌,人家准会拿起凳子来扔你的,"爱多亚说,"你们听见他在摩得那给人家扔凳子了没有?"

"该死的撒谎。"

"人家拿起凳子来扔他,"爱多亚说,"我当时在场。我亲自扔了六只凳子。"

"你无非是个旧金山来的意大利佬罢了。"

"他念不准意大利语,"爱多亚说,"他到处被人家扔凳子。"

"皮阿辰扎的歌剧院是意大利北部最难对付的,"另外一个男高音说,"说真话,那座小歌剧院可很难对付。"这位男高音的姓名是艾得加·桑达斯,登台歌唱时改名为爱德华多·佐凡尼。

"我倒很想在那儿看着人家给你扔凳子,"爱多亚说,"用意大利语唱歌你不行。"

"他是个傻子,"艾得加·桑达斯说,"他只会说扔凳子。"

"你们俩一唱起歌来,人家也只知道扔凳子,"爱多亚说,"往后你们回到美国,就会到处瞎吹你们在米兰歌剧院的大成功。其实他们在这儿登台,包你唱不完第一句。"

"我就要在这歌剧院演唱了,"西蒙斯说,"十月里我要唱《托斯卡》。"

---

① 患枯草热的人,容易伤风流鼻涕。
② 《托斯卡》是意大利作曲家普契尼(1858—1924)的杰作之一;1900 年首次演出。

"我们准去,可不是吗,麦克?"爱多亚对副领事说,"他们得找些人做保镖。"

"也许还得把美国军队开去保护他们,"副领事说,"再来一杯吧,西蒙斯?你也要一杯吧,桑达斯?"

"好的。"桑达斯说。

"听说你要得银质勋章了,"爱多亚对我说,"你会得到哪一种嘉奖呢?"

"我不知道。我也不知我会得勋章。"

"你会得到的。科伐的姑娘们到那时候一定把你看做了不起的。她们都会以为你杀死了二百名奥国兵,或者单身占领了一条战壕。嗯,为了得勋章我得奋发图强。"

"你已经得了几枚,爱多亚?"副领事问。

"他什么都有啦,"西蒙斯说,"战争就是为他这种人打的。"

"我应该得两枚铜质勋章,三枚银的,"爱多亚说,"但是公文上说只通过一枚。"

"其余的怎么啦?"西蒙斯问。

"战役失利,"爱多亚说,"战役一失利,所有的勋章都给压下了。"

"你受了几次伤,爱多亚?"

"三次重伤。我有三条受伤的杠杠。看见吗?"他把袖管扭过来给大家看。所谓杠杠是黑底上三条平行的银钱,缝在袖管的布料上,在他肩头下八英寸的地方。

"你也有一条,"爱多亚对我说,"佩戴这东西真好。我认为比勋章好得多。相信我,小伙子,等你有了三条,那就显得你有能耐啦。你要受了得住院三个月的重伤,人家才肯给你这种杠杠。"

"你哪儿受伤啊,爱多亚?"副领事问。

爱多亚拉起袖子来。"这里,"他给我们看那深深的、光滑的红疤,"还有这儿腿上。这我可不能给人家看,因为我打了绑腿;还有在我脚上。我脚上有根死骨头,到现在还在发臭。我每天早晨捡些小骨头出来,不过还是时时发臭。"

"什么东西打中了你?"西蒙斯问。

"手榴弹。那种马铃薯捣烂器①。把我一只脚的一边全炸掉了。你知道那种马铃薯捣烂器吗?"他转而问我。

"当然啦。"

"我看着那狗杂种抬起手来扔的,"爱多亚说,"我一下子给炸倒了,我当时以为这次准死了,想不到那些该死的马铃薯捣烂器里头并没有什么东西。我就用我的步枪打死了那狗杂种。我随身总带着一支步枪,叫敌人看不出我是个军官。"

"他的神情怎么样?"西蒙斯问。

"他只有那么一颗手榴弹,"爱多亚说,"我也不懂他干吗扔它。我猜想他大概只是一直想扔罢了。大概他还没参加过实在的打仗。我一枪就把这狗杂种结果了。"

"你开枪的时候,他是什么神情?"西蒙斯问。

"见鬼,我怎么知道,"爱多亚说,"我开枪打他的肚子。打他的头我怕万一打不中。"

"你当军官有多久了,爱多亚?"我问。

"两年了。我快升上尉了。你当中尉好久了?"

"快三年了。"

"你当不上上尉,因为你不够熟悉意大利语,"爱多亚说,"你只会讲,看和写可不大行。要当上尉你得受过相当的教育。你为什么不进美国军队?"

"我也许要转过去。"

"我倒盼望老天爷肯让我去。哦,好家伙,一个上尉官俸多少啊,麦克?"

"我不十分清楚。大概总在两百五十元左右吧。"

"耶稣基督!两百五十元,我花起来太舒服了。弗雷德,你赶快转入美国军队吧。看看有没有法子也把我拉进去。"

"好的。"

"我能用意大利语指挥一连兵。改用英语指挥,我学起来很容易。"

"你将来会当上将军。"西蒙斯说。

---

① 指9英寸长的德国木柄手榴弹。

"不,我的知识不配当将军。一位将军得知道许许多多的事情。你们这些家伙,以为战争等于儿戏。老实说,你的脑子还不配当名起码的中士哪。"

"谢谢上帝,我还不至于非当兵不可。"西蒙斯说。

"人家要是把你们这些逃避兵役的都抓起来,那你就怕要当兵了。哦,好家伙,最好你们两位都到我那一排来。麦克,你也来。我派你当我的勤务兵,麦克。"

"你人倒不错,爱多亚,"麦克说,"但是你恐怕是个军国主义者吧。"

"战争结束以前,我一定要当上校。"爱多亚说。

"要是人家不把你打死的话。"

"人家打不死我的,"他用拇指和食指摸摸他领子上的徽星,"你看见我这一动作吗?谁一提起给打死的话,我们便摸摸我们的星。"

"我们走吧,西蒙斯。"桑达斯说,站了起来。

"好。"

"再会,"我说,"我也得走了。"根据酒吧间里的时钟,已经是六点差一刻了。"再见,爱多亚。"

"再见,弗雷德,"爱多亚说,"你就要得到银质勋章,这倒是个很好的消息。"

"我还不知道是否拿得到。"

"你稳拿得到的,弗雷德。我听说你是稳拿得到的。"

"好,再会,"我说,"多多保重自己,爱多亚。"

"你犯不着为我操心。我既不喝酒,也不乱搞。我既不是酒鬼,更不是嫖客。我知道什么对我有益处。"

"再会,"我说,"听说你快要被提升为上尉,我很高兴。"

"我也不必等待人家来提升。我单凭战功就可以当上上尉。你知道。领章上三颗星,上面有只皇冠和两把交叉的刀。这才是我。"

"祝你运道好。"

"祝你运道好。你什么时候回前线?"

"快啦。"

"好,哪天我来看看你。"

"再会。"

"再会。别上当。"

我走上一条后街,那是条直达医院的近路。爱多亚现年二十三岁。由旧金山一位叔父抚养成人,战争宣布时他恰巧回到意大利的都灵看望父母。他有个妹妹,以前同他一道上美国,住在他叔父那里,今年要从师范学校毕业。他是个地道的英雄,人人见了他都讨厌。凯瑟琳每每忍受不住。

"我们也有我们的英雄,"她说,"但是一般地讲,亲爱的,人家安静多了。"

"我倒不在乎。"

"我对他也不在乎,只要他别那么自负,那么惹人讨厌,真是讨厌透了。"

"他也惹我讨厌。"

"你这么说,太好了,亲爱的。其实你也不必附和我。你能够想象他在前线时怎么样,你也知道他是多么能干,不过他太像我所不喜欢的那种男人。"

"我知道。"

"你知道,你真太好了。我也想试试喜欢他,不料他真是个讨厌又讨厌的家伙。"

"他今天下午说快要升上尉了。"

"这也好,"凯瑟琳说,"这总该叫他高兴高兴吧。"

"你岂不喜欢我也升级吗?"

"不,亲爱的。我只要你的军衔可以进进比较好的酒家饭馆就行了。"

"我现在这一级恰巧就是。"

"你的军衔好极了。我不要你升级。那样怕会使你傲慢起来。哦,亲爱的,我十分喜欢你并不自高自大。你就是自负,我还是会嫁给你的,不过丈夫不自负那就太平多了。"

我们俩正在阳台上轻声谈话。月亮本来应该上升了,可惜城市上空罩了一层雾,月亮没有露出来,过了一会儿,下起纷纷细雨来,我们只得回房间去。外边的雾转成雨,一会儿雨大起来,我们听着雨打在屋顶上,仿佛擂鼓似的。我起身走到阳台门口站一站,看看雨打进来没有,原来并没有打进来,于是我让门仍旧开着。

"你还碰见了谁?"凯瑟琳问。

"迈耶斯夫妇。"

"那是一对怪物。"

"他本应当关在美国监牢里。人家却让他到国外来死。"

"而且幸福地住在米兰,直到永远。"

"怎么幸福也难说。"

"坐过牢的人,这种生活总算是幸福的吧。"

"她要送些东西来。"

"她送来的东西很棒。你是她的宝贝儿子吗?"

"是其中的一个。"

"你们都是她的宝贝儿子,"凯瑟琳说,"她偏爱这些宝贝儿子。你听那雨声。"

"雨下得很大。"

"还有你是不是永远爱我?"

"是的。"

"就是下了雨也没有差别吗?"

"没有。"

"这很好。因为我怕雨。"

"为什么呢?"我昏昏欲睡。外边雨潺潺下个不停。

"我不知道,亲爱的。我一向是怕雨的。"

"我喜欢雨。"

"我喜欢在雨中散步。但是雨对于恋爱总是很不利的。"

"我永远爱你。"

"我爱你,不管下雨也好,下雪也好,冰雹也好——还有什么别的没有?"

"我不知道。我看我想睡了。"

"睡吧,亲爱的,不管怎么样,我总爱你。"

"你并不当真怕雨吧?"

"同你在一起就不怕了。"

"你为什么怕雨呢?"

"我不知道。"

"告诉我。"

"别叫我说。"

"告诉我。"

"不。"

"告诉我。"

"好吧。我怕雨,因为我有时看见自己在雨中死去。"

"哪有这种事。"

"还有,有时我看见你也在雨中死去。"

"那倒是比较可能的。"

"不,不可能,亲爱的。因为我能够叫你安全。我知道我能。但是没人能够救自己。"

"请你别说吧。今天夜里我可不要你发苏格兰人的怪脾气,疯疯癫癫的。我们在一起的时间也不会长久了。"

"不,可我本是苏格兰人,本是疯疯癫癫的。不过我不发作就是啦。这一切都是胡闹。"

"对啦,都是胡闹。"

"都是胡闹。只是胡闹。我并不怕雨。我并不怕雨。哦,哦,上帝啊,但愿我真的不害怕。"她哭了。我安慰她,她停止了哭泣。但是外边的雨还是下个不停。

第二十章

有一天下午,我们到跑马场去。弗格逊也去,还有克罗威·罗吉斯,就是那个给炮弹雷管炸伤眼睛的青年。中饭后,姑娘们去打扮换衣服,克罗威和我则坐在他病房的床沿上,翻阅赛马报纸,研究各匹马过去的成绩和今天的预测。克罗威的头还扎着绷带,他本不关心赛马,只是因为闲来无事,才经常阅读赛马报纸,注意每匹马的进展变化。他说今天的马都不好,但是我们只有这些马可赌赛。老迈耶斯喜欢他,常常透露给他一些内部消息。迈耶斯每次看赛马,几乎每赌必胜,不过他不愿意把内部消息告诉人家,因为买那匹马票子的人一多,彩金就往下跌了。这里的赛马非常腐败。各国因跑马犯规而被赛马场开除的骑师,在意大利仍旧在当。迈耶斯的情报相当好,但是我不喜欢请教他,因为有时候你问他,他常常不回答,你看得出他告诉你时,总显得很为难,但是因为某种原因,他总觉得有义务告诉我们一些,特别是克罗威,他对他透露消息比较不太难过。克罗威的两只眼睛都受了伤,有一只是重伤,而迈耶斯自己眼睛也有毛病,所以他喜欢克罗威。迈耶斯赌什么马,从来不告诉他妻子。他妻子有时赢有时输,大多是输,话可唠唠叨叨个没完。

我们四人赶一部敞篷马车到圣西罗去。那天天气很好,我们赶着马车穿过公园,沿着电车轨道出城,一到城外,路上全是尘土。城外有些别墅,围着铁栅,有花草蔓生的大花园、有流着水的沟渠和青翠的菜园,菜叶上积有尘土。我们越过平原,望得见农民的屋子、丰腴青翠的田地和农场的水沟,还有北边的高山峻岭。往跑马场赶的马车很多,守大门的人让我们进去,并不查验入场证,因为我们身穿军装。我们下了马车,买了节目表,穿过内场,跨过那铺得又平又厚的跑马道,来到停马的围场。大看台已经陈旧了,是用木头搭成的,卖马票处就设在看台底下,在马房边排成一长列。有一群士兵靠着内场的围栏边。围场上的人也相当多,在大看台后边的树木底下,有人拉着马绕着圈子走,让马活动活动。我们见到一些熟人,弄到两把椅子给弗格逊和凯瑟琳坐,观察那些马。

马由马夫牵着走,一匹跟着一匹,马头垂下。有一匹紫黑色的马,克罗威发誓说那是染出来的颜色。我们仔细看了一下,觉得颜色可能是染上去的。这匹马在上鞍铃摇了以后,才给拉出来。我们看那马夫胳臂上的号数,对照节目表才知道这匹马叫做贾巴拉克,是一匹阉过的黑马。这一次竞赛的马,都是没有赢过一千里拉或更多的。凯瑟琳也说那匹马的颜色是假的。弗格逊说她没有把握。我则以为那马有点可疑。我们都同意购买这匹马的票子,一共凑了一百里拉。根据赌注打赌表,这匹马倘若跑赢的话,每里拉要付三十五里拉。克罗威走过去买马票,我们则看着骑师骑着马又绕了一个圈子,然后从树木底下走上跑道,慢慢地跑往起点。

我们走上大看台去看赛马。圣西罗当年还没装上弹性起跑栅,那个主持起跑者先叫马排成一横行——在远远的跑道上这些马看起来很小——然后把长鞭啪的一挥,命令各匹马起跑。马跑过我们跟前时,那匹黑马竟然一马当先,到了转弯的地方,它撇下了其余的马,跑到远远的前方去了。我用望远镜往远处望去,看见黑马的骑师正在死命拉住它,但是马控制不住,等到拐弯转入最后决胜的那段跑道时,它抛下其余的马,有十五匹马马身长度的距离。黑马到了终点后还转了一个弯才停下来。

"这太好了,"凯瑟琳说,"我们赢了三千多里拉啦。一定是匹好马。"

"我只盼望他们付钱以前,马的颜色可别掉了。"克罗威说。

"真是一匹可爱的马,"凯瑟琳说,"不晓得迈耶斯先生买了它的票没有。"

"你买了那匹赢的马没有?"我大声问迈耶斯。他点点头。

"我倒没有,"迈耶斯太太说,"孩子们,你们押的是哪匹马?"

"贾巴拉克。"

"真的? 赌注是三十五对一啊!"

"我们喜欢它的颜色。"

"我不喜欢。我看它样子不大对头。人家叫我不要押它。"

"它不会付多少钱的。"迈耶斯说。

"牌价上明明写着三十五对一啊。"我说。

"不会付多少钱的。快起赛的时候,"迈耶斯说,"有人押下了一大笔款子。"

"谁?"

"肯普顿和他那一帮人。你等着瞧吧。这匹马付不到二对一。"

"那么我们得不到三千里拉了，"凯瑟琳说，"我可不喜欢这种作弊的赛马。"

"我们可以得到二百里拉。"

"那算不了什么。那对我们有什么好处？我还以为我们快要得到三千里拉哩。"

"这样腐败，惹人厌恶。"弗格逊说。

"自然啰，"凯瑟琳说，"我们可不就是因为它形迹可疑才押它的。不过，我倒真想得到三千里拉呢。"

"我们下去喝杯酒，看他们付多少钱。"克罗威说。我们到了人家张贴号码并摇铃付款的地方，在贾巴拉克名字后写着每十里拉可得十八个半里拉。这就是说，甚至不到二比一。

我们走进大看台下的酒吧间，每人喝了一杯威士忌苏打。我们碰到两个认识的意大利人和副领事麦克亚当斯，他们跟着我们上去找女士们。意大利人彬彬有礼，麦克亚当斯和凯瑟琳谈话，我们则又下去押马。迈耶斯正站在派彩处①附近。

"问他赌哪匹马。"我对克罗威说。

"你赌哪匹马，迈耶斯先生？"克罗威问。迈耶斯拿出节目表来，用铅笔指指第五号。

"我们也买它，行吗？"克罗威问。

"尽管买。尽管买。可别告诉我妻子是我告诉你们的。"

"喝杯酒吧？"我问。

"不，谢谢。我从来不喝酒。"

我们用一百里拉赌第五号马跑头马，又花一百里拉赌它跑二马，随后又是一人一杯威士忌苏打。我觉得很高兴，又结交了两个意大利人，他们每人陪我们喝了一杯酒后，我们就去找女士们。这两个意大利人也很彬彬有礼，跟先前

---

① 这种跑马赛，一般在每场截止购马票后，由场方把每匹马上的全部押金，扣去一定比例的手续费，再用计算器算出如果跑出名次后每张马票能分到多少，在派彩处公布。

那两个一模一样。过了一会儿,就没人坐得下来了。我把马票递给凯瑟琳。

"买了哪匹马?"

"我不知道。是迈耶斯先生选择的。"

"你连马的名字都不知道吗?"

"不知道。你往节目表上去找吧。大概是第五号。"

"你的信心真动人。"她说。第五号马果然赢了,但是付的钱很有限。迈耶斯先生很光火。

"你得花二百里拉才能赢到二十里拉,"他说,"十里拉的马票得十二里拉。太不值得了。内人就输了二十里拉。"

"我跟你下去走走。"凯瑟琳对我说。意大利人都站起身。我们走下大看台,往停马的围场走去。

"这赛马你喜欢吗?"凯瑟琳问。

"是的。我想是喜欢的。"

"依我看,这也不错,"她说,"不过,亲爱的,见那么多的人我可受不了。"

"我们也没见多少人啊。"

"人是不多。不过迈耶斯夫妇,还有那个银行主任和他的妻子以及女儿们——"

"我的即期支票是他兑给我的。"我说。

"不错,不过他不兑的话,别人也肯兑给你的。那最后四个小伙子更叫人难受。"

"我们就待在这里看跑马好了,就从围栏这儿看。"

"那好极了。还有,亲爱的,我们来赌一匹从来没听见过的马,一匹迈耶斯先生不会押的马。"

"好的。"

我们押了一匹名叫"给我点燃"的马,结果跑时一共五匹,我们这匹马跑第四。我们靠在围栏上,看着马跑过,一片马蹄哒哒声,还望见了遥远的山峰以及在树木和田野后边的米兰城。

"我觉得清爽多了。"凯瑟琳说。马儿回来了,由大门走过,又湿又流汗,骑师们在叫马儿安静下来,把马带到树底下,预备下马。

"你不想喝杯酒吗?我们可以在这儿喝酒赏马。"

"我去拿。"我说。

"小伙计会送来的。"凯瑟琳说。她伸手一挥,马房旁边那个卖酒凉亭上就有个小伙计跑出来。我们在一张圆铁桌边坐下了。

"你是不是觉得我们俩单独在一起更好些?"

"是的。"我说。

"跟他们在一起的时候,我觉得好孤单寂寞。"

"这儿好得很。"我说。

"是的。这赛马场果真好看。"

"是不错的。"

"你别给我弄得扫兴,亲爱的。你什么时候想回去我就回去。"

"不,"我说,"我们就留在这儿喝酒吧。等一会儿,我们下去站在越水障碍边,看障碍赛马。"

"你待我真好。"她说。

我们俩单独在一起一会儿后,倒又高兴去见旁的人们了。我们尽兴而归。

第二十一章

时届九月，先是夜里阴凉，接着白天也阴凉起来，公园里的树叶一一褪色，于是我们知道夏季已经完了。前线战事失利，他们攻不下圣迦伯烈山。培恩西柴高原上的战事已经结束，到了九月中旬，圣迦伯烈山的战事也快结束了。他们攻不下这山峰。爱多亚已经回前线。马匹已运往罗马，米兰已经没有赛马了。克罗威也上罗马去了，准备从那儿回美国。米兰城里有两次反对战争的骚乱，都灵也有一次激烈的骚乱。有位英国少校在俱乐部里告诉我说，意军在培恩西柴高原和圣迦伯烈山损失达十五万人。他说，他们在卡索高原上还损失了四万人。我们喝了杯酒，他便扯开了。他说今年这儿的战事已完，意军贪心多吃了一口，已经吃不消了。他说法兰德斯的总攻击看样子也是不行的①。盟军倘若老是像今年秋天这么以士兵去乱拼，一年内就要垮台。他说我们大家都垮了，但只要大家不知道就没什么要紧。我们都垮了。不过是装做不知道罢了。哪一国拼死熬到最后才发觉这一点，便会打赢这场战争。我们又喝了一杯酒。我是不是谁的参谋？不是。他倒是的。全是胡闹。俱乐部里只有我们两人靠坐在大皮沙发上。他那暗色的皮靴，擦得闪闪发亮。好漂亮的靴子。他说全是胡闹。上级官员想的只是师团和人力。大家都为着师团争吵，一调拨给他们，便拿去拼个精光。他们都垮了。德国人打胜仗。天啊，德国佬才是真正的军人。不过他们也垮了。我问他俄罗斯怎么样？他说他们已经垮了。我宁愿看到他们垮台。还有奥军也垮了。他们倘若有几师德国兵，就可以打胜仗。照他想，今年秋天他们会不会来进攻？当然会来的。意军垮了。谁都知道意军垮了。等德国佬从特兰提诺地区冲下来，在维琴察把铁路切断，到那时候意军还能怎么样呢？他们在一九一六年就试过了，我说。那次德军没有一同来。是的，我说。他又说，他们大概不会这么做。太简单了。他们准备来个复杂一点的，弄一个大垮特垮。我得走了，我说。我得回医院

---

① 法兰德斯地区包括比利时西部和法国北部，这里讲的总攻击是指1916年英法联军与德国军队沿索谟河的争夺战，联军运用了新武器坦克，还是没有多大成就。

了。"再会。"他说。随后又愉快地说:"万事顺利!"他对世界的悲观和他个人的乐观成了一种强烈的对照。

我在一家理发店歇下来,修了个脸才回医院。我的腿经过长期疗养,有现在的成绩也算好的了。三天前我检查过一次。我在马焦莱医院所受的机械治疗,还得去几趟才算完事,所以我特地抄小道,练习不瘸腿走路。有个老头儿在一条拱廊下替人家剪影。我停下来看他剪。有两个姑娘一起站着由他剪影,他剪得好快,边剪边侧着头看她们。姑娘们娇笑个不停。他把剪好的侧面像先拿给我看,然后贴在白纸上递给姑娘们。

"她们长得很美,"他说,"你来不来,中尉?"

姑娘们边看着她们的剪影边笑着走了。她们都长得很好看。有一个是医院对面那家酒店里的女店员。

"好的。"我说。

"脱掉帽子。"

"不。还是戴着吧。"

"那就不十分美观了,"老人说,"不过,"他高兴起来,"这样更有军人气派。"

他在黑纸上剪来剪去,随后分开这两层厚纸,把侧面像贴在一张卡纸上递给我。

"多少钱?"

"用不着。"他摇摇手,"我是为你服务的。"

"请。"我掏出几个铜币来,"就当做茶钱吧。"

"不。我剪它本是一种娱乐。把钱留下给你的女朋友吧。"

"多谢,再会。"

"再会。"

我走回医院去。我有些信件,一封是公函,还有其他的。公函通知我有三星期的"疗养休假",以后就回前线。我细心地读过一遍。也好,那就定当了。我的疗养休假自十月四日算起,我的机械治疗也就在那天结束。三星期是二十一天。那么十月二十五日我就得走了。我给他们讲一声我出去一趟,就跑到医院斜对面一家馆子去吃晚饭,就在饭桌上看信件和晚报。祖父来了一封信,讲了些家里的事以及为国尽忠的话,附有一张两百元的汇票和一些剪报;旧日同饭堂那位教士也来了一封沉闷的信;一个参加法国空军的朋友来了一封信,他现在交了一帮野朋友,满纸讲的都是荒唐事;雷那蒂也来了一封短简,问我在米兰还要躲多久,有什么新闻,他要我带些唱片回去,还开了一个单子。我吃饭时喝了一小瓶基安蒂酒。饭后一杯咖啡,一杯科涅克白兰地,读完了晚报,把信件揣在口袋里,把报纸和小账搁在桌上便走了。回到医院的房间里,我脱了衣服,换上睡衣裤和便袍,拉下通阳台的门帘,坐在床上看波士顿的报纸——那叠报纸原是迈耶斯太太留在医院里给她的"孩子们"看的。芝加哥的"白短袜"队在美国联赛中夺到冠军,而纽约"巨人队"在全国联赛中的分数遥遥领先①。宝贝鲁思②当时正在波士顿队里当投手。报纸很沉闷,消息偏于一处地方,陈旧过时,战事报道也都是陈旧的。美国新闻讲的都是训练营的情况。幸喜我没进训练营。报纸上可以看的只有棒球比赛消息,但我对于这全没兴趣。报纸堆成一大叠,翻来翻去,无法叫人读得上劲。它们虽则已失去了时间性,我还是看了一会儿。我想,不知道美国是否真的卷入了战争,会不会把这两大联赛停下来。也许不会吧。意大利打得够糟了,米兰还不是照样有赛马。法国已停止赛马了。那匹叫做贾巴拉克的马就是从法国运来的。凯瑟琳要到九点钟才上夜班。她初上班时,我听见她在我这一层楼上的走动声响,有一次还看见她从门外走廊上走过。她到过几间病房后才走进我的这一间。

"我来晚了,亲爱的,"她说,"方才有好些事得做。你好啊?"

我把我收到的公函和休假的消息告诉了她。

"好极啦,"她说,"你打算上哪儿去呢?"

"都不去。我要待在这儿。"

"那太傻了,你拣个地方,我跟着来。"

"你怎么能够跟着来?"

"还不知道。不过我会来的。"

---

① 美国的棒球比赛是一种群众性的娱乐活动。全国各大城市都有职业球队参加"美国联赛"或"全国联赛"两大全国性的联赛。杰出运动员受人崇拜欢迎,犹如明星。

② 宝贝鲁思后来以击全垒打著名,是美国棒球史上的杰出运动员。

"你很行。"

"哪里。只要你不计较得失的话,人生还有什么不能想法子克服的。"

"你这话什么意思?"

"没什么。我只在想,以前有些困难,当时看来很大很大,但回想起来,只是一些小阻碍罢了。"

"我倒以为是很难想法子的。"

"没有什么大困难,亲爱的。顶多是我一走了之。但是也不必走到这一地步。"

"我们上哪儿去呢?"

"哪儿都行。你要上哪儿去都行。只要是没熟人的地方。"

"我们上哪儿去你都不在乎吗?"

"无所谓。哪儿都行。"

她的模样似乎烦躁紧张。

"怎么啦,凯瑟琳?"

"没事。没有什么。"

"一定有事。"

"没事。真的没事。"

"我知道有事。告诉我,亲爱的。你可以告诉我。"

"没有什么。"

"告诉我。"

"我不想说。我怕说了会叫你不高兴或者担心。"

"不会的。"

"你果真不会吗?我倒不愁,只怕你发愁。"

"你不愁的事我自然也不会愁的。"

"我不想说。"

"说吧。"

"非说不可吗?"

"要说。"

"我有孩子了,亲爱的。差不多三个月了。你不发愁吧?请你不要愁。你一定不要发愁。"

"好吧。"

"果真是好吧?"

"自然啦。"

"我用尽了种种方法。我什么药都吃,但是都没有效力。"

"我并不愁。"

"我真是没有法子想,亲爱的,我倒也不去愁它。请你不要发愁或者不好过。"

"我只是为你发愁。"

"那就不对了。你就是不该为我发愁。人家时时都在生孩子。人人都在怀孕。这本是自然而然的。"

"你很行。"

"哪里。不过你千万别操心,亲爱的。我一定想法子不给你添麻烦。我知道我现在惹起了麻烦。但是在这以前我岂不是个好姑娘吗?你岂不是完全不知吗?"

"不知道。"

"以后就这样好了。你根本不必发愁。我看得出你在发愁。别愁吧。立刻别愁了。你不想喝杯酒吗,亲爱的?我知道你喝了杯酒就会兴致好。"

"不。我兴致很好。你实在相当行。"

"哪里。只要你拣好什么地方,我一定想法子跟着去,在一起住。十月的天气一定是可爱的。我们一定能过快乐幸福的日子,亲爱的,等你上了前线我天天给你写信。"

"那时候你自己上哪儿去呢?"

"我现在还不知道。但是总会有个好地方的吧。由我自己来想法子吧。"

我们静默了一会儿,都不开口。凯瑟琳坐在床沿上,我望着她,彼此不接触。我们中间有了距离,仿佛有个第三者闯进了房间,彼此都觉得怪不自然。她伸出手来抓住我的手。

"你不生气吗,亲爱的?"

"不。"

"还有你不至于觉得上了圈套吧?"

"也许有一点。但不是上了你的圈套。"

"我没有说是我的圈套。别傻头傻脑。我的意思只是说有没有上了圈套的感觉。"

"从生物学的观点来讲,你总是觉得上了圈套。"

她的心跑得远远的,虽则身体没动弹,手也没有挪开。

"'总是'这两字不大好听。"

"对不起。"

"没有关系。但是你瞧,我从来没怀过孩子,甚至从来没爱过人。我一向都想法子顺从你,你现在倒说起'总是'这种话来。"

"我把舌头割掉吧。"我建议。

"哦,亲爱的!"她从她远去的地方回来了。"你可别太认真。"我们又在一起了,方才那种不自然的感觉消失了。"我们俩本是一个人,可别故意产生误会。"

"我们不会的。"

"但是人家可是这样子的。他们先是相爱,故意产生误会,争吵,到末了两人的感情忽然变了。"

"我们不争吵。"

"我们不该争吵。因为你我只有两人,而跟我们作对的是整个世界上的人。如果你我产生隔膜,我们就完蛋了,人家就能征服我们。"

"人家征服不了我们,"我说,"因为你太勇敢了。勇敢的人一定没事。"

"死总是要死的。"

"不过只死一次。"

"我不知道。这句话是谁说的?"

"懦夫千死,勇者只有一死!"①

"当然就是这句话。谁说的?"

---

① 参见莎士比亚名剧《恺撒大帝》第二幕第二场中恺撒所讲的话:"懦夫在死前死上好多次,勇者从来只尝到一次死的滋味。"

"不知道。"

"说这话的人大概还是个懦夫,"她说,"他对懦夫很熟悉,对勇者可全不知道。勇者倘若是聪明人的话,也许要死上两千次。他只是不说出来就是啦。"

"这倒难说。要了解勇者的内心可不容易。"

"对啦。勇者就是这么不吐露内心的。"

"你倒像个权威。"

"你讲得对,亲爱的。该是个权威。"

"你是勇敢的。"

"不,"她说,"不过我很想做个勇者。"

"我不是勇者,"我说,"我知道自己的地位。我在外边混了这么久,也认识自己了。我就像个球员,知道自己击球的成绩只能达到两百三十,再努力也不行。"

"击球的成绩两百三十的球员是什么样的人呢?听起来挺神气的。"

"哪里。从玩棒球的人来说,只是个平平常常的击球手。"

"不过还算是个击球手啊。"她逗着我说。

"依我看,你我都是自命不凡的家伙,"我说,"不过你是勇敢的。"

"我不是。不过我希望做个勇者。"

"我们俩都是勇敢的,"我说,"我喝了一杯酒就很勇敢。"

"我们两人都蛮好。"凯瑟琳说。她走到镜橱边,拿出一瓶科涅克白兰地和一个杯子给我。"喝杯酒吧,亲爱的,"她说,"你的态度很好。"

"我不是真的想喝酒。"

"喝一杯。"

"好。"我在喝水玻璃杯里倒了三分之一的科涅克白兰地,一口喝干了。

"这很伟大,"她说,"我知道白兰地是英雄喝的。不过你也不必过分。"

"战后我们上哪儿住去呢?"

"大概在一家养老院吧,"她说,"三年来我总是孩子气地痴想战事会在圣诞节结束。但是现在我要等待我们的儿子先当上了海军少校再说。"

"也许他还要当上将军呢。"

"倘若是百年战争的话,他来得及在海陆两方面都试一试。"

"你不想喝杯酒吗?"

"不。酒总是使你高兴,亲爱的,但只叫我头昏。"

"你从来不喝白兰地吗?"

"不喝,亲爱的。我是个很老派的老婆。"

我伸手到地板上去拿酒瓶,又倒了一杯酒。

"我还是去看看你的同胞们吧,"凯瑟琳说,"或者你看看报等我回来。"

"你非去不可吗?"

"现在不去,过一会还是得去的。"

"好的。还是现在去吧。"

"我等一会儿再回来。"

"那时我报就看完了。"我说。

第二十二章

那天夜里天气转冷,第二天下起雨来。我从马焦莱医院回来时雨很大,赶到房里,浑身淋湿了。在我楼上的病房里,外边阳台上雨沉重地下着,风刮着雨,打在玻璃门上。我换了衣服,喝了一点白兰地,但是白兰地喝起来没有味道。当天夜里就觉得不舒服,第二天早饭后竟然呕吐起来。

"没有疑问,"住院医师说,"瞧他的眼白,小姐。"

盖琪小姐看了一看。他们拿面镜子叫我自己照。我的眼白发黄,原来是黄疸病。为这黄疸,我病了两星期。所以我便没有和凯瑟琳一起过"疗养休假"。我们本来计划到马焦莱湖上的巴兰萨去。在树叶转黄的秋天,那儿一定很好玩。那儿有散步的幽径,可以在湖上拖钩钓鳟鱼。那地方比施特雷沙好得多,因为人少一点。施特雷沙和米兰的交通非常方便,总会碰上熟人。巴兰萨那边有个好村庄,你可以划船到渔夫住的那些小岛上去玩,其中最大的一座岛上还有一家饭馆。但是结果我们没有去成。

有一天,我因为黄疸病躺在床上,范坎本女士走进房来,打开镜橱,看到了里边的那些空酒瓶。我曾叫门房拿走一批空瓶,准是给她碰到了,因此跑上来再来搜查一下。瓶子大多是味美思瓶、马萨拉葡萄酒瓶、卡普里酒瓶、基安蒂酒瓶和一些科涅克白兰地瓶。门房先取走的是大一点的瓶子,是装味美思和那种用稻草包起来的基安蒂酒瓶,还剩下些白兰地瓶子预备等一下再拿。范坎本女士搜查到的正是这些白兰地瓶子和一个狗熊形的瓶子,里边装着蒔萝利口酒。狗熊形的瓶子特别叫她光火。她把它拿起来看看,这狗熊是蹲着的,前爪向上,玻璃熊头上有个瓶塞,底部粘着一些玻璃珠。我大笑起来。

"这是蒔萝利口酒,"我说,"最好的蒔萝利口酒才用这种狗熊瓶装。是俄国的产品。"

"那些可不都是白兰地瓶子吗?"范坎本女士问。

"我只看得见一部分,"我说,"不过大概都是吧。"

"你这样擅自喝酒有多久了?"

"这都是我自己买了带回来的,"我说,"我时常有意大利军官来探望我,不得不备点白兰地招待他们。"

"难道你自己就不喝吗?"她说。

"我自己也喝。"

"白兰地,"她说,"十一只白兰地空瓶子,还有那瓶狗熊酒。"

"莳萝利口酒。"

"我打发个人来拿走。你的空酒瓶都在这儿吗?"

"目前只有这一些。"

"可我还在可怜你的黄疸病哩。怜悯用在你身上是白搭。"

"谢谢你。"

"你不愿意上前线,倒也难怪。不过故意纵酒来害上黄疸病,那未免太不聪明啦。"

"你说我故意什么?"

"故意纵酒。你明明听见的嘛。"我一声不响。"除非你还能找到什么别的借口,你这黄疸一好,就得回前线。我不相信你这自己促成的黄疸病使你有资格享受疗养休假。"

"你不相信?"

"我不相信。"

"你自己生过黄疸病没有,范坎本女士?"

"没有,但是这种病人我倒见过不少。"

"你发觉这种病人好过吗?"

"总比前线好一点吧。"

"范坎本女士,"我说,"你可曾听说有人因为想逃避军役而自踢阴部?"

范坎本女士不理睬我这个实际问题。她只好不睬,要不就得离开房间。她不愿意走开,因为她素来不喜欢我,现在正可趁机编派我一顿。

"我倒知道有好些人,为要逃避上前线,故意叫自己受伤的。"

"问题不在这里。故意叫自己受伤的人我也见过。我问你的是:你可曾听见有人因为想逃避兵役而自踢阴部?因为这种感觉与黄疸最相近,依我想,女人很少有这种经验。所以我问你生过黄疸病没有,范坎本女士,因为——"范坎本女士走出房去了。后来,盖琪小姐走进来。

"你对范坎本说了什么来着？她气坏了。"

"我们不过在比较各种感觉。我刚刚要说她没有生小孩的经验——"

"你这傻瓜，"盖琪说，"她要你的命。"

"她已经要了我的命，"我说，"她取消了我的休假，不如索性让她叫我上军事法庭吧。她太卑鄙了。"

"她一直不喜欢你，"盖琪说，"到底吵什么啊？"

"她说我故意纵酒促成黄疸，免得回前线。"

"呸，"盖琪说，"我来发誓说你从来没喝过酒。人人都愿意发誓证明你没喝过酒。"

"她已抄到了酒瓶子啦。"

"我不是十遍百遍叫你把那些瓶子清出去吗？现在瓶子呢？"

"镜橱里。"

"你有没有只手提包？"

"没有。把瓶子装在帆布背包里吧。"

盖琪小姐把瓶子装在背包里。"我拿给门房去。"她说。她朝房门走。

"等一等，"范坎本女士说，"瓶子交给我。"她早把门房喊来了。"请你拎着，"她说，"我打报告的时候，要给医生看看。"

她沿着走廊走去。门房提着背包跟着。他知道里边是什么。

我除了失掉休假以外，倒没有什么别的事。

第二十三章

我回前线的那个夜晚，打发门房上车站，等火车从都灵开来，给我占一只座位。火车定在夜半开出。列车先在都灵编好，开到米兰约在夜里十时半，就停在车站里，等到午夜才开。要座位的话，你得赶火车一开到米兰就上去抢。门房拉了一个在休假的当机枪手（原来的职业是裁缝）的朋友作陪，两人合作，总可以抢到一只位子。我给了他们买月台票的钱，行李也交他们带去。我的行李计有一个大背包和两只野战背包。

午后五点钟左右，我向医院人员告别，走了出去。我的行李放在门房的屋子里，我告诉他说，我快到半夜时到车站去。他的妻子叫我"少爷"，这时哭了。她揩揩眼睛，跟我握握手，接着又哭了。我拍拍她的背，她又哭起来。她以往给我补东西，是个又矮又胖的女人，笑嘻嘻的脸，一头白发。她一哭起来，整个脸就好像碎了一般。我走到拐弯上一家酒店里去等，望着店窗外。外面黑暗，寒冷，又有雾。我付了我那杯咖啡和格拉巴酒的钱，借着窗口的光，张望着外面走过的行人。我看见了凯瑟琳，便敲敲窗户。她张望了一下，看见是我，便笑一笑，我走出去迎接她。她身披一件深蓝色的斗篷，头戴一顶软毡帽。我们沿着人行道一同走过那些酒店，穿过市场，转上大街，穿过一道拱门，到了大教堂广场。那儿有电车轨道，再过去便是大教堂。在雾里，教堂显得又白又湿。我们跨过了电车轨道。我们的左边是店窗明亮的铺子和拱廊的入口。广场上罩着一层雾，当我们走到大教堂跟前时，教堂显得非常宏伟，石头的墙壁湿漉漉的。

"你想进去吗？"

"不。"凯瑟琳说。我们朝前走。前面一个石扶壁的暗影里，站有一位士兵和他的女朋友。我们走过他们的身边。他们正紧挨着石壁站着，士兵用他的披肩裹住了她。

"他们像我们一样。"我说。

"没有人像我们。"凯瑟琳说。她的口气可不是指快乐的方面。

"我希望他们有个地方可以去。"

"这对他们也不见得有好处吧。"

"这也难说。人人总得有个地方可以去才好。"

"他们可以进大教堂去。"凯瑟琳说。我们已经走过那教堂了。我们跨过广场的另一头,回头望望大教堂。它在雾中的确很美。我们正站在皮货铺前。店窗里放着马靴、一只背包和滑雪靴。每件物品单独放开陈列着;背包摆在中间,一边放着马靴,一边放着滑雪靴。皮呈暗色,给油敷得像旧马靴一样光滑。电灯光把这些暗色的皮件照耀得亮光光的。

"我们什么时候滑雪去。"

"两个月后缪伦①就可以滑雪了。"凯瑟琳说。

"我们就上那儿去吧。"

"好的。"她说。我们走过别的店窗,拐进一条小街。

"这条街我从来没走过。"

"我上医院去就抄这条近路。"我说。那是一狭窄的小街,我们靠着右边走。雾里有许多人走过。沿街尽是铺子,店窗里都点着灯。有一个店窗里放着一叠干酪,我们张望了一下。我在一家枪械铺子前停住脚。

"进去一会儿吧。我得买支枪。"

"哪种枪?"

"手枪。"我们走进去,我把身上的皮带连同空的手枪套解了下来搁在柜台上。柜台后边有两个女人。她们拿出几支手枪来。

"得配上这手枪套。"我说,把手枪套打开。那套子是灰色皮的,是我从旧货摊买来,在城里佩带的。

"她们有好的手枪吗?"凯瑟琳问。

"都是差不多的。这一支我试试行吗?"我问店里的女人。

"现在这里可没有试枪的地方,"她说,"枪倒是很好的。包你没错儿。"

我把扳机扳了一下,再把弹机往回拉。弹簧虽太紧一点,倒很顺手。我瞄瞄准,啪地扳了一下扳机。

"枪是用过的,"那女人说,"原是一位军官的,他枪打得很准。"

---

① 缪伦是瑞士中部的著名旅游胜地,海拔 5415 英尺,山景极佳。

"是你卖给他的吗?"

"是的。"

"你怎么收回来的呢?"

"从他的勤务兵手里。"

"说不定我的你也会收回来的,"我说,"多少钱?"

"五十里拉。很便宜。"

"好的。我还要两只额外弹夹和一盒子弹。"

她从柜台底下取出这些东西来。

"你要不要佩刀?"她问,"我有几把人家用过的佩刀,很便宜。"

"我是要上前线的。"我说。

"哦,那你用不着佩刀了,"她说。

我付了子弹和手枪的钱,把子弹装进弹仓,插好,接着把手枪装在手枪套里,额外弹夹里也装上了子弹,然后插在手枪套上的皮槽里,最后才把皮带围在身上束紧。我觉得手枪在皮带上沉甸甸的。不过最好还是佩带那种军队规定的手枪。因为子弹的来源可以不发生问题。

"现在我有全副武装了,"我说,"这是我不能忘了做的一件事。我另外一支枪在我上医院来时给人家拿走了。"

"我希望这是支好枪。"凯瑟琳说。

"还需要什么旁的吗?"那女人问。

"大概没有了吧。"

"手枪上有根扣带。"她说。

"我看到了。"那女人想兜卖别的东西。

"你不需要个哨子吗?"

"大概用不着吧。"

女人说了再会,我们走到外边人行道上。凯瑟琳望望店窗。女人往外望,向我们欠欠身子。

"那些木镶的小镜子是做什么用的?"

"是用来吸引飞鸟的。他们拿这种小镜子在田野里转来转去,云雀看见便飞出来,意大利人就开枪打。"

"真是个别出心裁的民族,"凯瑟琳说,"亲爱的,你们在美国不打云雀的吧?"

"倒没有专门打的。"

我们跨过街,开始在街的那一边走。

"我现在感觉好一点了,"凯瑟琳说,"方才出发时我怪不好受。"

"我们在一起总觉得好受。"

"我们要永远在一起。"

"是的,不过我半夜就得走了。"

"别想它,亲爱的。"

我们沿着街走去。雾使得街灯发黄。

"你不疲倦吗?"凯瑟琳问。

"你呢?"

"我没事。散步很有趣。"

"可别走得太长久了。"

"是的。"

我们拐进一条没有灯光的小街,走了一会。我站住了吻凯瑟琳。我吻她时感觉到她的手搭在我肩膀上。她把我的披肩罩在她身上,于是我们两人都给裹上了。我们站在街上,身子靠着一道高墙。

"找个地方去吧。"我说。

"好。"凯瑟琳说。我们沿街走去,走到运河边一条比较宽阔的街道。街的另一边有道砖墙和一些建筑物。我看见前面有一部电车正在过桥。

"我们可以在桥上雇部马车。"我说。我们站在雾中的桥上等待马车。几部电车开过去了,满装着回家的人们。随后有部马车赶来了,可是里边有个人。雾现已转成雨。

"我们不如步行或者赶电车吧。"凯瑟琳说。

"总有一部要来的,"我说,"马车一向打这儿经过的。"

"有一部来了。"她说。

车夫停下马,把计算表上那块金属的出租招牌放了下来。车篷早已罩上了,赶车的外衣上淌着雨水。他那顶有光泽的礼帽给打湿了,闪闪发亮。我们一同往后靠坐在车座里,因为罩着车篷,里边很暗。

"你叫他上哪儿去?"

"车站。车站对面有一家旅馆,我们就上那儿去。"

"我们这样子去行吗?没有行李?"

"行。"我说。

马车冒雨在一些小街上走,上车站去路程相当远。

"我们不吃晚饭吗?"凯瑟琳问,"等一会恐怕肚子要饿了。"

"我们就在旅馆房间里吃饭。"

"我没衣服穿,连件睡衣都没有。"

"买一件吧。"我说罢就喊赶车的。

"绕到曼佐尼大街上去一下。"他点点头,车子到了拐弯的地方就向左走。到了大街上,凯瑟琳留心找店铺。

"这儿有一家。"她说。我叫赶车的停下马,凯瑟琳下了车,跨过人行道,进了店铺。我靠在马车里等她。外面下着雨,我闻到给打湿的街道和马儿在雨中冒出的热气的气味。她挟着一小包东西回来,上了车,马车又走了。

"我太奢侈了,亲爱的,"她说,"不过睡衣倒是挺好的。"

到了旅馆,我叫凯瑟琳在车子里等,我先进去找经理。房间有的是。我走回马车前,付了车钱,跟凯瑟琳一同走进去。穿着有许多纽子的制服的小郎捧着那包睡衣。经理点头哈腰,领我们朝电梯走。旅馆里有许多红色长毛绒的帷幕和黄铜装饰品。经理陪我们乘电梯一起上楼。

"先生和夫人就在房间里用饭吧?"

"好的。请你把菜单送上来好吗?"我说。

"两位喜欢吃一点特别的吧。吃点野味或来客蛋奶酥?"

电梯每过一层都的嗒响一声,到了第四层,的嗒一声停了。

"你们有什么野味?"

"有野鸡和山鹬。"

"还是来只山鹬吧。"我说。我们在走廊上走着。地毯已经破烂了。走廊上有许多门。经理停下来,拿钥匙开了一道门,把它推开。

"就在这儿。一间可爱的房间。"

有许多纽子的小郎把包裹放在房中央的桌子上。经理拉开窗幔。

"外面有雾。"他说。房间里有红色长毛绒帷幕。有许多镜子,两把椅子和一张大床,床上有条缎子床罩。有一道门通向浴室。

"我把菜单送上来。"经理说。他鞠了一躬,走出去了。

我走到窗前往外望望,随后拉拉绳子,那些长毛绒的厚窗幔合拢来了。凯瑟琳坐在床上,望着车花玻璃的枝形吊灯。她已经脱下了帽子,头发在灯光下灿然发亮。她在一面镜子里看到自己的影子,便伸出双手理头发。我在其他三面镜子里看到她。她的样子闷闷不乐。她任凭她的斗篷掉在床上。

"怎么啦,亲爱的?"

"我过去没有过当妓女的感觉。"她说。我走到窗边,拉开窗幔向外望。想不到会这样。

"你并不是妓女。"

"我知道,亲爱的。但是感觉到自己像是妓女,并不是愉快的事。"她的声音又冷淡又单调。

"我们能进的旅馆这家算是最好的了。"我说。我望着窗外。隔着广场,看得见车站的灯光。街上有马车走过,我还看得见公园里的树木。旅馆的灯光映照在湿漉漉的人行道上。哼,真见鬼,我想,难道我们现在还要争吵拌嘴?

"请上这儿来。"凯瑟琳说。她单调的声气已全消失了。"请你过来吧。我又是个好姑娘了。"我回头望望床上。她在笑着。

我走过去,挨着她身边坐下,吻她。

"你是我的好姑娘。"

"我当然是你的。"她说。

我们吃了晚饭,感到精神愉快,后来,我们快乐自在,仿佛这房间一下子变成了我们的家。医院里我那间房间曾是我们的家,现在这房间同样是我们的家了。

我们吃饭时,凯瑟琳肩上披着我的军装上衣。我们肚子都很饿,菜又烧得好,我们喝了一瓶卡普里酒和一瓶圣伊斯特菲酒。酒大多是我喝的,但是凯瑟琳也喝了一点,她喝了后人很愉快。我们的晚餐是一只山鹬,配上蛋奶酥、马铃薯和栗子泥,一盆色拉,点心则是意式酒蒸蛋糕。

"这是个好房间,"凯瑟琳说,"是个可爱的房间。我们在米兰的时候,本就该一直住在这儿。"

"房间装饰得很怪。不过还是个好房间。"

"不道德行为是件奇怪的事,"凯瑟琳说,"经营这种行业的人好像趣味并不低。红色长毛绒真好。要的正是这样的装饰。还有这些镜子也讨人喜欢。"

"你是个可爱的姑娘。"

"倘若早晨在这种房间里醒来时,我不晓得会觉得怎么样。但是果真是个好房间。"我又倒了一杯圣伊斯特菲酒。

"我倒盼望我们可以做件真正不道德的事,"凯瑟琳说,"我们所做的每一件事似乎太天真而太单纯了。我不相信我们做了什么坏事。"

"你是个了不起的姑娘。"

"我只觉得饿。我饿坏了。"

"你是个又好又单纯的姑娘。关于这一点,除了你以外,从来没有人发觉过。"

"从前我初认识你的时候,我曾经花了一个下午瞎想如果你我一起去加富尔大旅馆,情况会怎么样。"①

"你真太放肆了。这里可不是加富尔。是不?"

"不是。他们不肯接待我们的。"

"他们有一天会接待我们的。不过这就是你我不同的地方,亲爱的。我从来什么都不想。"

"你真的一点都没想过吗?"

"有一点。"她说。

"哦,你是个可爱的姑娘。"

我又斟了一杯酒。

"我是个很单纯的姑娘。"凯瑟琳说。

"起初我不这么想。我以为你是个疯疯癫癫的姑娘哩。"

---

① 关于瞎想这一段,详见本书第七章。加富尔是米兰最高贵的旅馆之一,不招待普通尉级军官。

"我过去是有点疯。不过我发的疯并不复杂。我没有把你搞糊涂,对吧,亲爱的?"

"酒真了不起,"我说,"酒叫你忘掉一切坏事。"

"酒很可爱,"凯瑟琳说,"但是我父亲却因此得了很厉害的痛风。"

"你父亲还在吗?"

"还在,"凯瑟琳说,"他患痛风。你可以不见他。你父亲还在吗?"

"不在了,"我说,"我有个继父。"

"我会喜欢他的吗?"

"你也可以不见他。"

"我们的生活真美满,"凯瑟琳说,"我现在对于别的都没有兴趣了。我已经很幸福地与你结了婚。"

侍者进来把食具端走。过了一会儿,我们静了下来,听得见外面的雨声。楼下街上有部汽车的喇叭声。我说:

"但我随时都听见在我背后
时间之车张着翅膀匆匆逼近。"

"我知道这首诗,"凯瑟琳说,"是马韦尔①写的。但它是讲一个姑娘不情愿同个男人住在一起。"

我觉得头脑很冷静清楚,我还要谈谈正经事。

"你上哪儿去生孩子呢?"

"我还不知道。我尽可能找个好地方。"

"你怎样安排呢?"

"还是尽我的力量吧。不要发愁,亲爱的。说不定战争结束以前我们要生好几个孩子呢。"

"走的时间快到了。"

---

① 安德鲁·马韦尔(1621—1678)为英国诗人,上面这两行引自他的脍炙人口的爱情诗《致我的腼腆的情人》。

"我知道。你要它时间到时间就到。"

"不要。"

"那么你就不要发愁,亲爱的。在这以前你还好好的,现在又发愁了。"

"我不愁,你多久写封信?"

"每天写。人家检查你的信件吗?"

"他们的英文不行,让他们看也没有什么关系。"

"我要把信写得很混乱。"凯瑟琳说。

"可别太混乱了。"

"稍微乱一点就行了。"

"恐怕我们得出发了。"

"好的,亲爱的。"

"我舍不得离开我们这好好的家。"

"我也是。"

"不过我们得走了。"

"好的。可惜我们在这儿住家不长久。"

"我们将来会的。"

"你回来时,我一定有个好好的家在等着你。"

"也许我就回来。"

"也许你脚上会受一个小小的伤。"

"或是耳垂上一个小伤。"

"不,我希望你的耳朵保持原样。"

"我的脚呢?"

"你的脚早已受过伤了。"

"我们得走了,亲爱的。真的。"

"好。你先走。"

第二十四章

我们步行下楼,不乘电梯。楼梯上的地毯已经破烂了。晚餐送上来时我已经付了餐费,但那个端菜的侍者这时却守在大门边的椅子上。他跳起身来,鞠了个躬,我就跟着他走进一间小房间,付清了房钱。旅馆经理还记得我是他的朋友,拒绝我先付钱,不过他走时又记得打发一名侍者守在门口,防我不付账就溜。我看这种事有过的;连经理的朋友都靠不住。战争时期朋友实在太多了。

我叫侍者去叫一部马车,他从我手里接过凯瑟琳的包裹,撑一把雨伞走出去。我们从窗口看见他冒雨过街。我们站在那间小间里望着窗外。

"你觉得怎么样,凯瑟琳?"

"想睡觉。"

"我觉得空虚饥饿。"

"吃的东西你有没有?"

"有,在我的野战背包里。"

我看见马车来了。车子停下,马的头在雨中低垂着,侍者下了车,打开伞,走回旅馆来。我们在大门口迎上他,在雨伞下顺着给打湿的走道走,上了路石边的马车。水在明沟里流着。

"你们的包裹在座位上。"侍者说。他打着雨伞站着,等待我们上了车付了小账。

"多谢多谢。一路愉快。"他说。赶车的一拉起缰,马就走了。撑着雨伞的侍者也就转身回旅馆。我们沿街赶车,向左转弯,然后再朝右拐,到了火车站前面。灯光下站着两名宪兵,站在雨刚刚打不到的地方。灯光映照着他们的帽子。在车站灯光下,雨丝清晰透明。有名搬行李工人从车站的拱廊下走出来,他拱着肩膀迎着雨。

"不用,"我说,"谢谢,用不着你。"

他又回到拱廊下去躲雨。我转向凯瑟琳。她的脸在车盖的暗影中。

"我们不如就在这里告别吧。"

"我不能进去吗?"

"不行。"

"再会,凯特。"

"你把医院的地址告诉他吧?"

"好的。"

我把地址告诉了赶车的。他点点头。

"再会,"我说,"保重自己和小凯瑟琳。"

"再会,亲爱的。"

"再会。"我说。我踏进雨中,车子走了。凯瑟琳探出头来,我看见她在灯光下的脸。她笑一笑,挥挥手。马车顺着街道驶去,凯瑟琳指指拱廊。我顺着她的手望去,只望见那两名宪兵和那拱廊。原来她要我走到里边去躲雨。我走了进去,站着观望马车转弯。随后我穿过车站,走下跑道去找火车。

医院的门房正在月台上等我。我跟着他上车,挤过人群,顺着车厢中的通道走,穿过一道门,看见那机枪手正坐在一个单间的一角,单间里坐满了人。我的背包和野战背包就摆在他头顶上的行李架上。通廊上站着许多人,我们进去时,单间中的人都看着我们。车里的座位不够,人人板起敌意的脸。机枪手站起来让我坐。有人拍拍我的肩膀。我回头一看。原来是个瘦削而个子很高的炮兵上尉,下巴上有一条红色的伤疤。他刚才从通廊的玻璃窗外朝里看了看,然后才走进来。

"你怎么说?"我问。我转身面对着他。他个子比我高,他的脸在帽舌的暗影下显得很瘦削,伤疤又新又亮。单间里的每个人都在望着我。

"你这样不行呀,"他说,"你不可以叫个士兵替你占座位。"

"我已经这么做了。"

他咽了一口口水,我看见他的喉结一上一下。机枪手站在座位前。通廊上的其他人从玻璃窗外望进来。单间里的人都没有说什么。

"你没有这种权利。我比你早两个钟头就来了。"

"那你要的是什么呢?"

"座位。"

"我也要。"

我注视着他的脸，感觉到单间里的人都反对我。我也不怪他们。他有理。但是我要座位。还是没人作声。

哼，真见鬼，我想道。

"坐下吧，上尉先生。"我说。机枪手一让开身，高个子上尉便坐了下去。他望望我。他的脸好像挨了一下似的。不过他座位总算有了。"把我的东西拿下来。"我对机枪手说。我们走到通廊上。列车满了，我知道再也找不到座位了。我给医院门房和机枪手每人十里拉。他们沿着通廊走去，到了外边月台上，还朝各车窗内张望，但是找不到座位。

"到了布里西亚或许有人下车。"门房说。

"到了布里西亚上来的人更多。"机枪手说。我和他们告别，我们握握手，于是他们走了。他们俩都觉得怪不好意思。在车上，大家都站在通廊上，车子开了。列车开出站去，我看着车站的灯光和车场。外边还在下雨，不一会，玻璃窗湿了，外面的景物看不见了。后来我睡在通廊的地板上；睡前先把藏着金钱和证件的皮夹子塞在衬衫和裤子内，使它搁在马裤的裤腿内。我整夜睡觉，到了布里西亚和维罗那，都有更多的人上车，我醒一醒又睡着了。我的头枕着一只野战背包，双手抱着另一只，同时又摸得着我的背包，所以尽管让人家跨过我的身体，只要不踩着我。通廊地板上到处躺着人。有些人站着，扳住了窗上的铁杆子，或者靠在门上。这班车子总是拥挤的。

第三部

第二十五章

现在到了秋天,叶落树空,道路泥泞。我从乌迪内乘军用卡车上哥里察。我们沿途遇到旁的军用卡车,我望望乡间景色。桑树已秃,田野一片褐色。路边一排排光秃的树木,路上布满着湿的落叶,有人在修路,正从路边树木间堆积的碎石堆里,搬石头来填补车辙。我们看见哥里察城罩着雾,那雾把高山峻岭也遮断了。我们渡河的时候,我发觉河水在高涨。这是因为高山间下雨的缘故。我们进了城,经过一些工厂,接着便是房屋和别墅,我看到又有许多房屋中了炮弹。在一条狭窄的街上驶过一部英国红十字会救护车。那司机戴着帽子,脸孔瘦削,晒得黑黑的。我不认得他。我在大广场上镇长的屋前下了卡车,司机把背包递给我,我背在身上,再加上两只野战背包,就朝我们的别墅走去。没有回到家的感觉。

我在潮湿的沙砾车路上走,从树木缝隙间望望别墅。所有的窗子都关闭着,只有大门开着。我走进去,发现少校坐在桌子边,房中孑然无物,墙上挂着地图和打字机打的布告。

"哈啰,"他说,"你好?"他样子苍老了一点,干瘪了一点。

"我很好,"我说,"这里情况怎么样?"

"没了,"他说,"你把行李放下来,坐一坐。"我把背包和两只野战包搁在地板上,我的帽子摆在背包上。我从墙边拉过另外一张椅子来,在他桌边坐下。

"今年夏天很不好,"少校说,"你现在身体健壮了吧?"

"健壮了。"

"你可曾受勋了?"

"受了。我稳稳妥妥收到了。非常感谢你。"

"我们来看一看。"

我拉开披肩,让他看那两条勋表。

"你还收到用匣子装的勋章吗?"

"没有。单收到了证书。"

"匣子以后会来的。得费一点时间。"

"关于我的工作,你有什么吩咐?"

"车子都开走了。有六部在北方的卡波雷多。你熟悉卡波雷多吧?"

"熟悉。"我说。我记得那是一座白色的小城镇,在一个山谷里,城里有一座钟楼。倒是个干干净净的小城,广场上有个出色的喷水池。

"他们以那地方做根据地。现在有好多病员。战斗倒是结束了。"

"其余的车子在哪儿?"

"山里边有两部,四部还在培恩西柴高原。其余两个救护车队在卡索高原,跟第三军在一起。"

"你要我做什么呢?"

"要是你愿意的话,你可以上培恩西柴去接管那四部救护车。吉诺在那儿好久了。你没上那儿去过吧?"

"没有。"

"夏天的战斗很不好。我们损失了三部车子。"

"我听说过了。"

"对啦,雷那蒂给你写过信。"

"雷那蒂在哪儿?"

"他在这儿医院里。他忙了整个夏天和秋天。"

"我相信是忙的。"

"夏天的情况很不好,"少校说,"糟得你不会相信。我常常在想,你那次中弹还算是你运气好。"

"我知道我是幸运的。"

"明年情况还要糟,"少校说,"也许他们现在就要进攻。他们说是要进攻,我倒不相信。现在季节已经太迟了。你来时看见河水吗?"

"看见啦。已经涨高了。"

"现在雨季一开始,我不相信他们还会进攻。这儿不久就要下雨了。贵国同胞怎么样?除了你以外,还有旁的美国人要来吗?"

"他们正在训练一支一千万的大军。"

"我希望他们调派一部分到这边来。但是法国人一定会把他们抢个光的。

我们一个人都分不到。好吧。你今天夜里在这儿睡,明天开那部小汽车出去,调吉诺回来。我打发个认得路的人陪你一起去。吉诺会把一切告诉你的。他们近来还有一点炮轰,不过战斗已经过去了。你看见培恩西柴高原一定会喜欢的。"

"难得有这机会。少校长官,能够回来再和你在一起,我心里高兴。"

他笑了一笑。"亏你说得这么好。我对于这场战争已经很厌倦了。要是我离开这里的话,我是不想回来的。"

"糟到这个地步吗?"

"是这么糟。实在还要更糟。你去洗一洗,找你的朋友雷那蒂去吧。"

我走出来,把背包背上楼。雷那蒂不在房间里,他的东西可都在。我便在床上坐下,解开绑腿,脱掉右脚的鞋子。随后我躺倒在床上,我身子疲乏,右脚又疼。不过这样子只脱一只鞋子躺在床上,未免滑稽,于是我坐起来,解开另一只鞋子的鞋带,让鞋子掉在地上,身子又往毯子上一倒。因为关着窗子,房里闷不透气,但是我太疲乏了,不愿意再起来开窗。我看见我的东西堆在一个角落里。外面天渐渐黑了。我躺在床上想凯瑟琳,等着雷那蒂回来。我本想,除了夜里临睡以前,再也不去想她。无奈我现在很累,没事可做,只好躺着想想她。我还在想她的时候,雷那蒂进来了。他还是老样子。也许稍为瘦一点。

"啊,乖乖。"他说。我在床上坐起身。他跑过来,坐下,伸出一臂抱住我。"好乖乖。"他用力拍拍我的背,我抱住他的双臂。

"老乖乖,"他说,"让我看看你的膝头。"

"那我得脱下裤子。"

"那就脱好了,乖乖。我们这里都是熟人。我想看看他们的治疗功夫。"我站起身,解下裤子,拉开护膝。雷那蒂坐在地板上,把我的膝头轻轻来回弯动。他用手指沿着伤疤摸下去;用他双手的拇指一齐按在膝盖骨上,用其余的手指轻轻地摇摇膝盖。

"你的关节连接只到这个地步吗?"

"是的。"

"这样子就送你回来,真罪过。他们应该等到关节连接完全恢复。"

"这比以前好多了。本来硬得像木板一样。"

雷那蒂把它再往下弯。我注视着他的双手。他有一双外科医师的好手。我看他的头顶,头发光亮,头路挑得分明。他把膝头弯得太下了。

"嗳哟!"我说。

"你应当多做几次机械治疗。"雷那蒂说。

"比以前是好一点。"

"这我看得出,乖乖。这方面我比你知道得多。"他站起身,坐在床沿上。"膝盖本身的手术很不错,"膝盖他已经看好了,"把一切都告诉我。"

"没有什么可说的,"我说,"我过得安安静静。"

"你这样子可像是个结了婚的人,"他说,"你怎么啦?"

"没什么,"我说,"你怎么啦?"

"这战争可把我折磨死了,"雷那蒂说,"我给它弄得郁郁不乐。"他双手抱着他的膝盖。

"哦。"我说。

"怎么啦?难道我连人的冲动都不应当有吗?"

"不应当有。我看得出你日子过得很好。告诉我。"

"整个夏季和秋季我都在动手术。我时时都在工作。人家的事我都拿来做。他们把难的手术都留给我。天主啊,乖乖,我变成一个很讨人喜爱的外科医生了。"

"这才像话啦。"

"我从来不思想。天主啊,我不思想;我只是开刀。"

"这才对啦。"

"但是现在,乖乖,工作都完了。我现在不开刀了,就闷得慌。这战争太可怕了,乖乖。你相信我,我这是真话。现在你来了,叫我高兴了。唱片带来了没有?"

"带来了。"

唱片用纸包着,装在我背包中一只纸板匣里。我太累了,懒得去拿。

"难道你自己不好受吗,乖乖?"

"我感觉糟透了。"

"这战争太可怕了,"雷那蒂说,"来吧。我们俩都来喝个醉,鼓起兴致来。

然后找什么来解解闷,人就会好过了。"

"我害过黄疸,"我说,"不可以喝醉。"

"哦,乖乖,你回来竟然变成这样一个人。你一回来就一本正经,还有肝病。我告诉你吧,这战争是件坏东西。我们究竟为什么要战争呢?"

"我们喝它一杯吧。我不想喝醉,不过我们可以来一杯。"

雷那蒂走到房间的另一头的洗脸架前,拿回来两只玻璃杯和一瓶科涅克白兰地。

"是奥国货,"他说,"七星白兰地。他们在圣迦伯烈山缴获的就是这些酒。"

"你也上那边去过吗?"

"没有。我什么地方都没有去。我一直在这儿动手术。你瞧,乖乖,这就是你从前的漱口杯。我一直保存了下来,使我想起你。"

"恐怕还是使你不忘记刷牙的吧。"

"不,我有自己的漱口杯。我保存这杯子,为的是提醒我你怎样在早晨想用牙刷刷掉'玫瑰别墅'的气味,一面咒骂,一面吞服阿司匹林,诅咒那些妓女。我每次看到那只杯子,便想起你怎样用牙刷来刷清你的良心。"他走到床边来。"亲我一次,告诉我你并不是真的一本正经。"

"我从来不亲你。你是头人猿。"

"我知道,你是个又好又规矩的盎格鲁-撒克逊小伙子。我知道。你是个悔过的小伙子。我等着看你用牙刷把妓女刷掉吧。"

"在杯子里倒点科涅克白兰地。"

我们碰杯喝酒。雷那蒂对我大笑起来。

"我要把你灌醉,挖出你的肝,换上一只意大利人的好肝,叫你再像个男子汉。"

我拿着杯子再要一些白兰地。外边现在天黑了。我手里拿着一杯白兰地,走过去打开窗子。雨已经停了。外边寒冷一点,树木间有雾。

"别把白兰地倒到窗外去,"雷那蒂说,"你喝不了就倒给我吧。"

"见你的鬼。"我说。又看到雷那蒂,我心中很高兴。他两年来时常笑我逗我,我也无所谓。我们彼此很了解。

"你结了婚吧?"他坐在床上问。我正靠着窗边的墙壁站着。"还没有。"

"你闹恋爱吧?"

"是的。"

"就是那个英国姑娘?"

"是的。"

"可怜的乖乖。她待你好吗?"

"当然好。"

"我的意思是说,她的实际功夫怎么样?"

"闭嘴。"

"我还是要说。你会明白,我是个非常慎重婉转的人。她可——?"

"雷宁,"我说,"请你闭住嘴。要是你想做我朋友的话,就闭嘴吧。"

"我倒不想做你的朋友,乖乖。我正是你的朋友啊。"

"那么就闭嘴吧。"

"好的。"

我走到床边去,在他身边坐下。他手里拿着杯子,眼睛望着地板。

"你明白吗,雷宁?"

"哦,明白了。我一辈子碰到许多神圣禁忌的事。你身上倒很少有的。现在大概连你也有神圣不可侵犯的事了。"他望着地板。

"你自己一个禁忌都没有吗?"

"没有。"

"一个都没有?"

"没有。"

"我可以随便乱说你母亲或你的姐妹吗?"

"还可以乱说你那位'姐妹'①啊。"雷那蒂抢着说。我们两人都笑起来。

"还是那老超人的本色。"我说。

"或许是我妒忌吧。"他说。

"不,你不会的。"

---

① 姐妹在这里是双关语,西方习俗称护士为姐妹。

"我不是那个意思。我是讲别的。你有没有结了婚的朋友?"

"有。"我说。

"我可没有,"雷那蒂说,"除非是人家夫妇彼此不相爱的。"

"为什么?"

"他们不喜欢我。"

"为什么?"

"我是那条蛇。我是那条理智的蛇。"

"你搞错了。苹果才是理智①。"

"不,是那条蛇。"他愉快一点了。

"你的思想不要太深刻,人就好一点。"我说。

"我真爱你,乖乖,"他说,"等我当了意大利的伟大思想家,你再来拆穿我吧。但是我知道许多事情,我还说不出来。我知道得比你多。"

"对。你知道得多。"

"但是你还是可以过比较好的日子的。你就是后悔,也还可以过好一点的日子。"

"不见得吧。"

"哦,是这样的。这是真话。我已经只在工作时才感到快乐。"他又瞅着地板。

"你再过一阵子就不这样想了。"

"不会的。工作以外我只喜欢两件事:一件事对我的工作有妨碍,另一件一做就完,或是半小时,或是一刻钟。有时时间还要少一点。"

"有时还要少得多吧。"

"或许我进步了,乖乖。你哪里知道。但是我现在只有这两件事和我的工作。"

"你还会有别的兴趣的。"

"不。我们从来不会有任何别的。我们生下来有什么就是什么,从来学不

---

① 指亚当和夏娃受蛇(撒旦)的引诱,吃了苹果(分别善恶的果子)而失乐园的故事。详见《圣经·创世记》第3章。这里的理智或可译为智慧。

会别的。我们从来不吸收任何新的东西。我们一生下来就是这个样子。你不是拉丁人,真应当高兴哩。"

"哪里有什么拉丁人。那只是'拉丁'式的思想。你对于你的缺点太得意扬扬了。"我说。雷那蒂抬起头来大笑。

"我们就住口吧,乖乖。想得太多,我累了。"他进房间时就看上去很疲乏了。"快到吃饭的时间了。你回来我心中欢喜。你是我最好的朋友和战友。"

"战友们什么时候吃饭?"我问。

"马上就吃。我们再喝一杯,为了你那只肝。"

"像圣保罗那样。"

"你搞错了。那原是讲酒和胃。因为你胃口的关系,可以稍微用点酒。①"

"不管你瓶子里是水是酒,"我说,"也不管你说喝的目的是为什么。"

"敬你的爱人。"雷那蒂说。他擎起杯子来。

"好。"

"关于她,我决不再说一句脏话。"

"不要过于勉强。"

他把科涅克白兰地喝光。"我是纯洁的,"他说,"我像你一样,乖乖。我也去找个英国姑娘。事实上你那姑娘,我认识她比你还早,只是对我来说,她长得太高了。长得高大的女郎就做个妹妹。"他引用了一个典故②。

"你有颗纯洁可爱的心。"我说。

"可不是吗?所以他们叫我最最纯洁的雷那蒂。"

"最最肮脏的雷那蒂。"

"走吧,乖乖,趁我心思还纯洁的时候,我们就下去吃饭吧。"

我洗了脸,梳了头,同他一起下楼。雷那蒂有点醉了。到我们吃饭的屋子

---

① 保罗是早期基督教最重要的使徒之一,曾到犹太国以外的诸外邦去传教。这里引的话见《圣经·提摩太前书》第 5 章第 23 节:"因你胃口不清,屡次患病,再不要照常喝水,可以稍微用点酒。"

② 《圣经·创世纪》第 12 章第 10~20 节写亚伯拉罕因饥荒避难埃及,怕埃及人垂涎他的美貌妻子撒拉,因而杀他,便谎称她是他的妹妹。如果他的确是引用这个典故,那么"高大"或可译为"硕美"。

里时,饭还没烧好。

"我去把酒瓶拿来。"雷那蒂说。他上楼去了。我坐在饭桌边,他拿了酒瓶回来,给我们每人倒了半杯科涅克白兰地。

"太多了。"我说,拿起玻璃杯,对着饭桌上的灯照照。

"空肚子不算多。酒是件奇妙的东西。会把你的胃全部烧坏。这对你再有害没有了。"

"对啊。"

"一天天自我毁灭,"雷那蒂说,"酒伤害你的胃,叫你的手颤抖。这对外科医生再好也没有了。"

"你推荐这方子。"

"全心全意。我只用这方子。喝下去,乖乖,等着生病好啦。"

我喝了半杯。我听得见勤务兵在走廊上喊道:"汤!汤好了!"少校走进来,向我们点点头,坐下。坐在饭桌边,他显得个子很小。

"只有我们这几个人吗?"他问。勤务兵把盛汤的大碗放下,他就舀了一盘子汤。

"人是到齐了,"雷那蒂说,"除非教士也来。他要是知道费德里科在这儿的话,一定会来。"

"他现在在哪儿?"

"在307阵地。"少校说。他正忙着喝汤。他揩揩嘴,小心地揩揩他那上翘的灰色小胡子。"他大概会来的吧。我打过电话,叫人家传话给他,说你回来了。"

"饭堂可惜不像从前那么热闹了。"我说。

"是的,现在安静了。"少校说。

"我来闹闹吧。"雷那蒂说。

"喝点酒吧,恩里科。"少校说。他给我的杯子倒满了酒。意大利实心面端进来了,大家都忙着吃。大家快吃完面时,教士才来。他还是那老样子,身材瘦小,皮肤黄褐色,看上去很结实。站起身来,我们握手。他把手搭在我肩膀上。

"我一听说你来了就赶回来。"他说。

"坐下吧,"少校说,"你迟到了。"

"晚安,教士。"雷那蒂说,教士这两字是用英语说的。从前有个专门逗教士的上尉,会讲一点英语,他们就学他的。"晚安,雷那蒂。"教士说。勤务兵端汤给他,但是他说,就先吃实心面好了。

"你好?"他问我。

"好,"我说,"近来情况怎么样?"

"喝一点酒吧,教士,"雷那蒂说,"为了你的胃口,稍微用一点酒。这是圣保罗的教导,你知道。"

"是的,我知道。"教士有礼貌地说。雷那蒂倒了一杯酒。

"圣保罗那家伙,"雷那蒂说,"弄出这一切麻烦来的都是他。"教士望望我,笑笑。我看得出这样逗他,现在他也无所谓了。

"圣保罗那家伙,"雷那蒂说,"他本是个一再犯罪的坏蛋,是个迫害教会的人,后来没有劲头了,就说这也不行那也不行。① 他搞完了才制定了许多清规戒律,限制我们这些劲头正足的人。这话可不是真的,费德里科?"

少校笑笑。我们正在吃炖肉。

"天黑以后,我照例不谈论圣徒。"我说。吃炖肉的教士抬起头来对我笑笑。

"他也跑到教士那边去了,"雷那蒂说,"从前那些专门逗教士的能手哪儿去了?卡伐堪蒂呢?勃隆恩蒂呢?西撒莱呢?难道全没帮手,非叫我一个人单独来逗他?"

"他是个好教士。"少校说。

"他是个好教士,"雷那蒂说,"但是教士还是教士。我想恢复以前饭堂的热闹。我要费德里科心里高兴。见鬼去吧,教士!"

我注意到少校在盯着他,发觉他已醉了。他的瘦脸很苍白。衬着他那苍白的前额,他的头发显得黑黑的。

"没关系,雷那蒂,"教士说,"没关系。"

"你见鬼去,"雷那蒂说,"这该死的一切都见鬼去。"他往后靠在椅背上。

"他工作过分紧张,人太累了。"少校对我说。他吃完了肉,用一片面包蘸

---

① 关于保罗皈依基督教的故事,详见《圣经·使徒行传》第9章第1~9节。

着肉汁吃。

"该死,我才无所谓哪,"雷那蒂对着桌边的众人说,"这一切都见鬼去。"他狠狠地瞪着全桌上的人,眼神呆滞,脸色苍白。

"好的,"我说,"这该死的一切都见鬼去。"

"不,不,"雷那蒂说,"你不行。你不行。我说你不行。你因为又气闷又空虚,才会这样子,没有旁的意思。我告诉你,没有旁的意思。一点都没有。我知道,我一停止工作就会这样子。"

教士摇摇头。勤务兵把盛肉的大盘子端走。

"你为什么吃肉?"雷那蒂转对教士说,"你岂不知道今天是星期五吗?①"

"今天是礼拜四。"教士说。

"你撒谎。今天是星期五。你在吃我们的主的身体。那是天主的肉。我知道。那是战死的奥国鬼子的肉。你在吃的就是这东西。"

"白肉②是军官的肉。"我说,凑着把那老笑话讲完。

雷那蒂大笑。他倒了一杯酒。

"你们不必认真,"他说,"我只是有点儿疯罢了。"

"你应该休假一下。"教士说。

少校连忙对着教士摇头。雷那蒂瞅着教士。

"照你想,我应该休假一下?"

少校又对教士摇头。雷那蒂眼睁睁地望着教士。

"随你的便,"教士说,"你不喜欢,不休假也行。"

"你见鬼去,"雷那蒂说,"他们想撵走我。每天夜晚他们都想撵走我。我把他们打退了。我就是得了那个,又算什么。人人都得的。全世界都得了。起初,"他改用演讲者的口气说,"是一颗小小的脓疱。随后我们注意到两个肩膀间发出皮疹。这以后症状都没有了。我们只相信用水银来治疗。"

"或者用洒尔佛散③。"少校安静地补上一句。

---

① 天主教徒星期五守斋。
② 白肉指鸡等禽类的背部和胸膛等处的肉,煮熟后颜色较淡。
③ 俗名六〇六,为当时治梅毒的特效药。

"一种汞制剂。"雷那蒂说。现在他的谈吐趾高气扬。"我还知道一种药,比那个要好上两倍。好教士啊,"他说,"你永远不会染上的。乖乖都会染上。这病是一种工业事故。只是一种工业事故罢了。"

勤务兵把甜点和咖啡端了进来。甜点是一种黑面包布丁,上边浇了一层厚厚的甜酱。油灯在冒烟;黑烟在灯罩内差一点冒到顶。

"拿两支蜡烛来,把灯端走。"少校说。勤务兵点了两支蜡烛放在两个碟子上端进来,把灯拿出去吹灭了。雷那蒂现在安静下来了。看他样子还好。我们谈着话,喝了咖啡后,大家走到门廊上。

"你要跟教士谈话。我得进城去,"雷那蒂说,"晚安,教士。"

"晚安,雷那蒂。"教士说。

"回头见,弗雷德。"雷那蒂说。

"回头见,"我说,"早点回来。"他做了个鬼脸,走出门去了。少校和我们还一起站着。"他很疲乏,工作又过度,"他说,"他自以为也得了梅毒。我不相信,但是可能他果真得了也不一定。他现在自己在治。晚安。你天亮以前就走吧,恩里科?"

"是的。"

"那么再会啦,"他说,"祝你运气好。柏图齐会来喊醒你,陪你一起去的。"

"再会,少校长官。"

"再会。他们说奥军要发动进攻,我可不相信。我希望不至于是事实吧。不管来攻不来攻,不会打这儿攻进来的。吉诺会告诉你一切的。电话现在通了。"

"我会经常打电话来。"

"就请你经常打来吧。晚安。别让雷那蒂喝那么多白兰地。"

"我想法子不让他喝那么多。"

"晚安,教士。"

"晚安,少校长官。"

他到他的办公室去了。

第二十六章

我走到门口朝外望望。雨停了,可是还有雾。

"我们上楼吧?"我问那教士。

"我只能待一会儿。"

"还是上去吧。"

我们上楼,走进我的房间。我躺在雷那蒂床上。教士坐在勤务兵给我架好的行军床上。房间里黑黑的。

"嗯,"他说,"你近况到底怎么样?"

"我还好。只是我今晚人累了。"

"我也累,可是没有原因。"

"战事怎么样?"

"依我看,不久就要结束。我也说不出个道理来,只是有这种感觉。"

"你怎样感觉到的?"

"你不看见你们那位少校吗?变得温和了吧?现在有许多人都变了。"

"这我也感觉到了。"我说。

"今年的夏天真可怕。"教士说。他现在比我从前离开他时更有自信心了。"说给你听,你也不会相信。除非你身历其境,才会明白。到了今年夏天,许多人才明白什么是战争。有些军官,我本以为永远不会明白的,现在也觉悟了。"

"将要发生什么呢?"我用手抚摸着毯子。

"我不知道,但是照我想,不可能再拖下去了。"

"将要发生什么呢?"

"他们会停止战斗。"

"谁?"

"双方。"

"我倒盼望是这样子。"我说。

"你不相信?"

"我不相信双方会立刻都停战。"

"那是不会的。那是希望得过分了。但是我看见人们在改变,就认为战事拖不久了。"

"今年夏天谁打了胜仗?"

"谁也没打胜。"

"奥军打胜了,"我说,"他们守住了圣迦伯烈山。他们打了胜仗。他们不会停战的。"

"要是他们的感觉和我们一样,他们或许会停战的。他们和我们有同样的经历。"

"打胜仗的人是从来不肯停手的。"

"你叫我泄气。"

"我只能心里想什么就说什么。"

"那么你以为战争会一直拖下去? 不会发生一点变化?"

"我不知道。我只是想,倘若奥军已经打了一场胜仗,他们一定不肯住手。我们要吃了败仗才会变成基督徒。"

"奥国人也是基督徒——除了波斯尼亚人不算①。"

"我的意思不是一般宗教的分类。我是说像我们的主耶稣那么温柔和平。"

他不说什么。

"我们吃了败仗,现在人都变得温和一点了。我们的主怎么样呢,要是彼得在花园里搭救了他呢?"

"他一定还是现在这样子。②"

"那也说不定。"我说。

"你叫我泄气,"他说,"我相信准会起变化的,并且为这做了祷告。我本来感到就快起变化了。"

"很可能有什么事会发生,"我说,"不过要发生,只能发生在我们这一边。

---

① 这里所讲的基督教是广义的,也包括天主教。波斯尼亚(现属南斯拉夫)的居民是斯拉夫民族,多信奉回教,因为过去属于土耳其帝国。

② 耶稣在被捕的那晚,曾同门徒彼得等在客西马尼园祷告。就捕时彼得拔刀抵抗,为耶稣所斥责。详见《圣经·马太福音》第 26 章。

倘若他们和我们有同感,那就好了。但是他们已经打败了我们。他们自然另有一种想法。"

"许多士兵一向就有这种想法。这倒不是因为他们吃了败仗。"

"士兵们一上来就给打败了。人家把他们从农场上征来当兵,这一下他们就吃了败仗。农民有智慧,原因就在于农民一开头就吃了败仗。你叫农民掌握政权看看,瞧他是不是富有智慧。"

他不说什么。他正在想。

"现在弄得我也闷得要命,"我说,"我从来不愿意想起这些事,原因就在这里。我从来不思想,可是一谈起来,就会把心中的感想不假思索地脱口说出来。"

"我本来在盼着会发生什么事。"

"吃败仗?"

"不是。比较好一点的。"

"没有什么好一点的。除非是胜利。胜利也许会更糟。"

"我盼望胜利已经好久啦。"

"我也是。"

"现在就难说了。"

"非胜即败。"

"我再也不相信什么胜利了。"

"我也不相信。但是我对战败也不相信。虽则战败可能会好一些。"

"那你相信什么呢?"

"睡觉。"我说。他站起身来。

"很对不起,我在这儿待得太久了。可我很欢喜跟你谈谈。"

"能够再聚在一起谈谈,是很愉快的。我方才说睡觉,没有什么意思。"

我们站起来,在黑暗中握握手。

"我现在睡在307阵地。"他说。

"我明儿一早就上救护站。"

"等你回来再来看你。"

"等我回来,我们一同出去散散步,谈谈。"我陪他走向门口。

"别下来,"他说,"你回来真好。虽然对你本人不见得怎么好。"他把手搭在我的肩上。

"我回来也无所谓,"我说,"晚安。"

"晚安。再见!"

"再见!"我说。我瞌睡得要命了。

第二十七章

雷那蒂进来时我醒过来,但是他不讲话,我就又睡着了。第二天天亮前,我就穿上衣服走了。我走时他并没有醒。

我没到过培恩西柴高原,这时走过河对面我从前受伤的地方,走上从前奥军所盘踞的山坡,心中有一种奇异的感觉。那边现在新铺有一条险峻的山路,还有许多军用卡车。再过去路平坦下来,我望见雾中的树林和峻岭。那些树林一下子被占领了,所以没多大毁伤。再往前走,路没有了山丘的掩护,所以路两边和顶上都搭有席子,作为遮蔽。路的尽头是一个已经毁坏了的村子。村子过去一点的高处,就是前线。附近有许多大炮。村子里的房屋被破坏得很厉害,不过组织工作做得很好,到处有指路标。我们找到了吉诺,他给我们喝点咖啡,然后带我去见了几个人,看了那些救护站。吉诺说英国救护车在培恩西柴高原上还要过去一点的拉夫涅工作。他很佩服英国人。他说,炮轰有时还有,不过伤人不多。现在雨季一开始,病人要多起来。奥军据说要发动进攻,可他不相信。我们据说也要发动进攻,但是新来的部队并没有调来,所以所谓进攻恐怕也是谈谈罢了。这里吃的东西少,他很希望能回到哥里察去饱餐一顿。昨天晚饭我吃什么?我告诉了他,他说太好了。给他印象最深的是甜点心。我只说是一客甜点心,没有详细说明,他以为是什么考究的精品,想不到只是面包布丁。

我可知道他要给调到哪里去?我说我不知道,不过其他的救护车中有一些正在卡波雷多。他倒希望上那儿去。那是个很好的小镇,他特别喜欢镇后那座耸入云霄的高山。吉诺是个好小伙,人人好像都喜欢他。他说战斗打得最惨的地方是在圣迦伯烈山,还有伦姆外围的进攻,搞得太糟了。他说在我们前边和上边的特尔诺伐山脉,奥军在树林里布置了好些大炮,夜里常常狠狠地轰击我们的道路。特别刺激他神经的是敌人的海军炮队。这种炮,你只消看到它那种直射的弹道就认得出。先是啪的开炮声,随即就是炮弹的一阵子尖叫。他们往往是双炮齐发,一门紧挨着一门,炸裂的弹片特别大。他拿了一片给我看,那是块锯齿形的边缘较平整的铁片,有一英尺多长。看起来就像巴比特合金①。

"我想这种炮弹并不十分有效,"吉诺说,"但是把我可吓坏了。那声响就好像在对着你冲来似的。先是砰的一声,随即是尖锐的啸声和爆炸。如果一听就叫人吓得半死,那么即使没有受伤,又有什么用呢?"

他说对面敌军阵地中现在有克罗地亚人,还有些马扎尔人②。我们的部队还在进攻的阵地里。倘若奥军来进攻的话,我们这边既没有电话,又没有地方可以退守。高原上突出来的那一排低低的山丘,本来是防守的好阵地,但是我们并没有组织利用这个天然险要。我对培恩西柴高原究竟有怎样的看法?

我本以为它还要平坦点,更像个高原。想不到这地方竟是这样高低不平的。

"高地上的平原,"吉诺说,"但其实并没有平原。"

我们回到他住的地方,一幢房子的地窖。我说,我原以为一道山顶较平坦而有一定深度的山脉,比一系列的小山防守起来要容易而稳当。上山进攻并不比在平地上打困难,我说。"那就要看是哪种山了,"他说,"你瞧瞧圣迦伯烈山。"

"不错,"我说,"但是难就难在山顶是平坦的。人家攻上山顶是相当容易的。"

"不见得十分容易吧。"他说。

"是的,"我说,"但是圣迦伯烈山是特别的,因为与其说它是山,不如说它是座要塞。奥军在那儿做防御工事已经多年了。"我的意思是,从战术上来讲,凡是某种运动性的战争,以一系列的山当作一条战线是无法守住的,因为那太容易受敌人的包抄了。你该有可能机动的余地,而一座山是不太能机动的。况且,从山上向下射击,总是会射过头的。倘若左右翼被包抄了,最高峰上的精兵也就完了。我不相信在山上打仗能解决什么问题。关于这一点,我曾经想了又想,我说。你抢去一座山,我夺来一座山,但是要认真打仗的话,大家还

---

① 巴比特合金是种以锡、锑、铜等炼成的合金。巴比特是发明人的姓氏。
② 马扎尔人为匈牙利的主要民族。克罗地亚人是当时奥匈帝国境内的一种斯拉夫族人。克罗地亚现归南斯拉夫。

得先下山来。

"倘若有的国家拿山做国境线,那怎么办呢?"他问。

"这我还没想出法子来。"我说,两人都笑起来。"但是,"我说,"在从前,奥军总是在维罗那周围那块四方平原上遭到打击的。人家让他们下到平原,然后迎头痛击。"

"是的,"吉诺说,"但是那些人是法国人,你在别人的国土上打仗,军事问题就可以干净利落地予以解决。"

"是的,"我同意道,"倘若是你自己的国土,干起来可不能那么科学化。"

"俄国人可搞成过,叫拿破仑跌入陷阱。"

"是的,但是人家国大地方宽。要是你想在意大利这样对付拿破仑,那你只好退到布林迪西①去。"

"那地方糟透了,"吉诺说,"你到过那儿吗?"

"到过,但没有待过。"

"我是个爱国者,"吉诺说,"可是要我爱布林迪西或是塔兰多②却不可能。"

"你爱不爱培恩西柴高原?"我问。

"这土地是神圣的,"他说,"不过我希望它能多长一点马铃薯。你知道,我们来时,发现了一些奥国佬种下的马铃薯地。"

"这里的食物果真缺乏吗?"

"我总是东西不够吃,不过我虽是个饭量大的人,倒也没有挨过饿。这里的大灶伙食一般。前线部队吃得相当好,但是支援人员就没有那么多东西吃。一定在什么地方出了毛病。食物本该是充足的。"

"一定是黄牛偷到旁的地方去贩卖了。"

"对啦,他们尽量拿充足的食物供应在前线的部队,但是后援人员的伙食可就很缺乏了。弄得后援人员只好把奥军种下的马铃薯和树林里的栗子吃个

---

① 布林迪西是意大利东南端的海港城市,这就是说等于完全自大陆上撤退,只剩下天边海角的一个小小立脚地。

② 另一个港口,就在布林迪西的西面。

精光。应当给他们好一点的食物。我们都是饭量大的人。我相信食物本来是一定够的。士兵的伙食不够吃,这很不好。肚子吃不饱,心思就不同,这一点你注意到了没有?"

"我注意到了,"我说,"这样不能打胜仗,却能打败仗。"

"我们不谈败仗吧。谈败仗已谈得够多了。今年夏天的战斗可不能算是徒劳的。"

我一声不响。我每逢听到神圣、光荣、牺牲等字眼和徒劳这一说法,总觉得局促不安。这些字眼我们早已听过,有时还是站在雨中听,站在听觉达不到的地方听,只听到一些大声喊出来的字眼;况且,我们也读过这些字眼,从人们贴在层层旧公告上的新公告上读到过。但是到了现在,我观察了好久,可没看到什么神圣的事,而那些所谓光荣的事,并没有什么光荣,而所谓牺牲,那就像芝加哥的屠场,只不过这里屠宰好的肉不是装进罐头,而是掩埋掉罢了。有许多字眼我现在再也听不进去,到末了,只有地名还保持着尊严。还有某些数字和某些日期也是如此,只有这一些和地名你讲起来才有意义。抽象的名词,像光荣、荣誉、勇敢或神圣,倘若跟具体的名称——例如村庄的名称、路的号数、河名、部队的番号和重大日期等等一放在一起,就简直令人厌恶。吉诺是个爱国者,所以有时他讲的话叫我们彼此之间产生隔阂,但是他人很不错,我也了解他是个爱国者。他生下来就是爱国的。后来他同柏图齐赶着原车回哥里察去了。

那天整天暴风雨。风刮着雨,到处积水,到处泥泞。那些被毁的房屋上的灰泥又灰又湿。快近薄暮时,雨停了,我从第二急救站那儿,望见赤裸而湿淋淋的秋天的原野,山峰顶上有云,路上的席屏湿淋淋地滴着水。太阳在沉落前又露了一次面,映照着山脊后边的光秃的树林。山脊上的树林里,奥军有许多大炮,不过开炮的倒是没有几门。我看着前线附近一幢毁坏的农舍上空突然出现的一团团榴霰弹的烟,轻柔的烟团,中央出现黄白色的闪光。你看见了闪光,然后才听见炮声,看见那个烟团在风中变形而变得稀薄。村屋的瓦砾堆中有许多榴霰弹中的铁弹,急救站那幢破屋子旁边的路上也有,但是那天下午敌人并没向急救站的附近打炮。我们装了两车伤员,在淋湿的席屏遮掩好的路上开着走,残照的余晖从条条席子的空隙中射进来。我们还没走到山后那段露天的路上,太阳下去了。我们在没遮掩的路上朝前驶,正当车子转个弯,由敞开的郊野驶进搭有席子的方形甬道时,雨又下了。

夜里起了风,到清早三时,正当大雨倾盆直泻的当儿,敌军发炮轰击,克罗地亚部队穿越山上的草场和一片片的树林,冲到前线来。他们冒着雨在黑暗中混打一阵,由第二线一批惊慌的士兵发动反攻,才把敌人赶了回去。在雨中开了许多炮,放了许多火箭,全线都响起了机枪声和步枪声。他们没有再来攻,前线比较沉寂了,在一阵阵风雨中,我们听得见北面远远地有猛烈的炮轰声。

伤员到救护站来了,有的由人用担架抬来,有的自己走,有的由人家背着越过田野而来。他们全身湿透,都吓得要命。我们把担架上的伤员由急救站的地下室抬上来,装满了两部救护车,当我伸手关上第二部车的车门时,我发觉打在脸上的雨已变成雪了。雪花在雨中又猛又快地落下来。

天亮时还在刮狂风,雪倒停了。掉在湿地上的雪已融化,而现在又下起雨来了。天刚亮,敌人又发动一次进攻,但是没有得逞。那天我们整天等待敌人来攻,一直等到太阳下山。在南面,那条有树林的长山岭底下,奥军的大炮集中在那里,又开始炮轰了。我们也等待他们的炮轰,但是并没有来。天黑下来了。村子后边田野上的大炮开起来了,听见炮弹从我们这边往外开,心里倒很舒服。

我们听说敌人进攻南边已失败了。那天夜里他们不再进攻,但是我们又听说,他们在北边突破了我们的阵地。夜里有人传话来叫大家准备撤退。这消息是急救站那个上尉告诉我的。他的消息是从旅部听来的。过了一会儿,他接到电话,说方才的消息是小广播。旅部奉令坚守培恩西柴这条战线,不顾任何变化。我问起关于突破的消息,他说他在旅部听说,奥军突破了第二十七军团阵地,直逼卡波雷多。北边整天有大恶战。

"倘若那批龟儿子真的让他们突破的话,我们就成为瓮中之鳖了。"他说。

"进攻的是德国部队。"一位军医说。一提起德国人,大家谈虎变色。我们不想跟德国人打交道。

"一共有十五师德军,"军医说,"他们已经突破过来,我们就要给切断了。"

"在旅部,他们说这条战线非守住不可。他们说,敌人的突破还不太厉害,我们要守住从马焦莱峰一直横穿山区的新阵地。"

"他们这消息是从哪儿听来的?"

"从师部。"

"叫我们撤退的就是师部来的命令嘛。"

"我们是直属军团的,"我说,"但是在这儿,我受你的指挥。自然,你什么时候叫我走我就走。但是命令是退还是守,总得弄个清楚。"

"命令是留守这地方。你把伤员从这儿运到后送站。"

"有时候我们还把伤员从后送站运到野战医院,"我说,"告诉我,我没见识过撤退——要是果真撤退,这些伤员怎么撤退法呢?"

"没法把伤员全部运走。能运多少就运多少,其余的只好撂下。"

"那么车子装什么呢?"

"医院设备。"

"好的。"我说。

第二天夜里,撤退开始了。我们听说德军和奥军突破了北面的阵地,现在正沿着山谷直冲下来,向西维特尔和乌迪内挺进。撤退倒很有秩序,士兵们身上淋湿,心里愠悻。夜里,我们开着车子在拥挤的路上慢慢地走,越过了冒雨撤离前线的部队、大炮、马儿拖着的车子、骡子和卡车。并不比进兵时更混乱一点。

那天夜里,我们帮助那些野战医院撤退——野战医院就设在高原上那些毁坏最少的村庄里——把伤员运到河床边的普拉伐;第二天一整天,又是冒着雨协助撤退普拉伐的医院和后送站。那天雨下个不停,培恩西柴的部队冒着十月里的秋雨,撤出了高原,渡过了河,经过了那年春天开始打胜仗的地方。第二天中午,我们到了哥里察。雨停了,城里几乎全空了。我们车子开上街时,碰见那个专门招待士兵的窑子正在把姐儿们装进一部卡车。姐儿一共有七个,都戴着帽子,披着外衣,手里提着小提包。其中有两个在哭。有一个对我们笑笑,还伸出舌头来上下拨弄。她长着厚嘴唇和黑眼睛。

我停住车,跑过去找那管姐儿的说话。军官窑子的姐儿们当天一早就走了,她说。她们上哪儿去了?到科内利阿诺去了,她说。卡车开动了。那个厚嘴唇的姐儿又对着我们伸出舌头来。管姐儿的挥挥手。那两个姐儿仍旧在哭。其余的则饶有兴趣地望着车外的城镇。我回到了车上。

"我们应当跟她们一同走,"博内罗说,"这样,旅行一定挺有意思。"

"我们的旅行会是愉快的。"我说。

"恐怕是要大吃苦头的吧。"

"我正是这个意思。"我说。我们顺着车道开到别墅前。

"要是碰上有些硬汉爬上车去逼她们硬搞起来,我倒想看看热闹。"

"你看有人会这么做吗?"

"当然啦。第二军中,哪一个不认得这管姐儿的。"

我们到了别墅的门外。

"他们管她叫女修道院院长,"博内罗说,"姐儿们是新来的,但是人人都认得那管姐儿的。她们大概是刚要撤退前才运到的。"

"她们会好好乐一阵子的。"

"我也说她们会好好乐一阵子的。我倒希望可以免费搞她们一下。那妓院的价钱本来就太贵。政府敲诈我们。"

"把车子开出去,叫机工检查一下,"我说,"换一下润滑油,检查一下分速器。装满汽油,然后去睡一会儿。"

"是,中尉长官。"

别墅里空无一人。雷那蒂已经跟着医院撤退了。少校也坐上了小汽车,率领医院人员走了。少校在窗子上留下一张字条,叫我把堆在门廊上的物资装上车,开车到波达诺涅去。机工们早已走光了。我回到汽车间。我到了那儿,其余那两部车子刚开来了,司机们下了车。天又在下雨了。

"我是多么——多么困,从普拉伐到这儿来一共睡着了三次,"皮安尼说,"现在我们怎么办,中尉?"

"我们换换油,涂些机油,装满汽油,然后把车子开到前边,把他们留下的破烂装上。"

"以后我们就出发吗?"

"不,我们先睡三小时。"

"天啊,能睡一睡多好啊,"博内罗说,"我已没法睁开眼睛驾车了。"

"你的车子怎么样,艾莫?"我问。

"没问题。"

"给我一套工作服,我帮你加油。"

"千万不可以,中尉,"艾莫说,"根本没事。你去收拾你自己的东西吧。"

"我的东西都收拾好了,"我说,"我去把他们留下来的东西搬出来吧。车子一弄好,你们就开到前边来。"

他们把车子开到别墅前边来,我们就把堆积在门廊上的医院设备装上车子。装完以后,三部车子排成一行,停在车路上的树底下躲雨。我们走进别墅去。

"到厨房去生个火,把衣服烘烘干。"我说。

"衣服干不干没关系,"皮安尼说,"我只想睡觉。"

"我要睡在少校的床上,"博内罗说,"我要在老头子躺的地方睡个觉。"

"我哪儿睡都行。"皮安尼说。

"这儿有两张床。"我打开门说。

"我从来不知道那间房里放的是什么。"博内罗说。

"那是老甲鱼的房间。"皮安尼说。

"你们俩就在那儿睡,"我说,"我会叫醒你们的。"

"中尉,要是你睡得太长久的话,我们就由奥国佬来叫醒吧。"博内罗说。

"我不会睡过头的,"我说,"艾莫在哪儿?"

"他到厨房去了。"

"去睡吧。"我说。

"我就去睡,"皮安尼说,"我已经坐着打盹打了一天啦。我的眼睛总是睁不开。"

"脱掉你的靴子,"博内罗说,"那是老甲鱼的床铺啊。"

"我管它什么老甲鱼。"皮安尼躺在床上,一双泥污的靴子直伸着,他的头靠在胳膊上。我走到厨房去。艾莫在炉子里生了火,炉上放了一壶水。

"我想还是做一点实心面吧,"他说,"大家醒来时会肚子饿的。"

"你难道不困吗,巴托洛梅奥?"

"不太困。等水一滚我就走。火会自己熄灭的。"

"你还是睡一下吧,"我说,"我们可以吃干酪和罐头牛肉。"

"这个要好一点,"他说,"吃点热的东西对那两个无政府主义者有好处。你去睡吧,中尉。"

"少校房间里有一张床。"

"那你就去睡吧。"

"不,我回我楼上的老房间去。你可想喝杯酒,巴托洛梅奥?"

"大家动身时再喝吧,中尉。现在喝下去可没什么好处。"

"要是你三小时后先醒来,而我又没来叫你,你就来叫醒我,行吗?"

"我可没有表,中尉。"

"少校房间里墙上有个挂钟。"

"好吧。"

于是我走出去,穿过饭厅和门廊,走上大理石的楼梯,到了我以前和雷那蒂合住的房间。外边在下雨。我走到窗边,望出去。天在黑下来,我看见那三部车子成一排停在树底下。树木在雨中滴着水。因为天冷,树枝上挂着水珠。我回到雷那蒂的床边,躺下去,睡着了。

我们出发前在厨房里吃东西。艾莫搞了一大盆实心面,拌着洋葱和切碎的罐头肉。我们围桌而坐,喝了两瓶人家留在地窖里的葡萄酒。外边天黑了,还在下雨。皮安尼坐在桌旁,还是昏昏欲睡。

"我觉得撤退比进兵好,"博内罗说,"撤退时我们有巴勃拉酒喝。"

"我们现在喝它。明天也许得喝雨水啦。"艾莫说。

"明天我们到乌迪内。大家喝香槟。那些逃避兵役的王八蛋就待在那儿。醒来吧,皮安尼!我们明天在乌迪内喝香槟!"

"我醒啦。"皮安尼说。他把实心面和肉盛在他的盘子里。"能找到番茄酱吗,巴托?"

"一点也没有啊。"艾莫说。

"我们要在乌迪内喝香槟。"博内罗说。他在杯子里斟满了澄清的红色巴勃拉酒。

"到乌迪内以前,我们可能喝——水哩。"皮安尼说。

"你吃饱了没有,中尉?"艾莫问。

"饱了。把酒瓶给我,巴托洛梅奥。"

"我给每部车子预备了一瓶酒。"艾莫说。

"你根本没有睡吗?"

"我不需要多睡。我稍微眼睛闭一闭。"

"明儿我们要睡国王的床啰。"博内罗说。他现在兴高采烈。

"明儿我们也许睡在——"皮安尼说。

"我要跟王后睡觉。"博内罗说。他望望我,看我对这玩笑有什么反应。

"跟你睡觉的是——"皮安尼昏昏欲睡地说。

"这是叛逆啊,中尉,"博内罗说,"这岂不是叛逆吗?"

"不许说了,"我说,"你们喝了一点酒就胡说八道。"外边下着雨。我看看表。九点半。

"是该走的时间啦。"我说,站起身来。

"你乘谁的车子,中尉?"博内罗问。

"乘艾莫的。第二部是你。第三部皮安尼。我们走大路去科蒙斯。"

"我就怕我会睡着。"皮安尼说。

"好吧。我就坐你的车子。第二部是博内罗。第三部是艾莫。"

"这样安排最好了,"皮安尼说,"因为我太困了。"

"我开车,你睡一会儿。"

"不。只要我知道我一睡去,旁边有人叫醒我,那我车子还开得来的。"

"我会叫醒你的。把灯灭了吧,巴托。"

"让它们点着吧,"博内罗说,"这地方横竖我们没有用处了。"

"我房间里有只上锁的小箱子,"我说,"你帮我拿下来好不好,皮安尼?"

"我们给你搬去,"皮安尼说,"来吧,阿尔多。"他同博内罗一同走进门廊去。我听得见他们上楼梯的声响。

"这倒是个好地方。"巴托洛梅奥·艾莫说。他把两瓶酒和半块干酪装在帆布背包里。"以后再也不会碰上这么好的地方了。他们撤退到哪儿去呢,中尉?"

"他们说要退到过塔利亚门托河。医院和防区要设在波达诺涅。"

"这镇子比波达诺涅好。"

"波达诺涅的情况我不了解,"我说,"我不过曾经路过那儿罢了。"

"那地方不大像样。"艾莫说。

第二十八章

我们离城的时候,除了大街上几队开拔的部队和大炮以外,雨中的城镇显得空虚荒凉,一片黑暗。小街上也驶着许多卡车和马车,都在向大街集合。我们绕过硝皮厂开上大街时,部队、卡车、马拉的车子和大炮已经汇合成为一个宽阔的、慢慢移动的行列。我们在雨中缓慢而稳定地往前走,车子的散热器盖几乎碰到了前面一部卡车的后挡板——那卡车装满着东西,堆得高高,上边覆盖着一块已经打湿了的帆布。后来卡车停了。整个行列停顿了。等一等,又走了一会儿,又停了。我跳下车,跑到前面去看看,在卡车和马车间穿行,从淋湿的马颈下钻过去。阻塞交通的地方还在前头。我拐下大路,从一块踏板上跨过水沟,在水沟另一边的田野上走。我在田野上抄前走时,看得见大路上树木间的那个行列,在雨中停顿在那儿。我这样走了约莫一英里。行列没有动,虽则这些停滞的车辆的另一边的军队已在走动了。我踅回去找救护车。这个阻塞的行列可能极长,说不定一直延伸到乌迪内。皮安尼正伏在驾驶盘上睡觉。我爬上去,坐在他旁边,也入睡了。几个钟头后,我听见前面那部卡车嘎嘎地推上排挡。我叫醒了皮安尼,我们开车了,走了没几码,又停下来,过了一会儿又走了。雨还在落着。

夜里,队伍又停住了。我下车跑回去看艾莫和博内罗。博内罗的车子座位上搭载着两名工兵队的上士。我上车时,上士们连忙坐正示敬。

"他们奉命留下来修一座桥,"博内罗说,"他们找不到原来的部队,我就让他们搭搭车。"

"请求中尉先生允准。"

"我允准。"我说。

"中尉是美国人,"博内罗说,"任何人来搭车子都行。"

上士中的一个笑了。还有一个问博内罗,我是不是来自北美洲或南美洲的意大利人。

"他不是意大利人。他是北美洲的英吉利人。"

上士们很有礼貌,但是看样子不相信。我离开他们往后面去找艾莫。艾莫车子座位上有两个女郎,他正背靠在一个角落里抽烟。

"巴托,巴托。"我说。他大笑起来。

"你跟她们谈谈,中尉,"他说,"我听不懂她们的话。喂!"他伸手放在女郎的大腿上,友好地拧了一下。那女郎赶快裹紧大围巾,推开他的手。"喂!"他说,"快告诉中尉你的名字,还有你在这里做什么。"

女郎狠狠地盯着我。还有一个则低着头望着地下。那个瞪眼盯我的女郎用某种土语讲了几句,我一个字都听不懂。她长得肥胖,皮肤黑黑的,看上去约莫十六岁。

"索雷拉①?"我问,指着旁边那姑娘。

她点点头,笑了一笑。

"好的。"我说,轻轻拍了一下她的膝盖。我觉得我的手碰她时,她身子发僵。她的妹妹始终不敢抬起头来。她看上去也许小一岁。艾莫把手放在那姐姐的大腿上,她又推开它。他对着她直笑。

"好人。"他指指自己。"好人,"他指指我,"不要发愁。"女郎狠狠地望着他。这一对姐妹真像两只野鸟。

"她既然不喜欢我,为什么来搭我的车子?"艾莫问。"我一招手,她们立刻上车来了。"他转对女郎说话。"不要愁,"他说。"没有××的危险,"他讲的是粗话,"没有地方××。"我看得出她只听得懂那粗话。她非常恐惧地望着他。她把围巾裹得更紧一点。"车子全病了,"艾莫说,"没有××的危险。没有地方××。"他每次说起那粗话,她身子就更僵一些。随后她僵硬地坐着,眼睛盯着他,开始哭起来了。我看见她嘴唇的抽动,接着眼泪从她那丰满的面颊上滚下来了。她的妹妹还是低着头,抓住她的手,两人紧紧偎在一起。那个本来恶狠狠的姐姐开始啜泣了。

"想不到竟吓了她,"艾莫说,"我并没有存心吓她。"

巴托洛梅奥拿出他的背包,切下两片干酪。"拿着,别哭啦。"他说。

那姐姐摇摇头,还是哭,妹妹可接过干酪吃起来。过了一会儿,妹妹把另一片干酪给她姐姐,两人都吃起来。姐姐还是啜泣了一下子。

---

① 意大利语,意为"姐妹"。

"她等一会儿就会好的。"艾莫说。

他突然想起了一个念头。"处女?"他问身边的那个姑娘。她用劲点点头。"也是处女?"他指指她的妹妹。两个女郎都点点头,姐姐又用土语说了一些话。

"那就好,"巴托洛梅奥说,"那就好。"

姐妹俩好像愉快一点了。

我撇下她们跟艾莫坐在一起,艾莫这时靠在一个角落里。我回到皮安尼的车子上。车马的队伍全不动弹,但是老是有部队从旁边开过。雨还是很大,我就想起,车马行列的一次次停滞,可能是因为有的车子的线路给打湿了,更可能是因为马匹或者人睡着了。不过,有时在城市里,大家都清醒的时候,也还是有交通阻塞的事情。糟的是马匹和机动车混杂在一起,彼此之间没有一点儿帮助。农夫的马车更增加了交通的困难。巴托车上有两个好姑娘。两个处女处在退兵的行列中,那可太危险了。真正的处女啊。大概是很虔诚信教的。要是没有战争的话,我们大概都在床上睡觉吧。我的头在床上安息。床与床板。睡得像床板那样平直。凯瑟琳现在正睡在床上,拥衾而睡。她睡时靠在哪一侧呢?也许她还没有睡熟吧。也许她正躺着想念我呢。刮啊,刮啊,西风。嗯,风现在果真刮了,刮来的不只是小雨,还是大雨哩。整个夜里下雨。你知道落雨的时候落下来的是什么。你看它。基督啊,愿我的爱人又在我的怀抱中,我又在我的床上。我的爱人凯瑟琳。我甜蜜的爱人凯瑟琳当做雨落下来吧。把她刮回来给我。好,我们已在风中了。人人都给卷在风中了,小雨没法子叫风安静下来。"晚安,凯瑟琳。"我大声说道。"我希望你睡得好。亲爱的,倘若你极不舒服的话,你就翻靠在另外一侧睡吧,"我说,"我给你倒点冷水来。过一会儿天就亮了,那时就不至于太难受了。他①叫你这么不好受,我很难过。设法睡去吧,亲爱的。"

我始终熟睡着,她说。你睡着了在讲话。你没有什么不舒服吧?

你当真在那儿吗?

我自然是在这儿。我不会走开的。这在你我之间不算一回事。你太可爱

---

① 指凯瑟琳肚子里的孩子。

太甜蜜了。你夜里不会走开,对吧?

我当然不会走开的。我总是在这儿。你什么时候要我来我就来。

"——"皮安尼说,"他们又走动了。"

"我刚才昏昏沉沉的。"我说。我看看手表。早晨三点钟。我伸手到车座后把那瓶巴勃拉酒找出来。

"你刚才在大声说话。"皮安尼说。

"我做了个梦,在讲英语。"我说。

雨稀疏下来,我们又走动了。天亮前我们又停顿了一次。天亮时我们的车子正在一个小岗上,我望见前面撤退的道路伸得老远老远,一切景物都是静止的,只有步兵在慢慢移动前进。我们又走动了,但是在白天的亮光中看去,车子可走得太慢,倘若想开到乌迪内的话,我们只好放弃大道,改抄小路,越过乡野而走。

夜间,许多从附近乡间小径上来的农民加入了这撤退大行列,于是行列间有了满载着家具杂物的马车;有些镜子从床垫间撅出着,车子上绑着鸡啊鸭啊。我们前边,有一部车上装着一架缝纫机,在雨中走着。他们抢救下了最宝贵的东西。车子上有的坐有女人,挤做一团避雨,有的跟在车边走着,尽量挨近车子。我们的这个行列中现在也有了狗,它们躲在马车底下行走。道路泥泞,路边的水沟满涨着水,路旁树木后边的田野,望去似乎太潮湿,没法开车穿过。我下了车沿着大路往前走,找一个望得见前边的地方,看看有没有侧路旁道,以便越过田野前进。我原知道小道很多,不过总要找一条可以通到目的地的。这些小道我记不得了,因为过去赶这里过,总是坐着车,顺着公路疾驰而过,看到的小道仿佛条条都是差不多的。现在我知道,倘若要越过这阻塞的行列,非找一条小道不可。没人知道奥军到了什么地方,战况怎么样,但是我看得准只要雨一停,飞机就会前来扫射这个行列,大家就要完蛋。到了那时,只要几个司机丢下卡车跑了,或是几匹马给炸死了,公路上的交通便会完全阻塞。

现在雨不像刚才那么大了,我想,说不定天就要放晴。我沿着大路的边沿往前走,找到一条通北面的小路,正在两块农田之间,路的两边栽有树篱,作为界线。我想这条小路可以走,便赶紧跑回去。我叫皮安尼转弯走那条小路,然后又跑去通知博内罗和艾莫。

"倘若这条路走不通,我们还可以转回来。"我说。

"这些人怎么办?"博内罗问。他旁边还坐着那两名上士。他们俩虽则没有刮脸,在这大清早看起来还是很富有军人气概。

"他们俩可以帮忙推推车。"我说。我回去找艾莫,告诉他我们将要越过乡野抄近路。

"我这两个处女家属怎么办?"艾莫说。女孩子们睡着了。

"她们派不上什么用场,"我说,"你该找一两个推得动车子的。"

"她们可以坐到车子的后边去,"艾莫说,"车子里有空地方。"

"你要留她们,就随你的便好啦,"我说,"另找个背脊宽的汉子来推车吧。"

"找意大利狙击兵吧,"艾莫笑着说,"他们的背脊最宽。有人量过的。你好吗,中尉?"

"好。你呢?"

"好。只是很饿。"

"我们走的那条小道上总该有什么地方可以吃东西的吧,我们可以停下来吃一点。"

"你的腿怎么样,中尉?"

"好。"我说。我站在车子的踏板上朝前望,可望见皮安尼的车子正开上那条小路,顺着它开去,车子在路边界树的秃枝间透露出来。博内罗跟着转了弯,接着皮安尼在小路上直朝前开,我们就跟着前边两部救护车在有树篱的窄路上走动。这条路通到一家农舍。我们发现皮安尼和博内罗已在农家的院子里停了车。房子又矮又长,屋前有座棚子,支起葡萄藤垂在门上。院子里有口井,皮安尼正在打水装进他的散热器。开慢车开得这么长久,弄得散热器里的水都开了。农舍里没有人。我回头一望,这农舍原来是盖在平原上一块稍微凸起的高地上,我们望得见乡野、小路、树篱、农田和大路边的那一排树,撤退的队伍就在这大路上。那两名上士在屋子里东张西望。女郎们已经醒来,正在望着院落、井和农舍前的那两部大救护车,三名司机正聚在井边。上士中的一个手里拿着一座时钟走出屋来。

"放回去。"我说。他看看我,走回屋子里,出来时手里没拿时钟。

"你的同伴呢?"我问。

"上厕所去了。"说着,他在救护车的座位上坐了下来。他唯恐我们丢下他。

"吃早饭好不好,中尉?"博内罗问,"我们大可以吃点什么。花不了多少时间。"

"照你想,打这条路走到另外一边去,会不会通到什么地方?"

"当然会的。"

"好。我们就吃吧。"皮安尼和博内罗走进屋子里去。

"来吧。"艾莫对女郎们说。他伸出手去扶她们下车。可是那姐姐摇摇头。她们不愿随便进入没有人的空屋子。她们目送着我们进去。

"她们真难对付。"艾莫说。我们一同走进农舍。屋子又大又暗,给人一种被遗弃了的感觉。博内罗和皮安尼在厨房里。

"没有多少东西吃,"皮安尼说,"人家都带走了。"

博内罗在一张笨重的厨房桌上切一大块白色的干酪。

"干酪在哪儿找到的?"

"在地窖里。皮安尼还找到了酒和苹果。"

"这顿早餐可不赖。"

皮安尼把一只大酒瓮的木塞子拔出来,酒瓮外用柳条筐包着。他把酒瓮一侧,倒满了一铜锅的酒。

"味道还香,"他说,"找几只大口杯来,巴托。"

二位上士走了进来。

"吃点干酪吧,上士们。"博内罗说。

"我们该走啦。"上士中的一个说,他吃干酪,喝了一杯酒。

"我们要走的。甭发愁。"博内罗说。

"行军专靠肚皮饱。"我说。

"什么?"上士问。

"吃是要紧的。"

"是的。但是时间更加宝贵。"

"依我看,这两个龟儿子已经吃过了。"皮安尼说。上士们望望他。他们恨我们这一伙人。

"你认得路吗?"其中的一个问我。

"不认得。"我说。他们俩彼此对看了一下。

"我们最好还是动身吧。"第一个上士说。

"我们就走。"我说。我又喝了一杯红葡萄酒。吃了干酪和苹果后,觉得酒的味道很好。

"把干酪带着走。"我说着走出去。博内罗出来时捧着那一大瓮酒。

"太大啦。"我说。他爱惜地直瞧着那瓮酒。

"恐怕是太大,"他说,"拿行军水壶来装吧。"他把水壶装满了酒,有些酒溢出来,洒在院落的铺石上。随后他捧起酒瓮,把它摆在大门里边。

"这样奥国佬用不到打破门就找得到酒了。"他说。

"我们走吧,"我说,"皮安尼和我领头。"那两位工兵上士已坐在博内罗的身边。女郎们则在吃干酪和苹果。艾莫在抽烟。我们沿着那条狭窄的小道出发了。我回头望望那两部跟着来的救护车和那幢农舍。屋子是上好的石屋,矮矮的,很牢固,井边的铁栏也极好。我们前面的道路又狭窄又泥泞,两边尽是高高的树篱。在后边,其余的车子紧紧地跟随着我们。

第二十九章

中午时分,我们的车子陷在一条泥泞的道路上,再也开不动了。那地方据我们猜想,离开乌迪内约莫有十公里。上午雨停了,我们三次听见飞机飞近来,看着飞机越过头上,飞到左边遥远的地方,我们听见轰炸公路的声响。我们在好些纵横交叉的小路上摸索了好久,走了许多冤枉路,但是经过屡次打倒车找到新路,居然越走越逼近乌迪内了。这时艾莫的车子,从一条绝路上打倒车时,车身陷入路边的软泥,车轮越打转,就陷入泥土越深,到末了前轮入土,分速器箱碰到了地上。补救的办法是把车轮前边的泥土挖掉,砍些树枝塞进去,以便车轮上的链条不致打滑,然后把车子推上路。我们都下到路面上,围在车子四周。那两位上士也望望车子,仔细看看车轮。随即一声不响,拔脚就走。我追了上去。

"来,"我说,"去砍些树枝。"

"我们得走了。"其中一个说。

"赶快去砍些树枝来。"我说。

"我们得走了。"一个上士说。另一个一声不响。他们急于走开。他们俩不愿对我看。

"我命令你们回来砍树枝。"我说。一个上士转过身来对我说:"我们得走了。过一会儿你们就要给人家截断后路。你没资格命令我们。你不是我们的长官。"

"我命令你们去砍树枝,"我说。他们掉转身就上路。

"站住。"我说。他们管自在泥泞的路上走去。路的两边栽有树木作为篱笆。"我命令你们站住。"我喊道。他们反而走得更快了。我打开手枪套,拔出枪来对准那个说话最多的就开枪。第一枪没打中,他们拔脚就跑。我连开三枪,一个中枪倒下。还有一个钻过树篱,看不见了。他越过田野时,我隔着篱笆向他开枪。想不到只是嗒的一声空响,我赶快再装上一夹子弹。我发现第二个上士已经跑得太远,手枪打不到了。他在田野上跑得远远的,低着头。我开始在空弹夹里装上子弹。博内罗走上前来。

"我去结果他吧。"他说。我把手枪递给他,他走去找那扑倒在路上的上士。博内罗弯下身,把枪口对着那人的脑袋,扳了扳机。枪没打响。

"你得先往上扳。"我说。他往上一扳,连开了两次。他抓住上士的两条腿,把他拖到路旁篱笆边。他走回来,把手枪还给我。

"龟儿子,"他说,他望望那上士,"你看见我打死他的吧,中尉?"

"我们得赶快砍树枝,"我说,"那一个我完全没有打中吗?"

"大概没有吧,"艾莫说,"他已经跑得太远,手枪打不到。"

"王八蛋。"皮安尼说。我们大家都在砍枝条和树枝。车里所有的东西都搬了出来。博内罗在车轮前挖泥土。我们一准备好,艾莫就开动车子。车轮直打转,枝条和泥土四下溅散。博内罗和我拼命推车,推到关节都快要折断了。车子还是不动。

"把车子朝前朝后开开,巴托。"我说。

他先开倒车,又开顺车。车轮只是越陷越深。分速器又碰到地面了,车轮又在挖开的窟窿里直打转。我直起身来。

"拿根绳子来拖拖看吧。"我说。

"那不见得有用处,中尉。你没法笔直地拖。"

"我们只好试一试,"我说,"旁的办法都不能叫它动弹。"

皮安尼和博内罗的车子只能够沿着窄路直直地往前开。我们用绳子绑好这两部车子,叫它们拖。车轮只是往旁边动,紧靠在车辙上。

"没有用,"我喊道,"停手吧。"

皮安尼和博内罗跳下他们的车子,走回来。艾莫也下了车。女郎们坐在四十码外路边的一堵石墙上。

"你看怎么办,中尉?"博内罗问。

"我们再挖一挖,再用枝条试它一次。"我说。我朝路的另一头望去。都是我的错。是我把他们领到这儿来的。太阳差不多从云后边出来了,上士的尸体躺在树篱边。

"我们拿他的军装上衣和披肩来垫一垫。"我说。博内罗去拿了来。我砍树枝,艾莫和皮安尼挖掉车轮前和车轮间的泥土。我把披肩割成两半,铺在车轮底下,然后又垫些枝条在下面,让车轮不致打滑。我们准备好了,艾莫爬上车去开车。车轮转了又转,我们推了又推。结果一点效力都没有。

"他妈的,"我说,"巴托,你车子上还有什么东西要拿没有?"

艾莫拿了干酪、两瓶酒和他的披肩,跟博内罗一起上车。博内罗坐在驾驶盘后面,在检查上士军装的一只只口袋。

"还是把军装丢掉吧,"我说,"巴托那两位处女怎么办?"

"她们可以坐在车子的后部,"皮安尼说,"依我看,我们也是走不远的。"

我打开救护车的后门。

"来吧,"我说,"进去。"两位女郎爬了进去,坐在一个角落里。我们方才开枪的事,她们好像没有注意到。我回头望望来路。上士躺在那儿,只穿着一件肮脏的长袖内衣。我上了皮安尼的车子,我们又出发了。我们要越过一块农田。到了大路穿进农田的地方,我下车在前头走。我们要是能穿过这块田地,田地的那一边就有一条路。我们走不过去,田里的泥土太软太泥泞了,不能开车。最后车子完全困住了,车轮深深陷入烂泥中,一直陷到轮壳,我们只好丢下车子,步行往乌迪内进发。

我们走上那条往后通到原来的公路的小道,我指给两个女孩子看。

"到那边去吧,"我说,"会碰到人的。"她们望着我。我掏出皮夹子,给她们每人一张十里拉的钞票。"到那边去吧,"我指着说,"朋友!亲戚!"

她们听不懂,只是紧紧地捏着钞票,开始往路的另一头走去。她们回过头来看看,仿佛怕我要把钱要回来似的。我看着她们由那条小道走去,把大围巾裹得紧紧的,恐惧地扭过头来望望我们。三位司机纵声大笑。

"如果我也朝那方向走,你给我多少钱,中尉?"博内罗问。"要是敌人追上来的话,她们还是混在人群里好一点。"我说。

"你给我两百里拉,我就向奥地利一直走回去。"博内罗说。

"人家会把你的钱夺去的。"皮安尼说。

"说不定战争停止了。"艾莫说。我们以最快的速度赶路。太阳想冲出云层来。路旁边有桑树。从桑树间我望得见我们那两部大篷车陷在田野里。皮安尼也掉头去观看。

"他们得先修一条路才能够把车子拖出来。"他说。

"基督啊,但愿我们有自行车。"博内罗说。

"在美国有人骑自行车吗?"艾莫问。

"从前有人骑的。"

"在这儿,自行车可真了不起,"艾莫说,"这东西太好了。"

"基督啊,但愿我们有自行车,"博尼罗说,"我路走不来。"

"那是枪声吗?"我问。我好像听见远方有射击声。

"难说是不是。"艾莫说。他听着。

"大概是吧。"我说。

"我们首先看到的大概会是骑兵。"皮安尼说。

"他们不见得有骑兵队吧。"

"求求基督,但愿没有,"博内罗说,"千万别让天杀的骑兵把我一枪刺死。"

"你倒是向那上士开了枪,中尉。"皮安尼说。我们走得很快。

"是我打死他的,"博内罗说,"这次战争里我还没杀过人,我一辈子就想杀个上士。"

"你是趁人家不动弹时打死他的,"皮安尼说,"你杀他的时候,人家可并不是在飞快地跑。"

"没关系。这是件我终生不会忘记的快事。我杀了一个狗上士。"

"将来忏悔时怎么说呢?"艾莫问。

"我会说,祝福我,神父,我杀了一个上士。"他们都笑起来。

"他是个无政府主义者,"皮安尼说,"他不上教堂的。"

"皮安尼也是个无政府主义者。"博内罗说。

"你们真是无政府主义者吗?"我问。

"不是,中尉。我们是社会主义者。我们是伊摩拉①人。"

"你没到过那地方吗?"

"没有。"

"基督可以证明,那才是个好地方哪,中尉。战后你来好了,我给你看一些好东西。"

"你们都是社会主义者吗?"

---

① 伊摩拉是意大利北部波洛尼亚省一古城。

"人人都是。"

"那座城不错吧?"

"好极了。你从来没见过这样一座城市。"

"你们怎么会成为社会主义者的?"

"我们都是社会主义者。人人都是社会主义者。我们一向就是社会主义者。"

"你来吧,中尉。我们也使你成为社会主义者。"

道路在前头向左转弯,那儿有一座小山,山上有一个苹果园,外面围着一堵石墙。路一上山,他们就停止说话了。我们一齐往前大步赶,努力争取时间。

第三十章

后来,我们走上一条通到河边的道路。路上一直到桥边为止,有一长列被遗弃的卡车和运货马车。一个人影也没有。河水高涨,桥的中部已炸断;桥上的石拱掉在河里,褐色的河水就在上边流过。我们沿着河岸走,找个可以渡河的地点。我知道前头有座铁路桥,我们也许可以打那儿过河。河边小径又湿又泥泞。我们看不到任何军队,只有遗弃下来的卡车和辎重。河岸上除了湿的枝条和泥泞的土地外,什么东西都没有,什么人也没有。我们走到河岸边,终于看到了那座铁路桥。

"一座多么美丽的桥啊。"艾莫说。那是一座普通的长铁桥,横跨在一道通常干涸的河床上。

"我们赶快走过去吧,趁人家还没把它炸断。"我说。

"没人来炸断它啊,"皮安尼说,"他们都走光了。"

"桥上说不定埋有地雷,"博内罗说,"你先走,中尉。"

"你听这无政府主义者讲出这种话来,"艾莫说,"叫他自己先走过去。"

"还是我先走,"我说,"人家埋的地雷不会仅因为一个人而爆炸的。"

"你瞧,"皮安尼说,"这才叫有脑筋。你为什么没脑筋呢,无政府主义者?"

"我有脑筋的话就不会在这儿了。"博内罗说。

"这话很有道理,中尉。"艾莫说。

"有道理。"我说。我们现在贴近桥了。天上又堆满了乌云,下着小雨。那桥看起来又长又坚固。我们爬上铁路的路堤。

"你们一个个分开来走。"我说,开始走过桥去。我细心察看枕木和铁轨,看有没有什么拉发线或者埋有炸药的痕迹,但是看不见。从枕木的空隙间,我看见底下的河水又混浊又湍急。打前头,越过湿淋淋的乡野,我看得见在雨中的乌迪内。过了桥,我回头观看。河上游还有一道桥。我正看着那桥时,有一部黄泥色的小汽车正在过桥。那座桥的两边很高,车一上桥就给遮住了。但是我还看得见司机的头,司机旁边坐着的那人的头,还有车后座上的那两个人的头。他们全戴着德军钢盔。随后车子下了桥,又给路上的树木和遗弃的车辆遮住了。我向正在过桥的艾莫和其他人招招手,叫他们过来。我爬下去,蹲在铁路路堤边。艾莫跟着我下来。

"你看见那部车子吗?"我问。

"没有。我们只在看着你。"

"有一部德国军官座车在那边那道桥上开过。"

"军官座车?"

"是的。"

"圣母马利亚啊。"

其余的人都过来了,大家都蹲在路堤后边的烂泥里,望着铁轨那一边的桥、那一排树、明沟和那条路。

"照你看,我们是不是给切断了,中尉?"

"我不知道。我只知道有一部德国军官座车从那条路上开过。"

"你是不是有点不舒服,中尉?你脑子里不会有什么奇异的感觉吧?"

"别乱开玩笑,博内罗。"

"喝点酒吧?"皮安尼说,"我们要是真的给切断了,索性喝口酒吧。"他解下水壶来,打开塞子。

"看!看!"艾莫说,指着路上。我们看得见石桥顶上有德国兵的钢盔在晃动着。那些钢盔向前倾着,滑溜溜地向前移,简直像是被神奇的力量操纵着。他们下了桥,我们才看见他们。原来是自行车部队。我看见最前面那两个人的脸,又红润又健康。他们的钢盔戴得很低,遮住了前额和脸庞的两边。他们的卡宾枪给扣在自行车车架上。手榴弹倒挂在每人的束身皮带上,弹柄朝下。他们的帽盔和灰色制服都给雨水打湿了,仍旧从容地骑着车子,张望着前头和两边。起先两人一排——接着四人一排,又是两人一排,接着差不多十二个人;接着又是十二个人——最后是单独一人。他们不讲话,反正就是讲话我们也听不见,因为河声喧闹。他们在路上消失了。

"圣母马利亚啊。"艾莫说。

"是德国兵,"皮安尼说,"不是奥国佬。"

"为什么这儿没人拦住他们?"我说,"他们为什么没有把桥炸掉?这路堤上为什么不布置机关枪?"

"你倒来对我们说说看,中尉。"博内罗说。

我很光火。

"该死,这整个局面都荒唐可笑。下边那座小桥他们炸掉了。这儿大路上的桥却保留了下来。人都躲到哪儿去了?难道他们完全不想拦阻敌人吗?"

"你倒来对我们说说看,中尉。"博内罗说。我于是闭嘴不说了。这本不干我的事;我的职务只是把三部救护车送到波达诺涅。这个任务我没有完成。现在我只要人到达波达诺涅就算了。也许我连乌迪内都走不到。为什么走不到,真见鬼!要紧的是保持镇静,别给人家的枪打中,别给人家俘虏去。

"你不是打开了一个水壶吗?"我问皮安尼。他递给我。我喝了一大口酒。"我们还是动身吧,"我说,"不过也不必匆忙。大家想吃点东西吗?"

"这不是可以多待的地方。"博内罗说。

"好。我们就走吧。"

"我们就靠这边走吧?免得给人家看见。"

"我们还是到上面去走吧。可能也有敌人从这座桥赶来。我们可别让他们居高临下,先看到我们。"

我们沿着铁路轨道走。我们两边伸展着湿漉漉的平原。平原的前头就是乌迪内的那座小山。山上有座城堡,城堡下才是人家的屋顶,一家家挨过去。我们望得见钟楼和钟塔。田野上有许多桑树。我看见前头有个地方,路轨给拆掉了。枕木也给挖掉,丢在路堤下。

"趴下!趴下!"艾莫说。我们扑倒在路堤边。路上又有一队自行车走过。我从堤顶偷望着他们走过。

"他们看见了我们,但是管自走他们的路。"艾莫说。

"如果在上边走就会给人家打死的,中尉。"博内罗说。

"他们要的不是我们,"我说,"他们另有目标。倘若他们突然撞上我们,那我们就更危险了。"

"我情愿在这人家看不见的地方走。"博内罗说。

"好吧。我们在轨道上走。"

"你看我们逃得出去吗?"艾莫问。

"当然啦。敌军还很多。我们可以趁着天黑溜过去。"

"那部军官座车是干什么的?"

"基督才知道。"我说。我们继续顺着铁轨走。博内罗在路堤的烂泥里走,后来走得腻了,也爬上来跟我们一起走。铁道朝南走,已与公路岔开,我们再也看不到公路上的情况。有一条运河,上边有条短桥给炸毁了,我们凭着桥墩的残留部分爬了过去。我们听见前头有枪声。

过了运河,我们又在车轨上走。铁道越过低洼的田野,一直入城。我们望得见前头另外有一条火车线。北面是那条我们看见开过自行车队的公路;南面是一条小支路,横贯田野,两边有密密的树木。我想还是抄近路朝南走,绕过城,再横过乡野朝坎波福米奥走,走上通塔利亚门托河的大路。我们走乌迪内城后的那些岔路小道,可以避开撤退的总队伍。我知道有许多小路横贯平原。于是我开始爬下路堤。

"来吧。"我说。我们要走那条支路,绕到城的南边去。这时大家都爬下了路堤。从支路那边嗖的有一枪向我们打来。子弹打进路堤的泥壁。

"退回去。"我喊道。我爬上路堤,脚在泥土里打滑。司机们在我的前头。我尽快爬上路堤。密密的矮树丛里又打出了两枪,艾莫正在跨过铁轨,身子一晃,绊了一下,脸孔朝地跌了下去。我们把他拖到另外一边路堤上,把他翻转身来。"他的头应当朝上面。"我说。皮安尼把他转过来。他躺在路堤边的泥地上,双脚朝下,断断续续地吐出鲜血。在雨中,我们三人蹲在他身边。他脖颈下部中了一枪,子弹往上穿,从他右眼下穿出来。我正设法堵住这两个窟窿时,他死了。皮安尼放下他的头,拿块急救纱布擦擦他的脸,也就由他去了。

"那帮狗崽子。"他说。

"他们不是德国兵,"我说,"那边不可能有德国兵。"

"意大利人。"皮安尼说。他把这个名词当做一种表性形容词。博内罗一声不响。他正坐在艾莫身旁,可是并不望着他。艾莫的军帽已滚到路堤下面去了,皮安尼现在把它捡来遮住艾莫的脸。他拿出他的水壶来。

"喝口酒吧?"皮安尼把水壶递给博内罗。

"不。"博内罗说。他转身对我说:"如果我们在铁轨上走,随时都有这个危险。"

"不,"我说,"人家开枪,是因为我们要穿过田野。"

博内罗摇摇头。"艾莫死了,"他说,"第二个轮到谁啊,中尉?我们现在往哪里走?"

"开枪的是意大利人,"我说,"不是德国人。"

"照我看,要是德国人的话,他们会把我们都打死的。"博内罗说。

"现在意军对于我们的危险比德国人还要大,"我说,"殿后部队对什么东西都害怕。德国部队自有其目的,不会多管我们。"

"你说得头头是道,中尉。"博内罗说。

"现在我们上哪儿去呢?"皮安尼问。

"最好找个地方躲一躲,挨到天黑再说。只要我们走得到南边就没事了。"

"他们为要证明第一次并没有打错,我们再过去准会给他们都打死,"博内罗说,"我才不干哩。"

"我们找个最贴近乌迪内的地方躲一躲,等天黑再摸过去。"

"那么就走吧。"博内罗说。我们从路堤的北边下去。我回头一望。艾莫躺在泥土里,跟路堤成一个角度。他人相当小,两条胳臂贴在身边,裹着绑腿布的双腿和泥污的靴子连在一起,军帽掩盖在脸上。他的样子真像尸首了。天在下雨。在我所认识的人们中,我算是喜欢他的了。他的证件在我口袋里,我准备写信通知他家属。

田野的前头有一幢农舍,周围栽着树,房屋旁边还搭有一些农家小建筑物。二楼有个阳台,用柱子支着。

"我们还是一个个分开些走吧,"我说,"我先走。"我朝农舍走去。田野里有一条小径。

越过田野走过去时,我不知道会不会有人从农舍附近的树木间,或者就从农舍里开枪打我们。我朝农舍走去,越看越清楚了。二楼的阳台和仓房联在一起,柱子间撅出着一些干草。院子是用石块铺砌的,所有的树木都在滴着雨水。院子里有一部空空的双轮车,车杠高高翘在雨中。我走到了院子,穿过去,在阳台下站住了。屋门开着,我便走进去。博内罗和皮安尼也跟着我进去。屋里很暗。我绕到后边厨房去。一个没盖的炉子里还有炉灰的余烬。炉灰上方虽则吊有几只锅子,可是都是空的。我找来找去,找不到什么可以吃的。

"我们得到仓房里去躲躲,"我说,"你去找找看可有什么吃的东西,皮安尼,找到就拿上来。"

"我去找好了。"皮安尼说。

"好吧,"我说,"我上去看看仓房。"我在底层的牛栏里找到了一道往上走的石梯。在下雨天,牛栏带着干燥而好闻的气息。牲口都没有了,大概主人走时赶走了。仓房里装着半屋干草。屋顶上有两个窗子,一个上面钉着木板,另一个是狭窄的老虎窗,朝北面开的。仓房里有一道斜槽,以便叉起干草从这儿滑下去喂牲口。地板上通楼下的方孔上架有横梁,运草车开进楼下,就可以把干草叉起送到楼上。我听见屋顶上的雨声,闻到干草的气息,当我下楼时,还闻到牛栏里纯净的干牛粪味。我们可以把南面的窗子撬开一条木板,张望院落里的动静。另外一道窗朝着往北的田野。我们要逃的话,两个窗子都通屋顶,倘若楼梯不能派用场,还可以利用那喂牲口的斜槽滑下去。这个仓房很宽大,一听见有人声,就可以躲在干草堆里。这地方似乎挺不错。我相信,要是方才人家不对我们开枪的话,我们一定已经平平安安到南边了。南边有德国军队是不可能的。他们从北边开过来,从西维特尔赶公路而来。他们不可能从南边绕过来。意军更为危险。他们惊慌失措了,看见任何东西就胡乱开枪。昨天夜里我们撤退时,听见有人说有许多德国兵穿上了意军军装,混在从北方撤退的队伍中。我不相信。战争中这种谣言有的是。打仗时敌人是常常会这样对付你的。你没听说过我们也有人穿上德军军服去跟他们捣蛋的。这种事也许有人做,不过似乎很困难。我不相信德国人会这么做。我不相信他们非这么做不可。我们的撤退根本用不到人家来捣乱。军队这么庞大,路又这么少,撤退必然混乱。根本没人下令指挥,不要说什么德国人。不过,他还会把我们当作德军而开枪。他们把艾莫打死啦。干草味很香,我躺在仓房里的干草堆上,好像是退回到了年轻的时代。年轻时我们躺在干草堆里聊天,用气枪打歇在仓房的高高的山墙上的麻雀。那座仓房现在已拆掉了,有一年他们把铁杉树林砍了,从前有树林的地方只剩下一些残桩、干巴巴的树梢、枝条和火后的杂草。你往后退是不行的。要是你不往前走,又怎么样呢?你再也不能回到米兰。要是你回到了米兰,又怎么样呢?我听着北方乌迪内那方向的枪声。我只听见机枪声。没有炮声。这才叫人稍为心安。公路边一定还布置着一些军队。我朝下望去,借着这干草仓房内的暗光,看见皮安尼站在下边卸草的地板上。他拿着一根长香肠,一壶什么东西,胁下还挟着两瓶酒。

"上来吧,"我说,"梯子就在那儿。"话出了口我才发觉,我该下去帮他拿东西。我刚才在干草上躺了一会,弄得头脑糊里糊涂。我刚才几乎睡着了。

"博内罗呢?"我问。

"我就告诉你。"皮安尼说。我们走上梯子。我们把食物放在楼上的干草堆上。皮安尼拿出他的刀子,上边带有拔瓶塞的钻子,他用那钻子去开酒瓶。

"瓶口上用蜡封着,"他说,"一定是好酒。"他笑笑。

"博内罗呢?"

皮安尼望着我。

"他走了,中尉,"他说,"他情愿当俘虏去。"

我一声不响。

"他怕我们都会被打死。"

我抓住那酒瓶,一句话也不说。

"你看,我们对这场战争根本就没有信心,中尉。"

"那么你为什么不也走呢?"我说。

"我不愿意离开你。"

"他上哪儿去了?"

"我不知道,中尉。他溜走了。"

"好吧,"我说,"你切香肠好不好?"

皮安尼在半明半暗的光线中看着我。

"我们谈话时我就切好了。"他说。我们坐在干草上吃香肠,喝酒。那酒一定是人家藏起预备举行婚礼用的。年代这么长久,有点褪色了。

"你守着这个窗子望出去,路易吉,"我说,"我过去守那道窗口。"

我们每人各自喝一瓶酒,我就拿了我那一瓶走过去,平躺在干草上,由那窄窄的小窗口望着湿淋淋的乡野。我不知道自己在期待什么,我只看到一片片农田、赤裸的桑树和落着的雨。我喝喝酒,但是酒并不叫我愉快。因为年代太久了,变了质,失去了味道和色泽。我看着外面天黑下来;黑暗来得很快。今天夜里一定是个漆黑的雨夜。天一黑就不必守望了,我于是就到皮安尼那边去。他睡着了,我没叫醒他,只在他旁边坐了一会。他是个大个子,一睡着就不容易醒。过了一会儿,我叫醒他,我们就上路了。

那是个奇异的夜晚。我不知道我期望碰到什么,或许是死亡,或许是在黑暗中打枪并奔跑,但是想不到却什么都没有发生。我们先是趴在公路边的水沟后面,等着一营德国兵开过,等他们走过后,我们才越过公路,一直朝北走。我们有两次贴近德国部队,但是他们并没有看见我们。我们绕着城的北面走过乌迪内,一个意大利人也没碰见,过了一会儿便走进大撤退的基本行列,整夜往塔利亚门托河赶去。我真想不到撤退的规模这么宏大。不但是军队,整个国家都在撤退。我们整夜赶着路,走得比车辆还要快。我的腿发痛,人又疲乏,但是我们还是走得很快。博内罗情愿去当俘虏,太傻了。其实一点危险都没有。我们穿越两国大军,完全没发生意外。艾莫要是没给打死,我们不会感觉有任何危险。我们沿着铁路大大方方地走,没人来麻烦我们。艾莫的被杀是太突兀而太没理由了。不晓得博内罗正在什么地方。

"你觉得怎么样,中尉?"皮安尼问。路上车辆和军队很拥挤,我们在路的旁边走着。

"我好。"

"我走得发腻了。"

"嗯,我们现在只要走就行了。用不到再操心。"

"博内罗是个傻瓜。"

"他真是傻瓜。"

"他的事你怎么处理呢,中尉?"

"我还不知道。"

"你可以不可以就报告说他被俘虏了?"

"我不知道。"

"你看,要是战争继续下去,上面会给他家属找大麻烦的。"

"战争不会继续下去的,"一个士兵说,"我们正在回家。战争结束了。"

"人人都在回家。"

"我们都在回家。"

"快走,中尉。"皮安尼说。他想越过那些士兵。

"中尉？哪一个是中尉？打倒军官！"

皮安尼搀住我的胳臂。"我还是叫你名字吧，"他说，"他们或许会来寻事。他们已经枪杀了一些军官。"我们赶了几步，赶过了那些部队。

"我不会打一份报告叫他家属吃苦头的。"我继续我们的谈话。

"要是战争真结束了，那就没有关系了，"皮安尼说，"但是我不相信战争已经结束。真这样就太好啦。"

"我们不久就会知道的。"我说。

"我不相信战争结束。他们都这样想，我可不相信。"

"Viva la Pace！①"一个士兵叫喊起来，"我们回家去啦。"

"倘若我们大家都回家，那太好了，"皮安尼说，"你岂不想回家吗？"

"想的。"

"我们回不了。依我看，战争还没有结束。"

"Andimo a casa！②"一个士兵喊道。

"他们丢掉了步枪，"皮安尼说，"他们在走的时候把枪摘下，丢掉了。然后就喊口号。"

"他们不应该丢掉步枪。"

"他们以为只要把枪丢掉，人家就没法再叫他们打仗了。"

在黑暗中和雨中，我们沿着路边赶路，我看见许多士兵还挂着步枪。枪在披肩上边撅出来。

"你们是哪一个旅的？"一个军官叫道。

"和平旅。"有人喊道。军官一声不响。

"他说什么？军官说什么？"

"打倒军官。和平万岁！"

"快走吧。"皮安尼说。我们经过两部英国救护车，它们给丢在一大批遗弃的车辆间。

"是哥里察开来的车子，"皮安尼说，"车子我认得。"

---

① 意语："和平万岁！"
② 意语："回家去！"

"人家倒比我们走得远一些。"

"人家比我们早开车啊。"

"司机们不晓得哪儿去啦?"

"大概就在前头吧。"

"德国军队在乌迪内城外停下了,"我说,"这些人都可以渡河了。"

"是的,"皮安尼说,"我说战争还要打下去,就是这个缘故。"

"德国军队本可以追上来,"我说,"不晓得为什么不追上来。"

"我也不知道。这种战争我什么都不懂。"

"依我看,他们得等待他们的运输供应吧。"

"我不知道。"皮安尼说。他独自一个人,态度就和气得多。和其他司机在一起时,他讲起话来很粗鲁。

"你结了婚没有,路易吉?"

"你知道我是结了婚的。"

"你不想当俘虏就是为了这个吗?"

"这是其中的一个理由。你结了婚没有,中尉?"

"没有。"

"博内罗也没结婚。"

"你没法凭一个人结婚不结婚来说明什么问题。不过,我想结了婚的人总想回去找他妻子的吧。"我说。我很想谈谈关于妻子的事。

"是的。"

"你的脚怎么样?"

"着实疼。"

天亮前,我们赶到了塔利亚门托河的河岸边,便沿着涨满水的河走,走近一条所有的人马要过的桥。

"这条河总该守得住吧。"皮安尼说。在黑暗中,水好像涨得很高。河水打着漩涡,河面宽阔。那座木桥约莫有四分之三英里长,河水通常很浅,只是离桥面很远处的宽阔的石床上的一股窄窄的水道,现在可高涨到紧挨着桥板了。我们沿着河岸走,然后挤进了渡桥的人群。我紧紧地夹在人群中慢慢地过桥,上面是雨,下边隔着几尺便是河水,我的前头是一部炮车上的弹药箱,我从桥边探头望望河水。现在我们没法按照我们的速度赶路,反而觉得非常疲乏。过桥一点儿也不叫人兴奋愉快。我只是想,要是在白天,飞机来丢炸弹,那才不晓得是个什么光景呢。

"皮安尼。"我说。

"我在这儿,中尉。"他给挤在前面一点的人群里。没人说话。大家只希望快点过桥,心里就是这么个念头。我们快过去了。木桥的那一头,两边站有一些军官和宪兵,打着手电筒。我看见他们被地平线衬托出的身影。我们走近他们时,我看见有个军官用手指指队伍中的一个人。一名宪兵走进行列,抓住那人的胳膊,拖了出去。宪兵强迫他离开大路。我们快走到军官们的正对面了。他们正仔细察看着行列中的每一个人,有时交谈一声,跨前几步,打手电筒照照一个人的脸。我们刚要走到正对面时,他们又抓去了一个人。我看见那人。是个中校。人家用手电筒照他时,我看见他袖管上有两颗星。他头发灰白,长得又矮又胖。宪兵把他拖到那一排检查行人的军官后面。当我走到那一排军官跟前时,我看到有一两个军官正盯着我。其中有一位指指我,对宪兵说了一声。我看见那宪兵跑过来,挤过队伍的边沿来找我,接着我感到被他抓住了我的衣领。

"你怎么啦?"我说。一拳打到他脸上去。我看见那帽子底下的脸,上翘的小胡子,血从他面颊上淌下来。又有一个宪兵朝我们俩冲过来。

"你怎么啦?"我说。他不回答。他正在寻找机会揪住我。我伸手到背后去解手枪。

"你难道不懂不能碰军官的规矩吗?"

另一个从我身后抓住我,把我的手臂朝上扭,扭得几乎脱了臼。我跟他一起转过身,第一个宪兵狠狠抓住了我的脖子。我踢他的胫骨,用我的左膝撞他的胯部。

"他再抵抗就开枪。"我听见有人在说。

"这是什么意思?"我想大声嚷,但是我的声音并不响亮。他们现在已把我拖到路边来了。

"他再抵抗就开枪,"一个军官说,"押他到后边去。"

"你们是什么人?"

"等一会儿你就知道。"

"你们是什么人?"

"战场宪兵。"另外一位军官说。

"方才你们为什么不叫我走出来,倒派一架这样的飞机来抓我?"

他们不回答。他们可以不理睬。人家是战场宪兵哩。

"押他到后面那些人那儿去,"第一个军官说,"你看。他讲意大利话,口音不准。"

"你还不是同样口音不准,你这狗崽子。"我说。

"押他到后面那些人那儿去。"第一个军官说。他们押着我绕到这排军官的后边,走往公路下边临河的田野,那儿有一堆人。我们朝那堆人走去时,有人开了几枪。我看见步枪射击的闪光,然后是啪啪的枪声。我们走到那堆人旁边。那边站有四名军官,他们面前站着一个人,一边一个宪兵守着。有一小组人由宪兵看守着。审问者的旁边站着四名宪兵,人人挂着卡宾枪。这些宪兵都是那种戴宽边帽的家伙。押我去的那两个把我推进这等待审问的人群中。我看看那个正在受审问的人。他就是方才从撤退行列中给拖出来的那个灰头发的中校,胖胖的小个子。审问者冷静能干,威风凛凛,操人家生死大权的意大利人大致是这个模样,因为他们光枪毙人家,没有人家枪毙他们的危险。

"你属于哪一旅的?"

他告诉了他们。

"哪一团?"

他又说了。

"为什么不跟你那一团人在一起?"

他把原因说了出来。

"你不知道军官必须和他的部队在一起的规矩吗?"

他知道的。

问话到此为止。另外一个军官开口了。

"就是你们这种人,放野蛮人进来糟蹋祖国神圣的国土。"

"对不起,我不懂你的话。"中校说。

"就是因为有像你这样的叛逆行为,我们才丧失了胜利的果实。"

"你们经历过撤退没有?"中校问。

"意大利永远不撤退。"

我们站在雨中,听着这番话。我们正面对着那些军官,犯人站在他们跟前,稍为靠近我们这边一点。

"要枪毙我的话,"中校说,"就请便吧,不必多问。这种问法是愚蠢的。"他划了一个十字。那些军官会商了一下。其中一个在一本拍纸簿上写了些什么。

"擅离部队,明令枪决。"他宣读。

两个宪兵押着中校到河岸边去。中校在雨中走着,是个没戴军帽的老头儿,一边一个宪兵。我没看他们枪毙他,但是我听见了枪声。现在他们在审问另外一个人了。也是一个与他原来的部队失散了的军官。他们不让他分辩。他们从拍纸簿上宣读判决词时,他哭了,他们把他带到河边去时,他一路大哭大喊,而当人家枪决他时,另外一个人又在受审问了。军官们的工作法是这样的:第一个问过话的人在执行枪决时,他们正一心一意审问着第二个人。这样做表示异常忙碌,顾不到旁的事。我不知道要怎样做,是等待人家来审问呢,还是趁早拔脚逃走。我显然是个披着意军军装的德国人。我看得出他们脑子里是怎样想的;不过还要先假定他们是有脑子,并且这脑子是管用的。他们都是些年轻小伙子,正在拯救祖国。第二军正在塔利亚门托河后边整编补充。他们在处决凡是跟原来部队离散了的少校和校以上的军官。此外,他们对于披着意军制服的德国煽动者,也是从速就地枪决了事。他们都戴着钢盔。我们这边只有两人戴钢盔。有些宪兵也戴钢盔。其余的都戴着宽边帽子。我们叫这种帽子为飞机。我们站在雨中,一次提一人出去受审并枪决。到这时,凡是他们问过话的都被枪决了。审问者们本身全没危险,所以处理起生死问题来利索超脱,坚持严峻的军法。他们现在在审问一个在前线带一团兵的上校。他们又从撤退行列中抓来了三个军官。

"他那一团兵在哪儿?"

我瞧瞧宪兵们。他们正在打量那些新抓来的。其余的宪兵则在看着那个上校。我身子往下一蹲,同时劈开左右两人,低着头往河边直跑。我在河沿上绊了一跤,哗的一声掉进河里。河水很冷,我可竭力躲在水下不上来。虽然感觉到河里的急流在卷着我,我还是躲在下面,自以为再也不会上来了。我一冒出水面,便吸一口气,连忙又躲下去。潜伏在水里并不难,因为我有一身衣服和靴子。我第二次冒出水面时,看见前头有一根木头,就游过去,一手抓住它。我把头缩在木头后边,连看都不敢往上边看。我不想看岸上。我逃跑时和第一次冒出水面时,他们都开枪。我快冒出水面时就听见枪声。现在却没人打枪。那根木头顺着水流转,我用一只手握着它。我看看岸上。河岸好像在很快地溜过去。河中木头很多。河水很冷。我随波逐流,从一个小岛垂在水面上的枝条下淌过去。我双手抱住那根木头,由它把我顺流漂去。现在已看不见河岸了。

第三十一章

我不晓得在河上究竟漂流了多久,因为河流湍急。时间好像很长,又可能很短。河水很冷,在泛滥,水上漂过许多东西,都是河水上涨时从岸上卷来的。我幸而抱住一根沉重的木头,身子躺在冰冷的水里,下巴靠在木头上,双手尽量轻松地抱着木头。我怕的是抽筋,只盼着会漂到岸边去。我漂下河去,划出一条长长的曲线。天开始亮了,我看得见河岸上的灌木丛。前头有一座矮树丛生的小岛,流水带着我朝岸上漂去。我不晓得该不该脱下靴子和衣服,游上岸去,终而决定不这么做。我当时总觉得我一定能上岸的,不管怎样上岸法。如果上岸时光着脚,那就糟了。我总得想法子赶到美斯特列。

我看着河岸在靠近,接着我又漂开去,接着又靠近了一点。我和木头现在漂流得慢一些了。河岸已很近。我看得见柳树丛的嫩枝了。木头慢慢地转动,河岸转到了我的后边,我这才知道我们到了一个漩涡中。我们慢慢地转着。我再看见河岸时,已离得很近,我一手抱住木头,抽出一只胳膊来划水,加上用脚踩水,希望靠拢岸边,但是结果还在老地方。我担心会给漩涡卷出去,还是一手抱住木头,抬起两脚来推木头的边沿,用力往岸边死推。岸上的灌木丛我看得见了,但是尽管有我的动力,并且拼命划水,水流可又把我卷走了。这时我才想起自己可能淹死,因为我的靴子太笨重了,但是我还是划水,死命挣扎,等我抬起头来时,岸正在渐渐靠近,于是我继续拼命划水,双脚笨重,惊慌失措,我终于奋力游到了岸边。我抓住了柳枝,吊在那儿,可是没有气力往上攀,不过心里明白,现在已不至于溺死了。我人在木头上时,始终没想到会淹死。刚才使尽了气力,胸口和胃里都觉得又空又想吐,只好攀住柳枝等待着。恶心过去后,我才爬进树丛,又休息了一下,双臂抱住一棵柳树,双手紧紧地抓住树枝。后来我爬出树丛,穿过树与树之间,爬到了岸上。那时天已半亮,我看不见一个人影。我平躺在河岸上,听着流水声和雨声。

过了一会儿,我站起身,顺着河岸走。我知道河上这一带没有桥梁,非得到拉蒂沙那不可。我推想我也许正在圣维多的对岸。我开始思量该怎么办。前头有条通河道的水沟。我朝那条沟走去。我至今没见人影,就在水沟边几棵灌木边坐下,脱掉靴子,倒出水来。我脱下军装上衣,从里边口袋里掏出皮夹子,皮夹子里放着我的证件和钞票,全给浸湿了。我拧干军装上衣。我把裤子也脱下来拧干,接着脱衬衫和内衣裤。我用手拍打身体,摩擦一番,再把衣服穿起来。我的军帽可掉了。

我穿上衣之前,先把袖管上的星章割下来,放在里边口袋里,和我的钱放在一起。我的钱虽则湿了,还可以用。我数了一下。一共有三千多里拉。我的衣服又湿又黏,我拍打着臂膀,叫血流通。我穿的是羊毛内衣,只要我人在走动,就不至于受凉。我的手枪已被宪兵在路边夺去了,现在我把手枪套塞进上衣内。我没有披肩,现在雨中很冷。我开始顺着运河的河岸走。已是白天了,乡野又湿又低,好不凄凉。田野光秃濡湿,我看见前面远处有一座钟塔屹立在平原上。我走上一条公路。我看见前头路上有些部队正在走过来。我在路边一拐一拐地往前走,他们走过我身边,没有理睬我。这是开到河边去的一个机枪支队。我顺着公路继续走。

那天我徒步穿越威尼斯平原。这是个又低又平的地带,一落雨,似乎更平凡单调了。靠海边有些盐沼地,道路很少。所有的路都是顺着河口通往海边去的,我要横穿乡野,只好走运河边那些小径。我从北往南走,跨过两条铁路线和许多道路,终于从一条小径的尽头处走上一片沼泽地边的一条铁路线。这是从威尼斯到的里雅斯德去的干线,有坚固的高堤,有坚固的路基,还铺着双轨。铁轨过去不远的地方有个招呼站,我看得见有士兵在防守。铁轨那一端有一座桥,桥下是一条小河,流到一片沼泽地。我看见桥上也有一名守卫。刚才我跨过北边的乡野时,看到一列火车在这条线上走,因为地势平,远远就望得见,于是我想,可能有列火车从波多格鲁罗开来。我眼睛注意着那些守卫,身子趴在路堤上,以便看得见铁轨的两头。桥上的守卫顺着路线向我趴的地方走过来了一点,随即回转身又朝桥走。我饿着肚皮伏在那儿等火车来。我在平原上所望的那列火车非常长,机车开得非常慢,这样速度的火车我准跳得上去。我等了半天,几乎等得绝望了,终于有一列火车开来了。车头直开过来,慢慢地越来越大。我看看桥上的守卫。他正在桥的这一头走,不过是在路轨的另一边。这样火车开过时,正好能把他遮住。我看着车头开近来。它开得很吃力。原来挂的车皮很多。我知道火车上一定也有守卫,我想看看守卫在什么地方,但是因为我人躲着,还是看不见。车头快开到我趴着的地方了。车头到我面前了——它虽然在平地上开,还是又吃力又喘气——我看见司机过去了,于是站起来,挨近一节节开过去的车厢。万一守卫看见,由于我站在车轨边,嫌疑性反而少一点。几节封闭的货车开过了。随后我看见一节没有遮盖的、车身很低的车厢,他们叫它为"平底船",上边罩着帆布。我等它快要过去时,纵身一跃,抓住车后的把手,攀了上去。我爬到"平底船"和后边一节高高的货车的车檐间。大概没有人看见我吧。我抓着把手,蹲着身子,双脚踏在两节车厢间的联轴节上。火车快到桥上了。我想起桥上那个守卫。火车过去时,他望望我。他还是个孩子,他的帽盔太大了。我轻蔑地瞪了他一眼,他赶快掉开头去。他以为我是列车上的什么人员哩。

我们过去了。我看见他还是怪不舒服地瞅着后面的那几节车厢,这时我俯下身去看看帆布是怎么绑牢的。帆布边沿上有扣眼,用绳子穿过绑着。我拿出刀子来,割断了绳子,伸出一条胳臂探进去。帆布下有些硬的东西突出着,那帆布因为给雨打湿了,绷得紧紧的。我抬头望望前面。前头货车上有一名守卫,幸亏他是在往前看。我放开把手,往帆布底下一钻。我的前额碰上一件东西,狠狠地一撞,我觉得脸上出血了,但是我还是爬进去,笔直地躺着。我随后转过身把帆布绑好。

帆布底下原来是大炮。大炮涂抹过润滑油和油脂,闻起来觉得很清新。我躺着倾听帆布上的雨声和列车在路轨上开的轧轧声。有些光线漏了进来,我躺着看看那些炮。炮身还罩着帆布套。我想一定是第三军送来的。我额上那一撞,肿起来了,我躺着不动弹,让伤口止血凝结,随后把伤口四周的干血块一一剥掉。这算不了什么。我没有手帕,只能用手指摸摸,然后蘸着帆布上滴下来的雨水,用袖子揩干净那些血迹。我不想让自己的样子惹人注意。我知道在列车到美斯特列以前,我非下车不可,因为到了那地方,一定有人来接收这些大炮。他们现在正需要大炮,损失不起,准不会忘记。我感到非常饿。

第三十二章

我躺在无顶平板货车的车板上,旁边是大炮,上边是帆布,人又湿又冷又饿。我终于翻转身,头枕着我的臂膀,趴在车板上。我的膝盖虽然僵硬,倒也蛮好。瓦伦蒂尼的手术的确不错。撤退时我有一半时间是步行的,后来还在塔利亚门托河上游了一段,多亏他这膝盖。这膝盖确实是他的。另一只膝盖才是我自己的。你的身体经过医生的手术后,就再也不是你自己的了。头是我的,肚皮里的东西也是我的。肚皮里现在饿坏了。我感觉到饥肠辘辘,正在乱绞乱转。头是我自己的,但是不是供使用的,不是用它来思想的;只用它来记忆,但是也不能记忆得太多。

我可以回忆凯瑟琳,但是我也知道,我这样想她会想得发疯的,因为我还没有再见到她的把握,所以我不敢想她,只是略为想想,只是当列车慢慢地咔答咔答地行驶时,稍为想想她。帆布上漏进一点光来,我仿佛是和凯瑟琳一同躺在火车的车板上。躺在硬板上,不去思想,只是感觉,那太难了,因为离别时间太长久了,现在我衣服既湿,车板又是每次只稍为往前移动一下,内心寂寞,孑然一身湿衣服,权将硬板当夫人。

你说不上喜爱一节平板车的车板,或是罩上帆布套的大炮,或是涂抹过凡士林的大炮的气味,或是漏雨的帆布,不过人在帆布底下,还是蛮好的,和大炮在一起,还是愉快的;但是你所爱的是另外一个人,那人你明知道没有在车里,甚至要假想在车里也不行;你现在很清楚,很冷静——与其说很冷静,不如说很清楚很空虚吧。你趴在车板上,亲身经历一国大军的撤退和另一国大军的进军,现在所看到的只是空虚。你失掉了几辆救护车和人员,好比一个百货店的铺面巡视员,在火灾中损失了他那一部门的货色。不过没有保火险。你现在离开它了。你再也没有什么义务责任了。倘若百货店在火灾后枪毙巡视员,因为他讲话口音向来不纯正,那么百货店再开店复业时,就不能指望巡视员会回来,这是一定的。他们也许会另找职业;只要还有其他职业可找,只要警察抓不到他们。

愤怒在河里被洗掉了,任何义务责任也一同洗掉了。其实我的义务在宪兵伸手抓我衣领时就停止了。我是不拘外表形式的,但倒很想把这军装脱掉。我已把袖管上的星章割掉,那只是为了便利起见。那与荣誉无关。我并不反对他们。我只是洗手不干了。我祝他们万事如意。世界上还有善良的人,勇敢的人,冷静的人和明智的人,他们是应该得到荣誉的。但是这已经不是我的战争,我只望这该死的车早点开到美斯特列,可以吃吃东西,停止思想。我非停止不可。

皮安尼会告诉他们我被枪毙了。枪毙的人他们要搜查口袋,取去证件。人家可没拿到我的证件。他们也许会说我淹死了。美国方面不晓得将接到什么消息。大概是因伤及其他原因而死亡吧。善良的基督啊,我真饿啊。从前在饭堂里一同吃饭的那个教士,现在不晓得怎么样了。还有雷那蒂。他大概在波达诺涅。如果他们没有退得更远的话。嗯,我今后再也看不到他了。他们这些人我都看不到了。这一方面的生活已经结束了。我不相信他得了梅毒。人家说,倘若趁早医治,这病是并不太严重的。但是他还是担心害上了这个病。要是我害上了这病的话,我也会发愁的。谁都会发愁的。

我生来不会多思想。我只会吃。我的上帝啊,我只会吃。吃,喝,同凯瑟琳睡觉。也许今天夜里吧。不,这是不可能的。但是明天夜里,一顿好饭,有床有床单,永不分离,要走就一块儿走。大概还得特别赶快走哩。她是肯走的。我知道她肯走。我们什么时候走?这倒是值得思考的。天在黑下来了。我躺着思考要去的地方。地方倒是多着哩。

第四部

第三十三章

  大清早天还没亮时，火车放慢下来，准备开进米兰车站，我赶快跳下了车子。我跨过车轨，穿过一些建筑物之间，走上一条街。有家酒店开着，我便进去喝杯咖啡。酒店里有大清早刚打扫过的气味，咖啡杯里还搁着调羹，台子上还印有酒杯底所留下的圆圈。主人在酒吧后边。两名士兵坐在一张桌子边。我站在酒吧边喝杯咖啡，吃了一片面包。咖啡给牛乳冲淡成灰色，我拿片面包撇掉牛乳的浮皮。主人看着我。
  "来杯格拉巴酒吧。"
  "不，谢谢。"
  "就算我请客，"他说，倒了一小杯，推过来，"前线怎么样？"
  "我哪会知道。"
  "他们喝醉了。"他说，用手指着那两名士兵。这我相信。他们的确带着醉酒的模样。
  "告诉我，"他说，"前线怎么样？"
  "前线的事我哪会知道。"
  "我看见你翻墙过来的。你刚下火车。"
  "前线在大撤退。"
  "报纸我是看的。究竟怎么啦？是不是结束了？"
  "那不见得吧。"
  他从一只矮瓶子里再倒了一杯格拉巴酒。"要是你有什么困难，"他说，"我可以收留你。"
  "我没什么困难。"
  "倘若你有困难的话，就住在我这里吧。"
  "住什么地方呢？"
  "就在这屋子里。许多人住在这里。凡是有困难的人，都可以住在这里。"
  "有困难的人很多吗？"
  "那要看是哪一种困难。你是南美洲人吧？"

"不是。"

"会讲西班牙话吗?"

"一点点。"

他抹抹酒柜。

"出国现在很困难,不过也不是不可能的。"

"我倒没有出国的意思。"

"你想在这里待多久都行。你待久了就知道我是哪一种人。"

"今天早上我有事,我把这地址记下,以后再回来。"

他摇摇头。"看你这样讲法,你是不会回来的。我倒以为你着实有难处。"

"我没什么难处。但是我也珍重朋友的地址。"

我放一张十里拉的钞票在柜台上,当做喝咖啡的账。

"陪我喝一杯格拉巴酒吧。"我说。

"这倒不必。"

"来一杯。"

他斟了两杯酒。

"记住了,"他说,"上这儿来。别让别人收留你。这里是安全的。"

"这我相信。"

"真的吗?"

"真的。"

他脸色严肃。"那么我告诉你一件事。别穿这件军装到处走。"

"为什么?"

"袖管上割掉星章的地方,人家看得清清楚楚。况且布的颜色也有了深浅。"

我一声不响。

"你要证件的话,我可以给你弄来。"

"什么证件?"

"休假证。"

"我不需要证件。我自己有。"

"好吧,"他说,"不过要是你需要的话,我可以代办。"

"要多少钱?"

"这要看是哪一种证件。价钱很公道。"

"我现在不需要。"

他耸耸肩。

"我没事。"我说。

我出去时,他说:"别忘记我是你的朋友。"

"不会忘的。"

"再见吧。"他说。

"好。"我说。

上了街,我故意避开车站,因为那儿驻有宪兵。我在那小公园边找到一部马车。我把医院的地址告诉了车夫。到了医院,我先到门房住的地方去。门房的妻子拥抱我。门房握握我的手。

"你回来啦。你平安无事。"

"是的。"

"用了早点没有?"

"吃过了。"

"你好吧,中尉? 你好吧?"他妻子问。

"我好。"

"和我们一同吃早饭好吗?"

"不,谢谢你。告诉我,巴克莱小姐现在可在医院里?"

"巴克莱小姐?"

"那个英国护士。"

"他的女朋友啊。"他妻子说。她拍拍我的胳膊,笑笑。

"不在,"门房说,"她走啦。"

我的心往下一沉。"真的吗? 我是说那个高高的、金黄头发的英国小姐。"

"我知道。她上施特雷沙去了。"

"她什么时候走的?"

"两天前,同另外那个英国小姐一块儿去的。"

"好,"我说,"我现在要你们做一件事。别告诉任何人说见到过我。这是非常重要的。"

"我不告诉任何人。"门房说。我给他一张十里拉的钞票。他推开了。

"我答应你不告诉人好了,"他说,"钱我不要。"

"有什么事要我们替你做吗,中尉先生?"他妻子问。

"只希望你们不告诉别人。"我说。

"我们装哑巴,"门房说,"有什么事要做,通知我一声好不好?"

"好,"我说,"再会。将来再见。"

他们站在门口,目送着我。

我跳上马车,告诉车夫西蒙斯的住址。西蒙斯是一位学唱歌的朋友。

西蒙斯住在城里好远的地方,在马根塔门①那一头。我进去看他时,他还在床上,睡意蒙眬。

"你好早啊,亨利。"他说。

"我搭早车来的。"

"这撤退究竟是怎么一回事啊?你是不是在前线?抽根烟吧?烟就在桌上那盒子里。"他的卧房是个大房间,一张床靠墙放着,房间的另一边放着一架钢琴、一张梳妆台和一张桌子。我坐在床边的椅子上。西蒙斯靠坐在枕头上抽烟。

"我陷入困境了,西姆。"我说。

"我也是,"他说,"我经常陷入困境。你不抽根烟吗?"

"不,"我说,"到瑞士去要办什么手续?"

"你吗?意大利人根本不让你出国境。"

"是的。这我知道。但是瑞士人呢。他们怎么样?"

"他们拘留你。"

"这我也知道。不过其中的奥妙是什么?"

"没什么。很简单。你哪儿都可以去。不过得先打个报告什么的。你为什么问?你是要逃避警察吗?"

"还不大清楚。"

---

① 马根塔门是米兰的西门。

"你不想告诉我就不必说。不过这事一定怪有趣。这里什么事都没有。我在皮阿辰扎演唱,失败得可惨啊。"

"非常抱歉。"

"是啊,我失败得很惨。但我唱得好。我要在这里的丽丽阁再试它一次。"

"我希望去听听。"

"你太客气了。你不是说你搞得一团糟了吗?"

"这还难说。"

"你不想告诉我,就不必说。你怎么离开那该死的前线的?"

"我再也不干了。"

"好小子。我一向知道你是有头脑的。有没有我可以帮你忙的地方?"

"你本来就很忙了。"

"哪里,亲爱的亨利。一点儿不忙。什么事我都乐意做。"

"你身材大小跟我差不多。可否劳驾上街去给我买一套平民服装?我本来有衣服,可是都放在罗马。"

"你果真在罗马住过?那是个脏地方。你怎么会跑到那儿去住?"

"我本来想当建筑师。"

"那儿不是学建筑的地方。你不必买衣服。你要什么衣服,我全给你。我把你好好打扮一下,出去一定大成功。你上那梳妆室去。里边有个衣柜。你要什么尽管拿。老朋友,你用不到买衣服。"

"我看还是买的好,西姆。"

"老朋友,我把衣服送给你,比出去买衣服方便多了。你有护照没有?没有护照可寸步难行啊。"

"有。我的护照还在。"

"那么还是换衣服吧,老朋友,换好了就动身往老赫尔维西亚①去吧。"

"事情并不这样简单。我得先上施特雷沙去。"

"那太理想了,老朋友。只消乘条船过湖就到。要是我不演出的话,我就陪你去。我还是会去的。"

---

① 这是瑞士的拉丁文名称。

"你可以学唱瑞士山歌。"

"老朋友,我早晚要学唱山歌的。不过我唱歌真的还很行。怪就怪在这里。"

"我敢打赌你是能唱的。"

他躺倒在床上,抽着烟卷。

"你下的赌注可别太大。不过我倒是能唱的。说来怪滑稽的,我还是能唱。我喜欢唱。你听。"他扯开喉咙唱起《非洲女》①来,脖子胀得很粗,血管突出。"我能唱,"他说,"不管他们喜欢不喜欢。"我望望窗外。"我下去打发马车走吧。"

"等你回来,老朋友,我们一同吃早饭。"他下了床,伸直身子,来个深呼吸,开始做早操。我下楼付账打发马车走了。

---

① 《非洲女》是德国音乐家梅耶贝尔(1791—1864)所编的五幕歌剧,写葡萄牙探险家达·伽马的事迹。

第三十四章

我穿上平民服装,觉得好像是个参加化装舞会的人。军装穿久了,现在身子不再裹得紧紧的,仿佛若有所失。特别是那条裤子,穿在身上,觉得松松垮垮。我在米兰买了一张到施特雷沙去的车票。我还买了一顶新帽子。西姆的帽子我不能戴,他的衣服倒是挺不错的。衣服带有烟草味,当我坐在车厢里望着窗外时,我觉得帽子崭新,衣服很旧。我觉得自己很忧郁,正像车窗外伦巴第区那片濡湿的乡野。车厢里有几个飞行员,他们不大瞧得起我。他们目光避开,不来看我,很藐视我这种年纪的人还在当平民。我倒不觉得受了侮辱。要是在从前,我准会侮辱他们一下,挑动他们干一架。他们在加拉刺蒂下了车,剩下我一个人,也乐得安静。我身边有报纸,但我不看,因为我不想知道战事。我要忘掉战争。我单独媾和了。我觉得异常寂寞,所以车子到施特雷沙时,心中很高兴。

到车站时,我等待旅馆兜揽生意的伙计,但是一个都没有出现。旅游季节早已过了,没人来接火车。我提着小提包下了火车,这小提包是西姆的,提起来很轻,因为里边没有什么东西,只有两件衬衫。我在车站屋檐下躲雨,看着火车开走了。我在站上找到一个人,问他什么旅馆还在开业。巴罗美群岛①大旅馆还开着,还有几家小旅馆是一年四季都营业的。我提着小提包冒雨上那大旅馆去。我看见有一部马车从街上驶过来,便向车夫打招呼。乘着马车上旅馆,比较有派头。车子赶到大旅馆停车处的入口,门房连忙打着伞出来迎接,非常有礼貌。

我开了一个好房间。房间又大又亮,面临着湖上②。湖上现在罩着云,不过阳光一出来,一定很美丽。我对旅馆的人说,我在等待我的太太。房间里摆有一张双人大床,那种燕尔新婚的大床,上面铺着缎子床罩。旅馆十分奢华。我走下长廊和宽阔的楼梯,穿过几个房间,到了酒吧间。那酒保我本来就认得,

---

① 巴罗美群岛是马焦莱湖上的一名胜地的名字。
② 指瑞士与意大利两国边境上的马焦莱湖。施特雷沙就在湖西。

我坐在一只高凳上，吃吃咸杏仁和炸马铃薯片。马丁尼鸡尾酒又凉爽又纯净。

"你穿着平民服装在这儿做什么？"酒保给我调好了第二杯马丁尼后，问道。

"休假。疗养休假。"

"这儿一个人都没有。我就不懂旅馆为什么还开着。"

"近来钓鱼吗？"

"钓到了一些很好的鱼。每年这个季节，垂钩钓鱼都可以钓到一些很好的。"

"我送给你的烟草收到没有？"

"收到了。你可曾收到我的明信片？"

我笑起来。烟草我根本弄不到。他要的是美国板烟丝，但是不晓得是我亲戚不再寄来呢，还是在什么地方给扣留了。无论如何，我没收到，更没法子转寄给他。

"我在什么地方总还能弄到一点的，"我说，"告诉我，你可曾见到过城里来了两位英国姑娘？她们是前天才到的。"

"她们不住这旅馆。"

"两人都是护士。"

"我倒见过两位护士。等一等，我给你打听去。"

"其中有一位是我的妻子，"我说，"我特为上这儿来会她。"

"另外一位是我的妻子。"

"我并不是在说笑话。"

"请原谅我的胡闹，"他说，"我把你的话听错了。"他去了好一会儿。我吃吃橄榄、咸杏仁和炸马铃薯片，对着酒吧后边的镜子，照照穿着平民服装的我。酒保踅回来了。"她们住在车站附近的小旅馆里。"他说。

"来点三明治吧？"

"我按铃叫他们拿点来。你知道，这里什么东西都没有，因为连客人也没有。"

"真的连一个都没有吗？"

"有。只有几位。"

三明治送来了,我吃了三块,再喝了两杯马丁尼。我从来没有喝过这样凉爽纯净的酒。喝了以后,叫我觉得人都变文明了。我过去吃喝红葡萄酒、面包、干酪、劣质咖啡和格拉巴酒,吃喝得太多了。我坐在高凳上,面对着那悦目的桃花心木的柜台、黄铜装饰和镜子等等,心中全不思想。酒保问了我几个问题。

"不谈战争。"我说。战争离我已很遥远。也许根本并没有战争。这儿并没有战争。随后我发觉,战争对我个人来说,已经结束了。但是我又并不觉得有真正结束了的感觉。我的心情就好比一个逃学的学生,正在思量学校里在某一钟点在搞什么活动。

我到那小旅馆时,凯瑟琳和海伦·弗格逊正在吃晚饭。我站在门廊上,看见她们坐在饭桌边。凯瑟琳的脸背着我,我看得见她头发的轮廓、她的面颊、她那可爱的脖子和肩膀。弗格逊正在说话。她一看见我进来就停了嘴。

"我的上帝啊。"她说。

"你好。"我说。

"原来是你啊!"凯瑟琳说。她的脸孔光亮起来。她快乐得好像不敢相信这是真的。我亲亲她。凯瑟琳红了脸,我就在桌边坐下。

"你这一团糟的,"弗格逊说,"你来这儿做什么?吃了饭没有?"

"没有。"伺候开饭的姑娘进来了,我吩咐她多开一客。凯瑟琳目不转睛地看着我,快乐幸福。

"你为什么穿便服?"弗格逊问。

"我现在入内阁了。"

"你一定出事了。"

"高兴起来吧,弗基。稍微高兴一点。"

"我看见你可不觉得高兴。我知道你给这姑娘找的麻烦。见到你这人可没法子叫我愉快。"

"没有人给我找什么麻烦,弗基。是我自己找的。"

凯瑟琳对我笑笑,在桌下用脚踢了我一下。

"他叫我受不了,"弗格逊说,"他对你一无好处,只是用他那套鬼鬼祟祟的意大利伎俩毁了你。美国人比意大利人更坏。"

"倒是苏格兰人才讲道德呢。"凯瑟琳说。

"我不是这个意思。我是说他那意大利式的鬼鬼祟祟。"

"我鬼鬼祟祟吗,弗基?"

"你鬼鬼祟祟。你比鬼鬼祟祟还要坏。你就像条蛇。披着意军军装的蛇,脖子上披着一件披肩。"

"我现在可没穿意军军装啊。"

"这正是你那鬼鬼祟祟的又一例证。整个夏天你闹恋爱,叫这姑娘怀了孕,现在大概你想溜走啦。"

我对凯瑟琳笑笑,她也对我笑笑。

"我们一块儿溜走。"她说。

"你们俩本是一路货,"弗格逊说,"凯瑟琳·巴克莱,我真替你害臊。你不怕难为情,不顾名誉,而且你就像他一样的鬼鬼祟祟。"

"别这样讲,弗基,"凯瑟琳说,轻轻地拍拍她的手,"别责难我。你知道你我是好朋友。"

"挪开你的手,"弗格逊说,她脸孔涨红了,"要是你知道难为情,还有话说。但是天知道你怀了几个月的孩子,还当做儿戏,还是满脸笑容,无非因为勾引你的汉子回来了。你不知耻,也没有情感。"她开始哭起来。凯瑟琳走过去,用臂膀搂住她。她站着安慰弗格逊的时候,我看不出她身体外形有什么变化。

"我不管,"弗格逊呜咽地说,"我以为这太可怕了。"

"好啦,好啦,弗基,"凯瑟琳安慰她说,"我知耻就是了。别哭,弗基。别哭,好弗基。"

"我不在哭,"弗格逊呜咽地说,"我不在哭。只是因为你闹出了这可怕的乱子。"她看着我。"我恨你,"她说,"她没法叫我不恨你。你这卑鄙鬼祟的美国意大利佬。"她的眼睛和鼻子都哭红了。

凯瑟琳对我笑笑。

"不许你一边抱着我,一边对他笑。"

"你太不讲理了,弗基。"

"我知道,"弗格逊呜咽着说,"你们俩都不要理我。我心里太烦了。我不讲理。这我知道。我要你们俩都快乐幸福。"

"我们现在就快乐嘛,"凯瑟琳说,"你这甜蜜可爱的弗基。"

弗格逊又哭起来。"我要的不是你们这一种快乐。你们为什么不结婚?难道你另有妻子吗?"

"没有。"我说。凯瑟琳大笑。

"这不是可笑的事,"弗格逊说,"有许多人都另有老婆的。"

"我们就结婚好啦,弗基,"凯瑟琳说,"如果这样能叫你喜欢的话。"

"不是为了叫我喜欢。你们本人应该有结婚的要求。"

"我们太忙了。"

"是的。我知道。忙于制造小孩。"我以为她又要哭起来了,想不到她只是改用了一种辛辣的语调。"我看,你今天夜里就会跟他去吧?"

"是的,"凯瑟琳说,"倘若他要我去的话。"

"我怎么办呢?"

"你害怕单独住在这里吗?"

"是,我怕。"

"那么我就陪你好了。"

"不,你还是跟他去。立即跟他去。你们俩都叫我看得厌烦透了。"

"还是先把饭吃完吧。"

"不。立刻就去。"

"弗基,讲点儿道理吧。"

"我说立刻就去。你们俩都走。"

"那就走吧。"我说。弗基叫我讨厌。

"你们真要走啦。你们看,你们甚至想撇下我,让我一个人吃饭。我一直想看看意大利的湖,现在倒落得这个样子。噢,噢。"她呜呜咽咽,随后望一望凯瑟琳,又哽咽起来了。

"我们待到饭后再说吧,"凯瑟琳说,"倘若你要我陪你,我就不走,我不会丢下你一个人的,弗基。"

"不。不。我要你走。我要你走。"她擦擦眼睛。"我太不讲理了。请不要见怪。"

伺候开饭的姑娘给方才一顿哭弄得怪不舒服。现在她把下一道菜端进来，看来因为情况好转了而心安一点。

那天夜晚在旅馆里，房间外边是一条又长又空的走廊，门外边放着我们的鞋子，房间里铺着厚厚的地毯，窗外下着雨，房间里则灯光明亮，快乐愉快，后来灯灭了，床单平滑，床铺舒服，一片兴奋，那时的心情，好比我们回了家，不再感觉孤独，夜间醒来，爱人仍在，并没有发觉梦醒人去；除了这以外，一切事物都是不真实的。我们疲乏的时候就睡觉，一个醒来，另一个也就醒来，所以不会感觉孤独寂寞。一个男人，或是一个女郎，虽然相爱，却时常想要单独安静一下，而一分开，必然招惹对方妒忌，但是我可以实实在在地说，我们两人从来没有这种感觉。我们在一起的时候，也有孤独的感觉，那是与世人格格不入的孤独。这种经验我一生中只有过一次。我和好些女人在一起的时候，总感觉孤独寂寞，而且你最寂寞就是在这种时候。但是我和凯瑟琳在一起，从来不寂寞，从来不害怕。我知道夜里和白天是不同的：一切事物都不相同，夜里的事在白天没法子说明，因为那些事在白天根本就不存在，而对于寂寞的人来说，黑夜是极可怕的时间，只要他们的寂寞一开始。但是我和凯瑟琳的生活在夜间和白天几乎没有分别，而夜间只有更美妙些。倘若有人带着这么多的勇气到世界上来，世界为要打垮他们，必然加以杀害，到末了也自然就把他们杀死了。世界打垮了每一个人，于是有许多人事后在被打垮之余显得很坚强。但是世界对打垮不了的人就加以杀害。世界杀害最善良的人、最温和的人、最勇敢的人，不偏不倚，一律看待。倘若你不是这三类人，你迟早当然也得一死，不过世界并不特别着急要你的命。

我记得第二天早晨醒来的情形。凯瑟琳还睡着，阳光从窗口照进房来。雨已停了，我下床走到窗口。窗下有一片花园，虽然现在草木凋零，仍旧整齐美丽，有沙砾小径、树木、湖边的石墙和阳光下的湖，湖的另一边层峦叠嶂。我站在窗边望了一会，当我掉转头来时，凯瑟琳已经醒了，正在看我。

"你好啊，亲爱的？"她说，"天气不是好得可爱吗？"

"你觉得怎么样？"

"很好。我们过了一个可爱的夜晚。"

"你想吃早饭吗？"

她想吃。我也想吃，我们就在床上吃，十一月的阳光从窗外射进来，早饭的托盘搁在我的膝上。

"你要看报吗？你在医院时老是要报看。"

"不，"我说，"现在我不看了。"

"战事果真糟到你连看都不想看吗？"

"我不想看报上登载的消息。"

"我倒希望当初和你在一起，能够多少知道一点消息呢。"

"等我脑子里搞清楚以后再告诉你吧。"

"人家发觉你不穿军装，不会逮捕你吗？"

"大概要枪毙我。"

"那么我们就不要待在这里。我们出国去。"

"这我也多少考虑过。"

"我们还是出国吧。亲爱的，你不该这样胡乱冒险。告诉我，你怎样从美斯特列到米兰的？"

"乘火车。那时候我还穿军装。"

"那时你没危险吗？"

"没多大危险。我本有张旧的调动证。我在美斯特列把日期改了一改。"

"亲爱的，你在这儿随时都有被捕的危险。我不能让你这样。这么做太傻了。倘若人家把你抓了去，我们怎么办呢？"

"这事别去想吧。我已经想得厌倦了。"

"要是人家来逮捕你，你怎么办呢？"

"我开枪。"

"你瞧你多么傻，除非我们真的要走，我不让你走出这旅馆一步。"

"那么我们到哪儿去呢？"

"请你别这样子，亲爱的。你说什么地方，我们就上什么地方去。请你立刻找个可以去的地方。"

"湖的北边是瑞士，我们就上那儿去吧。"

"那好极了。"

外面阴云密布，湖上阴暗下来。

"我希望我们不至于老是过着逃犯的生活。"我说。

"亲爱的,别这样。你过逃犯的生活还没有多久。况且我们不会永远像逃犯般生活的。我们将过快活的日子。"

"我觉得像是个逃犯。我从军队里逃了出来。"

"亲爱的,请你不要乱讲。那不算逃兵。那只是意大利军队。"我笑了起来。"你是个好姑娘。我们回到床上去吧。我在床上就好过。"

过了一会儿,凯瑟琳说:"你不觉得像逃犯了吧?"

"对,"我说,"同你在一起就不觉得了。"

"你真是个傻孩子,"她说,"但是我会照料你的。亲爱的,我早上并不想吐,这岂不是好消息吗?"

"好极了。"

"你还不晓得你的妻子多好哩。我也无所谓。我要给你找个地方,人家没法逮捕你,然后我们可以快活幸福地过日子。"

"我们立刻就去吧。"

"我们要去的,亲爱的。随便什么地方,随便什么时候,你要去我就去。"

"我们现在别想任何事吧。"

"好的。"

第三十五章

　　凯瑟琳沿着湖走,往小旅馆去找弗格逊,我则坐在酒吧间里看报。酒吧间里备有舒服的皮椅,我就坐在一只皮椅上看报,一直到酒保来了。原来意军连塔利亚门托河都没守住。他们正在朝皮阿维河退却。我还记得皮阿维河。上前线去时,火车在圣多那附近跨过这条河。那儿河水又深又慢,相当狭窄。河下边是蚊蚋丛生的沼泽和运河。那儿有些可爱的别墅。战前我有一次上科丁那丹佩佐①去,曾在临河的山间走了几小时。从山上望下去,那河道倒像一条出鳟鱼的溪流,水流得很急,有一段段的浅滩,山岩阴影下有水潭。公路到了卡多雷就和河道岔开了。不晓得山岭上的军队撤退时怎么下来的。酒保来了。

　　"葛雷非伯爵要找你。"他说。

　　"谁?"

　　"葛雷非伯爵。你还记得你上次来这儿碰到的那个老人吧。"

　　"他在这儿吗?"

　　"是的,和他的侄女一同来的。我告诉他你来了。他要你和他打弹子。"

　　"他在哪儿?"

　　"在散步。"

　　"他身体怎么样?"

　　"比从前更年轻啦。昨天夜里晚饭前,他喝了三杯香槟鸡尾酒呢。"

　　"他的弹子功夫呢?"

　　"很行。他打败了我。我说你来了,他很高兴。这儿没人跟他打弹子。"

　　葛雷非伯爵九十四岁了。他是梅特涅②那一辈的人,须发雪白,举止风雅。他当过奥意两国的外交官,他的生日宴会是米兰社交界的大事。他眼看要活到一百岁,打得一手漂亮爽利的好弹子,与他那九十四岁的脆弱身体适成

---

①　科丁那丹佩佐是意大利北部阿尔卑斯山一冬季运动的胜地。

②　梅特涅(1773—1859),奥地利帝国外交大臣,于拿破仑被打败后,组织"神圣同盟",极力恢复欧洲的封建专制统治,摧残各民族解放运动和进步力量。

对比。我从前在施特雷沙碰见他,也是在旅游季节以后,我们边打弹子边喝香槟。这打弹子喝香槟的风俗太好了,当时他每百分让我十五分,还赢了我。

"你为什么不早告诉我他在这里?"

"我忘啦。"

"还有谁?"

"没有你认得的人了。旅馆里一共只有六位客人。"

"你现在有事吗?"

"没事。"

"那么钓鱼去吧。"

"我只能走开一个钟头。"

"来吧。把你的钓鱼线拿来。"

酒保披上一件上衣,我们就走出去。我们走到湖边,上了一条船,我划船,酒保坐在船尾放出线去钓湖上的鳟鱼——线的一头有一个旋转匙形的诱饵和一个沉重的铅锤。我沿着湖岸划船,酒保手里扯着线,时而朝前抖它一抖。从湖上看来,施特雷沙相当荒凉,一长排一长排光秃的树木、一座座大旅馆和关闭的别墅。我把船划出去,横跨湖面,划到美人岛①,紧挨着石壁,在那儿,湖水突然变深了,你看见岩壁在晶莹的湖水中低斜下去,接着我们又朝北划往渔人岛。太阳给一朵云遮住了,湖水黑暗平滑,冷气逼人。我们虽然看见水上有鱼上升时的一些涟漪,但是始终没有鱼来上钩。

我把船划到渔人岛对面的地方,那儿靠有几只船,有人在补渔网。

"我们去喝杯酒吧?"

"好的。"

我把船划拢石码头,酒保把钓鱼线收回来,卷好放在船底,把诱饵挂在船舷的上缘。我上了岸,把船拴好。我们走进一家小咖啡店,在一张没铺桌布的木桌边坐下,叫了两杯味美思。

"你船划得累了吧?"

---

① 美人岛原只是湖中的一些大岩石,后来经过 17 世纪一位巴罗美伯爵加以点缀修建,成为名胜地。

"不累。"

"回去我划。"他说。

"我喜欢划。"

"也许由你来抓住钓线会转运。"

"好吧。"

"告诉我,战争怎么啦?"

"糟透了。"

"我倒不必去,我年纪太大,像葛雷非伯爵一样。"

"说不定你还去哩。"

"明年要征召我们这一级了。但是我不去。"

"那你怎么办?"

"出国去。我不去作战。我从前在阿比西尼亚①打过一次仗。完全没有意义。你为什么参加进去?"

"我不知道。我太傻了。"

"再来杯味美思吧?"

"好。"

酒保划船回去。我们到施特雷沙后边的湖上钓鱼,接着又划到离岸不远的地方试试。我握着绷紧的渔线,感觉到那旋转中的诱饵在轻微抖动,眼睛望着十一月中的暗淡的湖水和荒凉的湖岸。酒保荡长桨,船每往前一冲,渔线就跳动一下。一次有一条鱼来咬钩,钓线突然扳紧,往后死抖,我用手去拉,感觉到一条活蹦蹦的鳟鱼的分量,随后钓线又是有规则地跳动着。鱼溜啦。

"是大的吗?"

"相当大。"

"有一次我独自出来钓鱼,我用牙齿咬住钓线,猛不防一条鱼咬钩了,差点把我的嘴巴也扯破。"

"最好的办法还是把钓线绕在你的腿上,"我说,"那样有鱼上钩你既知道,而且用不到掉牙齿。"

---

① 阿比西尼亚,现名埃塞俄比亚,在非洲东北部。1896年意军进犯,结果失败。

我伸手到湖里去。湖水很冷。我们差不多到旅馆的对面了。

"我得进去了,"酒保说,"赶十一点的班。鸡尾酒时间。"

"好。"

我把钓线拉回来,缠在一根棍子上,那棍子两头都有凹槽。酒保把船停放在石墙间的一小片水区中,用铁链和锁锁好。

"你什么时候要用,"他说,"我就把钥匙给你。"

"谢谢。"

我们登岸走到旅馆,走进酒吧间。这天早上天还很早,我不想再喝酒,所以就上楼回房间去。侍女刚刚把房间收拾干净,凯瑟琳还没回来。我往床上一躺,什么事都不想。

凯瑟琳回来后,我们又是怡然自得。弗格逊在楼下,她说。她请她来吃中饭。

"我知道你不会在意的。"凯瑟琳说。

"没关系。"我说。

"怎么啦,亲爱的?"

"我不知道。"

"我知道。你闷得慌。你所有的只是我,而我又出去了。"

"这话不错。"

"对不起,亲爱的。一个人忽然失掉了他的一切,我知道那一定是很痛苦的。"

"我的生活本来是非常充实的,"我说,"现在你一不和我在一起,我在世界上就一无所有了。"

"但是我是要和你在一起的。我只出去了两小时啊。你真的完全没事可做吗?"

"我跟酒保钓鱼去了。"

"好玩吗?"

"好玩。"

"我不在的时候不要想我。"

"我在前线时就是这么办的。不过当时正有事情做。"

"你像个丢了职业的奥赛罗①。"她嘲笑我。

"奥赛罗可是个黑人，"我说，"况且，我并不嫉妒。我只是爱你太深，对于旁的全没兴趣。"

"你做个好孩子，好好招待弗格逊行吗？"

"我待弗格逊一向很好，只要她别咒骂我。"

"要好好待她。想想我们的生活多么丰富。而她却一无所有。"

"我们所有的，她也不见得要吧。"

"你是个聪明人，亲爱的，但你不大懂事。"

"我好好招待她就是啦。"

"我知道你肯的。你太可爱了。"

"饭后她不至于待下去吧？"

"不会的。我想法子叫她走。"

"饭后我们回这儿楼上来。"

"自然啦。难道说我想的还不是这个？"

我们下楼和弗格逊一同吃中饭。弗格逊对这旅馆和饭厅的富丽堂皇，印象很深。我们吃了顿很好的午餐，还喝了两瓶卡普里白葡萄酒。葛雷非伯爵到饭厅里来，对我们点点头。陪着他的是他的侄女，她那模样有点像我的祖母。我把他的来历告诉了凯瑟琳和弗格逊，弗格逊又是印象很深。旅馆又宏大又空旷，但是饭菜很好，酒也很好，大家喝了酒以后愉快起来。凯瑟琳再也没有别的要求了。她很快乐。弗格逊也相当高兴。我也觉得挺不错。饭后弗格逊回她的旅馆去了。她饭后要躺一会儿，她说。

那天午后近黄昏时，有人来敲房门。

"谁呀？"

"葛雷非伯爵问你愿意不愿意陪他打弹子。"

我看看表；我临睡前脱下手表，表放在枕头底下。

"你非去不可吗，亲爱的？"凯瑟琳低声问。

---

① 奥赛罗是莎士比亚同名悲剧中的主人公，是皮肤黝黑的摩尔人，因为误听了埃古的话，杀害了妻子苔丝蒙娜。奥赛罗的职业是军人。

"还是去的好。"表上时间是四点一刻。我大声说:"请你告诉葛雷非伯爵,我五点钟到弹子间来。"

四点三刻时,我吻别了凯瑟琳,走进浴间去穿衣服。我照着镜子系领带时,发觉自己穿着平民服装很怪。我得记着去再买几件衬衫和袜子。

"你要去好久吗?"凯瑟琳问。她躺在床上很可爱。"请你把发刷递给我好吗?"

我看着她刷头发,她的头半斜着,头发尽落在一边。外面天已暗了,床头的灯光照在她的头发、脖子和肩膀上。我走过去亲她,握住了她那拿发刷的手,她的头倒在枕头上。我亲着她的脖子和肩膀。我是那么爱她,感到有点昏晕。

"我不想走了。"

"我不想让你走。"

"那么我就不去了。"

"不。去。只是去一会儿,过后就回来。"

"我们就在这儿吃晚饭。"

"快去快来。"

葛雷非伯爵已经在弹子间里。他正在练习打弹子,弹子台顶上的灯光照耀下来,他的身子显得很脆弱。灯光圈外不远的地方有一张打纸牌的桌子,上面摆着一只放冰的银桶,冰块上突出着两瓶香槟酒的瓶颈和瓶塞。我进去往台子走,葛雷非伯爵直起身子朝我迎上来。他伸出手来。"你在这里真是太叫人愉快了。你还赏光和我打弹子,实在太好了。"

"谢谢你的邀请。"

"你完全恢复了没有?人家告诉我,你在伊孙左河上受了伤。我希望你现在好了。"

"我很好。你好吗?"

"哦,我身体一向是好的。但是我越来越老了。我发觉了一些老年的征象。"

"我不相信。"

"我是老了。给你举个实例吧?我讲意大利语比较不费力。我约束自己,避免讲意大利语,但是我人一累,就觉得讲意大利语轻松得多。所以我知道我老了。"

"我们可以讲意大利语。我也有点累了。"

"哦,不过你累的话,该讲英语比较不费力吧。"

"美国语。"

"是的。美国语。请讲美国语。那是一种可爱的语言。"

"现在我很少见到美国人。"

"那你一定若有所失。见不到同胞不好过,尤其是女同胞。我有过这种体会。我们打弹子吧?要不,你觉得太累?"

"我并不是真的累。不过说说笑话罢了。你让我几分?"

"你近来常常打弹子吗?"

"一次也没有。"

"你的技术本来很不错。一百分让十分吧?"

"你过分夸奖我了。"

"十五分。"

"那很好,不过你还是会打败我的。"

"我们赌一点钱怎么样?你打球一向喜欢下注的。"

"我看还是这么办吧。"

"好。我让你十八分,我们算一分一法郎。"

他打得一手好弹子,虽则他让我十八分,到五十分时我只赢了他四分。葛雷非伯爵按按墙上的电铃,喊酒保来。

"请你开一瓶。"他说。随即转对我说:"我们来点小刺激吧。"酒冰冷,不带甜味,品质醇良。

"我们讲意大利语好吗?你不大在乎吧?现在这是我最大的偏爱了。"

我们继续打弹子,停手时就喝口香槟,用意大利语交谈,不过话也讲得很少,只专心打弹子。葛雷非伯爵打到一百分时,我还只九十四分。他笑笑,拍拍我的肩膀。

"现在我们来喝另一瓶酒,你对我谈谈战事好啦。"他等我先坐下。

"谈旁的事吧。"我说。

"你不愿意谈它吗?好。最近你看了什么书?"

"没有什么,"我说,"我这人恐怕太愚蠢了。"

"哪里。不过你应当看看书。"

"战时有什么好书?"

"有个法国人巴比塞,写了本书叫做《火线》①。还有《勃列特林先生看穿了》②。"

"他可并没有看穿。"

"什么?"

"他没有真的看穿。这些书医院里都有。"

"这么说你近来是在看书的吧?"

"看一点,但没什么很好的。"

"依我看,《勃列特林先生看穿了》这书,对于英国中产阶级的灵魂,是个很好的分析研究。"

"我可不知道什么是灵魂。"

"可怜的孩子。我们大家都不知道什么是灵魂。你信教吗?"

"只在夜里。"

葛雷非伯爵笑笑,用手指把酒杯转动一下。"我本以为年纪越大,一定更热心信教,但是我并没有这样的变化,"他说,"这真太可惜了。"

"你死后还想活下去吗?"我问,话出了口立即觉得自己太糊涂了,竟提起死字。但是他全不介意。

"那要看你现在的生活怎么样。我这一生过得很愉快。我希望能永远活下去,"他笑笑说,"我也差不多算长寿的了。"

我们坐在深深的皮椅里,香槟放在冰桶里,我们的酒杯放在我们中间的小几上。

"要是你活到我这样老的年龄,一定会发觉许多事情是奇怪的。"

---

① 亨利·巴比塞(1873—1935)参加第一次世界大战时,在战壕中写成本书,揭露战争的罪恶。该书于1916年出版。

② 这是英国作家威尔斯发表于1916年的优秀反战小说。

"你一点也不见老。"

"衰老的是身体。有时我害怕,怕我的一个手指会像粉笔那样断掉。至于精神,倒没有老,也没变得更聪明。"

"你倒是聪明的。"

"不,这是个大谬论;说什么老人富有智慧。人老并不增加智慧。只是越来越小心罢了。"

"这也许就是智慧。"

"这是一种很不讨人喜欢的智慧。你最珍重的是什么?"

"我爱的人。"

"我也是。这并不是智慧。你珍重生命吗?"

"珍重的。"

"我也是。因为我所有的只有这个。因此给自己做寿开宴会,"他大笑起来,"你也许比我聪明。你不做寿。"

我们两人都喝一口酒。

"你对战争究竟怎样看法?"我问。

"我认为,是愚蠢的。"

"哪一边会赢呢?"

"意大利。"

"为什么?"

"他们是个比较年轻的国家。"

"年轻的国家必然打胜仗?"

"在相当时期内是这样的。"

"过了那时期又怎么样呢?"

"他们变成老一点的国家了。"

"你还说你没有智慧。"

"好孩子,这不是智慧。这是犬儒主义。"

"我听起来倒是充满智慧。"

"那也并不特别如此。我还可以把反面的例子举出来。不过,这也算不坏就是啦。你的香槟喝完没有?"

"差不多了。"

"要不要再喝一点？过一会儿我就得换衣服去了。"

"我们也许不要再喝了吧。"

"你真的不想再喝了？"

"真的。"他站了起来。

"我希望你运气非常好，非常快乐，身体非常非常健康。"

"谢谢。我则希望你长生不老。"

"谢谢。我已经是如此了。还有，你以后倘若变得虔诚的话，我死后请替我祷告。这事我已经拜托了好几位朋友。我本以为自己会虔诚起来，可是到底不行。"他似乎苦笑了一下，不过到底笑还是没笑，却很难说。他太老了，满脸皱纹，一笑起来，牵动那么多的皱纹，全然分不出层次。

"我可能变得很虔诚，"我说，"无论如何，我为你祷告就是了。"

"我一向以为自己会变得虔诚的。我家里的人，死时都很虔诚。但是我到现在还不热心。"

"是时间太早吧。"

"也许太迟了。我大概已经超过了热心信教的年龄。"

"我只在夜里才有宗教情绪。"

"那时你也是处在恋爱中啊。别忘记恋爱也是一种宗教情绪。"

"你真的这样相信吗？"

"自然啦。"他朝桌子踏前一步，"你肯来打弹子，真太好了。"

"我也很愉快。"

"我们一同上楼去吧。"

第三十六章

当天夜里大风大雨,我被暴雨抽打玻璃窗的声响吵醒。雨从敞开的窗口打进来。有人在敲门。我悄悄地走到门边,不敢惊动凯瑟琳,把门打开。酒保站在外边。他披着大衣,手里拿着湿帽子。

"我可以跟你讲句话吗,中尉?"

"什么事?"

"很严重的事。"

我向四下张望了一下。房间里很暗。我看得见窗口地板上的积水。"进来。"我说。我搀住他的胳膊走进浴间,锁上了门,把灯开了。我坐在浴缸的边沿上。

"什么事,埃米利奥?你出了事吗?"

"不。是你出事了,中尉。"

"真的?"

"他们明儿早上要来逮捕你。"

"真的?"

"我来通知你。我进了城,在一家咖啡店里听见他们在讲。"

"原来是这样。"

他站在那儿,大衣湿淋淋的,手里拿着他那顶湿帽子,一声不响。

"他们为什么要来逮捕我?"

"关于战争中的什么事。"

"你知道是什么事吗?"

"不知道。我只知道他们知道你从前到这儿来是个军官,现在到这儿来没穿军服。这次撤退以后,他们什么人都逮捕。"

我考虑了一会儿。

"他们什么时候来逮捕我?"

"早上。几点钟我不知道。"

"你说我怎么办呢?"

他把帽子放在洗脸盆里。因为帽子很湿,一直在朝地板上滴水。"要是你当真没事,当然也不怕逮捕啦。但是被捕总是一件坏事——特别是现在。"

"我不愿意被逮捕。"

"那么到瑞士去。"

"怎么去法呢?"

"乘我的船。"

"外边有暴风雨。"我说。

"暴风雨过去了。风浪是有的,不过你们不会有问题的。"

"我们什么时候走呢?"

"就走。他们也许一大清早就来抓人。"

"我们的行李呢?"

"那就收拾吧。你叫尊夫人穿好衣服。行李由我负责。"

"你在哪儿等呢?"

"就在这里等。外边走廊上我怕人家看见。"

我开了门,关好,走进卧房去。凯瑟琳已经醒了。

"什么事,亲爱的?"

"没事,凯特,"我说,"你喜欢不喜欢立即穿好衣服,坐船到瑞士去?"

"你喜欢吗?"

"不喜欢,"我说,"我喜欢回到床上去。"

"出了什么事?"

"酒保说他们明天早晨要来抓我。"

"他发疯了吗?"

"没有发疯。"

"那么请快穿好衣服,亲爱的,我们就走。"她在床边坐了起来。她还是睡意朦胧的。"酒保在浴间里吧?"

"是的。"

"那我就不梳洗了。请你看另外一边,亲爱的,我一会儿就穿好衣服。"

她脱下睡衣时,我看见她那白皙的背部,我把头扭开去,因为她不要我看。她怀了孩子,肚子有点大,所以不要我看见。我边穿衣服,边听见窗户上的雨声。我并没有多少东西要装进我那小提包。

"我箱子里有好多空地方,凯特,如果你需要的话。"

"我差不多收拾好了,"她说,"亲爱的,我很笨,可就是不懂酒保为什么要待在浴间里?"

"嘘——他在等着把我们的行李提下去。"

"他这人真好。"

"他是个老朋友,"我说,"我有一次差一点寄点板烟丝给他。"

我从敞开的窗子望望外边的黑夜。我看不见湖,只有黑暗和雨,风倒比较安静下来了。

"我准备好了,亲爱的。"凯瑟琳说。

"好。"我走到浴间的门边。"行李在这儿,埃米利奥。"我说。酒保接过两只小提包。

"谢谢你帮我们忙。"凯瑟琳说。

"这不算什么,夫人,"酒保说,"我很愿意帮忙,只要我自己不惹出事来。喂,"他转对我说,"我提着这些东西走用人的楼梯,送到船上去。你们从前边出去,装做出去散步的模样。"

"要散步这倒是个可爱的夜晚。"凯瑟琳说。

"的确是个糟透的夜晚。"

"幸亏我还有一把伞。"凯瑟琳说。

我们走到门廊另一端,从铺着厚地毯的宽楼梯上走下去。楼梯底大门边,有个门房正坐在他的桌子后面。

他见到我们,露出惊奇的模样。

"你们不是想出去吧,先生?"他说。

"出去遛遛,"我说,"我们到湖边去欣赏暴风雨。"

"你没有伞吗,先生?"

"没有,"我说,"这大衣可以挡雨。"

他怀疑地打量我的大衣。"我给你拿把伞来吧,先生。"他说。他去了回来,带来一把大伞。"稍为大一点,先生。"他说。我给他一张十里拉的钞票。"哦,你太好了,先生。多谢多谢。"他说。他拉开大门,我们走到雨里去。他对凯瑟琳笑笑，她也对他笑笑。"别在暴风雨中多耽搁，"他说，"你们会给淋湿的，先生和太太。"他只是门房的副手，他讲的英语是从意大利语逐字翻译出来的。

"我们就回来。"我说。我们撑着那把大伞走下小径，穿过又暗又湿的花园，跨过一条路，走进湖边搭有棚架的小径。风现在由岸上朝湖面刮。这是十一月中的又冷又湿的风，我知道高山上一定在下雪。我们沿着码头走，经过一些用铁链系住的小船，到了酒保的船该在的地方。石码头下边，湖水显得一片漆黑。酒保从一排树边闪了出来。

"行李在船里。"他说。

"我把船的钱给你吧。"我说。

"你身边有多少钱？"

"不太多。"

"那么你以后寄来好啦。没关系。"

"多少钱？"

"随你便。"

"告诉我多少钱。"

"你平安到达那边的话，寄五百法郎给我吧。你平安到了那边，就不会觉得太贵了。"

"好吧。"

"这是三明治。"他递一个小包给我。"酒吧间里所有的我都拿来了。都在这儿。这是一瓶白兰地和一瓶葡萄酒。"我把这些东西放在我的小提包里。"这些东西我现在付账吧。"

"好，给我五十里拉吧。"

我给了他。"白兰地是好的，"他说，"尽管可以放心给尊夫人喝。她还是上船去吧。"船一高一低地撞着石壁，他用手拉住船，我扶凯瑟琳上了船。她坐在船尾，把身上的披肩裹紧。

"去的地方你知道吗？"

"到湖的北边去。"

"你知道多远吗？"

"要过卢易诺①。"

"要过卢易诺、坎纳罗、坎诺比奥、特兰萨诺。你得到了勃里萨哥才算进入瑞士国境。你得穿过塔玛拉山。"

"现在什么时候?"凯瑟琳问。

"还只十一点。"我说。

"倘若你不停地划,早上七点钟应当可以到达那边了。"

"有这么远吗?"

"三十五公里。"

"我们怎么走呢?下这样的雨,我们非有罗盘针不可。"

"用不着。你先把船划到美人岛。随后到圣母岛的另一边,可以顺着风走了。风会带你到巴兰萨②。你会看见岸上的灯光。然后挨着岸朝北走。"

"也许风会转向的。"

"不会,"他说,"这风将这样连刮三天。是从马特龙峰③直接刮下来的。船上有只罐子可以舀水。"

"我现在付一点船钱给你吧。"

"不,我还是冒个险吧。倘若你平安到了那边,你就照你的能力付给我好了。"

"好的。"

"依我看,你们不至于淹死的。"

"这倒是个安慰。"

"顺着风从湖上朝北走。"

"好的。"我跨进船去。

"旅馆的房钱你留下没有?"

"留下了。放在房中的一只信封里。"

"好吧。祝你运气好,中尉。"

---

① 卢易诺是马焦莱湖畔的工业城镇。
② 巴兰萨在马焦莱湖上,对着巴罗米岛,是春秋二季游客游玩的地方。
③ 马特龙峰是施特雷沙附近的高峰,有缆车直达山巅,俯瞰七个湖和米兰附近城镇。

"祝你运气好。我们俩多多感谢你。"

"如果淹死就不会谢我了。"

"他说什么？"凯瑟琳问。

"他说运气好。"

"好运气，"凯瑟琳说，"非常感谢你。"

"你们准备好了没有？"

"好了。"

他弯下身把船推离岸边。我把双桨往水里一划，随即抬起一只手来招招。酒保摇摇手表示不赞许。我看见旅馆的灯光，赶快把船直划出去，直到灯光看不见了。湖上波涛汹涌，不过我们正是顺风。

第三十七章

我在黑暗中划船,使风一直刮着我的脸,以免划错方向。雨已停止了,只是偶尔一阵阵地洒下来。天很黑,风又冷。我看得见坐在船尾的凯瑟琳,但是看不见桨身入水的地方。桨很长,把柄上没有皮套,时常滑出手去。我往后一扳,一提,往前一靠,碰到了水面,于是一划,往后一扳,尽量轻松地划着。我并不摆平桨面①,因为我们顺风。我知道我手上会起泡,不过我希望尽可能慢点起泡。船身很轻,划来不吃力。我在黑暗的湖面上划船。我看不见什么,只希望早一点到达巴兰萨的对面。

我们始终没看到巴兰萨。风在湖面上刮着,我们在黑暗中错过了遮蔽巴兰萨的小岬,所以根本没看见巴兰萨的灯火。等我们最后在湖上更朝北而近岸的地方看到灯光时,已是印特拉了。但是未到印特拉以前,我们在黑暗中摸索了许久,既不见灯光又不见岸,只好在黑暗中顺风破浪,不断划桨。有时我的桨碰不到水面,因为有个浪头把船抬高了。湖上浪很大;浪打在上面,激得很高,又退回来。我连忙用力扳右桨,拿左桨倒划,退到湖面上;小岬看不见了,我们继续朝北划。

"我们过了湖了。"我对凯瑟琳说。

"我们不是要先看见巴兰萨吗?"

"我们错过了。"

"你好吧,亲爱的?"

"我好。"

"我来划一会儿吧。"

"不,我能行。"

"可怜的弗格逊,"凯瑟琳说,"今天早晨她上旅馆来,可找不到我们了。"

"这我倒不大操心,"我说,"怕的是在天亮前进入瑞士国境内的湖面时被税警撞见。"

---

① 举桨出水面时把桨面摆平,避免空气的阻力。

"还远吗？"

"离这儿有三十来公里。"

我整夜划船。到后来我的手疼极了，几乎在桨柄上合不拢来。我们好几次差一点在岸边把船撞破。我让船相当挨近岸走，因为害怕在湖中迷失方向，耽误时间。有时我们那么挨近岸，竟看得见一溜树木、湖滨的公路和后边的高山。雨停了，风赶开云儿，月亮溜了出来；我回头一望，望得见那黑黑的长岬卡斯达诺拉、那白浪翻腾的湖面和湖后边雪峰上的月色。后来云又把月亮遮住，山峰和湖又消失了，不过现在天已比从前亮得多，我们看得见湖岸。岸上的景物看得太清楚了，我连忙又往外扳桨，因为巴兰萨公路上可能有税警，免得他们看到。月亮再出来时，我们看得见湖滨山坡上白色的别墅和一排排树木间所透露出来的白色公路。我时时都在划船。

湖面越来越宽了，对湖山脚下有些灯光，那地方该是卢易诺。我望得见湖对岸高山间有个楔形的峡谷，我想那地方准是卢易诺无疑了。倘若猜想得对，那我们的船算划得快的了。我收起桨来，在座位上往后一靠。我划得非常非常疲乏了。我的胳膊、肩膀和背部都发痛，我的手也疼痛。

"我可以打着伞，"凯瑟琳说，"我们拿它当帆使吧。"

"你会把舵吗？"

"大概行的。"

"你拿这根桨放在胁下，紧挨着船边把舵，我来撑伞。"我走到船尾，教她怎样拿着桨。我提起门房给我的那把大伞，面对船头坐下，把伞撑开。雨伞啪啦一声张开了。伞柄勾住了座位，我双手拉住伞的两边，横跨伞柄坐下。满伞是风，我感觉到船猛然挺进了，便尽力地抓紧伞的两边。风把伞扯得很紧。船冲得好快。

"我们驶得太好了。"凯瑟琳说。我只看得见雨伞的伞骨。雨伞被风绷得紧紧的，直往前拖，我只觉得我们正跟着雨伞在前进。我用两脚死命撑住，拖住了它，猛不防伞被吹弯了；我觉得一条伞骨折断了，打在我的前额上，当我伸手去抓那被风刮歪的伞顶时，它一捺，整个儿翻转过去，本来我是满帆而行的，现在弄得骑着一把完全翻转的破伞的柄了。我把勾在座位下的伞柄解下来，把伞撂在船头上，回到船尾凯瑟琳那儿去拿桨。她正在大笑。她抓住我的手，笑个不停。

"什么事啊?"我接过桨来。

"你抓住那东西太滑稽了。"

"大概是吧。"

"别生气,亲爱的。真滑稽。你看样子有二十英尺宽,非常亲密地抓住了伞的两边——"她笑得喘不过气来。

"我来划船。"

"休息一下,喝一口酒。这真是个良宵,我们已经赶了不少路啦。"

"我得不让船陷进大浪间的波谷。"

"我给你倒杯酒来。然后休息一下,亲爱的。"

我举起双桨,我们靠划船前进。凯瑟琳在打开小提包。她把白兰地瓶递给我。我用怀刀挑开瓶塞,喝了一大口。酒味醇厚,热辣辣的,热气透过全身,叫我觉得温暖愉快。"这是很好的白兰地。"我说。月亮又躲在云后边,但是我看得见湖岸。前头好像又有个小岬,深深伸入湖面。

"你身体够暖和吗,凯特?"

"我挺好。只是稍为有一点僵硬。"

"把水舀出去,这样你的脚就可以往下伸了。"

随后我再划船,听着桨架声、划水声和船尾座位上白铁罐子的舀水声。

"罐子递给我好吗?"我说,"我想喝口水。"

"罐子脏得很呢。"

"没关系。我来洗一洗。"

我听见凯瑟琳在船边洗罐子的声音。随后她汲满了一罐子水递给我。我喝了白兰地后,口很渴,可是湖水像冰一样冷,冷得叫我牙齿酸痛。我望望岸上。我们离那长岬更近了。前面湖湾上有灯光。

"谢谢。"我说,把白铁罐子递回去。

"何必客气,"凯瑟琳说,"你要这里多的是。"

"你不想吃点东西吗?"

"不。我要等一会儿才会觉得饿。我们到那时候再吃吧。"

"好的。"

前头那个看起来像是小岬的地方,原来是个又长又高的地岬。我把船朝湖心划得远远才绕了过去。现在湖面狭窄多了。月亮又出来了,倘若湖上税警真在守望的话,一定看得见水面上我们这一条黑糊糊的船。

"你好吧,凯特?"我问。

"我很好。我们到哪儿了?"

"照我想,顶多还有八英里路了。"

"划起来路可不少啊,可怜的宝贝。你累死了吧?"

"不。我还行。只是手痛罢了。"

我们继续在湖上朝北划。右岸高山间有一个缺口,成为一条低下去的湖岸线,那地方大概就是坎诺比奥吧。我把船划得离岸远远的,因为从现在起最有碰上税警的危险了。前头对岸有座圆顶的高峰。我疲乏了。划起来距离其实不远,但是人一虚弱就显得远了。我知道我必须过了那座高山,再朝北划五英里才能进入瑞士水域。现在月亮快要下去了,但在落下之前,阴云又遮住了天,成为一片黑暗。我把船划得离岸远远的,划一会儿,歇一会儿,抬起双桨,让风刮着桨身。

"我来划一会儿吧。"凯瑟琳说。

"我想你不该划。"

"胡说。这对我有好处。划划可以使我的身体不至于太僵硬。"

"你不该划,凯特。"

"胡说。适度的划船对于怀孕的妇人很有好处。"

"好,你就适度地划一会儿吧。我先回船尾,你再过来。你过来时双手抓牢船舷。"

我坐在船尾,披上大衣,翻起衣领,看凯瑟琳划船。她划得很好,只是双桨太长,很不顺手。我打开小提包,吃了两块三明治,喝一口白兰地。这一来精神为之一振,我又喝了一口酒。

"你累了就说一声。"我说。过了一会儿,我又说,"当心桨,别撞在肚子上。"

"倘若撞上了,"——凯瑟琳在划桨的间歇间说——"人生就可能简单多了。"

我又呷了一口白兰地。

"你划得怎么样?"

"很好。"

"你要歇时说一声。"

"好。"

我又喝了一口白兰地,然后抓住两边的船舷,走向前去。

"不。我正划得挺好。"

"回到船尾去。我好好休息过了。"

借着白兰地的力量,我轻松而稳定地划了一会儿。随后我开始乱了章法,不是划桨入水过深,便是未入水中,不久我只是乱划一阵,口里涌起淡淡的褐色胆汁味,因为喝了白兰地后划船划得太用力了。

"给我点水喝,行吗?"我说。

"这太方便了。"凯瑟琳说。

天亮前下起毛毛雨来。风不晓得是停了呢,还是因为被弯曲的湖岸边的高山遮住了。我一发觉天快要亮了,就认真地划起船来。我不知道我们到了什么地方,只求进入瑞士水域。天开始亮时,我们相当贴近湖岸。我望得见多岩石的湖岸和树木。

"那是什么?"凯瑟琳说。我歇桨倾听。原来是一艘小汽艇在湖上开的咋咋声。我赶忙划船近岸,静悄悄地伏在那儿。咋咋声越来越近了;我们随即看见那汽艇在雨中行驶着,离我们的船尾不远。汽艇尾部有四名税警,阿尔卑斯山式的帽子拉得低低的,披肩的领头往上翻,背上斜挂着卡宾枪。在这样的大清早,他们看上去都还昏昏欲睡。我看得见他们帽子上的黄色和他们披肩领子上的黄色徽号。汽艇咋咋地开过去,在雨中隐没了。

我把船朝湖中划。如果我们离边境很近了,我就不愿让湖滨公路上的哨兵来喝住我们。我把船划到刚刚望得见岸的地方,在雨中划了三刻钟。我们又听见汽艇声,我连忙把船歇下来,一直等到引擎声在湖的那一边消失。

"我们大概已在瑞士了。"凯瑟琳说。

"真的?"

"这也难说,除非我们看到了瑞士的陆军部队。"

"或者瑞士的海军。"

"瑞士海军对我们倒不是好玩的。我们最后一次听到的汽艇声,可能就是瑞士海军。"

"我们如果真的到了瑞士,就来好好地吃一顿早餐吧。瑞士有非常好的面包卷、黄油和果子酱。"

现在天色大亮了,又在下着纷纷细雨。湖的北部还刮着风,我们望得见滔滔白浪正打我们这边翻腾地朝北往湖上卷去。现在我有把握的确到达瑞士了。湖滨树木后边有许多房屋,离岸不远还有一个村子,村子里有些石头房屋,小山上有些别墅,还有一座教堂。我细心张望绕着湖滨的公路,看看有没有卫兵,但没有看到。公路现在离湖很近,我看到一名士兵从路边一家咖啡店走出来。他身穿灰绿色的军装,帽盔像是德国兵的。他长着一张看来很健康的脸,留着一簇牙刷般的小胡子。他望望我们。

"对他招招手。"我对凯瑟琳说。她招招手,那士兵怪不好意思地笑笑,也招招手。我放慢了划船的速度。我们正经过村前的滨水地带。

"我们一定已深入瑞士境内了。"我说。

"我们得有相当的把握才行,亲爱的。可不要让人家把我们从边境线上押回去。"

"边境线早已过了。这大概是个设有海关的小城。我相信这就是勃里萨哥。"

"会不会同时也驻有意大利军警?在有海关的边城,通常驻有两国的军警。"

"战时可不同。照我想,他们不会让意大利人过边境来的。"

那是个相当好看的小城。沿着码头泊着许多渔船,渔网摊在架子上。虽则下着十一月的细雨,小城看起来还是很愉快干净。

"那我们上岸去吃早点吧?"

"好。"

我用力划左桨,贴近湖岸,当船挨近码头时,我把船打横,靠上码头。我收起桨来,抓住码头上的一个铁圈,脚往湿淋淋的石码头上一踏,算是踏上了瑞士的国土。我绑好船,伸手下去拉凯瑟琳。

"上来吧,凯特。这太愉快了。"

"行李呢?"

"留在船上好啦。"

凯瑟琳走了上来,我们两人都在瑞士了。

"一个多么可爱的国家啊。"她说。

"岂不是挺好吗?"

"我们走,吃早点去!"

"这不是个非常好的国家吗?我脚底下踩的泥土都给我快感。"

"我人太僵硬了,脚底下感觉不大灵。但是我觉得这正是个很不错的国家。亲爱的,你是不是体会到我们到了这儿,已经离开了那该死的地方了?"

"我体会到了。我真的体会到了。我从来没有过这种体会。"

"瞧瞧那些房屋。这岂不是个很好的广场?那边有个地方我们可以吃早点。"

"你不觉得这雨下得真好吗?意大利从来没有这种雨。这是一种愉快的雨。"

"而我们到这儿了,亲爱的!你可体会到我们到达这儿了?"

我们走进咖啡店,在一张干净的木桌边坐下来。我们兴奋得如醉如痴。一位神气十足、模样干净、围着围裙的妇人前来问我们要吃什么。

"面包卷、果酱和咖啡。"凯瑟琳说。

"对不起,我们暂时没有面包卷。"

"那么面包吧。"

"我可以给你们烤面包。"

"好。"

"我还要几个煎蛋。"

"先生要多少煎蛋?"

"三个。"

"四个吧,亲爱的。"

"四个。"

那妇人走开了。我亲亲凯瑟琳,紧紧地握住她的手。我看她,她看我,我们看看咖啡店。

"亲爱的,亲爱的,这岂不是挺美吗?"

"太好啦!"我说。

"没有面包圈我也不在意,"凯瑟琳说,"我整夜都在想念面包圈。但是我不在意。完全不在意。"

"大概人家快来逮捕我们了。"

"不要紧,亲爱的。我们先吃早点。吃了早点,就不在乎被逮捕了。况且人家也不能拿我们怎么样。我们是英美两国的好公民。"

"你有护照,对吧?"

"当然有。哦,这事我们别谈吧。我们只要快乐。"

"我真是再快乐也没有了。"我说。一只胖胖的灰猫,竖起了翎毛似的尾巴,走到我们桌下来,弓身挨在我的腿上,每次擦着我的腿便哼叫一声。我伸手抚摸它。凯瑟琳快快活活地对我笑笑。"咖啡来了。"她说。

早点后,人家逮捕了我们。我们先上村子里散了一会步,然后回到码头去拿行李。有名士兵正守着我们的小船。

"这是你们的船吗?"

"是的。"

"你们从哪儿来?"

"从湖上来。"

"那我得请你们跟我一块儿去了。"

"行李怎么办?"

"小提包可以带上。"

我提着小提包,凯瑟琳走在我旁边,士兵在后边押着我们上那古老的海关去。海关里有一名尉官,人很瘦,很有军人气派,他盘问我们。

"你们是什么国籍?"

"美国和英国。"

"护照给我看看。"

我给他我的护照,凯瑟琳从她皮包里掏出她的。

他查验了好久。

"你们为什么这样划着船到瑞士来？"

"我是个运动家，"我说，"划船是我所擅长的运动。我一有机会就划船。"

"你为什么上这儿来？"

"为了冬季运动。我们是游客，我们想玩冬季运动。"

"这儿可不是冬季运动的地方。"

"我们知道。我们要到那有冬季运动的地方去。"

"你们在意大利做什么？"

"我在学建筑。我表妹研究美术。"

"你们为什么离开那边呢？"

"我们想玩冬季运动。现在那边在打仗，没法子学建筑。"

"请你们在这里等一等。"尉官说。他拿着我们的护照到里面去。

"你真行，亲爱的，"凯瑟琳说，"你就这样子讲下去好啦。你尽管说你想玩冬季运动。"

"美术的事你知道一些吧？"

"鲁本斯①。"凯瑟琳说。

"画的人物又大又胖。"我说。

"提香②。"凯瑟琳说。

"提香画上的橙红色头发，"我说，"曼坦那③怎么样？"

"别问我那些难的，"凯瑟琳说，"这画家我倒知道——很苦。"

"很苦，"我说，"许多钉痕④。"

"你看，我会给你做个好老婆的，"凯瑟琳说，"我可以跟你的顾客谈美术。"

"他来了。"我说。那瘦削的尉官拿着我们的护照从海关屋子的那一头走过来。

"我得把你们送到洛迦诺去，"他说，"你们可以找部马车，由一名士兵和你们一块儿去。"

---

① 鲁本斯(1577—1640)是佛兰德斯的名画家。
② 提香(1477—1576)是意大利文艺复兴时期威尼斯派最有名的画家。
③ 曼坦那(1431—1506)为意大利画家，名画有《哀悼基督》。
④ 指他在基督的尸体上画出钉十字架的钉痕，极其逼真动人。

"好，"我说，"船呢？"

"船没收了。你们的提包里有什么东西？"

两只提包他都一一检查过，把一夸特瓶装的白兰地擎在手里。"赏光喝一杯吧？"我问。

"不，谢谢，"他挺直身子，"你身上有多少钱？"

"二千五百里拉。"

他听了印象很好。"你表妹呢？"

凯瑟琳有一千二百里拉多一点。尉官很高兴。他对我们的态度不像方才那么傲慢了。

"倘若你想玩冬季运动，"他说，"文根可是个好地方。家父在那儿开了一家上好的旅馆。四季营业。"

"好极了，"我说，"你可否告诉我旅馆的名字？"

"我给你写在一张卡片上吧。"他很有礼貌地把卡片递给我。

"士兵将把你们送到洛迦诺。你们的护照由他保管。对于这，我很抱歉，不过手续上非这么办不可。我相信到了洛迦诺，会给你一张签证或者发给你一张警察许可证。"

他把两份护照交给士兵，我们拎着提包到村子里去叫马车。"喂。"尉官叫那士兵道。他用德国土语给士兵讲了些什么。士兵把枪背上，过来替我们拿行李。

"这是个伟大的国家。"我对凯瑟琳说。

"非常实际。"

"非常感谢。"我对尉官说。他挥挥手。

"敬礼！"他说。我们跟着士兵上村子里去。

我们乘马车到洛迦诺，士兵和车夫一同坐在车前座位上。到了洛迦诺，人家待我们还好。他们盘问了我们，可是客客气气，因为我们有护照又有金钱。我们所答的话他们大概全不相信，我觉得全是胡闹，不过倒很像在上法庭。根本不谈什么合理不合理，只要法律上有所根据，那你就坚持下去，不必加以解释。不过我们有护照，又愿意花钱。他们于是给了我们临时签证。这种签证随时可以吊销。我们随便到什么地方，都得向警察局报到一下。

我们随便什么地方都可以去吗?是的。我们要上哪儿去呢?

"你想到哪儿去,凯特?"

"蒙特勒①。"

"那是个很好的地方,"官员说,"我想你们一定会欢喜那地方的。"

"这儿洛迦诺也很好,"另外一位官员说,"我相信你们一定会喜欢洛迦诺这地方的。洛迦诺是个很吸引人的胜地。"

"我们想找个有冬季运动的地点。"

"蒙特勒没有冬季运动。"

"对不起,"另外一位官员说,"我是蒙特勒人。在蒙特勒-伯尔尼高原铁路沿线当然有冬季运动。你要否认就错啦。"

"我并不否认。我只是说蒙特勒没有冬季运动。"

"我不同意这句话,"另外一位官员说,"我不同意你这句话。"

"我坚持我这句话。"

"我不同意你这句话。我本人就曾乘小雪橇②进入蒙特勒的街道。并且不是一次,而是好几次。乘小雪橇当然是一种冬季运动。"

另外一位官员转对我。

"请问,先生的冬季运动就是乘小雪橇吗?我告诉你,洛迦诺这地方很舒服。气候有利健康,环境幽美迷人。你一定会很喜欢的。"

"这位先生已经表示要到蒙特勒去。"

"乘小雪橇是怎么回事?"我问。

"你瞧,人家连乘小雪橇都没听见过哩!"

第二位官员听了我的问话,觉得对他很有利。他非常高兴。

"小雪橇,"第一位官员说,"就是平底雪橇③。"

"对不起,"另外一位官员摇头说,"我可又得提出不同的意见。平底雪橇和小雪橇大不相同。平底雪橇是在加拿大用平板做成的。小雪橇只是普通的

---

① 瑞士西南部一疗养城市,位于日内瓦湖东端。
② 原文为 luge,是瑞士供比赛用的一种仰卧滑行的单人小雪橇。
③ 原文为 toboggan,是一种平底长橇,通常有低扶手。

雪车,装上滑板罢了。讲求精确是有相当道理的。"

"我们乘平底雪橇行吗?"我问。

"当然行,"第一位官员说,"你们大可以乘平底雪橇。蒙特勒有上好的加拿大平底雪橇出售。奥克斯兄弟公司就有得卖。他们的平底雪橇是特地进口的。"

第二位官员把头掉开去。"乘平底雪橇,"他说,"得有特制的滑雪道。你无法乘平底雪橇进入蒙特勒的市街。你们现在住在这里什么地方?"

"我们还不知道,"我说,"我们刚从勃里萨哥赶车来。车子还停在外边。"

"你们上蒙特勒去,包你没有错儿,"第一位官员说,"那儿的天气又可爱又美丽。离开冬季运动的场地又不远。"

"你们当真要玩冬季运动的话,"第二位官员说,"应当上恩加丁或穆伦去。人家叫你们上蒙特勒去玩冬季运动,我必须提出抗议。"

"蒙特勒北面的莱沙峰可以进行各种很好的冬季运动。"蒙特勒的拥护者瞪起眼睛瞧着他的同事。

"长官,"我说,"我们可得走了。我的表妹很疲乏。我们暂定到蒙特勒去吧。"

"恭喜你们。"第一位官员握握我的手。

"你们离开洛迦诺会后悔的,"第二位官员说,"无论如何,你们到了蒙特勒,得向警察局报到。"

"警察局不会有什么麻烦的,"第一位官员安慰我,"那儿的居民非常客气友好。"

"非常感谢你们二位,"我说,"承你们二位的指点,我们十分感激。"

"再会,"凯瑟琳说,"非常感谢你们二位。"

他们鞠躬送我们到门口,那个洛迦诺的拥护者比较冷淡点。我们下了台阶,跨上马车。

"天啊,亲爱的,"凯瑟琳说,"难道我们没法子早点离开吗?"我把那个瑞士官员介绍的旅馆名字告诉了车夫。车夫把马缰绳拉起来。

"你忘记陆军了。"凯瑟琳说。那士兵还站在马车边。我给他一张十里拉钞票。"我还没调换瑞士钞票。"我说。他谢谢我,行个礼走了。马车朝旅馆驶去。

"你怎么会挑选蒙特勒呢?"我问凯瑟琳,"你果真想到那儿去吗?"

"我当时第一个想得起来的就是这个地名,"她说,"那地方不错。我们可以在高山上找个地方住。"

"你困吗?"

"我现在就睡着了啊。"

"我们好好睡它一觉吧。可怜的凯特,你熬了又长又苦的一夜。"

"我觉得才有趣呢,"凯瑟琳说,"尤其是当你用伞当帆行驶的时候。"

"你体会到我们已经在瑞士了吗?"

"不,我只怕醒来时发现不是真的。"

"我也是。"

"这是真的吧,不是吗,亲爱的? 我不是在米兰赶车子上车站给你送行吧?"

"希望不是。"

"别这么说。说来叫我惊慌。那也许就是我们正要去的地方。"

"我现在昏头昏脑,什么都不知道。"我说。

"让我看看你的手。"

我抽出双手。两手都起泡发肿。

"我胁旁可没钉痕①。"我说。

"不要亵渎。"

我非常疲乏,头脑昏昏沉沉。初到时那种兴奋现在都消失了。马车顺着街道走。

"可怜的手。"凯瑟琳说。

"不要碰,"我说,"天知道我们究竟在什么地方。我们上哪儿去啊,车夫?"

车夫拉住马。

"上大都会旅馆。难道你不想去吗?"

"要去,"我说,"没事了,凯特。"

---

① 耶稣被钉十字架后复活,来到门徒们中间,有一位门徒多马不相信说"我非看见他手上的钉痕,用指头探入那钉痕,又用手探入他的胁旁"。后来耶稣果然向多马显现了。见《圣经·约翰福音》第20章。

"没事了,亲爱的。你别烦恼。我们要好好睡一觉,你明天就不会头昏了。"

"我相当糊涂了,"我说,"今天真像是场滑稽戏。也许是我肚子饿了的关系。"

"你不过是身体疲乏罢了,亲爱的。过些时候就会好的。"马车在旅馆前停下了。有人出来接行李。

"我觉得没事。"我说。我们下车踏上人行道,往旅馆里走。

"我知道你会没事的。只是身体疲乏罢了。你好久没有睡觉了。"

"我们总算到这儿了。"

"是的,我们真的到这儿了。"

我们跟着提行李的小郎走进旅馆。

第五部

第三十八章

那年秋天的雪下得很晚。我们住在山坡上松树环绕的一幢褐色木屋里,夜间降霜,梳妆台上那两只水罐在早上便结有一层薄冰。戈丁根太太一大早就进房来,把窗子关好,在那高高的瓷炉中生起火来。松木啪啪地爆烈,喷射火花,不久炉子里便火光熊熊,而戈丁根太太第一次进来时,就带来一罐热水和一些供炉火用的大块木头。等房间里暖和了,她把早餐端进来。我们坐在床上吃早点时,望得见湖①和湖对面法国境内的山峰。山峰顶上有雪,湖则是灰蒙蒙的钢青色。

在外边,我们这农舍式别墅前,有一条上山的路。车辙和两边隆起的地方被冰霜冻结得铁一样坚硬,山道不断地一路上坡,穿过森林,上了高山,盘来绕去,到了有草地的地方;草地那儿的树林边有些仓房和木屋,俯瞰着山谷。山谷很深,谷底有一条溪水流进湖中,有时风从山谷那边吹来,我们能听见岩石间的琤瑽水声。

我们有时离开山道,转上穿过松林的小径。森林里边的地走起来软绵绵的;冰霜还没把它凝结得像山路那么坚硬。但是我们不大在乎山道的坚硬,因为我们靴子的前后跟都钉有铁钉,而后跟的铁钉扎进冰冻的车辙,所以穿着钉靴在山道上走,很是惬意,而且还能激发精神。而在森林里走也美得很。

在我们屋前,高山峻峭地倾落到湖边的小平原,我们坐在门廊的阳光下,看着山道弯曲地顺着山坡延伸下去,还有低一点的山坡上的梯田形的葡萄园,现在因为是冬季,葡萄藤早已凋谢,园地中间有石墙隔开,而葡萄园底下便是蒙特勒的房屋。那城建在一条狭窄的平原上,沿着湖岸。湖中有个小岛,上面有两棵树,远远望去,真像一条渔船上的双帆。湖对面的山峰险峻峭立,而在湖的尽头就是罗纳河②河谷,那是夹在两道山脉间的一片平原;河谷南端给山

---

① 蒙特勒在日内瓦湖的东端。本章以后所提的湖,都是指日内瓦湖。
② 罗纳河从日内瓦湖的东南端注入该湖,再从西南流进法国,朝南注入马赛西面的狮子湾。

峰切断的地方,就是唐都米蒂①。那是座积雪的巍巍高山,俯视着整个河谷,不过距离太远,没有投下阴影。

阳光明亮时,我们在门廊上吃中饭,否则就在楼上一间小房间里吃。那房间四面是素色的木壁,角落里有只大炉子。我们在城里买了书籍杂志,还有一本《霍伊尔氏纸牌戏大全》,学会了许多两人玩的纸牌戏。这个装炉子的小房间就是我们的起居室。里边有两张舒服的椅子和一张放书籍杂志的桌子,饭桌收拾干净后我们就可以玩纸牌。戈丁根夫妇住在楼下,我们有时在傍晚听得见他们的谈话声,他们过着很快乐幸福的生活。男的原是旅馆的茶房领班,女的当过同一旅馆的侍女,他们积了钱,买下了这个地方。他们有个儿子,正在学习当茶房领班。学习的地点在苏黎世②一家旅馆。楼底下还有个客厅,夫妇俩在里面卖葡萄酒和啤酒,夜晚有时候我们听得见外边路上有车子停下,有人走上台阶到客厅里去喝酒。

我们起居室外边的走廊上放有一箱子木头,我用来使炉火不灭。但是我们睡得并不太晚。在那大卧房里,我们在黑暗中上床,我脱了衣服,便去打开窗子,看夜色、寒冷的星星和窗下的松树,接着赶快上床。空气是这么寒冷清新,窗外有这么的夜景,躺在床上实在太美了。我们睡得很好,夜里倘若醒来的话,我知道那只是出于一个原因,于是我把羽绒被揭开,干得轻手轻脚,免得惊醒凯瑟琳,接着又睡着了,温温暖暖,因为盖的被子少了一点,更为轻松。战争似乎离得很远,好比是别人的大学里举行的足球比赛。但是我从报上看到,他们还在高山间作战,因为雪还没落下来。

有时我们下山走到蒙特勒去。本来有一条下山的小径,可是太陡峭,所以通常我们还是走山道,由山道往下走到田野间那条坚硬的宽路上,接着又往下在葡萄园的石墙间走,再往下便在村子的房屋间走了。那儿一共有三个村子:瑟涅、封达尼凡,还有一个我忘了。再往前走,我们经过一座古老的方形石头城堡,它在山坡边一个崖架上,山坡上有一层层的葡萄园,每棵葡萄都绑在一根杆子上,以免它倒塌下来,葡萄树早已干枯,呈褐色,泥土在等着落雪,底下

---

① 瑞士高山,在蒙特勒南部,高达 10690 英尺。
② 苏黎世是瑞士北部主要工业城市。

的湖面平平的,色灰如钢。下山的路在城堡下成为一段很长的坡路,向右拐弯,路改用圆石子铺了,险峻地转入蒙特勒。

我们在蒙特勒一个人也不认识。我们沿湖遛遛,看看天鹅,还有许多鸥和燕鸥,有人走近来便成群飞走,一边俯视着水面,一边尖声啼叫。湖中有一群群䴙䴘,又小又黑,在湖上游水时,后面留下一道道水痕。我们在城里的大街上走走,望望橱窗。城里有好些大旅馆,现在都关门了,不过大部分的店铺都还开着,人们也喜欢见到我们。那里有家很好的理发店,凯瑟琳总是在那儿做头发。开这店的是个女人,人很愉快,我们在蒙特勒只认得这个人。凯瑟琳理发的时候,我就到一家啤酒店去喝喝慕尼黑黑啤酒,看看报。我看意大利的《晚邮报》和从巴黎转来的英美报纸。报上所有的广告都用黑墨水涂掉了,据说是预防奸细和敌军私通消息。报纸读起来不愉快。处处地方的情况糟透了。我靠坐在一个角落里,对着一大杯黑啤酒和一包已打开的光面纸包的椒盐卷饼,一边吃带咸味的卷饼来下啤酒,一边看报上悲惨的战事新闻。我本以为凯瑟琳会来的,但结果没有来,只好把报纸放回架子上,付了啤酒账,上街去找她。那天天冷,天气又暗,一片寒冬景象,连房屋的石头看起来也是寒冷的。凯瑟琳还在理发店里。那女人正在给她烫头发。我坐在小间里旁观。看着真叫人兴奋。凯瑟琳对我笑笑,还和我谈话,我因为人很兴奋,话音有点口齿不清。卷发的铁钳发出悦耳的嗒嗒声,我可以从三面镜子里看到凯瑟琳,而我那小间又温暖又舒服。接着理发师把凯瑟琳的头发向上梳好,凯瑟琳照照镜子,修改了一下,在有些地方抽掉发针,有些地方插上发针;然后站起身来。"对不起,累你等得这么久。"

"先生很感兴趣。不是吗,先生?"女人笑着问。

"是的。"我回答。

我们出门走上街头。街上又寒冷又冷落,又刮起了风。"哦,亲爱的,我太爱你了。"我说。

"我们不是过着快活的日子吗?"凯瑟琳说,"喂,我们找个地方去喝啤酒,不要喝茶。这对小凯瑟琳很有好处。能叫她长得细小。"

"小凯瑟琳,"我说,"那个小浪荡鬼。"

"她一直很乖,"凯瑟琳说,"她简直没给你什么麻烦。医生说啤酒对我有益,同时能叫她长得细小。"

"你这么叫她长得细小,倘若是个男孩的话,将来也许可以当骑师。"

"我们果真要把这孩子生下来的话,总得结婚吧。"凯瑟琳说。我们坐在啤酒店角落里的桌子边。外边天在黑下来。其实时间还早,只是天本来阴暗,暮色又降临得早。

"我们现在就结婚去。"我说。

"不,"凯瑟琳说,"现在太窘了。我这样子太明显了。我这样子站在谁面前结婚都太难堪了。"

"我倒希望我们已经结了婚。"

"结了婚也许是好一点吧。但是我们什么时候可以结婚呢,亲爱的?"

"我不知道。"

"我只知道一件事。在这像奶奶太太般的大腹便便的情况下,我不结婚。"

"你哪里像个奶奶太太。"

"哦,我像得很,亲爱的。理发师问我这是不是我的头胎。我撒谎说不是,我说我们已经有了两个男孩和两个女孩。"

"我们什么时候结婚呢?"

"等我身体瘦下来,随时都行。我们来个好好的婚礼,叫人人称赞你我是一对多么漂亮的少年夫妻。"

"你不忧愁吗?"

"亲爱的,我为什么要忧愁?我只有一次不好过,那是在米兰,我觉得自己像是个妓女,不过那难受也只有七八分钟,还不都是因为旅馆房间内的陈设的关系。难道我不是你的好妻子吗?"

"你是个可爱的妻子。"

"那就不要太拘泥形式了,亲爱的。我一瘦下来就和你结婚。"

"好的。"

"你想我应该再喝一杯啤酒吗?医生说我的臀部太窄,所以最好叫我们的小凯瑟琳长得细小。"

"他还说什么啊?"我担心起来。

"没什么。我的血压很奇妙,亲爱的。他非常称赞我的血压。"

"关于你的臀部太窄,他说了什么?"

"没什么。什么都没说。他说我不可以滑雪。"

"很对。"

"他说我滑雪没学过的话。现在来学可太晚了。他说我可以滑雪,只要我不摔跤。"

"他真会开玩笑。"

"他人倒是挺好的。我们将来就请他接生吧。"

"你可曾问他我们该不该结婚?"

"没有。我告诉他我们已结婚四年了。你瞧,亲爱的,我要是嫁给你,我便成为美国人,所以我们随便什么时候根据美国法律结婚,孩子就是合法的。"

"你从哪儿打听出来的啊?"

"从图书馆里的一部纽约的《世界年鉴》上。"

"你真行。"

"我很喜欢做美国人,我们以后到美国去,好吗,亲爱的? 我要去看看尼阿加拉瀑布①。"

"你是个好姑娘。"

"还有一件东西我要看,但我一时想不起来了。"

"屠场②?"

"不是。我记不得了。"

"伍尔沃思大厦③?"

"不是。"

"大峡谷④?"

"不是。不过这我也想看看。"

---

① 尼阿加拉瀑布在纽约州西北端和加拿大接壤的尼阿加拉河上,是美国男女的蜜月胜地。

② 指芝加哥市的宰牛场。美国作家厄普顿·辛克莱曾根据这地方的内幕写成长篇小说《屠场》,于1906年出版,轰动一时。

③ 纽约市的一家百货公司,当时是世界上最高的建筑物。

④ 在美国亚利桑那州北部,是科罗拉多河所冲毁的河谷,气象宏伟。

"那么是什么呢?"

"金门①!这就是我要看的。金门在哪儿?"

"旧金山。"

"那我们就上那儿去吧。我本来就想观光旧金山的。"

"好。我们就上那儿去。"

"现在我们就回山上去。好吧?我们赶得上登山缆车吗?"

"五点过一点有一班车子。"

"我们就赶这一班车子。"

"好的。等我再喝一杯啤酒。"

我们出了酒店,走上街,爬上到车站去的台阶,天气异常寒冷,一股寒风从罗纳河河谷直刮下来。街上的店窗里点着灯,我们爬上陡峭的石阶到了上边一条街,又爬了一段石阶,才到车站。电气火车在那儿等着,车里的灯都开着。那里有个钟面,指明开车的时间。钟面上的长短针指着五点十分。我再看看车站里的时钟,五点零五分。我们上车时,我看见司机和卖票员正从车站酒店里出来。我们坐下了,打开窗子。火车上用电气设备取暖,很是气闷,不过窗子外有新鲜的冷空气送进来。

"你疲倦吗,凯特?"我问。

"不。我感觉良好。"

"路程并不远。"

"我喜欢乘这车子,"她说,"你不必替我操心,亲爱的。我感觉良好。"

雪到圣诞节前三天才落下来。有一天早晨,我们醒来才知道在下雪。房间里的炉子火光熊熊,我们待在床上,看着外边在纷纷下雪。戈丁根太太端走了早餐的托盘,在炉子里添了些木柴。那是一场大风雪。她说雪是半夜左右开始下的。我走到窗边望出去,看不清楚路对面。风刮得呼呼响,雪花乱舞。我回到床上,我们躺下来交谈。

"我很希望能够滑雪,"凯瑟琳说,"不能滑雪真太糟了。"

"我们找部连橇到路上走走去吧。那就像乘普通车子一般,没什么危险。"

---

① 金门是旧金山湾西通太平洋的海峡,风景极佳,当时尚未架上大桥。

"颠动得厉害吗?"

"我们等着瞧吧。"

"希望不要颠动得太厉害。"

"等一会儿我们到雪上溜溜去。"

"中饭前去吧,"凯瑟琳说,"散步可以开开胃口。"

"我总是肚子饿。"

"我也是。"

我们到外面去踏雪,但是风刮着积雪,我们没能走多远。我在前头走,打开一条路来,一直走到车站就再也走不下去了。雪花乱舞,我们看不见前面的东西,只好走进车站旁边的一家小酒店,拿把刷帚,彼此扫去身上的雪,坐在一条长凳上喝味美思。

"这是场大风雪。"女招待说。

"是的。"

"今年雪下得很晚。"

"是的。"

"我可以吃条巧克力吗?"凯瑟琳问,"也许太近午饭时间了吧?我总是肚子饿。"

"吃一条好啦。"我说。

"我要吃一条有榛子的。"凯瑟琳说。

"是很好吃的,"女招待说,"我最喜欢吃这一种。"

"我再来杯味美思。"我说。

我们出了酒店往回走,方才用脚踩出来的那条小径现在又被雪遮没了。原来踩出的脚印只有微凹的痕迹了。雪扑打着我们的脸,我们几乎什么都看不见。我们掸掉身上的雪,进屋去吃中饭。戈丁根先生端上中饭。

"明天可以滑雪,"他说,"你滑雪吗,亨利先生?"

"我不会。倒是想学学。"

"学起来很便当。我儿子回来过圣诞节,由他来教你吧。"

"好极了。他什么时候来?"

"明天夜晚。"

饭后我们坐在小房间的炉子边,望着窗外的飞雪,凯瑟琳说:"亲爱的,你不想一个人到什么地方去跑一趟,跟男人们一起滑滑雪吗?"

"不。我为什么要去?"

"我想你有时候,除了我以外,也会想见见其他人。"

"你可想见见其他人?"

"不想。"

"我也是。"

"我知道。但你是不同的。我因为怀着孩子,所以不做什么事也心安理得。我知道我现在十分笨拙,话又噜苏,你应当到外面溜达溜达去,才不至于讨厌我。"

"你要我走开吗?"

"不。我不要你走。"

"我本来就不想走。"

"上这儿来,"她说,"我要摸摸你头上那块肿块。这是个大肿块。"她用手指在上边抚摸了一下。"亲爱的,你喜欢留胡子吗?"

"你要我留吗?"

"也许很有趣。我喜欢看看留起胡子来的你。"

"好的。我就留。现在就开始。这是个好主意。可以给我点事情做做。"

"你在愁着没事做吗?"

"不。我喜欢这种生活。这是一种很好的生活。你呢?"

"我觉得这生活太可爱了。我只是怕我现在肚子大了,也许会惹你厌烦。"

"哦,凯特。你就是不晓得我爱你爱得发疯了。"

"是爱着这样子的我吗?"

"就爱着这样子的你。我生活得很好。我们岂不是过着一种很好的生活吗?"

"我过得很好,不过就怕你有时想动动。"

"不。我有时也想知道前线和朋友们的消息,但是我不操心。我现在什么都不大想。"

"你想知道谁的消息呢?"

"雷那蒂,教士,还有好些我认得的人。但是我也不大想他们。我不愿想起战争。我和它没有关系了。"

"现在你在想什么?"

"没什么。"

"你正在想。告诉我。"

"我正在想,不晓得雷那蒂有没有得梅毒。"

"只是这件事吗?"

"是的。"

"他得了梅毒吗?"

"不晓得。"

"幸喜你没有得。你得过这一类的病没有?"

"我患过淋病。"

"我不喜欢听。很痛吗,亲爱的?"

"很痛。"

"我倒希望也得。"

"不,别胡说。"

"我讲真话。我希望像你一式一样。我希望你玩过的姐儿我都玩过,我就可以拿她们来笑话你。"

"这倒是一幅好看的图画。"

"你患淋病可不是一幅好看的图画。"

"我知道。你瞧现在在下雪了。"

"我宁愿看你。亲爱的,你为什么不把头发留起来?"

"怎么个留法?"

"留得稍为长一些。"

"现在已经够长了。"

"不,还要长一些,这样我可以把我的剪短,你我就一式一样了,只是一个黄头发一个黑头发。"

"我不让你剪短。"

"这一定有趣。长头发我已经厌烦了。夜里在床上时非常讨厌。"

"我喜欢你的长头发。"

"短的你就不喜欢吗?"

"也许也喜欢。你现在这样子正好。"

"剪短也许很好。这样你我就一式一样了。哦,亲爱的,我这样地需要你,希望自己也就是你。"

"你就是我。我们是一个人。"

"我知道。夜里我们是的。"

"夜里真好。"

"我要我们的一切都混合为一体。我不要你走。我只是说说罢了。你要去,就去好了。不过要赶快回来。嘿,亲爱的,我一不和你在一起,就活得没有劲。"

"我永远不会走开的,"我说,"你不在的时候我就不行啦。我再也没有任何生活了。"

"我要你有生活。我要你有美好的生活。但是我们要一同过这生活,不是吗?"

"现在你要我不留胡子还是留胡子?"

"留。留起来。一定会叫人高兴的。也许新年时就留好了。"

"你现在想下棋玩玩吗?"

"我宁愿玩玩你。"

"不。我们还是下棋吧。"

"下了棋我们再玩。"

"是的。"

"那么好吧。"

我把棋盘拿出来,摆好棋子。外边还在落着漫天大雪。

有一次我夜里醒来,知道凯瑟琳也醒了。月亮照在窗户上,窗玻璃上的框子在床上投下黑影。

"你醒了吗? 亲爱的?"

"是的。你睡不着吗?"

"我刚刚醒来,想到我第一次见你时,人差不多疯了。你还记得吗?"

"当初你是稍微有一点疯。"

"我现在再也不是那样子了。我现在挺好。你说挺好说得真好听啊。说挺好。"

"挺好。"

"哦,你真可爱。而我现在已经不疯了。我只是非常、非常、非常的快乐幸福。"

"睡去吧。"我说。

"好的。我们同时同刻睡去。"

"好的。"

但是我们并没有同时同刻睡去。我还醒了好久,东想西想,看着凯瑟琳,月光照在她脸上。后来我也睡着了。

第三十九章

到了正月中旬,我的胡子留成了,这时冬季气候已很稳定,天天是明亮寒冷的白昼和凛冽的寒夜。我们又可以在山道上行走了。路上的积雪被运草的雪橇、装柴的雪车和从山上拖运下来的木材压挤得又结实又光滑。山野四下全给白雪遮盖,几乎一直遮盖到了蒙特勒。湖对面的高山一片雪白,罗纳河河谷的平原也给雪罩住了。我们到山的另一边去长途散步,直走到阿利亚兹温泉。凯瑟琳穿上有铁钉的靴子,披着披肩,拄着一根尾端有尖尖的钢包头的拐杖。她披着披肩,肚子看上去并不大,不过我们并不走得太快,她一疲乏,就在路边木材堆上休息休息。

阿利亚兹温泉的树丛间有家小酒店,是樵夫们歇脚喝酒的地方,我们也去坐在里边,一边烤炉子一边喝热的红葡萄酒,酒里面放有香料和柠檬。他们管这种酒叫格鲁怀因,拿这酒来取暖和庆祝取乐,那是再好也没有了。酒店里很暗,烟雾弥漫,后来一出门,冷空气猛然钻入胸腔,鼻尖冻得发麻。我们回头一望,看见酒店窗口射出来的灯光和樵夫们的马匹,那些牲口正在外边蹬脚摆头,抵御寒冷。马的口鼻部的汗毛结了霜,它们呼出的空气变成了一缕缕白气。回家上山的道路先是平整而滑溜,冰雪给马匹践踏成为橙黄色,这样一直到拖运木材的路与山道相交的地方。然后走到了盖着干干净净的白雪的山道上,穿过一些树林。傍晚回家的途上,我们两次见到了狐狸。

山居的景致很好,我们每次出去,都是尽兴而归。

"你现在胡子长得相当好看了,"凯瑟琳说,"跟樵夫们一式一样。你看到那个戴着小小的金耳环的男子没有?"

"他是个打小羚羊的猎人,"我说,"他们戴耳环,据说可以听得清楚一点。"

"真的?我不相信。依我看,戴耳环的目的只在于要人家知道他们是打羚羊的。附近有没有小羚羊?"

"有的,就在唐都贾蒙山后。"

"看到狐狸真有趣。"

"狐狸睡的时候,用尾巴缠住了身体取暖。"

"那一定是一种美好的感觉。"

"我老是想要有这么一条尾巴。我们要是有狐狸尾巴,岂不是怪有趣吗?"

"穿衣服可很困难。"

"我们定做特别的衣服,或者到一个不受拘束的国家去居住。"

"我们现在这个地方就一点也不受人家的拘束。我们什么人都不见,岂不是挺好吗?你不想见人,对吧,亲爱的?"

"不想。"

"我们就坐在这儿休息一下好吗?我有点儿累了。"

我们就互相偎依着坐在木材上。山道向前穿过森林,往下面延伸。

"她不至于叫我们隔膜的吧?那个小淘气鬼。"

"不会的。我们不让她使我们有隔膜。"

"我们的钱怎么样?"

"我们有的是。他们承兑了我最近那张见票即付的支票。"

"你现在人在瑞士,家里人知道了不会想法子找你吗?"

"也许吧。我要给他们写封信去。"

"你还没有写过吗?"

"没有。我只是开了张见票即付的支票。"

"谢天谢地,我不是你家里的人。"

"我发个电报给他们吧。"

"你跟他们完全没有感情吗?"

"本来还好,不过吵架吵得多,感情就淡薄了。"

"我想我会欢喜他们的。我大概会非常喜欢他们的。"

"别谈他们吧,一谈起来我就会操心啦。"过了一会我说,"我们走吧,要是你休息好了的话。"

"我休息好了。"

我们又在山道上走。现在天黑了,靴底下的雪吱吱作响。夜里又干又冷,非常清朗。

"我爱你的胡子,"凯瑟琳说,"这是个大成功。看起来又硬又凶狠,其实很软,非常好玩。"

"你更喜欢留胡子的我？"

"大概是吧。你知道,亲爱的,我要等到小凯瑟琳出生后再去剪发。我现在肚子太大,太像太太奶奶了。等她出生后,我人又瘦下来,我就去剪发,那时我会成为你的一个新奇而不同的女郎。我剪发时我们一起去,不,还是我独自个儿去,回来让你惊奇一下。"

我没说什么。

"你不会说我不可以剪发的吧？"

"不会的。一定很叫人兴奋。"

"哦,你太可爱了。到了那时,也许我又长得好看,亲爱的,又纤瘦又讨人欢喜,弄得你重新爱上了我。"

"该死,"我说,"我现在爱你已很够了,你要把我怎么样？毁坏我？"

"是的。我是要毁坏你。"

"好,"我说,"我要的正是这个。"

第四十章

我们度着幸福的日子。我们度过了正月和二月,那年冬天天气非常好,我们生活得非常美满。偶尔有暖风吹来,短期间冰雪融解,空气中颇有春意,但是晴朗凛冽的寒风常常再度袭来,又是冬天季节了。到了三月,冬天的季节首次发生变化。夜里落起雨来。第二天上午还是下个不停,使雪化成了雪水,搞得山坡景色黯然无趣。湖上和河谷上都罩着云。高山上在下雨。凯瑟琳穿着笨重的大套鞋,我穿上戈丁根先生的长筒雨靴,两人同撑一把雨伞,越过那些把路上冰块冲洗得干干净净的雪水和流水,往车站走去,找家小酒店歇歇脚,喝一杯午饭前的味美思。我们听得见店外边的雨声。

"依你看,我们要不要搬进城?"

"你觉得怎么样?"凯瑟琳问。

"倘若冬天过了,雨季开始,山上生活就未免单调乏味。小凯瑟琳还有多少时间出生?"

"还有一个月吧。也许更长一些。"

"我们不如搬下山住在蒙特勒。"

"为什么不索性上洛桑①去?医院就在那儿啊。"

"好的。不过我想那城市也许太大一点。"

"我们在大城市仍旧可以过我们独自的生活,况且洛桑可能是个好地方。"

"我们什么时候去呢?"

"我无所谓。你哪天要去都行。倘若你不想离开这里,我也不离开。"

"我们看天气再说吧。"

雨连下了三天。车站下边的山坡上,现在雪都融化了。山道成为一股子泥泞的雪浆。外边太湿,雪水泛滥,不好出去。下雨的第三天早上,我们决定下山搬进城去。

---

① 洛桑是瑞士的重要大城市,在蒙特勒西北部,日内瓦湖北岸。它历史悠久,15世纪就建有学院,于19世纪末改为大学,有医学院。

"这没有关系,亨利先生,"戈丁根说,"你用不着先通知我。现在坏天气开始了,我早就在想,你们不会待下去的。"

"因为夫人的关系,我们反正总得住在靠近医院的地方。"我说。

"我明白,"他说,"将来孩子生了下来,你们会回来住住吧?"

"好的,只要你们还有空房间的话。"

"春天天气好,你们再来住住,享受一下这里的春景。小家伙和保姆可以安置在那个现在关着的大房间里,先生和夫人可以照旧住在临湖的老房间里。"

"我来前会先写信的。"我说。我们收拾好了行李,赶午饭后那班车子进城。戈丁根夫妇上车站来送行,戈丁根先生还用一部雪橇,穿过雪水给我们运行李。他们俩站在车站边,在雨中向我们挥手告别。

"他们俩很和气。"凯瑟琳说。

"他们待我们真好。"

我们从蒙特勒搭火车到洛桑。从车窗望望我们住过的地方,但是山都给云遮住了。火车在韦维停了一停又朝前开,一边是湖,另一边是淋湿的褐色田野、光秃秃的树林和湿淋淋的房屋。我们到了洛桑,拣了一家中型旅馆。我们的马车在街上走时,天还在下雨,车子一直赶进旅馆停马车处的入口。门房衣襟上挂有一串铜钥匙,屋子里有电梯,地板上铺着地毯,还有白色盥洗盆配有一些亮晶晶的水龙头,铜床和舒舒服服的大卧房,这一切比起山居的简陋简直是富丽堂皇的了。房间的窗户朝着一个淋湿的花园,花园里有围墙,墙顶上装有铁栅。街道的坡度很陡,对街另有一家旅馆,也有同样的围墙和花园。我望着雨落在花园里的喷水池上。

凯瑟琳开了所有的电灯,开始打开行李。我叫了一杯威士忌苏打,躺在床上看车站上买来的报纸。那时是一九一八年三月,德军在法国的总攻击已经开始了①。我边喝威士忌苏打边读报,凯瑟琳收拾着打开的行李,在房里走来走去。

---

① 指德军于3月21日发动的总攻击,旨在分裂英法联军,各个击破,结果英军被逼撤退25英里。

"你知道我有些东西得准备起来了,亲爱的。"她说。

"什么?"

"婴孩的衣服。到我这时期还不预备的人是很少的。"

"去买好了。"

"我知道。我明天就去买。我得打听该备些什么。"

"你应当知道。你是个护士啊。"

"但是医院里可很少有士兵生小孩的。"

"我倒是要生。"

她扔枕头打我,把威士忌苏打打泼了。

"我再给你叫一杯,"她说,"打泼了,对不起。"

"本来快喝完了。上床来吧。"

"不。我得把这房间整理得像个样子。"

"像什么样子?"

"像我们的家。"

"索性连协约国①的旗子都挂起来吧。"

"哦,闭嘴。"

"再讲一遍。"

"闭嘴。"

"你讲得那么小心,"我说,"好像怕得罪人似的。"

"我是不想得罪人。"

"那么上床来吧。"

"好吧,"她走过来坐在床上,"我知道我现在没味道了,亲爱的。我就像个大面粉桶。"

"不,你不是的。你又美又甜。"

"我只是你讨来的黄脸老婆。"

"不,你不是的。你越来越美丽了。"

---

① 协约国指第一次世界大战爆发时与德奥土保四国对抗的英法俄,后来也包括意大利、美国等。

"不过我还会瘦下去的,亲爱的。"

"你现在就是瘦的。"

"你喝醉了。"

"只喝了一杯威士忌苏打。"

"还有一杯快来啦,"她说,"然后我们就吩咐把饭送上来吃好吗?"

"好的。"

"那么我们就不出去了,行吗?今天夜里我们就待在这里。"

"还要玩。"我说。

"我要喝点酒,"凯瑟琳说,"这不会伤我的。也许我们可以要一点我们喝惯的卡普里白葡萄酒。"

"可以要到的,"我说,"这样规模的旅馆,一定备有意大利酒。"

茶房敲敲门。他端着一只盘子进来,上面放着一杯放有冰块的威士忌,旁边还有一小瓶苏打水。

"谢谢,"我说,"放在那儿吧。请开两客饭上来,再拿两瓶不带甜味的卡普里白葡萄酒,用冰冰好。"

"要不要第一道先来个汤?"

"你要汤吗,凯特?"

"要的。"

"拿一客汤来。"

"谢谢,先生。"他出去把门带上了。我回头看报,看报上的战事消息,把苏打水从冰块上慢慢地倒进威士忌里。我本该吩咐他们别把冰块放在酒里。冰要另外放。只有这样你才能知道威士忌有多少,免得苏打水冲下去,忽然发觉冲得太淡了。我要叫他们拿整瓶的威士忌来,冰和苏打水另外放。这办法最妥当。好的威士忌喝起来非常痛快。是人生快事之一。

"你在想什么,亲爱的?"

"想威士忌。"

"威士忌怎么啦?"

"想它多么好。"

凯瑟琳做了个鬼脸。"好吧。"她说。

我们在这家旅馆住了三星期。过得还算不错；餐厅里通常没什么人，我们夜饭多半在房间里吃。我们在城里溜达，乘齿轮车到欧契①在湖边走走。天气相当暖和了，竟像春天一样。我们懊恼没在山上住下去，但是春季的气候只有几天，残冬的苦寒忽然又来到了。

凯瑟琳上城里买了孩子应用的东西。我跑到拱廊商场一家体育馆去练拳击。我通常是早上去的，那时凯瑟琳还躺在床上，很晚才起来。假春天那几天很不错，打拳后冲一个淋浴，在街上走时闻得到春天的气息，上家咖啡店歇歇脚，坐下看看人，读读报，喝一杯味美思；然后回旅馆和凯瑟琳一同吃中饭。拳击体育馆那位教练留着小髭，拳法谨严，动作急促，但如果你果真回他几拳，他可就整个垮下来了。不过那地方倒很愉快。空气光线都好；我相当下苦功，跳绳，对着假想对手练拳，躺在地板上，在从敞开的窗外射进的一摊阳光里做腹部运动；和教练对打的时候偶尔吓吓他。起初对着一面窄窄的长镜子练习打拳，我好不习惯，因为看着一个留胡子的人在打拳，太不像个样子。到了后来，只当它好玩就是了。我开始练拳的时候，本想剃掉胡子的，但是凯瑟琳不答应。

有时凯瑟琳和我乘马车到郊外去兜风。在天气晴朗的日子，驱车郊游很是有趣，我们还找到了两个可以吃饭的好地方。现在凯瑟琳不能走得很远了，我也乐于陪她赶车子在乡间道路上跑跑。碰到天气好，我们总是尽兴而归，从来不觉得沉闷。我们知道孩子快要出生，两人都觉得有件什么事在催促我们尽情作乐，不要浪费我们在一起的任何时间。

---

① 欧契是洛桑城南的一个村子，在日内瓦湖湖滨，所谓齿轮车其实就是用铁索升降的缆车。

第四十一章

有一天早晨,我三点钟左右醒来,听见凯瑟琳在床上翻来覆去。

"你好吗,凯特?"

"有点痛,亲爱的。"

"是不是有规则的阵痛?"

"不,不太有规则。"

"要是有规则的话,我们上医院去。"

当时我很困,就又睡着了。过了一会儿,我又醒过来。

"你最好还是打电话给医生吧,"凯瑟琳说,"我想这次也许是真的了。"

我打电话找医生。"每次疼痛相隔多少时间?"医生问。

"多少时间痛一次,凯特?"

"大概是一刻钟一次吧。"

"那么应当上医院去了,"医生说,"我穿上衣服,马上就去。"

我挂断了,另打个电话给车站附近的汽车行,叫一部出租汽车。好久没人来接电话。最后,总算有个人答应即刻开部车子来。凯瑟琳正在穿衣服。她的拎包已经收拾好,里边放着她住院的用品和婴孩的东西。我到外边走廊上去按电铃喊电梯。没有回音。我走下楼去。楼下一个人都没有,只有一个夜班警卫员。我只好自己开电梯上去,把凯瑟琳的拎包放进去,她走进电梯,我们便朝下开。警卫给我们开了门,我们走出去,坐在通车道的台阶旁的石板上,等汽车来。夜空无云,满天星星。凯瑟琳很兴奋。

"我真高兴,这可开始了,"她说,"过一会儿,一切就会过去的。"

"你是个勇敢的好姑娘。"

"我不害怕。不过我倒希望汽车早一点来。"

我们听见车子在街上开来,看见车前灯的灯光。车子转入车道,我扶凯瑟琳上了车,司机把拎包放在前面的座位上。

"往医院开。"我说。

我们出了车道,开始上山。

到了医院，我们走进去，我提着拎包。有个女人坐在一张桌子边，她在一本簿子上写下凯瑟琳的姓名、年龄、地址、亲属、宗教信仰等等。她说她没有宗教信仰，那女人就在那个词后边的空白处打了一条杠子。她报的姓名是凯瑟琳·亨利。

"我带你到你的房间去。"她说。我们乘电梯上去。那女人停了电梯，领着我们走下一条走廊。凯瑟琳紧紧地抓住我的胳臂。

"就是这房间，"那女人说，"请你脱衣服上床吧？这里有件睡衣给你换。"

"我有睡衣。"凯瑟琳说。

"你还是穿这一件吧。"那女人说。

我走出去，坐在走廊上一张椅子上。

"你现在可以进来了。"那女人站在门口说。凯瑟琳躺在一张窄床上，穿着一件方领的朴素的睡衣，看上去好像是粗布被单改成的。她对我笑笑。

"我现在在好好地疼痛了。"她说。那女人抓着她的手腕，看着表计算阵痛的时间。

"刚才痛得好厉害。"凯瑟琳说。从她脸上我看得出疼痛的程度。

"医生呢？"我问那女人。

"他正躺着睡觉。用得着他时他就会来的。"

"我现在得给夫人做件事，"护士说，"请你再出去一趟好不好？"

我到走廊上去。廊上空无一物，有两个窗户，长廊上所有的门都关闭着。这儿有医院的气味。我坐在椅子上，眼睛望着地板，为凯瑟琳祷告。

"你可以进来了。"护士说。我就进去。

"哈啰，亲爱的。"凯瑟琳说。

"怎么样？"

"现在来得相当勤了。"她的脸扭成一团。过后她笑笑。

"方才真痛得厉害。护士，你能不能再把你的手放在我背上？"

"只要对你有帮助。"护士说。

"你去吧，亲爱的，"凯瑟琳说，"到外边去吃点什么吧。护士说我还要拖好久哩。"

"初次分娩通常是拖得很长的。"护士说。

"请出去吃点东西吧,"凯瑟琳说,"我真的很好。"

"我再待一会儿。"

产痛相当经常了,接着缓解了。凯瑟琳很兴奋。痛得厉害的时候,她说痛得好。痛一减轻她就觉得失望,怪不好意思的。

"出去吧,亲爱的,"她说,"你在这儿,反而叫我不自在。"她的脸扭曲起来。"来了。这次好一点。我很想做个好妻子,好端端地生下这孩子。请你出去吃些早点,亲爱的,然后回来。我没你也行。这位护士待我很好。"

"你有很充分的时间吃早点。"护士说。

"那我就走吧。再会,亲爱的。"

"再会,"凯瑟琳说,"同时也替我吃一顿好好的早点。"

"这儿什么地方可以吃早点?"我问护士。

"顺着街走下去,广场上有家咖啡店,"她说,"现在总该开门了吧。"

外边天在亮了。我顺着空空的街道走到咖啡店。店窗上有灯光。我走进去,站在白铁的酒吧前,有个老头儿给了我一杯白葡萄酒和一只奶油蛋卷。蛋卷是昨天剩下来的。我拿它泡在酒里吃,过后又喝了一杯咖啡。

"你这么早做什么?"老头儿问。

"我妻子在医院里生孩子。"

"原来这样。祝你运气好。"

"再给我一杯酒。"

他拿起酒瓶来倒,溢出了一些酒,淌到白铁面上去了。我喝完这杯酒,付了账,跨出店去。沿街家家门口摆着个垃圾桶,等着倒垃圾的来。有一条狗正冲着一只垃圾桶在嗅。

"你要找什么?"我问,看看垃圾桶里有什么东西可以拉出来给它吃;垃圾桶的上面只有些咖啡渣、尘埃和几朵凋谢了的花朵。

"什么都没有啊,狗。"我说。狗走过街去了。到了医院,我由楼梯走到凯瑟琳躺着的那一层,顺着长廊走到她的房门口。我敲敲门。没有回音。我推开门;房间里空无一人,只有凯瑟琳的拎包还搁在一张椅子上,她的睡衣挂在墙上的一只钩子上。我走出房去,顺着走廊找人。我找到了一名护士。

"亨利太太在哪儿?"

"有位夫人刚进接生间去。"

"接生间在什么地方？"

"我指给你看。"

她领我走到走廊的尽头。那房间的门半开着。我看见凯瑟琳在一张台子上，盖着一条被单。护士站在台子的一边，另一边站着医生，医生的旁边有些圆筒。医生手里拿着一个一头通一根管子的橡皮面罩。

"我给你件白大褂，你可以进去，"护士说，"请上这儿来。"

她给我披上一件白大褂，在脖子后边用只别针扣住。

"你现在可以进去了。"她说。我走进去。

"哈啰，亲爱的，"凯瑟琳用一种勉强的声调说，"我没有什么进展。"

"你就是亨利先生吗？"医生问。

"是的。情况怎么样，医生？"

"情况很好，"医生说，"我们上这儿来，为了上麻醉药，减轻产痛，比较方便。"

"我现在要了。"凯瑟琳说。医生把橡皮面罩往她脸上一罩，转动一只刻度盘上的指针，我看着凯瑟琳在急促地深呼吸。她随即把面罩推开。医生关掉小龙头。

"这次并不痛得厉害。方才有一次痛得很厉害。医生使我完全失去了知觉，可不是吗，医生？"她的声调很怪。说到"医生"这两字时调门特别高。

医生笑笑。

"我又要了。"凯瑟琳说。她抓住橡皮面罩紧紧地按在脸上，急促地呼吸着。我听见她微微呻吟着。接着，她把面罩推开，微笑起来。

"这次可痛得厉害，"她说，"这次痛得真厉害。你别担心，亲爱的，你去吧。去再吃一顿早饭。"

"我要待在这里。"我说。

我们上医院是早上三时左右。到了中午，凯瑟琳还在接生间里。产痛又消退了。看她样子非常疲乏，但是情绪还是好的。

"我一点也不中用，亲爱的，"她说，"很对不起。我本以为很便当的。现在——又来了——"她伸手抓住面罩，捂在脸上。医生转动刻度盘，注视着她。

过一会儿,疼痛过去了。

"这次不算什么,"凯瑟琳说,她笑笑,"我太痴爱麻药了。它真奇妙。"

"将来我们家里也装它一个吧。"我说。

"又来了。"凯瑟琳急促地说。医生转动刻度盘,看着他的表。

"现在每次相隔多久?"

"一分钟左右。"

"你要吃中饭吧?"

"我等一会就去吃。"他说。

"你得吃点东西,医生,"凯瑟琳说,"真对不起,我拖得这么久。可不可以叫我丈夫给我上麻药。"

"如果你愿意的话,"医生说,"你拨到二字上。"

"我明白。"我说。刻度盘上有个指针,可以用个把手转动。

"我现在要了,"凯瑟琳说。她抓住面罩,紧紧罩在脸上。我把指针拨到二字上,等凯瑟琳一放下面罩,我就关掉。医生让我做点事真好。

"是你输放的吗,亲爱的?"凯瑟琳问。她抚摸我的手腕。

"当然。"

"你多么可爱。"她吸了麻药,有点醉了。

"我上隔壁房间端个托盘吃东西,"医生说,"你可以随时喊我。"时间就这么过去了,我看着医生吃饭,过了一会儿,看见他躺下来抽根烟。凯瑟琳已经非常疲乏了。

"你看这孩子可生得出来吗?"她问。

"当然生得出来的。"

"我拼命想生。我把孩子往下挤,但是它溜开了。又来了。给我上麻药啊。"

午后二时,我出去吃中饭。咖啡店里有几个人坐着喝咖啡,桌上还放着一杯杯樱桃白兰地或者苹果白兰地。我拣了一张桌子坐下。"有东西吃吗?"我问侍者。

"午饭时间过了。"

"你们没有什么常备的菜吗?"

"你可以吃酸泡菜。"

"就拿酸泡菜和啤酒来好了。"

"小杯还是大杯?"

"一小杯淡的。"

侍者端来一盘酸泡菜,上边放有一片火腿,另有一根腊肠埋在这烫热的酒浸的卷心菜里。我边吃菜边喝啤酒。我肚子很饿。我看看咖啡店里的人。有张桌边有人在打牌。我旁边那张桌子有两个男人在抽烟谈话。咖啡店里烟雾腾腾。我吃早饭的那个白铁面的酒吧的后面,现在有三个人了:那老头儿,一个穿黑衣服的胖女人,坐在一个柜台后边计算客人的酒菜点心,还有一个围着一条围裙的孩子。我不晓得那女人生过多少孩子,生的时候又怎么样。

吃完了酸泡菜,我回医院去。现在街上已经打扫干净了。放在门口的垃圾桶都拿掉了。天阴多云,但是太阳还是想冲出来。我乘电梯上楼,跨出电梯,顺着走廊往凯瑟琳的房间走,因为我的白大褂放在那里。我穿上大褂,在脖子后边扣好。我照照镜子,觉得自己很像一个留胡子的冒牌医生。我顺着走廊往接生间走。接生间的门关着,我敲敲。没有回音,我便转动门把手走进去。医生坐在凯瑟琳的旁边。护士在房间的尽头做些什么。

"你先生回来了。"医生说。

"哦,亲爱的,我有个最奇妙的医生,"凯瑟琳用一种很怪的声音说,"他讲给我听最奇妙的故事,当我痛得太难过时,他便叫我完全失去知觉。他好极了。你好极了,医生。"

"你醉了。"我说。

"我知道,"凯瑟琳说,"但是你用不着说出来。"过后又是"快给我,快给我"。她抓住面罩,喘吁吁地吸气,又短促又深入,弄得面罩答答响。接着她一声长叹,医生伸出左手拿走面罩。

"这次可真痛得厉害,"凯瑟琳说,她的声音非常怪,"我现在不会死了,亲爱的,我已经过了死的关口。你不高兴吗?"

"你可别再往那儿闯。"

"我不会的。但我已经不怕它了。我不会死的,亲爱的。"

"你当然不会做这种傻事情,"医生说,"你不会丢下你的先生就走的。"

"哦,对。我不愿死。我不会死。死太傻了。又来了。快给我。"过了一会儿,医生说:"亨利先生,你出去一会儿,我要检查一下。"

"他要看看我究竟怎么样,"凯瑟琳说,"你等一会儿回来,亲爱的,可以吗,医生?"

"可以,"医生说,"他可以回来的时候我就叫人请他进来。"

我走出门,顺着走廊走到凯瑟琳产后要待的房间。我坐在一把椅子上,看看房间四下。我上衣口袋里有份报,是我出去吃中饭时买来的,现在就拿出来翻看。外边天开始黑下来。我开了电灯看报。过了一会儿,我不看了,便熄了灯,看着外边黑下来。不晓得为什么医生不叫人来喊我。也许我不在场好一点吧。他也许要我走开一会儿。我看看表。十分钟内他再不来喊我,我自己看看去。

可怜又可怜的好凯特啊。这就是你同人家睡觉的代价。这就是陷阱的尽头。这就是人们彼此相爱的结果。谢谢上帝,总算有麻药。在有麻药之前,不晓得还该怎么苦。产痛一开始,女人就投入了运转水车的流水中。凯瑟琳怀孕的时期倒很顺利。没什么不好过的。简直很少呕吐。她到了最后才感到十分不舒服。到末了她还是逃不了惩罚。世界上没有什么侥幸的事。绝对没有!我们就是结婚五十次,结果还会是一样。倘若她死去怎么办?她不会死的。现在女人分娩不会死的。所有的丈夫都是这样想的。是的,可倘若她死去呢?她不会死的。她只是难受一阵子罢了。生头胎通常是拖得很久的。她不过是难受一阵子罢了。事后我们谈起来,说当时多么苦,凯瑟琳就会说并不真的那么苦。但是倘若她死去呢?她不能死。是的,不过倘若她死去呢?她不能死,我告诉你。不要傻里傻气。只是受一阵子罪罢了。只是"自然"在使她活受罪罢了。只是因为是头胎,生头胎差不多总是拖得很久的。是的,不过倘若她死去呢?她不能死。她为什么要死?她有什么理由要死?只是一个孩子要生出来,那是米兰夜夜欢娱的副产品。孩子引起麻烦,生了下来,然后你抚养他,说不定还会喜欢他。但是倘若她死去呢?她不会死的。但是倘若她死去呢?她不会死的。她没事。但是倘若她死去呢?她不能死。但是倘若她死去呢?嗨,那怎么办呢?倘若她死去呢?

医生走进房来。

"有什么进展,医生?"

"没有进展。"他说。

"你这话什么意思?"

"就是这个意思。我检查过了——"他把检查的结果详尽地讲给我听,"从那时候起我就等着看。但是没有进展。"

"你看应当怎么办?"

"有两个办法。一种是用产钳,但是会撕裂皮肉,相当危险,况且对婴孩可能不利,还有一种就是剖腹手术。"

"剖腹手术有什么危险?"倘若她死去呢!

"危险性并不比普通的分娩大一点。"

"你亲自动手术吗?"

"是的。我大约要用一小时作准备,请几个人来帮忙。或许不到一小时。"

"你的意思怎么样?"

"我主张剖腹手术。要是这是我自己的妻子,我也采用这种手术。"

"手术后会有什么后遗症吗?"

"没有。只有开刀的刀疤。"

"会不会有感染?"

"危险性不比用产钳那么大。"

"倘若不动任何手术呢?"

"到末了还是得想个办法。亨利夫人的精力已经大大消耗了。越趁早动手术就越安全。"

"那么趁早动手术吧。"我说。

"我去吩咐作准备。"

我走进接生间。护士陪着凯瑟琳。凯瑟琳正躺在台子上,被单下肚子高突出来,人很苍白疲惫。

"你告诉他可以动手术吧?"她问。

"是的。"

"这多好啊。这样一小时内就全能解决了。我快垮了,亲爱的。我不行了。请给我那个。不灵了。唉,不灵了!"

"深呼吸。"

"我是在深呼吸。唉,再也不灵了。不灵了!"

"再拿一筒来。"我对护士说。

"这筒就是新的。"

"我真是傻瓜啊,亲爱的,"凯瑟琳说,"但是那东西再也不灵了。"她哭起来。"哦,我多么渴望生下这个孩子,不要招麻烦,现在我可完了,完全垮了,而它不灵了。哦,亲爱的,它完全不灵了。我只要止痛,死也不顾了。哦,亲爱的,请止住我的痛。又来了。哦哦哦!"她在面罩下呜呜咽咽地呼吸着。"不灵了。不灵了。不灵了。你不要在意,亲爱的。请你别哭。不要在意。我不过是完全垮了。你这可怜的宝贝。我多么爱你,我要努力。这次我要熬一下。他们不可以再给我点什么吗?但愿他们再给我个什么。"

"我一定使它灵。我把它全开到头。"

"现在给我吧。"

我把指针转到了头,她用力作深呼吸,抓在面罩上的那只手放松下来。我关掉麻药,拎起面罩。她慢慢苏醒过来,好像从遥远的地方回转来似的。

"这好极了,亲爱的。哦,你待我太好了。"

"你勇敢一点,因为我不能老是这么做。这会要你命的。"

"我再也不是勇敢的了,亲爱的。我全垮了。人家已经把我打垮了。这我现在知道了。"

"人人都是这样的。"

"但是这太可怕了。疼痛来个不停,直到使你垮掉为止。"

"一小时内就都解决了。"

"这岂不是太好吗?亲爱的,我不会死吧?"

"不会。我包管你不会。"

"因为我不想丢下你死去,只是我给弄得累死了,而且我觉得就要死了。"

"瞎说。人人都有这种感觉的。"

"有时候我知道我就要死了。"

"你不会的。你不可以。"

"但是倘若我死呢?"

"我不让你死。"

"赶快给我。给我!"

过后她又说:"我不会死的。我不愿让自己死去。"

"你当然不会的。"

"你陪着我吧?"

"我不看手术。"

"我的意思是你别走开。"

"当然。我始终不会走开的。"

"你待我真好。又来了,给我。多给我一些。它不灵了!"我把指针拨到三字,然后拨到四字。我希望医生早点回来。拨过了二字,我心里就慌张。

终于另一位医师来了,带来了两名护士,把凯瑟琳抬上一个有车轮的担架,我们就顺着走廊上走去。担架迅速地在走廊上前进,被推进一部电梯,人人都得紧贴着墙,才能容纳这担架;电梯往上开,接着打开一道门,出了电梯,这橡皮车轮的担架顺着走廊往手术间。医生戴上了帽子和口罩,我几乎认不得了。此外还有一位医生和一些护士。

"他们得给我一点什么,"凯瑟琳说,"他们得给我一点什么。哦,医生,求求你,多给我一点,叫它有效!"

有一位医生拿个面罩罩住她的脸,我从门口望进去,看见手术间附有梯形座位的小看台,灯光明亮。

"你可以从那道门进去,坐在上边看。"一名护士对我说。手术间的上边摆着几条长凳,用栏杆隔开。俯瞰着白色的手术台和那些灯。我望望凯瑟琳。面罩罩在她脸上,现在她很安静。他们把担架往前推。我转身走上走廊。有两名护士正往看台的入口处匆匆赶来。

"是剖腹手术啊,"一个说,"他们要做剖腹手术了。"

另外一个笑起来。"我们刚刚赶上。岂不是好运道?"她们走进通看台的门去。

又一名护士走进来了。她也在匆匆赶来。

"你直接进去吧。进去吧。"她说。

"我待在外边。"

她赶紧进去了。我在走廊上踱来踱去。我怕进去。我望望窗外。天已黑了,但是借着窗内的灯光,我看得出外面在下雨。我走进走廊尽头的一个房间,看看一只玻璃柜里那些瓶子上的签条。接着我又走出来,站在没有人的走廊上,望着手术间的门。

一位医生出来了,后面跟着一名护士。医生双手捧着一件什么东西,好像是只刚刚剥了皮的兔子,跨过走廊,走进另外一道门。我走到他刚走进去的门前,发现他们正在房间里对付一个新生的婴孩。医生提起孩子来给我看。他一手提着孩子的脚后跟,一手拍他。

"他没事吧?"

"他好极啦。该有五公斤重。"

我对他没有感情。他跟我好像没有什么关系似的。我没有当父亲的感觉。

"这儿子你不觉得骄傲吗?"护士问。他们在洗他,用什么东西包着他。我看见那张小黑脸和一只小黑手,但是没见到他动或听到他哭。医生又在给孩子做些什么。看医生样子有点不安。

"不,"我回答,"他差一点儿要了他妈的命。"

"那可不是这小宝贝的错。你不是要个男孩吗?"

"不要。"我说。医生正在忙着对付他。他倒提起他的双脚,拍打他。我并不等着看结局。我走到走廊上。现在我可以进去看看了。我进了通看台的门,从看台上朝下走了几步。护士们坐在底下栏杆边,招手叫我下去。我摇摇头。我那地方也看得够清楚的了。

我以为凯瑟琳已经死了。她那样子像个死人。她的脸孔,就我看得到的那部分而言,是灰色的。在下面的灯光下,医生正在缝合那道又大又长、被钳子扩张的、边沿厚厚的切口。另有一位医生,罩着面罩,在上麻药。两名戴面罩的护士在传递用具。这简直像张"宗教裁判"①的图画。我现在看着,知道我刚才能把全部手术都看到,不过还是没看的好。人家起初怎么动刀,我想我

---

① 宗教裁判是欧洲中世纪的一种残酷的审判,用苦刑逼口供,惨无人道。封建势力利用它来镇压人民。

是看不下去的,但是我现在看着他们把那切口缝合成一条高高隆起的线,手法迅速熟练,好像鞋匠在上线,看得我心里高兴。切口缝好后,我又回到外面走廊上去踱来踱去,过了一会儿,医生出来了。

"她人怎么样?"

"她没事。你看了没有?"

他神情疲惫。

"我看你缝好的。切开的口子看来很长。"

"你这么想吗?"

"是的。疤痕会不会平下来?"

"哦,会的。"

过了一会儿,他们把有轮的担架推出来,迅速推下走廊,进了电梯。我也跟了进去。凯瑟琳在哼叫。到了楼下,她们把她放在她那房间的床上。我坐在床脚边一把椅子上。房间里有名护士。我站起来站在床边。房间里很暗。凯瑟琳伸出手来。"哈啰,亲爱的。"她说。她的声音细弱疲乏。

"哈啰,亲爱的。"

"婴孩是男是女?"

"嘘——别讲话。"护士说。

"是个男孩。又长又宽又黑。"

"他没事吧?"

"没事,"我说,"他很好。"

我看见护士奇怪地望着我。

"我非常疲乏,"凯瑟琳说,"而且方才痛得要命。你好吧,亲爱的?"

"我很好。别讲话了。"

"你待我真好。哦,亲爱的,我方才可痛极了。他长得怎么样?"

"像只剥了皮的兔子,蹙起脸来的老头儿。"

"你得出去了,"护士说,"亨利夫人不应当讲话。"

"我在外边等吧。"我说。

"出去搞点东西吃。"

"不。我就在外边等。"我吻吻凯瑟琳。她人很灰白,很衰弱,很疲乏。

"我可以同你讲句话吗?"我对护士说。她陪我到外边走廊上。我朝走廊另一端走了几步。

"婴孩怎么啦?"我问。

"难道你不知道?"

"不知道。"

"他没活下来。"

"他死了吗?"

"他们没法子叫他开始呼吸。大概是脐带缠住了脖子还不知怎么的。"

"原来他死啦。"

"是的。说来太可惜了。这么大的一个好孩子。我本以为你知道了。"

"我不知道,"我说,"你还是回去陪夫人吧。"

我找张椅子坐下,椅前有张桌子,护士们的报告用大夹子夹好挂在桌子的一边。我望望窗外。什么也看不见,只有一片黑暗,只见到窗内射出的灯光中的雨丝。原来是这么一个结局。孩子死了。所以医生的样子非常疲倦。但是在那房间里,医生和护士又何必那么对付那婴孩呢?他们大概以为孩子会醒过来,开始呼吸。我没有宗教信仰,但是我知道那孩子应当受洗礼。但是倘若他根本从未呼吸过呢?他没有呼吸过。他根本没有活过。只有在凯瑟琳肚子里才是活的。我时常感觉到他在里边踢着。最近一星期来可没感觉到他在动。可能早闷死了。可怜的小孩子。我真希望自己也这样早闷死算了。不,我没有这么希望过。不过,早闷死了倒也爽快,免得现在要经历这长期的死的折磨。现在凯瑟琳要死了。这是你造成的。你死啦。你不知道这是怎么回事。你连学习的时间也没有。他们把你扔进棒球场去,告诉你一些规则,人家趁你一不在垒上就抓住你,即刻杀死你①。或者无缘无故地杀死你,就像艾莫死去那样。或者使你患上梅毒,像雷那蒂那样。但是到末了总归会杀死你的。这一点是绝对靠得住的。你等着吧,他们迟早也会杀死你的。

我有一次野营,加一根木柴在火上,这木柴上爬满了蚂蚁。木柴一烧起

---

① 作者借棒球戏来象征人生的残酷,也就是资本主义社会的残酷。棒球戏中一个基本活动是偷垒,如偷不成就被逼出局。

来,蚂蚁成群地拥向前,起先往中央着火的地方爬,随即掉头向木柴的尾端爬。蚂蚁在木柴尾端聚集得够多了,就掉到火里去。有几只逃了出来,身体烧得又焦又扁,不晓得该爬到什么地方去。但是大多数还是朝火里跑,接着又往尾端爬去,挤在那还没着火的尾端上,到末了还是全部跌在火中。我记得当时曾想,这就是世界的末日,我大有机会做个救世主,从火中抽出木柴,丢到一个蚂蚁可以爬到地面上的地方。但是我并没有做什么,只是把白铁杯子里的水倒在木柴上,因为那杯子我要拿来盛威士忌。然后再掺水在内。那杯水浇在燃烧的木柴上无非使蚂蚁蒸死吧。

我就是这么坐在走廊上,等待听凯瑟琳的消息。护士并没有出来,所以过了一会儿我便走到门边去,悄悄地开了门,探进头去。起初我什么也看不见,因为走廊上灯光明亮,房间里一片黑暗。随后我看清护士坐在床边,凯瑟琳的头靠在枕头上,她那被单下的身体全部平平的。护士把手指放在嘴唇上,然后站起身走到门边来。

"她怎么样?"我问。

"她没事,"护士回答,"你该去吃晚饭,饭后你要来再来吧。"

我走下长廊,下了楼梯,出了医院的门,走上雨中的黑暗街头,找那咖啡店。咖啡店里灯光明亮,一张张桌子边有很多客人。我看不见可以坐的地方,一名侍者走过来,接过淋湿的外衣和帽子,给我在一个老头儿的对座找到了一个位子。老头儿正在喝啤酒,看晚报。我坐下了,问侍者今天晚上的客菜是什么。

"红烧小牛肉——可是卖光了。"

"有什么东西可以吃呢?"

"火腿蛋,干酪鸡蛋,或者酸泡菜。"

"我中午已经吃过酸泡菜了。"我说。

"对啦,"他说,"对啦。中午你吃了酸泡菜。"他是个中年人,头顶上秃了,旁边有些头发遮在上面。他的脸很和气。

"你吃什么呢?火腿蛋还是干酪鸡蛋?"

"火腿蛋吧,"我说,"还有啤酒。"

"一小杯淡的?"

"是的。"我说。

"我记得你中午也喝了一杯淡的。"他说。

我吃火腿蛋,喝啤酒。火腿蛋盛在一个圆盘子里——火腿在下,鸡蛋在上。菜很烫,我吃了一口,赶紧喝些啤酒,凉凉嘴巴。我肚子饿,叫侍者再端一客来。我喝了好几杯啤酒。我什么都不想,只是看对座客人的报。报上说英军阵地给突破了。那人一发觉我在读他那份报纸的反面,就把报纸折了起来。我本想叫侍者去拿份报纸,可是思想不能集中。咖啡店里很热,空气浑浊。桌子边的客人,大多彼此认识。有几桌在打纸牌。侍者忙着从酒吧那边端酒到桌上来。两个客人走进来,找不到位子坐。他们就站在我那张桌子的对面。我又叫了一杯啤酒。我还不想走哩。回医院太早。我努力什么都不想,保持十分镇静。那两个人站了一会儿,看不见有人要走,只好走了出去。我又喝了一杯啤酒。我的面前已经堆积了不少碟子。我对座那人脱下眼镜,把它放进眼镜盒子,然后把报纸折好,放进口袋,现在双手捧着酒杯,望着店里的人们。忽然间我知道我得回去了。我叫侍者来付了账,穿上外衣,戴上帽子,就往门外走。我在雨中赶回医院。

到了楼上,我碰见护士正在走廊上走过来。

"我刚打电话到旅馆去找你。"她说。我心里好像有样什么东西沉了下去。

"出了什么事?"

"亨利夫人刚出过血。"

"我可以进去吗?"

"不,还不可以。医生在里边。"

"有危险吗?"

"很危险。"护士走进房去,把门关上。我坐在外边走廊上。我心里万念俱灰。我不思想。我不能想。我知道她就要死了,我祈祷要她别死。别让她死。哦,上帝啊,求求你别让她死。只求你别让她死,我什么都答应。亲爱的上帝,求求你,求求你,求求你让她别死。亲爱的上帝,别让她死。求求你,求求你,求求你别让她死。上帝啊,求你叫她别死。只要你别让她死,你说什么我都做。婴孩你已经拿走了,但是别让她死。孩子没有关系,但是别让她死。求求你,求求你,亲爱的上帝,别让她死。

护士开了门,用手指示意叫我进去。我跟她进入房间,我进去时,凯瑟琳并没有抬眼来望。我走到床边。医生站在床的另一边。凯瑟琳望着我,笑了一下。我俯伏在床上哭起来。

"可怜的宝贝。"凯瑟琳悄悄地说。她脸色灰白。

"你没事吧,凯特,"我说,"你会好起来的。"

"我就要死了。"她说。等了一会儿,又说,"我憎恨死。"

我抓住她的手。

"别碰我。"她说。我放开她的手。她笑笑。"可怜的宝贝。你要碰就碰吧。"

"你会没事的,凯特。我知道你会没事的。"

"我本想写封信留给你,以防万一,可是没有写。"

"要不要找个教士或者什么人来看看你?"

"有你在就够了。"她说。过了一会儿,又说,"我不害怕。我只是憎恨死。"

"你话别讲得太多。"医生说。

"好的。"凯瑟琳说。

"你有什么事要我做的,凯特?有没有什么要我给你拿来的?"

凯瑟琳笑笑,"没有,"过了一会儿,又说,"我们做的事你不至于再和别的女人做吧?不会把我们的话又重复一遍的吧?"

"永远不会。"

"不过,我还是要你接近女人。"

"我不要她们。"

"你讲得太多了,"医生说,"亨利先生应当出去了。他可以等一会儿再来。你不会死的。别傻了。"

"好的。"凯瑟琳说。"我会夜夜来陪你的。"她说。她讲话非常吃力。

"请你出去吧,"医生说,"你不可以讲话。"凯瑟琳对我眨眨眼,她脸色灰白。"我就在门外边。"我说。

"别担心,亲爱的,"凯瑟琳说,"我一点也不害怕。人生只是一场卑鄙的骗局。"

"你这亲爱、勇敢而可爱的人儿。"

我在外边走廊上等待。我等了好久。护士出门来，向我走来。"恐怕亨利夫人很严重了，"她说，"我替她害怕。"

"她死了？"

"没有，不过失去了知觉。"

看来她是一次接连一次地出血。他们没法子止血。我走进房去，陪着凯瑟琳，直到她死去。她始终昏迷不醒，没拖多久就死了。

在房外走廊上，我对医生说："今天夜里，有什么事要我做吗？"

"没什么。没什么可做的。我能送你回旅馆吧？"

"不，谢谢你。我想在这里再待一会儿。"

"我知道没有什么话可以说。我没办法对你说——"

"不必说了，"我说，"没有什么可说的。"

"晚安，"他说，"我不能送你回旅馆吗？"

"不，谢谢你。"

"手术是唯一的办法，"他说，"手术证明——"

"我不想谈这件事。"我说。

"我很想送你回旅馆去。"

他顺着走廊走去。我走到房门口。

"你现在不可以进来。"护士中的一个说。

"不，我可以的。"我说。

"目前你还不可以进来。"

"你出去，"我说，"那位也出去。"

但是我赶了她们出去，关了门，灭了灯，也没有什么好处。那简直像是在跟石像告别。过了一会儿，我走出去，离开医院，在雨中走回旅馆。